이혼까지 180일

지은이 | 미몽(mimong)
펴낸이 | 권순남
펴낸곳 | 마롱
디자인 | 신수현
편　집 | 연보화, 안효진
마케팅 | 심수진

1판1쇄 인쇄일 | 2023년 5월 3일
1판1쇄 발행일 | 2023년 5월 17일

등록일자 | 2008년 1월 7일
등록번호 | 제310-2008-00001호

주소 | 서울시 노원구 상계 1동 1049-25 신영산업 BD 602호
대표전화 | 02-2091-0291
팩스 | 02-2091-0290
이메일 | marubooks@mayabooks.co.kr

979-11-368-2927-6 (04810)
979-11-368-2926-9 (set)

값 9,000원

* 저자와 협의하여 인지를 붙이지 않습니다.
* 잘못된 책은 교환하여 드립니다.

목차

#프롤로그 …007

#1 …019

#2 …042

#3 …072

#4 …094

#5 …115

#6 …155

#7 …183

#8 …212

#9 ⋯238

#10 ⋯269

#11 ⋯299

#12 ⋯330

#13 ⋯361

#14 ⋯391

#15 ⋯419

#16 ⋯447

#프롤로그

 드넓은 인천국제공항. '두 사람'이 빠르게 입국장을 향해 걷고 있었다.

 남자.

 훤칠하게 큰 키. 단정한 슈트. 매력적인 이목구비. 그 안에 담긴 묘한 서늘함으로 지나가는 여자들의 시선을 가득 챙긴 그의 걸음엔 거침이 없었다.

 여자.

 단정하게 반 묶음을 한 긴 머리와 깨끗한 인상. 수수한 원피스에 작은 핸드백을 든 그녀는 헉헉대며 손을 뻗었다.

 "조금만, 조금만 천천히요."

 남자의 빠른 걸음을 따르느라 잔뜩 힘을 줬던 목소리는 그에게 닿지 않았다. 온 신경이 몰린 종아리가 땡땡하게 당겨 왔다.

'하지정맥류 오는 거 아니야?'

그 좋은 퍼스트클래스도 비행기는 비행기였다. 뻐걱대는 다리에 힘을 주고 앞선 남자를 따른다. 남자는 여전히 그녀를 돌아보지 않았다. 그때, 안내 방송마저 덮는 큰 목소리가 뒤에서 들려왔다.

"해솔아! 뛰지 마! 다쳐, 넘어져!"

우렁찬 외침에 깜짝 놀란 여자가 등허리를 바짝 올리는 순간, 누군가 맹렬한 기세로 그녀의 옆구리를 후려쳤다.

"으억!"

아마도 어린아이였을 거다. 옆구리를 치고 간 힘이 그리 세지 않았고 아주 아프지도 않았으니까. 하지만 장시간 긴장한 몸과 당기는 종아리에서 힘을 빼앗기엔 충분했다.

"어어!"

하루 수십만 명이 오가는 드넓은 공항 한복판, 애써 공들여 우아하게 걷던 꼴이 무색하게 넘어져 버리기 직전.

"으아, 아, …앗?"

앞으로 고꾸라지는 그녀의 허리를 당겨 잡아 준 것은 놀랍게도 '그'였다.

이미 한참 멀어졌을 거라고 생각했던 그가 그녀의 몸을 감싸 안고 있었다. 그녀를 품에 안은 그의 얼굴이 지나치게 가까웠다. 이 잘생기고 훤칠한 이목구비가 코앞에 있다.

코앞, 코앞.

코앞…….

"우욱."

눈치 없이 나온 헛구역질에 그가 눈을 한번 감았다 떴다.

"…그렇게까지 구토가 나는 인상인가 보지?"

조금 상처받은 것도 같은 표정이다. 그녀는 벗어날 생각도 못하고 입술을 빼끔거렸다.

"아, 아니, 제가 긴장하면 헛구역질하는 버릇이 있어서……."

"방금 만들어 낸 것 같은데."

"아, 아닙니다! 보여 드릴 수 있어요!"

"…뭐를?"

괜한 억울함에 말하다 다시 합죽이가 되었다.

"죄송합니다."

"아니, 진심은 느껴졌어."

'쪽팔려.'

정말이다. 예전부터 그랬다. 이번에도 많이, 아주 많이 긴장한 것이 분명하다. 사람 얼굴에 대놓고 헛구역질을 할 정도로.

남자는 이해한다는 듯 입꼬리를 슬쩍 올렸다. 지나치게 잘생긴 얼굴 위에 미소로 빚어진 후광이 흘렀다.

'잘, 생겼어.'

이 와중에 쓸데없는 생각이 든다. 굳어 버린 그녀를 그가 바로 세웠다. 그리고 처음처럼 아무 일도 없었다는 듯이 제 갈 길을 갔다. 여자는 빨갛게 변한 제 뺨을 바삐 문지르고 얼른 그를 따랐다.

종종종종. 독 오른 종아리 다독여 가며 남자를 따라잡은 그녀가 조용히 속삭였다.

"앞으로 반년이면."

그가 살짝 고개를 돌렸다. 그녀는 꿀꺽 침을 삼키며 말을 이었다.

"전부 없던 일로 해 주시는 거… 맞죠?"

혹여 누가 들을까 한껏 낮춘 작은 목소리였다. 확신을 바라는 시선에 그가 완전히 멈춰 그녀를 돌아보며 말했다.

"가자."

어떤 대답보다 확실한 목소리였다. 어느새 '두 사람'이 나란히 섰다. 그들은 열린 입국장 문으로 비치는 빛무리 속으로 함께 걸었다.

마치 웨딩 로드를 걷는 것처럼.

남자, 정지섭.

여자, 서은재.

아마도 그들은 결혼했고,

'앞으로 180일.'

이혼까지 180일 남았다.

모든 것이 시작된 건 어느 선선한 계절, 뉴욕에서였다.

똑똑.

노크 소리에 막 일어나던 지섭의 눈이 문가로 향했다.

"나가 보겠습니다."

비서 제임스의 말에 지섭은 손을 들어 저지하고 버튼을 눌렀다.

삑. 짧은 소리가 났다.

"들어와요."

어느 임원일까, 무슨 일일까, 나름 추측하던 그들의 눈에 들어온 건 여자였다. 이곳 뉴욕에선, 적어도 지섭의 주변에선 자주 볼 수 없었던 동양인. 그녀는 지섭을 보자마자 허리를 깊이 숙였다.

"광고기획팀의 인턴 에블린, 아니 서은재라고 합니다. 죄송합니다!"

다짜고짜 사과를 던지는 파격적인 인사에 지섭이 헛웃음을 짓자 제임스가 나섰다.

"지금 무슨 무례한 짓입니까. 당장 나가십시오."

"기다려."

'서은재'라는 이름에 지섭은 곧장 한국말을 하며 책상 앞으로 나섰다.

"인턴이 여기까지 온 걸 문제 삼을 게 아니라 여기까지 오게 된 이유를 듣는 게 먼저 같은데."

"하지만."

"일단 듣지."

지섭의 말에 제임스가 입을 다물었다. 그는 다시 여자에게 시선을 옮겼다. 수수하고 얌전한 인상의 여자는 불안함을 담은 큰 눈과 상기된 뺨을 가지고 있었다.

말하라는 듯 다가온 지섭에 그녀, 은재는 침을 꿀꺽 삼켰다.

"그게,"

눈앞에 있는 남자는 한국에 본사를 둔 청성그룹 뉴욕 지사의 지사장, 정지섭이다. 인턴인 그녀는 만날 수도, 만날 필요도 없는 상대다. 하지만 은재는 오늘 반드시 그를 봐야 했다. 그녀는 두 손에 힘을 꽉 주며 말했다.

"이번 분기 광고 계약 파기 건에 대해 드릴 말씀이 있어서……."

"일전에 말씀드렸던 건입니다. 이번 분기에 가장 중요하게 생각했던 출판사 광고 기획이 사원 하나와 인턴의 실수로 파기되었습니다. 해서 법무팀에서 귀책을 따지는 중입니다."

그녀가 무슨 이유로 온 것인지 바로 알아챈 제임스가 은재의 말을 가로챘다. 짧고 굵은 설명에 지섭이 되물었다.

"그렇다는데."

"…예?"

"본인의 실수는 없다고 말하려고 온 건가?"

"아, 아닙니다!"

"그게 아니면 뭐야."

무심한 듯 냉정한 말에 은재는 단호하게 말했다.

"법무팀에서는 무작정 기다리라는 말뿐이어서… 제가 도움을 청할 곳이 여기뿐이라 실례를 무릅쓰고 오게 되었습니다."

지섭은 대답 대신 고개를 살짝 들었다. 겁먹은 눈과 달리 제법 할 말은 한다.

그의 침묵에 은재는 용기를 냈다.

"제 몫의 책임을 질 수 있는 기회를 주시길 부탁드립니다."

다시 그녀의 허리가 깊이 숙여졌다. 용서나 도움이 아닌 자신의 몫을 책임지게 해 달라니. 뜻밖의 말에 그가 물었다.

"…제 몫의 책임?"

"네. 적어도 제 책임이 어디까지인지 저를 변호할 수 있는 기회를… 그 기회만이라도 주시길 부탁드리는 겁니다."

그녀는 간신히 말을 마쳤다. 긴장한 게 고스란히 전해졌다. 묘한 침묵이 이어졌다. 제임스는 자신의 상관을 살폈다.

'안 좋아.'

그의 침묵은 대부분 부정의 의미였다. 제임스는 나름 은재를 생각해 그들의 사이를 막았다.

"회의가 곧 시작됩니다. 이만 가 보시는 게 좋을 것 같습니다."

가로막힌 시야에 그녀의 마음이 조급해졌다. 은재 역시 사장실까지 쳐들어오는 게 얼마나 미친 짓인지 알고 있다. 알고 있지만.

"법무팀과 만나 볼 수만 있게 해 주십시오."

"이봐요, 서은재 씨."

"사장님, 한 번만 재고를… 읏!"

이만 가야 한다는 말에 순간 은재가 손을 뻗었다. 제임스가 반사적으로 그녀를 막았고, 은재는 그 힘에 밀려 맥없이 주저앉았다.

"뭐 하는 거야?"

지섭이 사납게 제임스를 채근했다. 그는 바로 은재에게 다가가 그녀를 바로 세웠다.

"……."

아니, 세우려 했다. 애처롭게 일렁이는 눈과 제 바지 끝을 잡고 있는 손길.

"부탁드립니다."

절실한 눈동자가 지섭에게 말했다.

"한 번만 기회를 주세요."

절박함까지 느껴지는 손이 바짓단을 흔들었다. 너무도 진솔한 눈동자였다. 순간 아무 말도 하지 못하게끔. 그러나 그의 침묵을 그녀는 다르게 여긴 듯했다.

툭, 지섭의 바짓단을 놓은 은재가 천천히 몸을 세웠다. 그리고 세 번째 허리를 숙이고 말했다.

"실례했습니다."

허탈함이 묻어나는 사과를 끝내고 그녀는 돌아서 사무실을 나섰다. 위태로운 걸음은 금방 사라졌다.

마치 아무 일도 없었던 것처럼.

"다시 보고."

전쟁 같았던 하루를 끝내기 직전, 지섭은 태블릿PC의 액정을 가리키며 말했다. 벌써 며칠째, 하루에도 수십 번씩 하는 똑같은 보고였다. 제임스는 콧등 위로 안경을 들어 올리며 성실히 대답했다.

"경선물산 둘째 따님으로, 사장님의 사모님이 되실 분입니다."

물을 때마다 항상 똑같은 대답 돌아왔다. 제임스의 담백한 대답에 지섭의 눈이 희번덕거렸다. 무섭게 보이는 흰자위에도 아랑곳 않은 제임스가 다시 말을 이었다.

"아, 이젠 사장님이 아니라 이사님이시죠."

"……."

"본사 발령 축하드립니다."

때 아닌 축하에 지섭은 기가 막힌 듯 의자에 등을 기대며 중얼거렸다.

"축하라."

분명 축하받을 일이긴 했다. 본의 아니게 해외 지사를 돌다 3년 만에 다시 한국으로 돌아가기 직전이니까. 그것도 본사의 재무이사로 돌아가는 것이니 금의환향이었다.

단, 그 소식과 함께 건너온 '선물' 하나가 그를 온전히 기뻐할 수 없게 만들었다. 지섭은 태블릿을 들어 올리며 살랑 흔들어 보였다.

"이게 뭘까."

조금 전과 비슷한 질문이었지만 제임스의 대답이 약간 변했다.

"이사님을 위해 마련한 특별한 선물이라고 하셨습니다."

선물이라는 말에 지섭은 긴 다리를 꼬며 조소했다.

"정말 이게 날 위한 선물이라고 생각해?"

"……."

"그래?"

안 그래도 휘몰아치던 그의 눈엔 서늘함이 깃들어 있었다. 톡톡, 긴 손가락이 내려놓은 태블릿 액정을 가리켰다. 거기엔 화려함이 느껴지는 미인의 사진이 떠 있었다. 고스란히 전해지는 불쾌함에 제임스는 말을 아꼈고 지섭은 낮게 중얼거렸다.

"장미연."

낯설지만 가깝고 가까우면서 지겨운 그 이름, 장미연. 3년이나 해외 지사를 떠돌게 만든 장본인이자 이 멋진 선물을 준 장본인이었다.

'그냥 두고 보지만은 않겠다, 이거군.'

경선물산은 근 3년 사이 급성장을 이룬 곳이었다. 3년 전 뉴욕으로 온 지섭으로선 낯설기 그지없는 곳과 당사자도 없이 혼담이 오갔다?

"하!"

눈에 빤히 보이는 수라는 걸 그 여자가 모를 리 없다. 이렇게 대놓고 보인다는 건 이미 물밑 작업이 끝났다는 소리다.

"이 쓸모없는 선물을 타개할 방법이 어떤 걸까."

그의 말투에 위기감은 없어 보였다. 말과 다른 태연함에 제임스는 투덜대듯 한마디를 더했다.

"자기의 일은 스스로 하는 것이 옳습니다."

"그래. 내가 하는 일이 명령하는 일이니까 명령하는 중이야."

"……."

"무슨 방법이 있을지 말해 봐."

지섭의 쉬운 한마디에 제임스의 가슴이 울었다. 까라면 까야 하는 을의 입장이 서러웠다. 그러나 달리 도리가 없다. 제임스는 솔직하기로 했다.

"없습니다."

"너 해고야."

안 먹힐 거라는 것쯤은 알고 있었다. 제임스는 두 손을 공손히 앞으로 모으며 말을 이었다.

"이사님께 숨겨 둔 와이프가 있지 않고서야 달리 방법이 없습니다. 일단 가서 결혼하시고 방법을 찾아보는 게 좋을 듯합니다. 혼인신고를 최대한 미루고 시간을 끄십시오. 이사님께 필요한 게 시간이라는 건 이사님이 더 잘 아시지 않습니까."

"……."

"그리고 전 무능하지 않습니다."

무심하다 못해 고요한 지섭의 반응에 제임스는 필사적으로 본인을 어필했다. 까딱까딱 움직이는 발끝이 묘하게 위태로웠다.

그는 잠시 눈을 감고 상황을 차근차근 정리해 나갔다. 3년만의 귀국, 눈에 보이는 맞선 상대, 잡아먹히기 직전의 회사.

"어떻게 보답을 해야 할까."

보란 듯이 그의 뒤통수를 친 '어머니'의 은혜에. 결국 제임스의 말처럼 그 정도의 리스크를 안고 귀국하는 것이 옳을까.

"뭘 어떻게 해야 잘했다고 소문이……."

무심하게 중얼거리며 움직인 시선이 태블릿이 닿았다. 누가 봐도 미인인 여자가 그를 향해 웃고 있었다. 그의 눈이 조금 가늘어졌다. 아내. 아내가 될 여자. 청성의 사람이 될 여자.

'한 번만 기회를 주세요.'

문득 그녀가 떠올랐다. 애처롭기 그지없던 서은재의 목소리가.

지섭의 시선이 제 바지 끝으로 향했다. 분명 살짝 잡았다고 생각했던 바지 끝이 잔뜩 구겨져 있었다.
되도 않는 힘으로 얼마나 간절히 잡았는지 알 것 같았다.

'부탁드립니다.'

바짓단을 구길 정도의 간절함으로 가득했던 목소리가 들린다. 자신을 올려다보던 절실함으로 가득한 눈동자까지도. 어느새 지섭의 눈이 빛나기 시작했다.
"제임스."
"예, 사장님."
"있어."
"예?"
"소문이 날 만큼 좋은 방법."
지섭은 웃었다. 그것도 아주 위험하게.

\#1

"미안, 우리로서도 더 해 줄 수 있는 게 없었어."

심장이 쿵, 발끝까지 떨어졌다. 그녀의 멍한 시선에 아서는 안타까운 눈을 했다. 하지만 도와줄 수는 없는 그가 재차 서류를 내밀었다. 청성그룹 법무팀에서 내려온 귀책 결과서였다. 아서는 서류를 받지 않는 그녀에게 조언했다.

"에블린, 그렇게 피해 봤자 해결될 일이 아니야."

"……"

"받아. 일단 받고 울어."

광고기획팀의 아버지, 사람 좋은 팀장 아서는 오늘도 다정한 사람이었다. 그저 다정하기만 할 뿐이었다. 아서는 떨리는 손으로 서류를 받는 인턴, 은재의 어깨를 다독였다.

"결국 이렇게 되긴 했지만, 인턴에게까지 무거운 짐을 얹어 주진 않을 거야. 물론 이게 500만 달러의 계약이기는 했지만."

위로 아닌 위로에 은재는 멍하니 서류를 넘겼다. 거기엔 그녀가 무엇을 해야 하는지 친절하게 적혀 있었다. 서류에 박힌 은재의 시선에 아서는 어깨를 으쓱였다.

"여기 뉴욕에서의 청성그룹은 짧은 기간 엄청난 성장을 한 기업이야. 인턴에게까지 호된 결정을 내릴 곳이 아니지. 그 정도로 속 좁은 그룹이면 이 정도로 성장 못 했을걸. 아마 최소 귀책금만 부과됐을 거야."

"귀책 금액으로… 50만 달러가 책정되었는데요."

"50만? 별거 아니네! 그깟 50만 달러쯤이야……."

호기롭게 말을 잇던 아서의 목소리가 점점 작아졌다. 끝내 말을 맺지 못한 그가 당황하며 중얼거렸다.

"그, 그럴 리가 없는데. 인턴한테 이렇게 많이 부과할 리가. 뭔가 잘못된 거 아니야? 갑자기 왜?"

은재보다 더욱 당황한 그가 서류를 가져갔다. 그리고 떡하니 적힌 금액에 하얗게 질려 그녀를 돌아보았다. 까맣게 죽어 버린 은재의 낯빛보단 나았다. 아서는 눈을 굴리며 더듬거렸다.

"벼, 변호사를 써 보는 건……."

"청성그룹을 상대로 재판을 하라고요. 그것도 민사 재판을, 모국도 아닌 미국에서."

"큼, 크흠!"

영혼 없는 은재의 말에 그는 잔기침을 하다 검지를 바짝 세웠다.

찡긋, 윙크도 함께였다.

"담당 사원은 그것보다 더 책임진다고 하니까. 그리고 협상하면 어느 정도 차감될 수도 있어."

"……."

"아마도."

위로인가. 아니, 동정이다. 반응조차 없는 은재를 보며 아서는 슬그머니 자리를 피했다. 혹시나 불똥이 튈까 몸을 사리는 게 보였다. 물론 그녀에게 다시 서류를 돌려주는 것도 잊지 않았다.

바들바들, 몸이 떨린다. 서류에 쓰인 많은 글귀들 대신 가장 먼저 눈에 들어오는 것은 중앙에 쓰인 숫자 하나였다.

$ 500,000.00

한국 돈으로 5억이 넘는 금액이었다.

"50만 달러?"

5억, 5억이란다. 현실감 없는 금액에 머리가 어지러웠다.

어떻게 온 유학이던가. 퇴직을 얼마 남기지 않은 아버지가 무리해서 연장 근무를 하고 어머니가 부업까지 해 가며 온 유학이었다.

그래, 이 유학은 늦둥이이자 막내둥이인 그녀를 위해 오빠의 도움까지 함께 얽힌 가족애의 산물이었다. 집에 갈 돈조차 아껴야 하는 유학 생활. 그런데 허공에서 5억이 넘는 돈이 떨어졌다. 그것도 빚으로.

"말도 안 돼. 이건… 정말 너무하잖아."

억울하다. 너무 억울하다. 자신은 그저 사원들이 버린 서류들을 모아 처리한 죄밖에 없었다. 언제나 같은 일을 했고 그날도 똑같이 일했을 뿐이다.

'다 파기해 줘.'

그날, 광고기획팀의 사원이었던 테일러가 그녀에게 파기할 문서를 건넸다. 그리고 파기 문서를 확인하려는 그녀의 손을 그가 막았다.

'인턴이 뭘 안다고 서류를 보려고 해?'

평소 인종차별을 일삼던 테일러는 일도 잘 맡기지 않는 사람이었다. 괜히 심기를 거슬리고 싶지 않았던 은재는 얌전히 서류를 파기했다. 중요 서류가 인턴인 은재에게 넘어오는 일은 없었으니까.
설마 그 안에 이번 분기, 아니 올해를 관통할 광고 계약서가 있을 줄 누가 알았을까. 회사가 뒤집혔고 법무팀은 곧장 사태 파악에 나섰다. 그리고 그들은 1차적 책임을 테일러에게, 공동 책임을 인턴인 그녀에게 물었다.

'기다려요.'

자신의 억울함을 토로하기 위해 찾아간 법무팀 직원들은 은재를 만나 주지도 않았다. 회사로서는 은재와의 만남이 불필요하다고 여겼던 것 같았다. 물론 서류 파기 전 재확인하는 것도 인턴의 업무 중 하나였다. 분명 인턴십 계약 사항에 적혀 있는 부분이다.

"하지만! 하, 하지만……."

그냥 받아들이기엔 감당할 몫이 너무 컸다.

"이제 얼마 안 남았는데. 정말 이제 곧인데……."

하늘이 무너지는 것 같았다. 집값 비싼 뉴욕에서 히피 룸메이트와 생활하는 가난한 유학생, 서은재. 생활비와 학비를 벌기 위해 졸업을 1년 앞두고 들어온 한국계 기업 청성그룹. 그곳에 인턴으로 들어온 지 불과 한 달.

눈앞에 놓인 것은 월급이 아닌 50만 달러의 귀책금이었다. 하늘이 노랗게 빨갛게 어지러이 흔들렸다. 넋을 놓고 선 은재는 비로소 헛바람을 들이켰다.

"말도 안 돼."

변호사를 사서 조정한다는 건 말 그대로 꿈이었다. 한국에서도 어려운 일을 뉴욕에서 할 수 있을 리 없었다. 심장이 가쁘게 뛰고 또 뛰었다.

"우욱."

순간, 긴장한 탓에 불편해진 속이 뒤집히면서 헛구역질이 나왔다. 은재는 입을 틀어막고 뛰쳐나갔다. 고치고 싶은 이 몹쓸 습관이 사람을 괴롭힌다.

"으윽."

 아무것도 나오지 않고 뒤틀리는 속을 달래기 위해 은재가 선택한 곳은 휴게실이었다. 아무도 없는 휴게실 소파에 털썩 앉은 그녀는 허공을 향해 멍하니 중얼거렸다.

 "…엄마, 나 어떻게 해?"

 물어도 대답해 줄 엄마는 이곳에 없었다.

 "진짜, 뭘 해야 해."

 정말 할 수 있는 건 뭐든 해봤다. 회사 법무팀은 물론 사장실까지 찾아갔었다. 만나 주지도 않고 멋대로 판단을 내리는 법무팀의 위는 사장밖에 없다고 생각했다. 두려웠지만 할 수 있는 마지막이었다. 지푸라기라도 잡는 심정으로 그의 발목까지 잡았다. 그러나 돌아온 건 더욱더 큰 좌절과 절망이었다.

 "엄마."

 의미 없이 엄마를 부르는 은재의 눈이 흔들렸다. 영혼이 빠져나간 듯 넋이 나가 멍하니, 멍하니 앉아있었다.

 위이잉.

 그 순간 휴대폰이 진동했다. 들어 올린 기기의 액정에는 짧은 메시지 하나가 들어와 있었다.

[BOSS CALL]

 쿵쾅쿵쾅.

 심장이 미친 듯이 뛰기 시작했다.

'토할 거 같아.'

내가 왜 또 여기 있는 걸까. 며칠 만에 다시 보는 잘생긴 얼굴, 아니 악마 같은 저 얼굴. 어째서 다시 보고 있는 걸까.

'꿈인가?'

현실감을 잃은 은재의 표정에 그는 무심히 말했다.

"혹시 지금 울려거든 참아. 달래 줄 만큼 상냥하진 않으니까."

잔뜩 겁먹어 비집고 올라오던 눈물을 쏙 들어가게 만드는 말이었다. 두 손 꼭 쥐고 고개를 숙였다. 불안함에 심장은 잘도 뛰어 댔다. 울기는 개뿔, 토할 것 같다. 그녀의 불안한 마음은 상관없다는 듯 그들은 태연히 대화를 이어 나갔다.

"인턴에겐 최소한의 책임만 묻기로 법무팀에서 결정된 거 아니었나?"

"그 최소한조차 부담스러울 겁니다. 단순 문책만 하기엔 인턴 규정에 위반되는 행동을 했고, 이사단 측에서 꾸린 변호인들이 깐깐하게 군 것 같습니다."

"표정이 많이 안 좋은데."

"예. 유학 생활 중이고 입사도 학비 특례로 뽑힌 걸 보면 최대한 상황을 봐준다고 해도 감당하기 어려울 거라고 생각합니다. 누군가 도움을 준다면… 악마에게 영혼이라도 팔 상황이겠죠."

그들의 대화가 조롱처럼 들렸다. 지난번 무작정 쳐들어온 것에 대한 조롱, 비난, 비웃음. 그럼에도 수치심조차 들지 않았다.

지금 그녀에겐 그조차 사치였다.

'왜 날 부른 거야? 왜?'

잠시나마 선처를 기대를 했던 것이 바보짓이었다. 이들이 그녀를 부른 건 결론을 내기 위함이었다. 재판 끝에 판사가 판결을 내리는 것처럼.

'안 돼.'

절망이 확실시되고 마음은 허망함으로 채워졌다. 가족들에겐 어떻게 말해야 할까. 무리해서 유학을 오는 게 아니었는데. 영상통화로 전해지는 식구들의 고단함을 깨달았을 때 돌아갔어야 했다. 때론 포기가 최선임을 몰랐다.

부모님에겐 어떻게 말할까. 오빠한텐? 뇌세포가 마구 섞여 들어갔다.

"에블린."

어떻게… 어떻게 하지. 고소당하나. 돈을 못 갚으면 어떻게 되는 거야? 감옥에 갈지도 몰라. 빌어 볼까? 선처를 구해 볼까? 전처럼 무릎이라도 꿇어야 하나. 꿇으면 답이 나오긴 할까? 이게 정말 현실일까?

"에블린."

대체 뭘 어떻게 하면…….

"이봐요, 에블린."

"……."

"서은재 씨!"

카오스에 빠져 있던 은재가 번쩍 고개를 들었다. 에블린, 에블린.

3년간 들어 왔던 이름도 깨우쳐 주지 못한 정신이 본래 이름 한 번에 돌아온 것이다. 비로소 그녀가 자신을 보자 그, 정지섭은 은은한 미소와 함께 되물었다.

"그렇다는데, 서은재 씨는 어떻게 생각합니까?"

"…예?"

"방금 전 얘기 들었을 거 아니야."

당연히 듣기야 했다. 온통 그녀의 잘못을 탓하는 내용이었다. 은재는 당혹스러움을 감추지 못하고 겨우 입을 열었다.

"무슨 말씀이신지, 모르겠습니다."

"영혼이라도 팔 상황이 아닐까, 하는 기대감?"

농담인가 싶었다. 장난을 치고 있는 걸까? 이리저리 오락가락하는 은재의 정신 상태로는 어쩔 수 없었다. 불행 중 다행하게도 그들은 그녀를 다그치지 않았다. 덕분에 상황을 파악할 시간이 생겼다. 은재는 더듬더듬 그들의 말을 거슬러 올라가다 눈을 크게 떴다.

'누군가 도움을 준다면.'

분명 그런 말을 했다. 그 말은… 혹시, 그 말은……? 순간 그녀의 주눅 들었던 고개가 번쩍 들어 올려졌다.

"도와, 주신다는 말씀이신가요?"

그제야 은재의 눈에 생기가 돌았다. 순식간에 차오르는 밝은 기운에 지섭의 눈이 호선을 그렸다. 대답은 그가 아닌 비서,

제임스에게서 나왔다.

"정확히 말하자면, 상호 알맞은 타협점을 찾자는 제안입니다. 확인한 바론 상황이 여의치 않은 모양이던데, 맞습니까?"

은재는 미친 듯이 고개를 끄덕였다. 민망함 따윈 없었다.

"지난번 서은재 씨가 다녀간 후, 사장님께서 여러 가지를 지시하셨습니다. 부당하다 느낄 테고 우리 역시 공감하고 있습니다. 하지만 공적인 일을 감정적으로 판단할 수는 없습니다."

공감한다는 말에 튀어 올랐던 희망이 다시 곤두박질쳤다. 역시 기적은 없었다. 은재의 눈가로 촉촉한 물기가 맺혔으나 제임스의 말은 아직 끝나지 않았다.

"다만."

"다만……?"

"문제 해결 방법을 사적인 분야로 넓힐 수 있다면 이야기가 달라질 가능성도 있겠죠."

반짝, 안경을 콧등 위로 밀어 올리는 그의 눈이 빛났다. 서류에 어렵게 담겨 있던 내용을 제임스는 완벽하게 정리해 나갔다. 실로 유능한 비서였다.

'네, 네' 하며 몇 번 대꾸하는 사이 뒤죽박죽 엉켜 버린 은재의 머리까지 정리되었다. 그리고 본능적으로 깨달았다. 희망이 보인다. 시작점과 잘못, 그에 대한 처분, 마지막 결말.

"결론적으로 우리가 말하고 싶은 건, 에블린에게 부과된 귀책 금액을 우리가 감당하는 조건으로 서로 협상을……."

"하겠습니다!"

제임스의 말이 다 끝나기도 전에 그녀가 소리쳤다. 정말로 악마에게 영혼이라도 팔겠다는 강렬한 눈빛이었다.
"하겠습니다!"
이 일이 터진 이후 그토록 간절히 바라던 무너진 하늘의 솟아날 구멍이었다. 그것이 썩은 것이건 뭐건 어떻게든 잡아야 하는 동아줄 말이다. 지섭은 낮은 웃음을 감추며 입가를 쓸었다.
'마음에 들어.'
예상했던 반응이 나왔다. 다만 생각보다 마음에 드는 반응에 자꾸 입꼬리가 올라갔다. 애써 웃음을 가라앉힌 지섭은 두 손을 깍지 껴 턱 앞에 세우며 물었다.
"어떤 조건이라도?"
"예! 맡겨만 주십시오! 뭐, 뭐든 하겠습니다!"
"그렇게 쉽게 말해도 될까."
순간 아차 싶은 그녀가 가장 중요한 조건 하나를 추가했다.
"모, 몸 파는 것만 아니라면 뭐든지 하겠습니다."
어쨌거나 결론은 달라지지 않았다. 모든 것을 감수하겠다는 그녀의 의지에도 지섭은 고개를 저었다.
"그건 곤란한데."
"네?"
은재의 두 눈이 사정없이 흔들렸다.
"어째서……?"
재차 묻는 반문은 겁에 질려 있었다. 그런 은재를 빤히 보면서도 지섭은 개의치 않고 폭탄을 던졌다.

"난 서은재 씨 몸이 필요해."

이 상황이 매우 즐겁다는 듯이.

순간 갈 곳 잃은 은재의 눈이 흐리멍덩해졌다. 그녀는 멍하니 사장실을 둘러보다 물었다.

"다시, 다시 한번 말씀해 주시겠어요?"

나사 하나 빠진 듯한 그녀의 반응에 지섭은 한쪽 입꼬리를 올렸다.

"말 그대로."

"아니요, 그러니까 혹시 제가 다른 뜻을 바로 이해하지 못하고 오해하는 건가 싶어서."

"이 말에 사전적인 의미나 또 다른 뜻이 필요한가."

그의 눈이 가늘어졌다. 무언가 '오해'하기에 충분한 말을 일부러 건넸다. 그녀가 어떻게 나올지 알기 위해서였다. 그리고 은재는 보기 좋게 패닉에 빠졌다.

'그러니까 몸을 달라는 게… 나보고 옷이라도 벗으라는, 거야?'

고약한 생각이 정리된다. 그녀는 쿵쾅대는 심장을 뒤로하고 입을 열었다.

"혹시 절 좋아하시나요?"

"…무슨 뜻이지?"

"말 그대로요."

말장난처럼 그녀가 그의 말을 똑같이 뱉었다.

"제가 이해한 뜻이라면 사, 사장님께서 저를 조, 좋아하셔야 해요. 물론 그렇다고 해도 전부 이해할 수 있는 건 아니지만. 적어도."

'몸'이라는 말이 나오기 위해선 더 많은 조건이 필요하지만 지금은 최소한의 것도 충족되지 못했다.

헛웃음이 나왔다. 이게 무슨 상황인지 어떻게 된 일인지 100% 이해하지도 못했는데 폭풍에 휘말려 나가떨어진 기분이었다. 속이 울렁거렸고 당장이라도 토할 것 같았다.

"서은재 씨."

지섭이 나지막이 그녀를 불렀다. 꽤 한참 멍하니 서있던 은재는 숨을 한 번 골랐다. 일이 이렇게 엉망진창이 되어버린 것을 앞에 있는 남자의 탓을 하고 싶지는 않았다. 어떻게든 해결을 위해 도움을 요청하긴 했지만 그가 반드시 자신을 도와줄 의무가 없다는 것도 안다.

이런 상황에서 괜한 고집을 부리고 울며불며 떼를 쓰고 싶은 생각도 없었다. 자신은 어린애가 아니고 또 바보가 아니니까. 그렇다고 이런 황당무계한 소리를 들으며 어처구니없는 취급을 당하고 싶지도 않았다.

은재의 눈이 당장이라도 울 것처럼 붉게 물들었지만 힘껏 눈물을 참았다. 대신 한없이 여유로운 사장님을 향해 말했다.

"염치 불고하고 찾아왔지만."

이것이 쓸데없이 남은 자존심인지 뭔지는 알 수 없지만 이대로 가만히 있으면 안 될 것 같았다. 그래서 더 흔들림 없는 목소리로 말을 이었다.

"도와 달라는 부탁이 저를 모욕해도 된다는 뜻은 아니었습니다."

결국 할 수 있는 건 있어 보이는 말이 전부였지만. 말하고도 허무해졌지만 시선을 내리진 않았다. 매섭게 뜬 두 눈이 지섭을 향했다. 자신이 여기서 왜 이런 대우를 당하고 있는 걸까. 가족에게 미안해지고 마음이 뜨겁게 우는 것 같았다.

그런 은재의 모습이 고스란히 지섭의 눈에 들어가고 있었다. 잘게 떨리는 몸과 꽉 쥔 손이 분명하게 보였다. 대수롭지 않게, 장난처럼 건넨 말이 필사적인 그녀에게 비수가 되었음을 알았다.

실수했다. 그는 그것을 인정해야했고 저절로 입이 열렸다.

"정말 미안해."

아니, 사과했다. 생각지도 못했던 사과에 집 나갔던 은재의 정신이 반짝 돌아왔다. 흐릿한 그녀의 눈동자가 색을 찾는다.

"내가 실수했어. 사과할게. 그런 뜻의 몸이 아니야. 말 그대로, 그쪽, 서은재 씨가 필요하다는 소리였어."

"……."

"미안합니다, 서은재 씨."

안하무인에 오만하던 남자의 진심어린 사과였다. 그것이 말뿐이 아니라는 것은 눈을 보면 알 수 있었다. 심장을 찌르던 답답한 통증이 가시며 천천히 그의 눈을 바로 볼 수 있었다. 은재는 조금 더 침착하게 마음을 갖고 물었다.

"설명 부탁드리겠습니다."

솔직히 말해 은재를 가볍게 생각하고 있던 지섭에겐 뜻밖의 상황이기도 했다. 의외로 그녀는 생각보다 훨씬 다부지고 선명한 색을 가지고 있었다. 뜻밖의 모습과 '이용'이 아니라 '함께' 갈 수 있을 듯한 묘하게 불확실한 감정이 퍼질 때 그가 말했다.

"간단하게 설명할게. 나와 열두 살밖에 차이 나지 않는 새어머니는 내가 청성의 후계자란 게 굉장히 마음에 들지 않는 모양이야. 이미 청성이 자기 거라고 여기는 것 같아. 그러니 당연히 내가 눈엣가시겠지. 그래서 내가 자신의 눈앞에서 사라지길 바라고. 하지만 나는 절대 그 뜻대로 해 줄 생각이 없어."

속사포처럼 쏟아지는 말에 듣고 있던 은재의 턱이 바닥으로 떨어졌다.

'…나 이 드라마 알아.'

지난 몇 년간 보지 못했던 아침드라마의 줄거리를 듣는 것 같았다. 지섭은 태블릿 액정을 그녀 쪽으로 돌렸다.

"이 사람 어때."

액정에는 도도한 미인의 사진이 떠 있었다. 잠시 뜸을 들이던 그녀가 겨우 대답했다.

"새어머님…이신가요?"

은재의 물음에 지섭은 다시 침묵했다. 오늘 여러 번 말문이 막히는 그는 오류를 짚어 주었다.

"내 새어머니가 열두 살 어리다는 얘기는 아니었는데."

그제야 자신의 실수를 깨달은 그녀가 입을 다물었다.

"한국으로 돌아가면 나와 결혼하게 될 사람."

"축하…드립니다?"

지섭이 은재의 영혼 없는 축하를 무시하고 말을 이었다.

"이 여자는 내 새어머니, 장미연 이사의 측근으로 추정되는 여자. 나와 결혼하게 되면 이 여자는 청성의 지분을 가지게 될 거고, 장미연 이사는 측근이 가져다준 지분으로 청성을 마음껏 주무를 거야. 이미 내 아버지, 청성의 회장님께서는 제대로 넘어가셨고 남은 건 내가 허수아비 되는 일뿐이지. 자, 이제 결론."

돌려놨던 태블릿을 바로 하고 덮은 지섭이 손깍지를 끼고 물었다.

"지금 내 기분이 어떨까."

재벌, 새어머니, 권력 다툼. TV에서 나오는 주인공들은 언제나 그런 상황에 놓여 있었다. 하나같이 엿 같은 상황에 목 놓아 울부짖으며 분노를 터트리곤 했다. 그 분노, 그 감정. TV에서나 봤던 억울하고 가슴 터질 듯 격한 통증……. 조금 전까지 그녀 자신이 느꼈던 감정이었다.

"아……."

그렇게 생각하니 절대 공감할 수 없을 거라 여겼던 부분이 가까워졌다. 은재는 저도 모르게 중얼거렸다.

"진짜… 거지 같으셨을 거 같아요."

황급히 입을 틀어막았지만 말은 이미 튀어나온 후였다. 그가 허탈하게 웃었다. 미안함이 담긴 웃음이었다.

"아마도."

딱 그런 마음, 그 상태였다. 아주 거지 같은 기분이다. 지섭이 말했다.

"긴말 않고 말하자면, 난 서은재 씨가 원하는 걸 해 줄 수 있어. 50만 달러의 귀책금은 물론 유학자금, 생활비까지 전부 투자할 생각이 있거든."

어려운 말은 아니었다. 그러나 그것이 쉽게 받아들여지지 않았다.

'아직도 꿈?'

제멋대로 불쑥불쑥 튀어나오는 현실도피에 그녀는 다시 지섭의 재킷을 움켜쥐었다. 꿈이 아니다. 이건, 현실이다.

"그, 그럼……."

꿀꺽 침을 삼킨 은재는 두 눈이 파르르 떨렸다. 입술이 바짝 마르고 숨까지 차올랐다. 울렁거리는 속을 가라앉힌 그녀가 조심스럽게 입을 열었다.

"왜, 저인지 묻고 싶습니다."

큰 용기를 낸 질문이었다. 지섭은 그 물음을 기다렸다. 은재가 제 상황에 이성적으로 다가서는 지금 이 순간.

"방금 그쪽의 말로 확신이 생겼어."

지섭의 눈이 사업가의 그것으로 변해 번뜩였다. 잘못된 상황에서도 정답을 찾아가는 재능. 은재에게서 그것이 보였다. 그에게는 그 재능이 필요하다.

"서은재 씨, 지금 도움 필요하잖아. 난 내 도움이 필요한 사람이 필요해."

입맛대로 이용할 수 있게.

그것은 악마의 조건이었다.

똑딱똑딱. 없는 시계 초침 소리가 들리는 듯했다. 유혹적인 손에 그녀가 침을 삼키고 물었다.

"제가 뭘 해 드려야 하는지, 구체적으로 말씀해 주세요."

또렷한 두 눈에 지섭은 가장 중요한 '조건'을 내걸었다.

"내 아내가 돼 줘."

구구절절한 설명 따윈 없었다.

땡.

머리에서 종이 울렸다.

"…네?"

그것도 거대한 종이.

몇 번째인지 모를 넋 나간 은재의 물음에도 지섭은 태연했다.

"정확히는 한국으로 돌아가 앞으로 6개월간 내 아내가 된 척하는 것."

"잠시만요, 사장님?"

"가벼운 조작은 있겠지만 절대 흔적은 남지 않을 거야. 서은재 씨가 후에 다른 사람을 만나 가정을 꾸리는 데 어떠한 문제도 없게끔 조치하겠어. 그리고 6개월 뒤에 당신은 원래대로 다시 뉴욕으로 돌아오면 돼. 그땐 마음껏 공부하며 이 뉴욕을 즐길 수 있어."

"……."

"그게 내가 원하는 전부야."

제멋대로 뱉은 그의 말은 멋대로 종지부를 찍었다. 은재는 반사적으로 뒷걸음질을 쳤다. 이 상황을 파악하고 이해할 틈은 없었다. 머릿속에 경계경보가 울렸다. 그러나 지섭은 단호했다.

"선택해."

그는 한쪽 입꼬리를 당겨 웃었다.

"오래는 안 기다려."

지섭은 그녀에게 여유를 허락하지 않았다.

"난 서은재 씨가 필요해. 그리고 서은재 씨도 내가 필요하지."
악마가 손을 내민다.
"후회가 남을 선택은 하는 게 아니야."
"……."
"잡아."
녹아내릴 듯 싱그러운 눈웃음으로 유혹하며.

인생은 언제나 선택의 기로에 서 있다. 공부만 해 오던 꿈 없는 열일곱, 우연히 본 사진전에서 은재는 자신이 가야 할 길을 찾았다.

'지금보다 더 많은 걸 보고 싶어요.'

딸의 갑작스런 말에 부모님은 당황했지만 은재의 의견을 존중했다. 더 많은 것을 보고 배우고 느낄 수 있도록 그녀를 응원해 주었다.

'잘할 필요 없어. 힘들면 언제라도 돌아와. 그게 내일이건 모레건 다 괜찮아. 네가 하고 싶은 걸 하면 돼. 그게 어떤 결말이건 상관없어. 네 선택에 대한 답은 너에게만 있는 거야.'
뉴욕으로 오기 전, 어머니가 말했다. 이별의 슬픔보다도 딸의 선택을 존중한 조언이었다. 그 말과 함께 은재는 세상에 첫발을 내디였다. 하지만 꿈과 희망만을 찾기에 세상은 너무도 지독했다.

'힘들면 언제라도 돌아와.'

 엄마의 목소리가 귓가에 들린다. 천 근 같은 서류를 들고 걸었다. 무의식적으로 향한 곳은 이 낯선 땅에서 유일한 안식처, 집이었다.
 쿵쿵쿵쿵!
 집 안에선 오늘도 어김없이 거센 헤비메탈이 울려 퍼지고 있었다. 심장을 때리는 음악소리에 머리를 감쌌다. 그리고 침대에 누워 있는 룸메이트를 향해 말했다.
 "저녁 8시 넘으면 음악 꺼 달라고 분명 부탁했어요. 항의 들어와서 쫓겨난다고."
 필사적으로, 진심을 다해 부탁했지만 돌아온 것은 새까만 매니큐어가 칠해진 중지였다.
 "네 같잖은 아시안 발음에 토 나올 것 같으니까 닥쳐."
 할 말을 잃게 만드는 소리였다. 근처 갱단과 연관되어 있다는 에이미를, 집주인 역시 함부로 대하지 못했다. 대신 은재만 잡고 달달 볶아댔다.
 매일매일, 늘, 언제나. 징그러운 하루의 연속. 거기에 더해진 폭탄. 그때, 휙 던져지는 봉지 하나.
 "그거 하나면 아무 소리도 안 들릴걸."
 아무렇지도 않게 지옥으로의 초대장이 날아왔다.

"하… 하하."

은재는 멍하니 집을 돌아보았다. 이보다 싼 곳이 없어 나갈 수도 없는 처지의 집은 쓰레기장 같았다.

"치우라고 했는데."

그나마 나은 침실은 룸메이트가 제 남자 친구와 관계를 맺어대며 더럽혔다. 바들바들 손이 떨렸다.

"도대체 왜 나한테만 이런 일이 생기는 거야?"

"뭐라고 하는 거야. 못 알아들을 소리 지껄이면 머리에 바람구멍 낸다고 말했지! 퍼킹 아시안!"

은재의 한국어에 룸메이트가 사납게 소리쳤다. 이상했다. 저 윽박을 들으면 저도 모르게 말문이 막히곤 했는데 오늘은 아니었다.

"왜 이렇게 된 건데?"

"저게 진짜!"

"내가 뭘 잘못했다고?"

하나하나, 잡아내면 잡아낼수록 설움이 터져 나왔다. 설거지거리가 가득 쌓인 싱크대와 경고문이 잔뜩 붙은 문, 독한 담배 냄새로 찌든 벽지. 박스에서 나오지도 못한 은재의 짐.

부모님의 원조, 아르바이트가 아니면 유지할 수도 없는 이 지독한 유학 생활을 그녀는 더 이상 버틸 수 없었다. 은재는 피가 맺히도록 입술을 악물고 발끝에 떨어진 작은 봉지를 주워 꽉 움켜쥐었다.

"싫어."

당장 무슨 일을 해도 그 많은 돈을 구할 방법은 없다. 대출을 해 줄 곳도 없고 있다 해도 멀쩡한 곳일 리 없다. 결국 나락 아니면 타락만 남은 상황에서 떠오르는 건 하나였다.

"싫다고."

'후회가 남을 선택은 하는 게 아니야.'

한 손엔 마약.
반대쪽에는 빚.
돈이 없어 가족들을 보러 가지도 못하는데. 생활비가 부족해 아르바이트를 하고 학비가 모자라 휴학을 했는데. 대체, 나는 뭘.

'잡아.'

"뭘 고민하는 거야?"
그 순간 은재는 망설임 없이 들고 있던 봉지를 던져 버렸다.
"꺄악!"
날아간 봉지가 에이미의 얼굴에 부딪쳐 팡, 터져 버렸다. 후련한 파열음과 함께 하얀 가루가 흩어졌다. 에이미의 비명이 이어졌지만 은재는 막 저장된 번호에 전화를 걸었다.
"너 지금 뭘 던진 거야! 죽고 싶어!"
흥분한 에이미의 외침에 은재는 손을 들어 올렸다.
"저게 정말 미쳤나! 퍼킹 아시안!"
부릅뜬 눈과 함께 그녀의 긴 중지는 빌어먹을 룸메이트를 향

해 있었다. 지난 3년. 셀 수도 없을 만큼 많은 선택의 순간이 있었다. 은재는 언제나 혼자 모든 걸 감내해야 했다. 이번에도 마찬가지다. 잔인한 현실은 다시 선택을 종용했다.

 -대답은?

 망설임조차 허락되지 않는 선택을.

#2

〈제37회 경영인의 밤 자선 바자회 in청성〉

금빛 글자가 수놓인 현수막 아래, 아름다운 여자가 황홀하게 읊조렸다.

"완벽해."

대한민국 유명 경영인들이 모이는 경영인의 밤. 그곳에서 매 분기마다 주최하는 자선 바자회가 있었다. 그것도 '장미연'의 지휘로 진행되는 바자회. 그녀가 '청성'의 이름을 앞세워 진행하는 첫 행사였다.

"17년이나 버텼어."

노인네 수발 들어 가며 버텨 온 긴 시간, 청성의 이름 앞에 '장미연' 석 자가 붙기 시작했다.

'조금만 버티면 청성은 내 거야.'

희열을 감추지 못하며 미소 짓는 그녀의 뒤로 행사진행팀장이 다가왔다.

"이사님."

"뭐야?"

도도한 눈빛에 팀장은 고개를 숙였다.

"공연 후 경매 예정된 물품 하나가 아직 도착하지 않아서요."

"아직도 물건이 안 와?"

"연락을 드렸는데도 조금만 기다려 달라는 말씀만 하셔서……."

앙칼진 쏘아붙임에 팀장의 등이 굽었다. 진땀까지 흘리는 그녀를 보며 미연이 삐딱하게 섰다.

"누군데 그렇게 시간 개념이 없어?"

"명한산업 사모님께서 내놓으실 백자 세트입니다."

"아, 그 졸부? 분수에 안 맞게 참여한다고 할 때부터 알아봤지."

없는 상대를 대놓고 무시한 그녀는 가볍게 턱짓했다.

"더 기다릴 것 없어. 목록 제거하고 빈 곳엔… 그래, 저거 넣어."

미연이 가리킨 것은 바자회장 벽에 걸린 그림 한 점이었다. 팀장의 눈이 휘둥그레졌다.

"이사님! 저건 회장님께서 아끼시는 옥선 화백님의 작품입니다."

"그래서?"

"그게, 그러니까……."

"내 뜻이 곧 회장님 뜻이라는 거, 몰라?"

오만한 말에 당황한 팀장은 결국 몸을 숙였다.

"시행하겠습니다."

서둘러 돌아서는 팀장을 보며 미연은 다시 고개를 들어 올렸다. 청성그룹의 로고가 선명하게 보였다.

"청성그룹."

호랑이 없는 굴엔 여우가 주인이다. 이 굴에서 그녀를 막을 수 있는 짐승은 아무도 없었다. 단 하나, 아직 재야를 돌고 있는 새끼 호랑이만 빼면 말이다.

"정지섭."

가족관계상으론 자신의 아들이자 청성그룹의 회장 정창만의 적자, 정지섭. 경험을 쌓아야 한다는 이유로 3년이나 밖으로 내몰았지만 청성의 후계자를 더 내돌릴 구실은 없었다.

하지만.

'경선물산은 이미 포섭해 놨어. 이채영만 정지섭 옆에 붙여 놓으면 모든 게 완벽해지는 거야.'

정지섭이 한국으로 돌아와 결혼만 하면 이야기는 끝난다. 결혼 후 이채영이 받을 상속 지분과 야금야금 모아 온 자신의 지분. 그것들을 합친다면 정지섭의 지분율은 거뜬히 넘길 수 있다.

"얼마 안 남았어."

미연은 찢어져라 벌어지는 입술을 가리고 회장을 벗어났다. 그리고 아무도 없는 복도 끝, 창가에 서서 수족같은 비서 윤정에게 전화를 걸었다.

-네, 이사님.

신호음이 얼마 가기도 전에 돌아온 대답에 그녀가 목소리를 낮췄다.

"곧 행사 시작하니까 임원들 데려와. 경선물산 사모는 꼭 우리 쪽에서 내놓은 물건 사게 만들고. 얼마라도 좋으니까, 무조건 사서 청성이랑 연 닿게 만들라고 해. 그래야 자연스럽게 자리 마련하니까."

-알겠습니다.

"정지섭은?"

-내일 오후 4시경 도착하는 것으로 확인되었습니다.

"그래? 귀국하면 이채영 만날 수 있게 바로 조치해."

-예.

전화를 끊은 미연은 휴대폰을 클러치 백에 넣으며 후, 숨을 내쉬었다. 모든 게 '완벽'했다. 그녀는 사악한 미소를 지으며 은밀하게 속삭였다.

"다신 내 집에 발 디딜 수 없게 만들겠어."

"누구를 말입니까?"

"누구긴 누구야, 당연히 정……."

아무렇지 않게 대답하던 미연의 말이 끊겼다. 창백하게 질린 얼굴, 굳어 버린 몸은 쉬이 돌아가지 않았다.

"어, 어어?"

그런 그녀를 위해 친절히게도 '그'기 미연의 앞으로 얼굴을 보였다.

"오랜만에 뵙습니다."

유명한 영화배우였다던 정창만의 죽은 전부인. 그녀와 똑 닮은 수려한 얼굴이 빛을 발한다. 여유롭게 짓는 미소가 모난 구석 하나 없는 얼굴을 더욱 반짝이게 했다. 놀란 미연이 주춤주춤 뒤로 물러섰다.

"어머니."

기가 막힐 정도로 자연스러운 호칭이었다. 정지섭은 처음부터 그랬다. 열두 살밖에 차이나지 않는 그녀를 향해 어머니라는 호칭을 아끼지 않았다. 그래서 무서운 거다. 투명해 보이지만 제 속은 내비치지 않는 거울 같은 놈.

"아, 아니……."

미연은 당황을 숨기지 못하고 마른 입술을 깨물다 간신히 말했다.

"어떻게 벌써 여기에. 분명 내일 온다고……."

"청성의 자선 바자회가 있는데 맞춰 오는 건 당연하지 않습니까."

"……."

"걱정 마십시오. 다 차려진 밥상에 숟가락 올릴 생각 없습니다. 그저 인사만 드리러 온 겁니다."

부드럽게 휘는 눈웃음에 정신이 아찔해진다.

"딱히 잘 차려진 밥상도 아닌 것 같고."

예의 있게 남의 속 긁는 어법도 여전했다. 보란 듯이 이 정도는 아무것도 아니라고 치부하는 강단에 미연은 주먹을 쥐었다.

'이 약아빠진 새끼가.'

파르르 떨리는 그녀의 몸을 모르는 척, 지섭은 환하게 웃으며 말했다.

"소개시켜 드리고 싶은 식구가 있어서 잠깐 찾아왔습니다."

"식구?"

"이리 와."

말을 마친 그가 뒤쪽으로 손을 뻗었다. 미연은 비로소 미처 보지 못했던 여자를 발견했다.

"…누구?"

긴 머리에 수수한 원피스를 입은 뽀얀 여자였다. 단아하고 얌전해 보이는 여자는 지섭의 손에 이끌려 한 걸음 나서며 미연과 눈을 맞췄다. 덜컹. 미연의 심장이 바닥으로 떨어질 때, 지섭이 말했다.

"인사드려요. 이쪽은 우리 어머니."

두근두근. 미연의 심장이 미친 듯이 뛰기 시작했다. 빛처럼 빠른 그녀의 눈치가 눈치 없이 빠르게 돌아갔다.

지난 17년간 단 한 번도 본 적 없던 따스함이 지섭의 얼굴에 걸려 있었다. 봄날 솜사탕 구름만큼 말랑말랑한 음성도 함께였다. 불꽃같은 감이 이 상황을 멋대로 인지시켰다. 아아, 설마. 설마, 그럴 리가.

"저의 가장 소중한 사람입니다."

'그럴 리가 없어.'

"어머니."

'아니, 말도 안 돼.'

"소개가 늦었습니다."
'말하지 마. 이건 아니야.'
"제 아내입니다."
와장창.
완벽했던 미연의 하루가 완벽하게 무너져 내렸다.

처음 한 고비를 잘 넘긴다 해도 반복될 수작. 한 고비를 넘어서면 다른 고비가 있을 터. 지섭에겐 근본적 방어책이 필요했다.
그가 한국에 없던 지난 3년간 대체 무슨 짓을 해 왔는지 알아내기 위한 이 반년은 지섭에게 아주 중요했다. 그리고 오늘은 잘 여며진 미연의 옷을 뜯어내는 시작점이었다.
"이, 이게."
하얗다가 파랗다가 다시 하얗게 질려 버리는 낯빛이 제법 재밌다. 지섭은 눈웃음을 지었다.
"많이 놀라셨을 거라고 생각합니다."
아주 당연한 소리도 함께. 그제야 정신을 차린 미연이 숨을 골랐다. 지나치게 크게 놀란 게 꼭 나쁜 짓을 하다 들킨 것 같지 않은가. 물론 그게 맞지만.
"지금, 무슨……."
겨우 말하곤 있지만 미연은 여전히 혼란스러웠다. 내일 돌아올 놈이 난데없이 사람을, 그것도 여자를 데리고 왔다. 기가 막히고 코가 막힐 일이었다.
"너, 너 지금, 그러니까 네가 지금 무슨 말을 한 건지 알고……."

"자세한 얘기는 집에서 다시 말씀드리겠습니다. 지금 바쁘신 거 아닙니까?"

"정지섭."

"이사님, 이사님!"

행사 시작을 앞두고 진행 요원이 미연을 애타게 불렀다. 지섭은 몸을 옆으로 빼며 손짓했다.

"가 보십시오. 저희는 '먼저' 집에 가 있겠습니다."

"……."

"어머니."

그의 손이 공손히 행사장을 가리켰다. 마치 조롱처럼 보이는 손짓이었다. 미연은 부들부들 떨며 휙, 은재를 노려보았다.

"다시… 얘기하자."

짓씹듯 말을 남긴 미연이 빠르게 자리를 떴다. 뒷모습에서도 전해지는 분노와 혼란, 당황에 지섭은 옅게 휘파람을 불었다. 그리고 여유롭게 팔짱을 끼고 물었다.

"어때."

"…네?"

"말로만 들었던 적을 실물로 본 기분이."

적이라니. 유치하지만 틀린 말은 아니었다. 한국으로 돌아오는 내내 주입받고 익혔던 그대로, 장미연은 강렬하고 거셌다. 그리고 예상보다 훨씬 더 젊어 보이는 모습 또한 은재를 놀라게 하는 데 일조했다.

"굉장히 미인이시네요. 엄청 예쁘셔서, 놀랐어요."

긍정적인 답변에 지섭의 미간이 좁아졌다.

"네가 더."

"예… 예, 예?"

멍하니 대꾸하던 은재가 놀라며 돌아봤다. 말뜻을 이해한 그녀가 경악에 가까운 표정을 짓자 지섭이 고개를 갸웃거렸다.

"그렇게 질색할 것까지야."

"의미 없는 농담은 놀림이라고 생각해요."

그녀의 대답에 지섭의 눈으로 살짝 이채가 서렸다. 생각보다 당돌한 대답이 나왔다. 그의 시선에 은재는 얼른 고개를 숙였다.

"건방졌어요. 죄송합니다."

"아니, 마음에 들어. 계속 그렇게 해."

어쩐지 가벼운 말투에 힐끔 시선을 올렸다. 지섭의 눈은 진심으로 보였다. 이렇게 되니 오히려 더 당황스러워졌다. 어쩔 줄 모르는 은재를 뒤로한 그가 제임스에게 전화를 걸었다.

"지금부터 경선물산 쪽 동태 확인하고, 청성 쪽 사람 누가 오가는지 체크해. 시간이 조금 걸려도 좋으니 세밀하게. 임 이사부터 시작해."

지섭이 짧은 통화를 끝내는 사이, 겨우 마음을 안정시킨 은재가 그의 팔을 톡톡 건드렸다.

"이제, 저는 뭘 하면 될까요?"

소심한 용기에 지섭이 그녀를 돌아보았다.

"그 전에."

얄미울 정도로 즐거워 보이던 눈이 은재를 담았다. 어색하게 눈치를 보자 지섭이 조금 더 가까이 다가왔다.

"서은재 씨 부모님을 만나러 가는 건 어때."

깜짝, 생각지도 못한 말에 은재의 커진 눈이 흔들렸다. 동요하는 그녀의 모습에 지섭이 말을 이었다.

"멀리서 얼굴을 보는 정도지만."

물론 그렇겠지. 어차피 알고 있는 조건이었으면서. 이곳으로 오기 전, 그녀가 반드시 지켜야 하는 몇 안 되는 철칙 중 가장 중요한 것이 바로 이것이었다.

'서은재'를 아는 모두에게 한국에 왔음을 보이지도, 알리지도 말 것.

그래야 아무 일도 없었던 것처럼 반년 뒤 제자리로 돌아갈 수 있었다. 이것은 서로에게 가장 중요한 조항이었다. 은재는 숨을 한 번 삼키고 고개를 저었다.

"아니요."

단호한 대답에 지섭이 의외라는 표정을 지었다.

"보지 않을래요."

절체절명의 위기에서 잡은 동아줄. 서툴고 가벼운 마음으로 이런 엄청난 일에 뛰어든 것은 아니었다. 애써 다잡은 마음을 허무하게 허물어트릴 수 없었다.

"그래."

지섭은 그녀를 존중했다. 두 사람은 복도를 따라 걸음을 옮겼다. 꼬박 3년 만에 돌아온 모국은 땅도 하늘도 심지어 공기조차도 반가웠다. 비행기에서 내리는 순간 곧장 집으로 달려가고 싶을 정도였다.

하지만.

'절대 못 가. 어떻게 찾아가겠어.'

비행기값이 없어 3년간 집에 가지 못하다 불쑥 나타나서 뭐라고 할까.

'일을 저질러 억대 빚이 생겼다고? 그 돈 때문에 어느 돈 많은 남자의 와이프 행세를 해야 한다고?'

금방 결론이 보였다. 부모님은 집을 팔고 대출을 받아서라도 그 돈을 해결하려 할 것이다. 오빠 역시 가만히 있진 않을 거다.

'절대 안 돼. 무조건 들키면 안 돼.'

그녀는 빠르게 고개를 저었다. 그리고 심호흡과 함께 마음을 꽉 다잡았다. 약해지고 싶지 않다. 그사이 지섭은 창문가에 서서 어딘가를 보고 있었다.

"슬슬 나올 때가 됐는데."

그의 말에 함께 창문으로 눈을 뒀다. 지섭이 기다리는 게 누구인지 묻지 않아도 안다. 지섭이 나타났으니 이 행사에 집중할 수 없어진 건 당연했다. 그 역시 그것을 원했던 거고.

'정말 남보다 못한 사이야.'

새삼 깨닫게 되는 지섭과 미연의 관계에 마른 입술을 적시던 은재의 눈에 주차장에 나타난 그녀가 보였다.

"사장님, 저기."

미연은 서둘러 차에 올라 어디론가 향했고 은재는 지섭을 돌아보았다. 그가 말했다.

"쳐들어가 볼까."

-목적지에 곧 도착합니다.

은재는 정신을 깨우는 내비게이션의 안내음에 허리를 바짝 세웠다. 그리고 옆모습조차 완벽한 남자의 훌륭한 운전 솜씨에 감탄하는 대신 안전벨트만 쥐고 불안함을 달랬다.

'실수하지 말자, 실수하지 말자.'

후우, 긴 숨이 뻗어져 창문에 서리를 만들었다.

'미치겠다.'

그래도 지워지지 않는 걱정은 어쩔 수 없었다. 그 와중에 차는 목적지에 다다랐다. 커다란 철문 안으로 보이는 잘 닦인 길이기가 막혔다. 정원은 상상 이상으로 컸다. 도대체 얼마나 큰 집인지 감이 잡히질 않았다. 재벌 거부병이 도졌는지 헛구역질이 날 것 같다.

"후우."

참지 못한 숨을 내쉬었다. 때맞춰 철문이 열렸고 문 옆에 섰던 경비원 여럿이 차를 향해 허리를 숙였다. 낯선 광경들에 바짝바짝 속이 타들어 갔다. 차는 문을 지나치고 조금 더 달려 저택의 드넓은 정원 안으로 들어섰다.

끼익, 차가 멈추자 극심한 긴장감에 머리가 어지러워진 그녀가 그를 잡았다.

"자, 잠시만요."

시동을 끄던 지섭이 그녀를 돌아보았고 은재는 침을 꿀꺽 삼켰다.

"실수하면, 어쩌죠?"

"무슨 실수."

"제가 그, 사장님과 결혼을 했다는 거짓말을 해서… 혹시 폐를 끼치면. 잘못하면, 잘하지 못하면."

성큼 다가온 불안감에 긴장하는 그녀는 보면서 지섭은 한쪽 입꼬리를 올렸다.

"괜찮아. 할 수 있어."

근거 없는 믿음에 은재가 고개를 들었다. 그는 여유롭게 웃고 있었다.

"서은재 씨."

지섭은 가만히 은재를 불렀다. 그는 자신의 안전벨트를 풀고 버튼을 눌러 그녀의 안전벨트 잠금까지 풀어 버렸다.

휘리릭 말려 올라간 벨트에 숨통이 트인 듯 은재가 훅, 숨을 내쉬자 지섭이 말을 이었다.

"난 잘하라고 한 적 없어. 그것만 기억해."

"……"

"잘하지 않아도 돼. 상관없어."

빤히 마주하는 시선에 속도 없이 얼굴이 뜨거워졌다. 익숙해지지 않는 저 잘생긴 얼굴이 지나치게 다정하게 다가왔다. 정신 차리자, 여러 가지로. 푸릇푸릇 초목 가득한 정원에 딸꾹질이 나오기 직전, 지섭이 차에서 나섰다.

"기다려."

그리고 바로 조수석으로 돌아와 문을 열며 손을 내밀었다. 조심스레 그의 손을 잡아 차에서 내리자 지섭이 은재의 손을 당겼다.

"······!"

훅 가까워진 거리에 놀라 확장된 그녀의 두 눈에 그는 천천히 말했다.

"다시 말하지만 잘할 필요 없어."

지섭의 가슴에 오른 은재의 두 손이 떨렸다. 말끔한 정장 속 그의 체온이 아주 옅게 전해지는 가까운 거리에서 지섭은 그녀의 온 정신을 자신으로 채웠다.

"하나만 기억해. 아무도 인정하지 않아도 내가 당신을 인정했다는 거."

살갗에 닿은 손길이 뜨겁다. 당장 밀어 내고 싶으면서도 움직이기 어려운, 놀란 가슴속 제멋대로 뛰어대는 심장을 눌렀다. 신기한 일이다. 이렇게 낯선 사람인데 어째서 불쾌하지 않은 걸까.

"대답."

그가 물었고 그녀는 입술을 물었다. 문 입술 대신 할 수 있는 대답은 얌전히 고개를 끄덕이는 것뿐. 하지만 지섭은 그것이 몹시도 만족스러운 듯 은재를 놓아주었다. 그리고 더욱 은밀하고 작은 음성으로 그녀의 귓가에 속삭였다.

"김주경."

김주경.

그것은 앞으로 반년간 그녀가 한국에서 쓰게 될 이름이었다.

"네."

그녀의 눈에 몇날 며칠 고뇌하고 다짐해 왔던 의지가 서리자 그가 미소 지었다. 은재의 맑은 두 눈동자를 바라보며 지섭은 황홀할 정도로 아름답게 웃으며 속삭였다.

"당신은 내 아내야."

괜히 쿵, 가슴이 뛴다. 제멋대로, 이유 없이 뛴다.

"내가 죽도록 사랑하는, 내 사람."

가쁘게 뛰는 심장박동 때문이었을까. 긴장감 때문이지 혹은 알 수 없는 이유때문인지 머리까지 한 가지로 가득 채워진다.

두근두근, 콩닥콩닥.

'자세한 얘기는 집에서 다시 말씀드리겠습니다.'

도도하게까지 느껴지던 지섭의 말이었다. 미연의 공작으로 한국을 떠났던 지섭은 달라진 것이 없었다. 조금은 헤퍼지길 바랐지만 여전히 담대하고 노련하기까지 했다.

"빌어먹을 자식."

사람을 그따위로 농락하다니. 지섭이 '집'이라는 말을 꺼낸 이상 행사장에 미무를 수 없었다. 지섭이 정창만 혼자 있는 집에 온다면, 그것만큼 최악의 상황은 없었다. 긴 시간 공들인 행사를 직접 참여하지 못하는 초유의 사태가 벌어졌지만 급한 건 이쪽이다.

"하!"

참지 못한 짜증을 뱉은 미연은 곁으로 다가온 비서 윤정에게 물었다.

"회장님은."

"별다른 말씀은 없으십니다. 지금은 응접실에서 기다리고 계십니다."

"곧 도착할 것 같으니까 다시 설명드려. 정지섭이 많이 헤이해진 것 같다고, 그래서 그런 거라고. 그리고 정태희 그 계집애는 행여나 나오지 않게……."

사납게 말을 잇던 미연의 시선에 복도 끝에 선 소녀가 들어왔다. 태희였다. 콧등을 타고 내려온 알 두꺼운 안경을 올린 태희가 드물게 먼저 말을 걸어왔다.

"오빠가 온 거예요?"

"누가 오빠야? 네가 오빠가 어디 있어!"

"……."

"당장 들어가."

정이라곤 없는 차가운 명령이었다. 딸을 대한다곤 생각할 수 없는 매정함이었지만 태희는 익숙하게 받아들였다. 말대답 없이 얌전히 방으로 향하는 태희를 보던 미연이 신경질적으로 말했다.

"저 계집애, 운동은 다니고 있는 거야? 왜 자꾸 살이 쪄?"

"이사님."

"쪽팔려서 진짜."

윤정이 만류해도 한껏 예민해진 미연은 마음껏 가시를 뱉었다. 그때 윤정의 휴대폰이 짧게 진동했다. 바로 확인한 그녀가 아직

성난 미연에게 보고했다.

"막 정원으로 들어섰답니다."

바짝 오른 독이 지체 없이 입구로 향했다. 미연의 뒤로 살기가 느껴지는 것 같은 건 절대 착각이 아닐 거라고, 윤정은 생각했다.

청성그룹 오너 일가의 저택은 언제나 한옥 건물이었다. 아주 오래전 그대로 단층 건물이었지만 여러 번의 보수와 리모델링을 거쳐 옛 모습과 현대적 시설이 공존하는 특별한 공간으로 만들었다.

정원에 깔린 굽이진 길을 따라 걸어도 끝과 끝이 잘 보이지 않는 넓은 정원의 가장 안쪽, 고풍스러운 저택의 응접실엔 고용인도 물린 두 사람, 정창만 회장과 그의 부인 미연이 앉아 있었다. 응접실과 멀지 않은 곳에서 사람이 다가오는 소리가 들려왔다.

"오나 봐요."

미연이 가느다란 목소리로 창만에게 말했다.

"그렇군."

내쫓기듯 떠났던 3년 전의 그날도 배웅은 이 응접실에서였다. 많은 것이 변했어도 여전히 옛 모습 그대로인 응접실처럼 두 사람도 똑같이 그를 맞이했다.

서먹한 사이도 아니지만 그렇다고 살가운 사이도 아닌 부자의 시선이 마주쳤다. 아니, 하나 달라진 게 있긴 했다.

"다녀왔습니다, 아버지."

떠날 땐 지팡이가 필요했지만 두 다리로 서 있던 창만이 휠체어에 타고 있다는 것. 마른 몸에 볼품없이 기울어져 있다는 것.

"미리 연락드리지 못하고 불쑥 찾아와 죄송합니다."

묵직함이 담긴 지섭의 인사 후에 은재 역시 허리를 숙였다. 창만의 눈이 그녀에게 닿았다 떨어졌다. 지섭의 것과 비슷한 눈에 꼴깍 침을 삼킨 은재는 따끔거리는 양심에 두 손을 말아 쥐었다.

'몸이 안 좋으셔서 오게 되었다더니.'

은재 역시 창만의 상태를 미리 들어 알고 있었다. 지섭이 한국으로 돌아오게 된 것도 뛰어난 능력치에도 있지만 창만의 건강 상태가 많이 나빠졌기 때문이라 했다.

"그래, 오느라 수고 많았다."

한눈에도 마르고 지쳐 보였지만 지섭을 반기는 기색이 역력했다. 고스란히 드러나는 아버지의 감정에 지섭은 쓴웃음을 삼켰다. 저렇게 속을 보이는 것도 모두 미연 때문이리라.

"예."

나약해진 아버지 곁에 미연이 있었다. 마치 한 몸인 것처럼 창만의 뒤로 다가와 어깨에 손을 올린 미연이 인사했다.

"어서 와요. 잘 왔어. 몇 년 사이 더 멋있어지고 단단해진 게 보이네요. 안 그래요, 회장님?"

보이지 않는 불꽃이 튀었다. 이 자리 자체가 활활 타는 장작 위에 있는 듯한 착각도 든다. 팽팽한 긴장감이 감도는 틈 사이 창만이 입을 열었다.

"이 사람한테 말은 들었다."

마른 몸과 달리 의외로 굵고 강직한 목소리였다. 훗날 지섭의 음성도 저렇게 되지 않을까, 생각하게 만드는 음성이었다.

"사실이냐."

많은 것이 함축된 말이었으나 그가 말하는 사실이 지섭과 은재의 '결혼'이라는 것을 모르는 사람은 없었다.

"예, 아버지."

다닥다닥 달라붙는 시선들이 부담스러울 정도로 따가웠다. 울렁울렁 장이 꼬이는 느낌도 들던 차 지섭의 목소리가 귀에 울렸다.

'잘할 필요 없어.'

오만했던 그 말이 가장 든든한 방어막이 되어 주겠다는 말처럼 들렸다. 은재는 턱을 바로 들고 허리를 세웠다. 그리고 작은 입술 틈 사이로 숨을 마시고 뱉듯이 말했다.

"김주경입니다."

이제 한동안은 어떻게든 익숙해져야 할 이름을 담고 공손히 허리를 숙였다. 창만의 눈이 빤히 그녀를 바라보았다. 여전히 긴장은 남아 있었지만 조금 전 같은 괴로움은 없었다. 오히려 약간의 긴장이 정신을 맑게 했다.

한참 은재를 보던 창만이 지섭을 향해 물었다.

"제대로 된 설명이 필요할 것 같은데."

생각보다 훨씬 차분하고 담담한 목소리였다. 지섭은 고개를 끄덕였다.

"앉아서 말씀드리겠습니다."

묘한 침묵을 유지하며 앉은 자리는 가시방석처럼 불편했다.

차가 놓이고 뽀얀 김이 가라앉을 때까지 대화는 이어지지 않았다. 잠시 서로의 거리를 가늠하던 그 순간, 꿀이 떨어지다 못해 넘쳐 흘러내리는 눈이 은재를 향했다.

"제게 가장 소중한 사람입니다."

당연히 지섭의 눈이었다. 양봉장에 가져다 팔아도 될 것 같은 달달함이 그의 눈에서 쏟아졌다. 마주하고 있으니 사실을 전부 알고 있는 은재조차 진짜인가 싶을 만큼 진실이 묻어나 있었다. 그사이 지섭은 훌륭히 날뛰었다.

"제가 청성 사람인 것도 모르고, 그저 있는 그대로의 절 사랑해 준 이 사람을 그곳에 두고 올 수 없었습니다. 저와 본인이 어울리지 않는다며 헤어지자고까지 하던 사람입니다."

이것은 지섭과 은재가 정했던 스토리였다. 조금 부족하지 않겠느냐는 제임스의 말에 지섭은 웃으며 말했었다.

'감당 못할 설정은 상황을 잡아먹기 마련이지.'

구구절절 많은 설명은 필요하지 않았다. 지섭이 보여 주는 것은 오로지 '진심'이었다. 애처롭기까지 한 진심을 끝으로 지섭은 은재, 아니 김주경의 손을 잡았다. 사랑이 넘치는 그의 시선을 보며 은재는 다시금 되새겼다.

'대단해.'

"이 사람을 제 사람으로 만드는 게 아니라 제가 주경이의 사람이 되는 것, 그게 제가 할 수 있는 전부였습니다. 모든 걸 잃더라도 함께하고 싶었습니다."

'타고났나 봐.'

어떻게 목소리 하나 떨지 않고 이렇게 여유로울 수 있을까. 거짓말로 한강 물도 팔아먹을 사람 같았다. 어쨌든 시위는 당겨졌고 은재는 살짝 주변 눈치를 살폈다. 과연 이 거짓 담백한 이야기를 어른들이 믿어 줄까, 하는 의구심 때문이었다. 그리고 확실해졌다.

"그걸, 믿으라고?"

뱀처럼 사나운 그녀의 눈이 은재를 노려보고 있었다. 누가 봐도 불신 가득한 눈이었다. 은재가 바짝 타들어 가는 심정에 마른 입술을 물었다. 그러나 지섭은 오히려 미연을 이해하지 못하겠다는 듯 뻔뻔하게 되물었다.

"못 믿으시겠어요?"

"그게 말이나 된다고 생각하니?"

"안 될 이유가 따로 있습니까?"

"……."

"어머니."

'어머니'라는 말이 저렇게 공격적으로 들릴 수 있다니. 능력이라면 능력이다.

"하, 하하!"

말문이 막혀 버린 미연이 낮은 웃음을 터트렸다. 황당함이 가득한 조소를 보인 그녀가 어이없다는 눈을 숨기지 않고 이번엔 창만에게로 시선을 돌렸다.

"설마 지금 저 얘기를 믿으시는 건 아니죠?"

"뭘 말인가."

"당장 며칠 후에 경선물산 딸과 약속한 자리가 있는 거 아시잖아요."

"그렇지."

"그런데 갑자기 사람을 데려오다니요. 아무런 언질도 없이 갑자기. 이건 말이 안 되잖아요."

창만의 입술이 언덕 모양으로 변했다. 미연은 조금 더 적극적으로 말을 이었다.

"회장님이 뭐라고 말씀 좀 해 주세요. 혹시 지섭이가 제가 주선한 자리가 싫어 일부러 사람을 데려온 거라면……."

"무슨 말을 그렇게 하나. 지섭이는 처음부터 자네에게 어머니라 부른 녀석이야. 그리고 지섭이는 그렇게 모진 놈이 아니야."

미연의 말을 자르고 나온 창만의 목소리에 싸한 공기가 주변을 휩쓸었다.

"…회장님?"

"좋건 싫건, 좋은 자리를 마다하고 새사람을 들였다면 그럴 만한 이유가 있는 게야."

"그렇게 말씀하실 일이 아니에요."

"그만, 그만. 그렇게 물고 뜯어서 남을 게 뭔가. 지섭이가 자네 말을 듣지 않을 이유가 없잖아."

짙은 한숨을 뱉은 창만의 눈이 은재를 향했다. 뭐가 더 할 말이 있느냐는 까만 눈이었다. 고통이 머금어진 눈이다. 흐릿하고 피곤해 보이는 눈에서 왜인지 지섭이 보였다. 그런 그를 못마땅하게 내려 보던 미연이 회장의 어깨를 아프게 쥐었다.

늙고 지친 눈동자가 흔들렸다. 거짓과 거짓의 틈 속에서 한때 가장 곧고 커다랬을 사람은 아주 많이 힘들어 보였다. 그 순간 은재의 입이 마음대로 움직였다.

"꼭 지섭 씨와 함께해야 했습니다."

저도 모르게 튀어나온 말이었다. 순식간에 자신에게 쏟아지는 시선들 사이 지섭의 것 역시 섞여 있음을 알았다. 의도하지 않았던 순간 던져진 말은 고스란히 은재 본인이 감당해야 할 것이었다.

그녀는 옆에 앉은 지섭의 옷자락을 쥐었다. 잘할 필요 없다. 그 말이 남겨 준 힘은 생각보다 강했다.

"혼자 있는 게 힘들고 외로워서."

"……"

"너무 지쳐서, 잡고 싶었습니다."

갑자기 던진 말이었지만 거짓이 아니었다. 아니, 자신도 모르게 나와 버린 진심이었다. 자신의 단독 행동에 놀랐을 지섭을 올려다보았다. 그는 이미 그녀를 보고 있었다. 하지만 당황하거나 화를 내는 것 같지는 않았다. 담담하게 은재를 보며 웃고 있을 뿐이었다.

갑작스러운 고백에 한동안 아무도 입을 열지 않았다. 고요 속의 긴장감에 은재는 입술을 물었다. 흐릿하기만 하던 창만의 두 눈동자에 생기가 스쳤다.

"그런 거였구나. 그랬던 거였어."

아주 잠깐, 당황스러울 정도로 자비로운 음성이었다. 황당해진 미연이 창만을 불렀다.

"…회장님, 제발."

"경선물산 쪽 약속은 자네가 알아서 취소해. 지섭이에게 사람이 생겼으니 다른 사람을 들일 수야 없지. 이번만큼은 내 말대로 해."

"그, 그게 무슨!"

뜻대로 되지 않는 것도 모자라 엉망이 되어 버린 결말에 미연의 얼굴이 붉어졌다. 난데없이 확고한 창만의 태도는 계산 밖이었다. 예전의 정창만이라면 이 상황 자체가 말도 되지 않을 일이다. 사랑? 애정? 그토록 정을 주던 본부인에 대한 진심도 그녀가 죽은 후에야 드러내던 자였다.

'젠장!'

그러나 긴 시간 미연에 의해 총기와 판단력이 흐려지고 퇴색되어 버렸다. 누군가에게 기댈 수밖에 없어진 불편한 몸이 더더욱 그렇게 만들었다. '사랑' 하나로 미연을 곁에 두고 그녀에게 자신의 것을 내주기 시작한 창만은 더 이상 옛날의 그가 아니었다.

슬프지만 그것이 지섭이 노린 부분이었다. 그 가운데 콕콕 찔려 오는 양심을 어쩔 줄 모른 채 은재는 고개를 숙이며 침묵했다. 미연은 엉망으로 흘러가는 이야기에 창만의 어깨를 손톱으로 세게 쥐었다.

"지섭이야 그렇다 쳐도, 어떻게 저 아가씨를 믿어요?"

"지섭이가 믿으면 믿어도 돼."

"하지만 회장님……."

"여자라곤 관심도 없던 녀석이 데려온 사람이야. 언질 하나 없다가 이렇게 소개할 정도라면 더욱 그래. 거기다 자네가 마련한 그 자리에 나가는 게 훨씬 이득일 텐데 그걸 다 포기하고 택한 사람이 아닌가."

"그건……!"

'경선물산 사람을 며느리로 두고 주식을 모두 끌어모으려 한 날 막으려는 거겠지!'

…라고 말할 수 있을 리 없었다. 미연은 흥분은 가라앉히며 천천히 말을 이었다.

"그런 이야기가 아니에요. 저 아가씨가 지섭이에 대해 아무것도 몰랐다는 건 이상하잖아요."

"나 역시 당신과도 그 비슷하게 만났잖소. 좋지 못한 곳이었지만 아무것도 보이는 게 없었어. 당신도 내가 청성 사람이라는 걸 몰랐잖아. 그렇지?"

창만은 제 어깨를 아프게 꼬집는 미연의 손을 주름진 손으로 덮었다. 인자한 그의 미소에 미연은 순간 소름이 끼쳤다.

'설마, 저 새끼가.'

잊고 있었지만 이 스토리 라인은, 이 황당하고 담백한 사연은 미연과 창만의 첫 만남과 비슷한 내용이었다. 그녀의 커진 두 눈에 지섭의 시선이 닿았다.

피식.

지섭은 입 밖으로 나오는 웃음을 굳이 막지 않았다. 장미연, 뻔뻔하기론 자신 못지않은 여자다. 그는 새까만 의중을 숨기며 격의 없이 말했다.

"두 분이라면 이해해 주실 거라고 생각했습니다."

비죽비죽, 보이는 사람에게만 보이는 가시가 콕콕 찔렸다. 미연이 어금니를 세게 물었지만 그것을 보지 못한 창만이 은재에게 관심을 줬다.

"부모님께서는 달리 말씀이 없으셨나."

처음보다 훨씬 부드러워진 음성이었다.

"두 분 모두 안 계십니다."

"저런, 형제는."

"없습니다."

'엄마, 아빠, 오빠, 미안.'

멀쩡히 생존해 계시는 부모님들에게 사과를 남기며 은재는 철저히 입력된 소설을 읊었다. 창만은 고개를 끄덕였다.

"쭉 미국에서 살았던 것 같은데, 한국어 발음이 아주 좋군."

말하는 대로 믿어 주는 그로 인해 은재의 양심은 연신 따끔거렸다. 하지만 어깨에 짊어진 5억의 무게는 그녀를 움직이게 했다.

"부모님께서 모국어만큼은 제대로 해야 한다고 말씀하셨습니다. 집에선 늘 한국어를 사용했습니다. 발음 교정도 많이 받았고요. 하지만 못 알아듣는 말도 있습니다."

"그래? 또박또박 좋은 발음이야. 타국에 있었다곤 해도 제 핏줄을 잊으면 안 되는 법이거든. 아주 훌륭한 부모님을 뒀어. 뭘 했었는지 물어도 되겠나."

"학생이었습니다."

"뭘 배웠는지도 궁금한데."

"사진을 배웠습니다."

"오호, 사진. 나도 사진을 꽤 좋아해. 젊었을 적엔 여러 번 출사를 나갔었거든. 어떤 전공을 했지?"

"순수 사진이지만 인물도 함께 하고 있습니다."

"인물이라, 이거 우리도 몇 장 찍어달라고 해야겠어."

축 처져 있던 분위기가 살짝 들떴다. 그저 노인의 모습이었던 창만에게도 얼핏 빛이 나는 것 같았다. 갑작스럽게 형성된 공감대에 은재의 표정은 조금이지만 편해졌다. 예상치 못했던 두 사람의 케미스트리에 지섭의 눈이 호선을 그렸다. 반대로 미연의 눈은 쌍심지처럼 날카로워졌다. 일단 후퇴가 필요했다.

"시간이 많이 늦었어요."

도란도란 나누는 대화의 맥을 가차 없이 끊어 버린 미연이 창만과 눈을 맞췄다. 그리고 자신을 바라보는 그의 어깨를 쓰다듬었다.

"이만 주무셔야죠."

"아, 벌써 그렇게 되었나."

순식간에 다시 본래의 눈으로 돌아간 창만이 구부정하게 허리를 숙이며 말했다.

"남은 이야기는 내일 다시 하지. 다른 건 몰라도 지섭이 네겐 야속함도 들고 원망스럽기도 하구나."

"미처 말씀드리지 못한 점, 죄송합니다. 내일 다시 찾아뵙겠습니다."

"그래야지, 할 얘기가 많아."

오랜만에 만난 부자에게선 전에 없던 묘한 연대감이 보였다. 여전히 친근한 모양새는 없었지만 혈육이 주는 무언가는 제삼자가 끼어들 수 없게 만들었다. 창만의 바로 곁에 섰던 미연조차 주춤주춤 밀려날 정도로.

생각보다 훈훈한 광경에 은재는 마치 이 자리에 없는 사람처럼 숨을 죽였다. 아버지와는 아주 나쁜 관계가 아니구나, 하면서 그녀의 귀로 아주 작은 중얼거림이 들려왔다.

"어딜 감히 내 집에."

깜짝 놀란 은재가 고개를 들었다. 대화를 나누는 지섭과 창만은 듣지 못한 것 같지만 그녀는 똑똑히 들었다.

"여우같은 새끼."

지섭을 향한 본능적인 악의를. 그 순간 묘한 불쾌감이 은재의 몸을 타고 올라왔다. 분명 정지섭이 좋은 사람은 아니지만, 그렇지만.

'얼마나 사람을 미워하면 저렇게 대놓고.'

그러나 미연은 무의식이었는지 자신이 입 밖으로 말을 뱉었다는 것도 모르는 듯했다. 대신 질경질경 씹던 손톱을 내려놓고 한순간에 화사한 미소를 지었다. 거짓말처럼 돌변한 그녀는 창만이 앉은 휠체어를 뒤로 뺐다.

"이만 가 봐요. 회장님 피곤하셔. 자리는 내가 다시 날짜를 잡아서 말해 줄게. 그렇죠, 회장님?"

"어어, 그래. 그러도록 해."

한없이 상냥한 말투지만 눈에선 스파크가 튀었다. 내일이라고 말은 했지만 저 기세라면 어떤 이유를 대서라도 이 집에 오지 못하게 만들 거다.

"…예."

그것을 막기 위해서라도 이곳에 남아 있는 것이 가장 최상의 방법이지만 명분이 없었다. 이 이상 뻔뻔하게 구는 건 아무리 정지섭이라도 너무 부자연스러웠다.

이 집은 더 이상 '그의 집'이 아니었으니까. 결국 일보 후퇴로 결론 내린 지섭은 웃음기를 머금고 은재의 어깨를 감쌌다.

"다시 찾아뵙겠습니다."

어깨를 꽉 잡은 그의 손에선 흔치 않은 감정이 묻어났다. 은재는 자신을 이끄는 지섭의 얼굴을 올려다보았다. 골똘히 다음 수를 생각하고 있는 그의 표정에 그녀는 순간 걸음을 멈춰 버렸다.

"주경 씨?"

자신이 왜 이러는지 모르겠다. 대체 지금 무슨 생각으로 하는 행동인지 전혀 알 수가 없다. 자고로 연예인 걱정과 재벌 걱정은 하지 않는 거라 했는데, 이 와중에 어처구니없이 팔이 안으로 굽는 건지 모르지만.

"우리, 자고 가요."

'서은재 미쳤어.'

말하고야 말았다.

"…뭐?"

뜻밖의 말에 지섭의 포커페이스가 일순 깨져 버렸다. 그 사이 은재의 머릿속도 이미 뒤죽박죽 천국행이었다.

"지섭 씨, 아버님 보고 싶어 했잖아요."

스스로 뭘 말하는 건지도 모르면서 그녀는 이미 몸을 돌려 창만과 미연을 향하고 있었다.

"회장님, 저희, 자고 가도… 될까요?"

쿵쿵. 쐐기를 박는 것도 잊지 않았다.

'나 진짜 미쳤나 봐.'

본인을 향한 신랄한 평가도 함께.

#3

  두 사람에게 준비된 방은 분리된 응접실이 붙어 있는 커다란 침실이었다. 놓여 있는 아이템 무엇 하나 그냥 둔 게 없어 보이는 그곳은 평소의 은재라면 구경하느라 바빴지만 지금은 그럴 정신이 없었다.

"흐으으."

  방으로 들어서자마자 은재는 스르르 주저앉았다. 따라 들어온 지섭이 무릎을 굽히며 그녀와 눈을 맞췄다.

"잘할 필요 없다니까 필요 이상으로 잘해 주네."

"……."

"덕분에 시간이 생겼어."

  뭐에 홀린 사람처럼 멍하니 있던 은재는 전기 충격이라도 맞은 듯 제 머리를 마구 헝클어트렸다.

"제, 제가 왜 그랬죠? 아무 말이나 막 하고, 미쳤나 봐요."

"내 편을 들어 주고 싶었던 걸지도 모르지."

생글생글. 기분 좋게 짓는 미소에 턱하니 긴장이 풀리다 문득 의문이 들었다.

"혹시… 사장님도 들으셨어요?"

"뭘?"

무슨 말인지 모르겠다는 양, 모르쇠하며 웃는 얼굴이 이상하리만큼 얄미웠다. 그리고 문득 그런 생각이 들었다.

'익숙해진 걸지도 몰라.'

어쩐지 마음 한구석이 조금 무거워졌다. 어두워진 은재의 표정을 읽은 것처럼 그가 그녀의 헝클어진 머리를 톡톡 털어 가라앉혔다. 쿵, 심장이 뛰었다.

"잘했어."

긴장 때문인지 몰라도 뺨이 조금 뜨거워졌다. 은재는 몸을 뒤로 빼며 웅얼거렸다.

"운이 좋았어요."

"운도 실력이야."

괜히 목을 가다듬은 은재가 물었다.

"내일은 어떻게 할까요? 그 사모님, 우리가 여기에 있는 걸 달가워하지 않으셨어요."

"아무래도. 본인의 약점이 가득한 곳에 적을 두고 싶은 사람은 없을 테니까. 그래서 일찌감치 우리가 머물 집도 마련해 놨을 거고."

아무렇지도 않은 말이지만 이리저리 할퀴어지고 튀는 피가 보이는 것 같았다. 창칼만 없지 정말 전쟁이 따로 없다. 끓는 그녀의 속을 아는 듯 지섭이 말을 이었다.

"어떻게 해서든 다시 들어와야 했던 곳이야. 서은재 씨는 물꼬를 터 준 거고."

"그래 봐야 하룬데요. 계속 있을 수 있게 한 건 아니라서."

"서은재 씨가 힌트를 줬어."

지섭은 의아한 그녀의 눈에 대답대신 옅은 미소를 지었다.

그는 보았다. 은재의 '진심'이 통하던 그 순간을. 남을 헐뜯고 몰락시키는 데 익숙한 자신들은 생각할 수 없는 진심 말이다.

"다음은 내가 알아서 할게."

든든한 말에 긴장이 거짓말처럼 풀어진다. 신기한 사람이었다. 처음 이 계약을 시작하게 되었을 때도 지섭에겐 그런 힘이 있었다.

'잡아.'

반드시 그 손을 잡아야 할 것 같은 느낌을 준 한마디였다. 은재는 잠시 머릿속을 정리했다.

'그냥 방만 있으면 사는 줄 알았는데, 하루 머무는 것도 어려운 곳이었어.'

그녀가 할 일은 간단했다. 여섯 달간 '며느리'로서 청성에 머무는 것. 말로 하면 어렵지 않지만 이 집에 발조차 붙이기 어려운 걸 보면 절대 쉬운 일은 아닐 것 같았다. 은재는 한숨을 내쉬었다.

"걱정돼?"

"조금, 아니 많이요."

솔직한 말에 그는 피식 웃었다.

"만약 일이 중간에 어그러지더라도 서은재 씨는 내가 책임져."

"……."

"걱정하지 마."

순간 가슴 끝이 찡, 울렸다. 3년간의 유학 생활에서 그토록 바랐던 버팀목이 아이러니하게도 지섭에게서 느껴졌다. 재킷을 벗어 의자에 올려놓은 지섭은 넥타이를 느슨하게 당겨 뺐다. 저도 모르게 가는 시선에 은재는 제 머리를 마구 흔들었다.

'왜 떨리고 난리야. 진짜 미치기라도 한 거야?'

그녀가 정신없이 머리를 흔드는 사이 지섭은 제 캐리어를 살폈다. 넓은 등이 괜스레 든든하게 보이던 무렵, 미처 생각하지 못했던 것이 그녀를 덮쳤다.

"저기, 근데."

"왜, 뭐 필요한 거 있나?"

"아니요. 그건 아닌데."

"그럼?"

무심히 돌아보는 그의 셔츠 단추 하나가 풀려 있었다. 아마 넥타이를 빼면서 풀렸을 단추에 훅, 제정신이 들었다.

"저 어디서… 자죠?"

너무도 새삼스러운 문제.

'부부'라면 당연한 것이 문제가 되는 순간 머리가 멍해졌다.

"예?"

순진한 반응에 지섭의 눈이 가늘어졌다. 그는 당연히 자신이 방 너머 응접실에 있는 소파에서 자려 했다. 그런데 저런 생생한 날 것의 반응이라니. 어느새 지섭의 입가로 짓궂은 미소가 번졌다.

"내……."

초롱초롱한 눈이 놀리고 싶어지게 만든다.

"옆에서?"

짓궂은 말에 그녀의 얼굴이 확 붉어졌다. 황급히 입을 틀어막은 은재는 긴장감에 터져 나오는 헛구역질을 막지 못했다.

"우, 우읍."

결국 낮게 웃어 버린 그는 문득 그런 생각을 했다. 서은재라는 여자가 제법 귀엽다고.

여러 번의 리모델링을 거치면서 집 중심에 마련된 온실. 고용인들도 함부로 들어오지 못하는, 오롯이 장미연 그녀를 위한 곳이다.

"그 새끼."

미연은 비틀어지는 입가를 손으로 가리며 중얼거렸다.

"무슨 개수작일까."

하루 이틀 일찍 오는 것이야 예상 범위 내지만 갑자기 데리고 나타난 김주경은 문제였다. 어디서 나타난 방해물일까. 그것도 순진한 척 눈만 뜨고 있는 장식품이 아니라 입을 열 줄 아는 방해물을 말이다.

"뭔가 있어."

낮게 중얼거린 그녀는 휴대폰을 들었다. 그리고 신호음이 끊기기가 무섭게 본론부터 던졌다.

"정지섭이 무슨 짓을 하고 있는지 확인해. 저 여자, 김주경인지 뭔지 하는 게 누군지도. 최대한 빨리, 알아낼 수 있는 한 샅샅이."

지시만 남기고 바로 전화를 끊어버린 미연은 이번엔 휴대폰이 부서져라 꽉 쥐었다. 부들부들 핏대선 손이 떨렸다. 쌍으로 빌어먹을 것들이.

"결혼을 해?"

아주 제대로 뒤통수를 맞았다. 이 집 어딘가에서 자신에게 코웃음을 치고 있을 지섭을 생각하니 벌써부터 분노가 치밀었다. 정지섭이 누군가와 결혼을 했다는 것은 미연에게 아주 중요한 문제였다. 아니, 가장 중요한 문제다.

"절대 여기 머물게 해선 안 돼."

미연은 몸을 돌려 두 눈을 부릅떴다.

"어디 한번 해 봐."

깜빡깜빡.

묘하게 몽롱한 눈으로 주변을 둘러보았다. 고풍스러운 가구들과 고급스러운 집기들이 멋스럽게 놓인 방 안. 눈으로 본 이곳이 어디인지 인지하는 데 그리 오래 걸리진 않았다.

"아, 그렇지. 여기 한국이지."

시차 적응을 마치지 못한 은재는 손으로 눈을 짓누르며 앓는 소리를 냈다.

"아, 아아."

정말 현실감 없는 광경이다. 다만 청승을 떠는 타입도 아닌 터라 금방 몸을 세웠다. 간밤, 장난 아닌 장난에 한껏 긴장했던 은재는 스스로 소파에서 잘 것을 청했다. 그게 마음이 편할 것 같았고 제법 잘 자기도 했다.

'에이미가 이런 식으로 도움이 될 줄이야.'

망나니 같았던 제 룸메이트와 같은 방을 쓰는 것보단 훨씬 나은 환경이라는 것이 그녀를 이롭게 했다.

"후우."

소파에서 잤지만 어디 몸이 배기거나 아픈 곳은 없었다. 오히려 뉴욕에서의 불편한 잠자리보다 훨씬 나았다.

쏴아아. 물소리가 들렸다. 그가 샤워라도 하는 모양이다. 완전히 몸을 세운 은재는 창문가로 향해 굳게 쳐진 커튼을 걷어냈다. 이내 환한 빛이 쏟아졌다. 창문 밖으로 넓은 정원이 한눈에 들어왔다.

"와아……."

익숙하지도, 마지막까지 익숙해질 수도 없을 것 같은 드넓은 그곳은 카메라 렌즈에 잡힌 피사체만큼 아름다웠다. 말랑말랑해진 그녀의 심장에 빛이 들어오고 그 빛에 용기가 서린 듯 자신감이 피어올랐다.

"할 수 있다."

이유야 어찌 되었든 자신을 위기에서 구해 준 지섭이다. 그런 은인을 돕는 건 당연했다. 이미 같은 배를 탄 이상, 내릴 마음은 없었다. 빛처럼 화사한 승부욕이 샘솟았다.

아침 7시가 되자마자 시작된 아침 식사 식탁엔 본 적 없는 화려한 음식들이 눈앞에 펼쳐져 있었다.

"어제 제대로 환대를 못 했으니 오늘이라도 해야 할 것 같아서요."

-라고 말하는 미연의 웃음에서 확실히 느낄 수 있었다. 완벽한 타인 대접, 손님 대접을 해 주는 그녀의 속셈을. 맛을 잘 알 수 없을 만큼 껄끄러운 음식들 앞에서 창만이 말했다.

"태희는 왜 아직도 안 나와. 어젯밤에도 집에 있었던 것 같은데 나오지도 않고."

"어제는 애가 좀 예민해서 괜히 오신 손님 불편하게 할까 봐 있으라고 했어요. 그리고 아침에 운동가는 거 아시면서 또 그러시네."

"아, 그랬나. 그래도 제 오빠가 왔는데 인사는 해야지."

"다이어트 중이라 더 예민한 것 같아요."

"다이어트는 무슨. 충분히 예쁜 것을."

"식사하세요."

두 사람이 대화에 나온 태희라는 이름에 은재의 머릿속에 정보 하나가 떠올랐다. 정태희. 지섭의 이복동생. 집안 다툼에서 배제된 열여덟 소녀라고.

 짧게 말을 마친 후, 남모르게 혀를 찬 미연은 세상 걱정 하나 없는 듯 밥을 먹고 있는 지섭을 불렀다.

"지섭아."

 듣는 귀가 민망한 간드러지는 부름에도 지섭은 태연했다.

"예, 어머니."

 사정을 모르고 보면 드라마에서나 나올 법한 아름다운 광경이다. 그래서 더 무섭지만. 찌릿찌릿한 스파크를 감춘 미연이 말을 이었다.

"아무리 미국에서 결혼을 했더라도, 여기선 아직 공식적이지 못하니까. 김주경 씨를 바깥에 보이는 건 천천히 진행하는 게 좋을 것 같다고 생각하는데."

"…그 말씀은."

"오랜만에 돌아온 청성의 후계자가 이런 이슈로 거론되는 것도 좋지 않으니까. 괜한 가십거리나 되려고 귀국한 건 아니잖아."

"하지만 어머니."

"네 능력으로 사람들에게 주목을 받는 게 먼저라고 생각해. 회장님과도 그렇게 결론 내렸으니 따라 줬으면 좋겠어."

 말을 마친 미연의 얼굴로 완전히 감추지 못한 오만이 스쳤다. 살짝 입술을 문 지섭이 결국 고개를 끄덕였다.

"알겠습니다."

 두 사람의 묘한 공방을 지켜보던 은재는 안 그래도 껄끄러운 밥알을 간신히 넘겼다.

'정말 사장님 말대로야.'

'김주경'이라는 사람을 제대로 파악하기 전까진 공개하지 않을 거라던 말. 공식적으로 내세우는 순간 미연 스스로 지섭의 사람을 인정하는 꼴이 되니 절대 서두르지 않을 거라고. 그렇게 말해 놓고 저렇게 '당했다'는 듯한 표정이라니.

'연기 배웠어. 분명 배웠어.'

절대 적으로 둬선 안 될 것 같은 사람이다. 팽팽하게 당겨진 긴장의 끈 사이, 낮은 한숨을 내쉬던 창만이 입을 열었다.

"집은 본래 있던 도곡동으로 갈 예정이냐?"

"미리 잘 준비해 뒀으니 편하게 지낼 수 있을 거예요. 특히나 아직 시차 적응도 쉽지 않을 새사람이 편하게 쉴 자리니까요. 아무래도 이 집은 넓기만 하고 신경 쓸 게 많으니까."

창만이 말을 끝내기가 무섭게 치고 들어온 미연이 지섭과 은재를 번갈아 보았다. 그 미소엔 묘한 승리감이 묻어 있었다. 해석하자면 '김주경'을 위해서 이곳을 빨리 나가는 것이 좋다고 말하는 것과 같았다.

"지섭이도 다음 주부터 출근 시작하려면 편한 곳이 좋겠죠. 업무를 보려면 사람들도 오가야 하는데."

마지막 쐐기를 박는다. 여기에 있으면 너희들에게 좋을 게 하나도 없다고 말하는 듯이. 다행히 창만은 미연의 검은 속대로 따라 주었다.

"다행이구나. 네 어머니가 너 온다고 신경 많이 썼다. 안 그래도 회사 업무로 바쁜 사람인데, 고생 많았다."

"뭘요. 다 지섭이를 위한 일인데 당연히 해야죠. 전 지섭이를 위해서라면 뭐든 할 수 있어요."

당사자들은 빠진 두 사람의 결론은 한 가지로 귀결됐다. 더 이상 이곳에 있을 '이유'는 없다. 미연은 즐거운 눈동자로 짙은 미소를 지었다.

'어디 한번 해 봐. 무슨 수작으로 어떤 감언이설을 해도 소용없을 거야. 내가 절대……'

"딱 반년만 살다 가겠습니다."

"푸흡."

은재는 억지로 입에 넣던 밥알을 뿜을 뻔했다.

"살게 해 주십시오."

"……"

화려한 감언이설도, 굉장한 거짓말도, 멋진 수식어도 없는 담백한 말. 만만의 준비를 하며 조소하고 있던 미연의 눈이 흐리멍덩해졌다. 그사이 지섭은 화사하게 웃고 있었다.

은재는 숨을 삼켰다.

'내가 알아서 한다는 게.'

그런 의미였나 보다.

'이 사람, 진심이야.'

농담처럼 던진 말이었지만 은재는 느낄 수 있었다. 지섭은 진심이었다. 정말로 제 아버지와 함께하고 싶다고 말하고 있었다. 알게 된 지 얼마 되지도 않은 은재에게도 느껴질 정도의 진심은 정확히 창만에게 닿았다.

두 부자는 본래 그렇게 나쁜 사이도 아니었다. 어느새 언제부턴가 서서히 멀어지고 있었다. 무뚝뚝한 아버지와 살갑지 않은 아들이 으레 그러하듯이. 어머니가 돌아가신 이후 더더욱 그렇게 되었다. 그렇게 멀어진 틈엔 미연이 있었다.

 어느 누구도 대답하지 못한 침묵의 시간이 지났다. 대놓고 던져진 직구를 막지 못한 미연의 머리 굴러가는 소리만 들렸다. 훅, 훅. 긴장 머금은 숨소리만 오갈 때, 창만이 나직하게 대답했다.

"그래, 그러자."

 사람의 마음을 움직일 때, 때론 직구가 필요하다. 그것이 남이건 혹은 가족이건. 뭐라 가늠할 수 없는 많은 것이 오간 식사는 끝났다. 그리고 방으로 돌아가는 지섭과 은재의 앞엔 한 꺼풀 벗겨진 표정을 한 미연이 서 있었다.

"지섭이랑 얘기 좀 하고 싶은데."

 그러니 좀 사라져. 활활 타는 눈이 그렇게 말하고 있었다. 지섭은 방문을 열어 주며 은재에게 말했다.

"주경 씨 먼저 들어가요. 어머니랑 얘기 잠깐만 하고 들어갈게."

 두 사람을 번갈아 본 은재는 별말 없이 안으로 들어섰다. 그녀를 들여보내고 문을 닫아 준 지섭이 몸을 돌렸다. 문에서 몇 걸음 떨어져 미연을 바라보는 그의 눈에서 얼음이 뚝뚝 떨어져 내렸다.

 5억을 빚진 은재를 눈앞에 두고도 짓던 눈웃음은 더 이상 없었다. 마음에 안 드는 무언가를 향해 난도질을 할 듯 험한 눈동자였다. 흠칫한 미연이 뿌득 이를 갈았다. 적과 적. 철저한 관계 속에서 그녀가 먼저 입을 열었다.

"솔직하게 물을게."

"말씀하십시오."

"무슨 속셈이지, 아드님?"

아주 오랜만에 비비 꼬는 것 없이 화끈한 질문이었다. 서로의 검은 속을 아는 이상 괜한 시간 낭비를 하고 싶지 않다는 뜻이었다. 미연은 성큼성큼 다가와 지섭을 노려보았다.

"네 아버지를 아주 제대로 이용했더구나. 몸도 마음도 약해지신 거 알면서. 3년 만에 돌아와 병든 아버지 이용하니까 좋던?"

한순간에 패륜아로 만들어 버리는 말에도 지섭은 흔들리지 않았다. 대신 삐딱하게 기운 고개로 그녀를 내려다보며 작게 속삭였다.

"자식이라면 어머니가 허문 벽을 응당 함께 넘어야 도리 아니겠습니까."

아버지의 벽을 당신만 넘으라는 법은 없잖아. 몇 년 사이 더욱 농익은 기백은 무서울 정도로 크고 짙었다. 주먹을 꽉 쥐고 노려봐야 소용없는 일이었다.

결국 한발 물러난 미연이 힐끔 문 안쪽을 보았다. 그리고 여전히 매혹적인 눈꺼풀을 파르르 떨며 한쪽 입꼬리를 올렸다.

"네가 혼자가 아니라는 게 얼마나 큰 약점인지 알게 되었으면 좋겠어. 알다시피 나는 약점을 잘 파고드는 사람이란다."

네 아버지의 텅 빈 마음에 파고든 것처럼. 경고와 다름없는 말. 시종일관 여유롭던 지섭의 얼굴에 균열이 생겼다. 그는 방 안쪽에서 숨죽이고 있을 은재를 떠올렸다. 일순 웃음이 났고 지섭은 분명히 못을 박아 넣었다.

"뭘 해도 좋고 무슨 방법을 써도 좋으니."

"……."

"들키지만 마십시오."

순간 미연의 등골로 오싹한 기운이 번졌다.

"제, 아내입니다."

언뜻 관여하지 않겠다는 의미 같지만 지섭을 아는 미연에겐 다르게 들렸다. 언행의 미세한 오차도 잡아내는 게 그였다.

이것은 협박이다. 협박이자 진심. 아무 말도 하지 못하는 그녀를 두고 지섭은 미련 없이 방으로 들어갔다. 아니나 다를까, 은재는 불안함을 숨기지 못하고 응접실에 서서 그를 기다리고 있었다.

"사장……."

지섭이 검지를 세워 제 입술을 막았다. 말을 멈추고 숨을 죽이자 뒤늦게 멀어지는 발걸음 소리가 들렸다. 그제야 손을 내린 그는 은재를 데리고 침실로 가 문까지 확실히 닫으며 말했다.

"도어 록을 달아야겠어."

"집 안에 잠금장치까지 달면 부자연스럽지 않을까요? 사장님 입장도 있고……."

누가 엿들을 가능성이 없는 건 아니지만 도어 록까지 달면 신경 쓰는 것이 너무 티가 날 것 같았다. 나름 자연스러움을 중요시 여기는 은재의 조언에 지섭이 어깨를 으쓱였다.

"계속 사장님이라고 부르는 건 좀 아니지 않아?"

"그래서 밖에선 성함을 부르는 걸요."

"습관이 되면 곤란하니까. 앞으론 이름으로 통일해서 불러."

당황하는 은재의 표정을 모르는 척 그는 티 테이블에 앉아 비치된 차를 따랐다. 우아한 행동과 달리 독재적인 말에 그녀는 힘껏 반박했다.

"안 됩니다. 그건 아니라고 생각해요."

은근히 사람 마음이 상할 정도로 단호한 거절이었다. 은재는 확고했다.

"사, 사적인 상태에서만큼은 서은재입니다."

그사이 다른 찻잔에도 차를 채운 지섭이 속 모를 미소를 지었다.

"지금 우리, 대단히 사적인 상태인가 보지?"

"…아니, 그런 뜻이 아니라!"

황급히 부정했지만 금방 말이 이어지지 않았다. 쿵쿵. 예기치 못한 상황에서 그녀의 심장이 또다시 뛴다. 어둡고 캄캄한 밤. 오직 둘만 함께한 공간에서 장난스럽지만 은밀한 농담은 입술을 마르게 하기에 충분했다. 은재는 복잡해지는 머릿속을 멈추며 고개를 저었다.

"아니에요, 저, 절대 그런 거 아닙니다!"

결국 그가 완전히 웃음을 터뜨렸다. 방금까지 미연과 독을 날리던 모습은 온데간데없었다.

"서은재 씨 덕분에 웃어."

이상하게 사람 마음을 느슨하게 만드는 재주가 있는 여자다. 이 갑갑한 곳이 꽤 즐겁게 느껴지는 것도 그 때문이리라.

"앉아."

지섭은 제 맞은편 자리를 가리켰고 그녀는 얌전히 자리에 앉았다. 따뜻한 차에선 은은한 허브 향이 났다. 사람들이 오갈 수 있는 공간이니 도어 록을 달자는 말도 이해는 갔다. 차를 한 모금 마시는 동안에도 은재는 괜히 좌불안석이었다. 지섭이 피식 웃었다.

"뭐가 그렇게 불안해?"

"아니, 그냥 걱정되니까······."

"걱정된다면서 정작 할 말은 다 하던데."

그것도 사람 정곡을 훅훅 찔러 대면서. 그의 말에 은재의 어깨가 축 늘어졌다.

"그래서 엄마한테 많이 혼났어요."

"왜?"

"물에 빠져도 입만 뜰 거라고요. 주둥이만 살았··· 흡."

무의식중에 본인 디스를 하다 멈춘 은재가 제 입을 막았다. 놀라서 고개를 들자 어느새 지섭은 한쪽 손으로 살짝 턱을 괴고 그녀를 보고 있었다.

'아, 또 저렇게 웃어.'

웃는 각도, 모습, 표현에 따라 전해지는 느낌이 완전히 달라지는 사람이다. 처음 봤을 때 짓던 미소는 저승사자, 악마의 것처럼 보였다. 또, 다음엔 듬직하고 든든했다. 그리고 지금은······.

문득 드는 생각이 은재의 머릿속을 흔들었다. 자신에게 필요한 사람에겐 이렇게 상냥한데, 만약 필요가 없어지면 어떻게 변할까? 길게 생각할 것도 없었다.

'차갑고 냉정해지겠지.'

미연에게 뿌리는 서늘함처럼.

"다음 주부턴 내가 출근하니 반나절 이상 혼자 있을 텐데, 괜찮겠어?"

저런 다정함도 없이. 어느새 다 마셔 버린 찻잔을 채워 주는 그의 말에 은재는 제 처지를 떠올렸다. 곧 현실감이 찾아왔다. 그녀는 차오르는 찻잔을 보다 말했다.

"회사에서 일 터지고 더 이상의 바닥은 없는 줄 알았는데… 진짜 바닥을 찍고 나니까 알겠어요."

"……."

"이게 기회라는 거."

따스함이 가시는 찻잔을 쥐고 몇 번이나 더 가늠해 본다. 역시 지섭은 은재가 택할 수 있는 최선이었다.

"유학 가기 전에 엄마가 그러셨어요. 어떤 선택이건 그 선택에 대한 답은 저한테 있다고요. 결말은 어떤 거라도 괜찮다고. 그러니까 다른 건 중요하지 않아요. 반드시 해야 할 일을 하는 것뿐이니까요. 제가 선택한 거잖아요. 제 일이니까, 그에 대한 책임은 제가 질게요."

꿋꿋하게 이겨 내려는 그녀를 지섭은 한참동안 바라보았다. 보통 사람이라면 무너질 수 있는 상황에서 몇 번이고, 몇 번이고 일어선다. 그리고 바보처럼 웃어 버린다. 어둡지 않고 맑은 눈에 그는 저도 모르게 은재를 불렀다.

"서은재 씨."

"네."

"미안해."

뜻밖의 사과였다. 당황스럽지만 점잖은 사과는 이상하게도 달콤하게 다가왔다. 괜히 얼굴이 화끈거렸다. 그녀는 머쓱한 제 뺨을 긁적거렸다.

"괜찮아요."

여전히 자신을 바라보는 짙고 까만 눈동자가 너무나 깊었다. 괜스레 심장이 뛸 만큼.

이젠 까마득해진 저 먼 날.

열두 살밖에 차이 나지 않는 아들이 생겼지만 미연에게 문제 될 건 없었다. 남자들을 쥐락펴락하던 그녀에게 열댓 살을 겨우 넘긴 어린놈을 구슬리는 일은 일도 아니었으니까.

그러나 한입에 삼킬 수 있을 거라 생각했던 창만의 아들은, 이미 다 자란 사내처럼 남다른 오라를 풍기며 그녀에게 말했다.

'아버지에게는, 들키지 마세요.'

마치 다 알고 있다는 듯 여유롭게 웃으며, 지섭은 철저히 조작된 창만과의 만남을 조롱하듯이 그렇게 웃고 있었다. 그리고 언제나 그 자리에서 있는 것만으로도 그녀를 압박해 왔다. 그것이 무려 17년이었다.

오롯이 미연만을 위한 공간, 온실. 그곳에서 유정의 보고서를 받으며 미연은 이를 꽉 물었다.

"정말, 결혼을 한 게 사실이란 말이야?"

"예. 시간이 촉박해 어느 정도 오차는 있겠지만 확인 결과 한 달 전에 미국에서 혼인신고까지 한 모양입니다. 이쪽은 증빙 서류입니다."

"하하."

기가 차 헛웃음이 나왔다. 윤정이 가져온 서류는 정말 정지섭과 김주경이 혼인했다는 것을 증명하고 있었다. 물론 지섭에게는 결혼이라는 인륜지대사를 이렇게 넘길 만한 배포가 있다. 그런데 김주경은? 그 여자는 대체 뭐기에?

"뭐 하는 계집인지는 알아봤어?"

"예."

"말해."

"부모님은 이민자로 두 사람 모두 교수였던 것 같습니다. 몇 년 전에 사고로 동시에 사망했고 유산이 제법 있어 생활에 부족함은 없었던 듯합니다. 본인 역시 꽤 오랫동안 순수 사진을 공부하며 뉴욕에서 살았고 한국에 들어온 흔적은 없습니다."

"한국에서의 기록이 전혀 없다고?"

"확인 결과 그렇습니다. 다만 뉴욕 쪽의 기록은 당장 확인하기는 어렵습니다."

"임 이사한테 도움 청해 봐. 그 사람은 뉴욕 청성 쪽에 커넥션 있을 거 아니야."

"청성 관련 인물이면 모를까, 쉽지 않을 것 같습니다."

제길! 참지 못한 욕설을 뱉은 미연은 곱게 손질한 손톱을 물어뜯었다.

"도대체 미국에서 뭔 짓을 하고 온 거야, 정지섭 이 새끼!"

그녀는 불안하게 온실을 돌아다니며 중얼거렸다.

"어디서 어디까지 만들어 낸 걸까. 진짜일까, 가짜일까. 그걸 구분할 수가 없어. 정말이라고 해도 이상하잖아. 어디서 잘난 여자를 데려왔으면 모를까, 아무것도 아닌 여자를 데려와 옆에다 뒀다고?"

"다시 확인하겠습니다."

"됐어. 뭘 알아내더라도 그 여우같은 놈이 손을 써 놓지 않았을 리 없⋯⋯."

짜증을 내며 신경질적으로 손을 휘젓던 미연이 우뚝 멈췄다. 그리고 당황스러움이 섞인 눈으로 헛웃음을 뱉었다.

"한 달 전이면 이채영을 보여 주기도 전에 벌써 일을 치렀단 말이잖아?"

"아마도 그런 것 같습니다."

골똘히 생각하던 미연의 얼굴이 다시금 일그러졌다.

"어떻게 그렇게 하나하나 사람을 엿 먹일 수가 있지?"

"이사님, 목소리가⋯⋯."

조금만 있으면 되는 일이었다. 이제 거의 끝에 다다른 일. 지섭만 제 입맛대로 움직여 줬으면 모든 게 해피엔딩이었다. 그러나 무언가 어그러지기 시작했다. 첫 단추는 올바르게 꿰어졌는데 누군가 밑에서 가위질을 해 대는 것 같았다. 미연은 빠르게 고개를 휘저었다.

"안 되지. 절대, 그건 안 돼."

조금만 기다리면 청성이 제 손에 떨어지는데, 그걸 포기하라고? 반년이면 지섭은 무슨 짓을 해서라도 제 아내 몫의 주식을 받아 낼 위인이다. 주식 지분율이 일정 수준을 넘어서면 정통성으로도 공적으로도 '후계자'인 지섭이 청성을 갖게 되는 거다.

'생각해. 생각해라, 장미연.'

후, 숨을 내쉰 그녀가 침착하게 머릿속을 정리하며 대비책을 강구했다. 확실한 방법, 확실한 대응. 마음을 졸이며 온실을 다니길 한참. 대응 방안들을 떠올리고 묻기를 몇 차례, 비로소 그녀의 입가로 찢어지는 미소가 그려졌다.

"정지섭한테 드디어 약점이 생긴 거잖아. 그걸 말해 놓고 잊었네?"

"…이사님?"

"이까짓 일로 복잡할 게 뭐 있어. 일단 그 계집애부터 손보면 되는 거잖아."

탁 트인 시야에 미연이 머리를 시원하게 뒤로 쓸어 넘겼다. 그리고 후련한 표정으로 지시했다.

"다 불러."

앞은 다 자르고 나온 명령에 윤정의 눈이 휘둥그레졌다.

"예?"

"지금 당장."

윤정은 허공을 가르는 미연의 손끝이 무엇을 의미하는지 비로소 알았다. 몸을 돌려 팔짱을 낀 미연은 가벼운 웃음을 던지며 속삭였다.

"직접 내보낼 수 없다면 제 발로 나가게 하는 수밖에."

순진하기 짝이 없던 두 눈이 떠오른다. 부모도 없이 아무것도 모르고 자랐을 게 빤히 보이는 그 하얀 얼굴에 침을 뱉어 주리라. 그녀는 연신 비웃었다. 공주처럼 살아와 세상 물정 모를 가소로운 계집을 향해서.

#4

휘이이- 바람이 분다.

풀과 나무가 가득한 곳이었다. 이리저리 둘러보던 은재는 곧 고개를 끄덕였다. 그녀는 이곳이 어디인지 알고 있었다. 여기는 집에서 그리 멀지 않은 공원이었다.

아무리 환기를 시켜도 빠지지 않는 퀴퀴한 공기 가득한 뉴욕 자취집에서 5분 거리에 있는 작은 공원. 규모는 작지만 관리가 잘돼서 일이나 공부를 끝냈을 때, 집에 룸메이트의 낯선 손님이 있을 때 곧잘 찾아오곤 했다. 그나마 숨통을 틀 수 있는 유일한 공간. 그곳에 그녀는 엄마의 다리를 베고 누워 있었다.

"힘들어?"

엄마가 물었다. 은재는 아무런 대답도 하지 않고 한국에서도 하지 않던 어리광을 부렸다.

"엄마 냄새 좋아."

중학교를 들어가기도 전에 떨쳐 낸 어리광이었다. 열 살도 넘게 나이 차가 나는 오빠를 보면서 '나도 저래야겠다'며 버렸던 그것을 뉴욕 한복판에서 부렸다. 한참을 엄마의 다리에 뺨을 부빈 은재는 기운 빠진 목소리로 속삭였다.

"너무 많은 일이 있었어, 엄마."

뭐라 설명할 수 없을 정도로 아주 많은 일. 막연한 꿈만 가지고, 기대만으로 온 이곳은 그녀에게 너무도 벅찼다. 남들은 영어를 배울 수 있어서 좋겠다고, 대단하다고 할지 모르지만 현실의 벽은 소름끼치도록 높았다. 기어오르는 것조차 버거울 정도로. 은재는 엄마의 옷자락을 쥐었다.

"학교는 그냥 한국에서 나올 걸 그랬어. 유학을 오고 싶으면 학교 다 마치고 올걸. 왜 그렇게 욕심을 부렸을까."

엄마의 손이 그녀의 머리카락을 쓰다듬었다. 옅은 향이 퍼져 나갔다. 처음 맡는 향이지만 깔끔하고 좋은 향이었다.

"좋아하는 교수님이 있어서 그랬잖아. 꼭 그분한테 배우고 싶다고 한 건 너였는걸."

"응, 그랬지. 그분 작품은 보지 말았어야 했어. 강의도 딱 한 학기밖에 못 들었는데."

그저 공부만 하던 은재에게 그날의 전시회는 충격적이었다. 그곳에 걸려 있던 모든 것이 그랬지만 가장 중앙에 우아한 빛처럼 선 한 여자의 사진은 그녀의 인생을 바꿔 놓았다. 그렇게 눈을 뜨게 만든 작품의 작가는 은재의 목표가 되었고 유학을 꿈꾸게 만들었다. 하지만 지금은 모르겠다.

모든 게 후회, 후회, 후회뿐이다.

"하고 싶지 않아?"

"모르겠어."

"그만두고 싶어?"

"…잘 모르겠어."

"은재야."

"응?"

"네가 선택한 일에 대한 답은 너만이 볼 수 있는 거야."

나지막이 주는 조언이 오늘따라 야속하게 느껴졌다. 결국 은재는 지금까지 하지 못했던 가장 깊은 곳의 가장 바보 같은 어리광을 부렸다.

"엄마한테 갈래. 그냥, 다 포기할래. 나 엄마랑 아빠, 오빠랑 새언니도, 민서도 다 보고 싶어. 나 집에 가고 싶어, 엄마."

꿈인지 현실인지의 구분도 묘한 공간. 어째서 엄마가 이곳에 있는지 의문조차 들지 않는 그곳에서 외친 진심은 은재의 마음 곳곳으로 파고들었다.

그녀는 언제나처럼 얼마든지 돌아오라고 말해 줄 엄마의 다정함을, 간다면 당장이라도 안아 줄 그 손길을 기다리고 그리워했다. 하지만 은재의 머리칼을 쓰다듬고 다리를 내주던 엄마는 따스한 목소리로 되물었다.

"그럼 5억은?"

귓가에 울리는 음성은 찬물처럼 차가웠다. 벌떡 몸을 일으켜 세우자 엄마의 냉정한 눈과 정면으로 마주쳤다. 그녀는 차갑게 묻고 있었다.

"5억은 어떻게 갚아?"

"엄마?"

"결국 네가 뉴욕에서 한 게 뭐야?"

따뜻한 공기는 칼날처럼 시려지고 주변은 순식간에 어두워졌다. 맑은 공기는 끈적끈적해지며 그녀의 팔다리를 부여잡았다. 그리고 곧장 바닥으로 끌어들였다.

"어, 엄마!"

은재는 멀어지는 엄마의 손을 잡기 위해 손을 뻗었다. 그러나 잡히는 건 아무것도 없었다.

번쩍.

화악, 눈앞으로 광명이 찾아들었다. 너무 갑작스런 빛은 은재의 시야를 조금 흐릿하게 만들었고 금방 돌아올 정신까지 아득하게 만들었다.

방금까지 엄마의 손을 잡기 위해 버둥거렸던 것 같은데 눈앞엔 전혀 다른 얼굴이 놓여 있었다. 조금 전의 꿈보다 현실성 없는 광경이었다.

"…악몽을 꾸는 것 같아서 침대로 옮기는 중."

다시 멍하니, 눈앞의 광경을 바라본다.

"…꿈?"

"그래, 꿈."

"아, 꿈."

그렇구나. 꿈이구나. 하긴, 꿈일 수밖에 없겠다. 아니면 이렇게 잘생긴 얼굴이 코앞에 있을 리 없으니까. 그러고 보니 내 꿈에 자주 나오네. 그렇게 생각하니 마음이 느긋해졌다. 그린 듯이 완벽한 이목구비는 물론 조화마저 눈부시다. 그녀는 배시시 웃었다.

"다행이다."

본래 좋은 건 현실이건 꿈이건 다 좋은 거랬다. 속 좋은 제 생각에 키득거린 은재는 다시 길게 늘어졌다. 그리고 깊이를 알 수 없을 만큼 깊고 짙은 지섭의 눈동자를 한참동안 바라보았.

이 남자는 보고만 있어도 묘한 심장 떨림이 있는 사람이다. 가만히 보고 있으면 다른 생각은 나지 않고 오로지 이 사람만 새겨진다. 그래서 그런지 머리에 이 사람, 이 남자만 남아 헛소리가 흘러나왔다.

"잘생겼다."

은재의 시선에 함께 눈을 주던 그가 대답했다.

"그래?"

"응… 진짜 잘생겼어."

"언제부터?"

"몰라, 처음 봤을 때부터 그랬어."

"그 와중에 내 얼굴이 보였나."

"으응, 보이더라고. 내가 잘생긴 사람을 좀 좋아해서."

"다행이네. 내가 잘생겨서."

"하하, 재수 없어."

"……."

농담처럼 나누는 대화는 그 어느 때보다 편안했다. 웃음기 서린 지섭의 얼굴도, 약간의 장난기가 서린 목소리도 무엇 하나

빠짐이 없는 꿈이었다. 너무도 완벽한 꿈. 그래서 그녀는 엄마에게 다 하지 못한 어리광을 그에게 부리고 말았다.

"저는 다 서툴러요. 사람 상대하는 것도 임기응변도 전부 부족해요. 매일매일 실수를 업고 살아요. 후회랑 억울함만 남아요. 유학하면서도 그랬고, 지금도……."

차마 다 잇지 못한 말은 작은 손에 담겨 지섭의 뺨에 닿았다. 낯선 살결에 손끝이 따끔거렸다. 그는 갑작스런 스킨십에도 놀라거나 당황스러워하지 않았다. 은재가 원하는 대로 받아 주며 바라만 보았다.

"신기하게 다정해. 쌀쌀맞은 것 같은데, 상냥해요."

동동 뛰는 가슴 소리에 그녀가 속삭이자 지섭의 입술이 살짝 벌어졌다. 순간 그가 가까워졌다고 생각했다.

"더 상냥해질 수 있어."

숨결과 목소리까지도. 꿈속 엄마에게서도 듣지 못했던 말을 지섭은 너무도 쉽게 해 주고 있었다. 은재는 마른 입술을 달싹였다.

"내가 '김주경'이니까."

그게 정지섭에게 필요한 사람이니까. 허스키하게 갈라진 목구멍 사이로 후욱, 바람이 밀려들었다. 그 바람 끝에 머문 그의 시선이 웃음기 하나 없이 짙어졌다. 그리고 조금의 농담기도 없이 스스로 바라고 있었는지도 몰랐던 말을 해 주었다.

"서은재니까."

시린 몸으로 확 열이 오른다. '서은재'라고 말해 주는 그 순간, 온몸에 꽃이 피듯 열기가 퍼져 나갔다. 꿈결처럼 느리게 뛰던 심장이 세차게 뛰었다. 자연스럽게 그녀의 꿈이 흐려지고 현실이 다가섰다. 정신이 드는 것은 한순간이었다.

"어?"

오로지 그 하나만 보이던 시선에 다른 주변이 들어오기 시작했다. 점멸하듯 흐릿했던 것들이 또렷해질수록 은재의 안색은 새파랗게 질리다 이내 빨갛게 터져 나갔다.

"으아, 우와앗!"

"윽!"

문제는 도망가려는 은재의 손에 언제 잡았는지 지섭의 넥타이가 잡혀 있었다는 거다. 당연히 그의 몸이 반강제적으로 은재의 몸을 덮쳤다.

"으앗!"

연달은 비명 아닌 비명을 끝으로 잠시 두 사람은 말이 없었다. 아니, 하지 못했다. 코앞에서 멈춘 지섭의 얼굴. 은재는 무슨 말을 해야 할지 가늠이 되지 않았다. 대체 왜, 언제 넥타이가 손에 쥐어져 있었을까.

눈도 깜빡일 수 없는 긴장감에 그녀의 손으로 힘이 들어갔다. 덕분에 지섭은 조금 더 가까워졌다.

'히익!'

지나치게 가까워진 거리. 머릿속에 떠오르던 의문은 답을 찾지 못한 채 흩어져 버렸다. 그때, 아무런 말도 않던 지섭이 겁먹은 은재를 향해 속삭였다.

"불안하다면, 무섭다면 몇 번이라도 말해 줄게."

"……."

"내가 필요한 건 만들어 낸 '김주경'이 아니라 '서은재'야."

그것도 아주 선명하게. 눈을 뗄 수 없는 그의 시선과 숨소리에 은재의 입술이 이상한 모양으로 일그러졌다. 한껏 움츠러든 그녀의 몸에 지섭은 피식 웃었다. 꼭 누가 잡아먹을 것처럼 점점 쪼그라든다. 그는 아직도 제 넥타이를 쥐고 있는 은재의 손을 풀며 말을 이었다.

"앞으로 침대에서 자고."

"……."

"대답."

바르르 심장이 떨렸다. 은재는 여전히 제정신을 차릴 수 없었다. 차라리 깨지 않았으면, 그냥 기절이라도 해 버렸으면.

"네, 네에에……."

결국 울며 겨자 먹기로 나온 염소 우는 소리, 아니 대답과 함께 그는 완전히 일어섰다. 여유롭게 멀어지는 지섭의 뒷모습에 은재는 울상이 되었다.

따르르릉. 따르릉. 때맞춰 '이제 그만 정신 차려!' 하고 외치듯 방 안 가득 알람이 울렸다.

야무지게 놀란 심장이 제 박동을 찾기까진 꽤 오랜 시간이 걸렸다. 씻어도 가라앉지 않았던 얼굴은 욕실을 나오면서도 마찬가지였다. 결국 빨간 얼굴을 들키지 않기 위해 은재는 도망치듯 방을 뛰쳐나와야 했다.

"정신 차려야지, 서… 김주경."

본채로 이어지는 복도 중간, 아직 여진이 남은 가슴에 그녀는 제 뺨을 때렸다. 꿈인지 생시인지 아직도 어지럽다. 아니, 어떤 변명도 할 게 없다. 분명히 잘못이다. 헛소리를 해 댔고, 멱살 잡듯 넥타이를 잡았고, 또…….

은재는 잠시 걸음을 멈추고 제 손을 들어 올렸다. 혈색이 붉게 도는 손바닥으로 다시 핏기가 몰리고 있었다. 손바닥의 열기와 함께 조금 전의 순간이 떠올랐다. 갑작스럽게 닿은 몸이지만 오히려 온몸의 신경은 예민했다. 튀어 버린 불똥에 닿은 것처럼 뜨겁기까지 했다.

그리고.

'내가 필요한 건 만들어 낸 '김주경'이 아니라 '서은재'야.'

언제나 멋대로 가라앉는 자존감을 일깨우는 한마디까지. 멍하니 손바닥만 들여다보던 그녀는 얼른 고개를 저었다. 이게 다 꿈 때문이다. 휘휘 흔들리는 머리카락이 조금은 정신을 차리게 만들었다.

"후우."

갈 길이 구만리인데, 벌써부터 약해지면 곤란해. 깊은 숨을 내쉰 은재는 다시 다리를 움직였다. 그녀가 가는 곳은 별관이었다. 별관은 본채와 별채 뒤로 따로 떨어진 입주 고용인들의 숙소였다. 그곳에서 일주일에 세 번 진행되는 모임에 참석하라는 말을 들었다.

다름 아닌 이 집의 안주인, 장미연으로부터.

괜히 시간을 못 지켜 책잡히기 전에 일찍 찾아간 별관엔 많은 고용인들이 모여 있었다.

'벌써?'

모임 정시는 6시였지만 이미 로비는 사람들로 가득했고 그들은 의자가 놓인 상석을 향해 줄을 맞춰 서 있었다. 고용인들의 눈이 막 도착한 은재에게 달라붙었다. 일시에 찾아든 침묵, 달려드는 듯한 시선에 오싹함마저 느껴졌다. 어떤 말도, 행동도 없었다. 한꺼번에 몰려든 시선은 약속한 듯 한꺼번에 사라졌다.

은재의 머릿속에서 새벽의 해프닝 따위는 금방 지워졌다. 잠시 멈칫하는 사이 빈 의자 옆에 있던 집사, 홍혜란이 그녀에게 고용인들의 옆을 가리켜 보였다. 그 자리에 서라는 뜻이었다.

'뭔가 조금……'

찜찜한 기분이 들었지만 우선 침묵했다. 그렇게 손톱 옆으로 튀어나온 거스러미처럼 각 맞춘 사람들 옆으로 서 있기를 잠시, 또각또각 구두 소리가 들려왔다. 느긋하고 여유로움이 넘치는 걸음은 이내 준비되어 있던 의자 앞에 멈췄다.

꿀꺽, 침이 넘어갔다. 그녀의 시선이 휘, 주변을 둘러보았다. 몸짓 하나하나에 여유로움이 넘쳐났다.

여왕.

지섭의 앞에서 조금쯤 허술하고 어딘가 불안정해 보이던 장미연은 없었다. 도도하고 우아한 그녀는 화려한 의자에 앉으며 긴 다리를 꼬았다.

요염하게 주변을 훑던 미연의 눈이 은재에게 멈췄다. 똑바로 꽂아진 시선에 은재가 허리를 세우자 그녀가 보란 듯이 입꼬리를 당겨 올렸다.

"시작해."

미연의 말에 홍 집사가 들고 있던 서류를 내밀었다.

"새로 별채에 들어온 인원 리스트입니다."

"오늘이 첫 출근이라고 했나?"

"네, 본래 예비로 뒀던 인원입니다."

"홍 집사가 맡아서 간단한 거부터 교육시켜. 방해 안 되게."

팔랑팔랑 몇 장의 서류를 넘기던 미연이 슬쩍 눈을 들었다.

"쓸모없는 게 들어와 물 흐리면 곤란하니까."

말끝에 시선이 닿은 곳이 은재였던 것은 착각이 아니었다. 미연은 몸을 뒤로 살짝 기울이며 발끝을 까딱였다. 오만함으로 가득한 뾰족한 힐 끝이 빛을 받아 반짝이며 정신을 어지럽혔다.

"지섭이도 왔고 오랫동안 쓰지 않은 별채를 열었으니까 보수가 필요할 거야. 업체들 연락 넣어서 확인해."

"네, 사모님."

"정원은 여전히 최목균이 맡고 있나? 계약이 언제까지야."

"계약은 얼마 남지 않았습니다만, 회장님이 워낙 아끼시는 분이라 쉽게 정리할 수는 없을 것 같습니다."

"쯧. 좋아, 그건 넘어가고. 정 이사 귀국 환영식 준비는 어떻게 돼 가? 한둘 필요한 게 아닐 텐데."

"새 인원 체크해서 보고 올리겠습니다."

아침 모임은 체계적으로 진행되었다. 업무를 분배받고 실장들은 각자 중요한 보고를 올렸다. 인턴 생활을 떠올리게 만드는 30여 분의 시간이 지나자 이내 미연의 정리가 이어졌다.

"좋아. 각자 일 시작하고 홍 집사는 새 사람들 확실히 코치해. 아, 온실에 있는 난들 흙 좀 고르고 솎아 내야 할 것 같으니까 관리 좀 하고."

"네, 사모님."

"이만 제자리로 돌아들 가. 아침준비 늦지 않게, 회장님 양배추 즙 내려 드리는 것부터."

"바로 시작하겠습니다."

비로소 모임이 끝나고 홍 집사는 고용인들에게 손짓했다. 사람들은 이미 정해져 있었다는 듯, 삼삼오오 모여 각자의 자리를 찾아 떠났다. 일사불란하게 움직이는 이들 틈에서 오도 가도 못하는 것은 은재 혼자였다.

뭐든 하고 싶어도 할 수 있는 게 없었다. 아무도 그녀에게 설명해 주지 않았으니까. 어색하게 남은 은재가 나가는 사람들을 예의 주시하던 그때였다.

"김주경 씨, 뭐 해?"

무심한 듯 차가운 목소리가 그녀를 향해 물었다. 답할 수 없는 질문에 은재가 머뭇거리자 미연이 다리를 바꿔 꼬며 몸을 기울였다.

"내 말 안 들렸어요? 새로 온 사람들 홍 집사한테 교육받으라는 말."

당연히 들었지만 그게 은재가 움직일 이유는 되지 못했다. 그녀는 머뭇거리지 않고 대답했다.

"그건 고용인분들을 말씀하신 거라고 생각해서-"

"새로 온 건 주경 씨도 마찬가지잖아."

생각지도 못한 말이 돌아와 은재의 말문을 막았다. 그녀의 당황스러움을 읽어 낸 듯 미연이 코웃음을 쳤다.

"설마 17년이나 이 집에 있었던 홍 집사를 부릴 생각부터 한 건 아니죠?"

느른한 조소에 은재의 피가 차갑게 식었다. 미연은 자신을 향한 은재의 시선에 웃는 얼굴 그대로 쐐기를 박아 넣었다.

"청성에 들어와서 청성 사람이 되려면 여기가 어떻게 돌아가는지부터 알아야 한다고 생각하는데."

그녀의 날카로운 두 눈동자가 말하고 있었다.

"모르면 배워야지, 안 그래?"

이 세상에 절대 쉬운 것은 없다고.

출근을 시작한 지섭에게 내려진 일거리는 비정상적으로 많다. 체계가 다른 해외 지사 업무만 봐 왔던 그에게 어떠한 인수인계도 없이 본사 재무 관련 업무가 쏟아졌다. 그것도 임원들만 알 수 있는, 청성을 관통하는 것들이었다.

덕분에 소소하게 떠돌던 미연에 대한 소문들도 순식간에 사라졌다. 의붓아들을 해외로 돌리며 중요 업무에서 배제시키려 한다는 소문 말이다.

다 좋다. 이것이 후계자에게 내려지는 경영 수업이라면 그 또한 감당할 수 있다. 문제는 이것들이 업무 파악도 다 하기 전에 건네졌다는 사실이다.

자칫 실수가 있다면 그대로 마이너스가 되고 험담을 듣기에 딱 좋은 상황이었다. 잘해야 본전, 못하면 믿음을 저버린 무능력한 놈이 된다. 때문에 지섭은 제 앞에 놓인 것들을 함부로 볼 수 없었다.

출근하자마자 서류 더미에 파묻혀 있던 지섭을 살린 건 인터폰의 기계음이었다.

-이사님, 임태현 이사님이 찾아오셨습니다.

꽤 익숙한 이름이었다.

"안으로 모셔. 차도 같이 준비해 주고."

삐.

인터폰이 끊기자 지섭은 잠시 손을 멈추고 일어섰다. 그가 책상 앞 소파로 가기 무섭게 사무실 문이 열리며 낯익은 얼굴이 들어섰다.

"고생이 많습니다."

청성그룹의 개국공신 임태현 이사. 지섭이 해외로 가기 전까지 물심양면 도와주고 미국에 있을 때에도 청성의 소식을 전해 주던 사람이다. 지섭 역시 조금 반가운 눈으로 그를 맞이했다.

"오셨습니까, 임 이사님."

살짝 묵례를 하던 태현이 서류더미로 둘러싸인 책상을 보고는 미간을 좁혔다.

"…눈치가 빤하군요. 실수하기만 바라는 게 딱 보여요."

"그럴 리가 있겠습니까. 다 빠르게 업무에 익숙해지길 바라는 어머님, 아니 장 이사님의 배려시죠."

여유로운 대답에 태현은 코웃음을 쳤다.

"농담도 잘하십니다. 돌아온 첫날부터 이게 말이나 됩니까? 환영식도 못 한 마당에, 무슨 일을 이렇게 준답니까."

"괜찮습니다."

"내가 도울 일이 있다면 얼마든지 말해요."

가슴까지 툭툭 쳐 가며 보이는 의욕에 지섭은 피식 웃었다. 이내 제임스가 커피를 가지고 들어왔고 두 사람은 짧은 인사말을 끝내고 곧바로 본론으로 들어갔다. 몸을 조금 앞으로 기울인 태현이 운을 뗐다.

"뭔가 확실한 걸 준비한 거라고 생각되는데, 맞습니까?"

혹시 누가 들을까 조심스러운 태도였다. 커피를 한 모금 마시던 지섭이 담담히 대답했다.

"본사 발령이 떨어져 온 것뿐입니다. 다행히 자리가 있었고 어머니께서 편의를 봐주셔서."

뻔한 듯 성실한 답변에 태현 역시 잔을 들어 올렸다. 저 말을 사실이라고 생각하는 사람은 적어도 청성그룹 임원 중엔 없을 거다. 태현의 입가로 의뭉스러운 미소가 번져 있었다.

"언제나 여유롭고 신중한 태도가 정 이사를 기다린 이유입니다."

극찬에 가까운 말에도 지섭의 표정은 담담했다. 가늘게 웃는 눈동자가 서늘했다.

"항상 좋게 봐 주시니 감사합니다."

"이렇게 보면 정 이사의 모습이 꼭 예전 회장님을 떠올리게 만듭니다."

"……."

"참 그리워요. 불과 몇 년 전만 하더라도 우리 회장님……."

"이사님."

태현의 말을 끊은 지섭이 들고 있던 잔을 내려놓았다. 그리고 눈 한 번 깜빡이지 않고 빤히 그를 바라보았다. 백 마디 말보다 짙은 시선 한 번에 태현은 말을 멈추고 웃었다.

"어찌 되었든 다시 만나니 기쁩니다. 이제야 청성이 바로 서는 느낌입니다. 앞으로도 우리 잘해 봅시다."

"많이 도와주십시오. 아직 부족한 게 많습니다."

"겸손도 지나치면 교만이라고들 하지요? 이만 일어나 보겠습니다. 눈치 없이 제가 시간을 너무 뺏었습니다."

낮게 웃은 태현은 식은 커피를 마시고 일어섰다. 그는 지섭과 악수를 나누며 한마디를 더했다.

"그날을 기다리고 있겠습니다."

태현은 아주 낮게 말을 잇곤 사무실을 나섰다. 그가 완전히 사라진 후에야 다시 소파에 앉은 지섭의 몸이 깊게 기울었다. 아주 오래전에 끊은 담배가 생각나는 날이었다. 푹신한 소파에 파묻히듯 몸을 묻은 그가 대기하고 선 제임스에게 물었다.

"움직임은 어때?"

"아직 조용합니다. 섣불리 나서지 않고 상황 파악을 하는 것 같습니다."

"자금 라인은."

"비슷합니다. 경계하고 있는 것 같습니다."

그가 없는 3년간 미연은 청성의 자금줄을 틀어쥐는 데 몰두했다. 분명 어디론가 비자금을 융통하고 있다. 다만 아직 확실한 물증과 공범자가 보이지 않았다. 유력한 용의자는 있지만 그 또한 고요하다.

시간이 길어질수록 미연은 자신의 약점을 꽁꽁 숨길 것이다. 그리고 기회가 생기면 어떻게든 그를 치고 원하는 바를 이룰 사람이었다. 지섭은 제임스에게 손짓했다.

"오늘은 좀 일찍 들어가고 싶은데, 다음 일정은?"

"오후 2시에 기획팀 총괄 회의가 있습니다. 업무 파악을 위해 참석하시는 게 좋을 듯합니다."

"회의 후 보고서도 작성해야겠고."

"예."

안 그래도 많은 일정에 또 뭔가가 끼어들었다. 자정을 넘어서야 퇴근할 수 있을 것 같다. 설마 첫날부터 이 지경으로 사람을 괴롭힐 줄이야. 미연도 만반의 준비를 한 게 확실하다.

"일부러 더 떼어 놓겠다는 소리 같은데."

집에서 은재를 얼마나 열심히 괴롭힐지 보지 않아도 알 것 같았다.

"서서히 사람을 미치게 만들면 만들었지, 대놓고 수를 쓸 위인이 아니야."

지섭은 팔을 세워 턱을 괴며 다리를 꼬았다.

"오늘 아침엔 악몽까지 꾸더군."

"보약이라도 챙겨야겠군요. 단 몇 개월이라도 버티려면."

제임스의 냉정한 답변에 지섭은 말을 멈췄다. 애초에 반년 만에 은재가 주식을 배분받는다는 것 자체가 쉬운 일이 아니다. 더군다나 '김주경'이라는 만들어 낸 신분으로는 더더욱 어렵다.

필요한 것은 시간. 은재에게 정신이 팔린 장미연이 쌓아 놓은 탑의 허점을 찾아낼 시간이었다.

"그래."

처음부터 그런 '용도'로 쓰고자 데려왔으니까. 그렇게 이용하기 위해 시작한 일이니까. 맞는 말이다. 분명 맞는 말인데……. 자꾸 눈앞에 은재의 얼굴이 아른거린다는 게 문제다.

겁에 질린 얼굴, 긴장한 목소리, 악몽을 꾸고 지쳐 보이던 눈이 사라지질 않았다. 제 넥타이를 꾹 쥐고 '엄마'를 부르던 안쓰러운 모습도. 그는 깊은 숨을 내쉬며 손으로 입가를 가렸다.

안쓰러움이 전부였을까. 아니, 그녀가 지나치게 가까워졌던 순간은 지섭에게도 조금은 당황스러운 일이었다. 무언가 가슴 속에서 충돌이 일어난 듯 스파크가 튀었다. 꿈결 속에 제멋대로 뱉던 한마디, 한마디들이 그를 건드렸다.

'신기하게 다정해. 쌀쌀맞은 것 같은데, 상냥해요.'

저절로 상냥해지게 만드는 목소리에 침이 고이고 가슴이 뻐근하게 저며 들었다. 그리고 그것이 전부가 아니라는 듯, 그저 나약하지만은 않다는 것을 알려 주듯 또박또박 속삭이던 그 말들이 지섭의 머릿속을 스쳤다. 그의 입꼬리가 서서히 올라갔다.
"버티기만 할까?"
꼭 즐거운 일이 생긴 것처럼.

"한 잔 더."
우아한 한마디에 곁에 섰던 홍 집사가 와인을 들었다. 예쁜 곡선을 그리며 와인이 떨어져 내렸다. 잔을 1/3쯤 채운 와인의 영롱함에 미연은 부드럽게 미소 지었다. 잔을 빙글빙글 돌려 향을 만끽한 그녀가 물었다.
"어떻게 하고 있어?"
앞뒤 다 잘린 물음이었지만 지난 20년도 넘게 미연과 함께한 홍 집사는 금방 질문의 의중을 캐치했다.
"김 실장에게 담당 구역을 배분받고 있는 것을 보고 오는 길입니다."
"집 안 구경은 잘 시켜 줬고?"
"예. 본채부터 별채, 별관까지 다녀왔습니다."
이야기를 듣던 미연의 표정이 이상하게 일그러졌다.
"…픕!"

결국 웃음을 참지 못한 그녀가 비웃음을 터트렸다. 안 웃을 수가 없었다. 미연은 입 안 가득히 와인을 머금었다. 목 넘김마저 부드러웠다.

"이 얼마나 웃긴 일이야?"

후우, 뱉는 입 바람엔 와인 특유의 달콤하고 아릿한 향이 가득 담겨 있었다. 그녀는 웨이브 진 머리를 어깨 뒤로 넘기며 말을 이었다.

"고고하신 청성의 장남이 사랑해 마지않는 안사람이 고용인 취급당했다는 게. 그 꼴을 정지섭도 봤어야 하는 건데."

표독스럽게 눈을 치뜬 미연은 불과 몇 시간 전의 상황을 떠올렸다. 멍청한 얼굴로 자신을 보던 모습이 아직도 생생했다. 빌어먹을 년. 순진한 눈으로 자신을 우습게 만든 게 벌써 몇 번이던가. 그녀는 코웃음을 지으며 와인을 음미했다.

정작 불안감을 느끼는 건 홍 집사였다. 홍 집사가 몸을 살짝 낮추며 속삭였다.

"괜찮을까요?"

"뭐가?"

"만약 정 이사에게 지금 상황을 얘기라도 한다면……."

"그게 뭐?"

"아니, 그게……."

"내가 틀린 말 한 게 있던가."

뻔뻔한 얼굴이 제 잘못이 있으면 어디 말해 보라는 듯 도도했다. 홍 집사는 어디서부터 뭘 짚어야 할지 몰랐다. 분명 미연의 말 어디에도 잘못된 부분은 없었다. 그러나 '명분'이 있다고 모두 옳은 일은 아니다.

그렇지만 그에 대해 말해 줄 사람은 없었다. 미연은 자신만의 온실에서 귀히 키우는 난 앞에 서서 푸른 이파리를 만졌다.

"고자질이라도 한다면 나야 감사하지. 문제를 만들어 주면 쫓아내는 게 훨씬 쉬우니까. 꼭 좀 해 줬으면 좋겠네."

난데없이 나타나 집안에 불화를 일으킨다. 그야말로 미연이 바라는 일이었다. 오랜만에 제 아들을 보고 흔들린 찰나이지만 여전히 그는 제 손바닥 안에 있었다. 구실만 있으면 된다. 작은 것이라도 좋다.

"이 집안에 자리를 틀었으니 그만한 감당은 해야지. 그럴 재간 없으면 빨리 꺼지든지."

미연은 팔랑이는 난의 긴 이파리를 쓸었다. 관리가 잘되어 매끈한 면이 기분 좋게 쓸렸다. 그녀의 미소가 어느 때보다 짙었다.

#5

"사람을 부리는 건 재능이야. 타고나야 해. 남자 하나 믿고 제 분수도 모르고 나대면 어떻게 되는지 알아야지. 분에 넘치는 자리라는 게 그런 거거든."

사실 모든 세상이 그렇다. 누군가의 위에 서서 군림하는 것은 타고나야 한다. 어떤 신분이건 어떤 자리에서 태어났건 그것은 중요하지 않다. 타고난 재능, 그것이 스스로의 자리를 만든다.

"날 봐, 안 그래?"

자화자찬으로 가득한 오만함이었다. 그녀는 피식 웃으며 가방을 들었다.

"세상물정 모르는 계집애 처리하는 건 하루 이틀이면 충분해."

아니, 벌써 지쳐 나가 떨어졌을지도 모르지. 생각만 해도 우스운 일이었다. 아무리 새로 온 이들이라 해도 기본적인 교육은 모두 받고 온 고용인들이었다. 그런 고용인들 옆에 서서 우왕좌왕해 댈 꼴은 상상만 해도 웃음이 났다.

직접 나서서 손을 볼 필요도 없는 일이다. 어디 버티려거든 버텨 보라지. 미연은 걸음을 옮기며 뒤 따르는 홍 집사에게 말했다.

"난 출근할 테니까 김주경은 홍 집사가 알아서 처리해. 시간마다 안 비서한테 보고하고 무슨 일 생기면 바로 나한테……."

똑똑.

그녀의 말을 끊은 것은 온실 문을 두드린 노크 소리였다. 갑작스러운 손님에 미연이 홍 집사에게 턱 짓했다. 눈치 좋은 홍 집사가 걸음을 서둘러 문을 열었다.

"누구……?"

감히 누가 여왕의 침실, 아니 미연의 온실 문을 두드리는가 하며 활짝 문을 연 그녀는 순간 말문이 막혔다.

"아, 어… 아니."

생각지도 못한 얼굴에 홍 집사가 미연을 돌아보았다. 미연 역시 갑자기 찾아온 상대에 크게 놀란 눈을 하며 말을 더듬었다.

"…기, 김주경 씨?"

온실로 찾아온 건 은재였다. 잠시 당황했던 미연이 표정을 굳히며 팔짱을 꼈다.

"난 부른 적 없는 것 같은데."

혹시 설마, 벌써 자신이 바라는 말을 하러 온 걸까. 그 생각이 들자 미연의 얼굴로 반짝 빛이 돌았다.

"무슨 일이죠?"

속내를 숨긴 질문이 은재에게 닿았다. 듣기만 해도 찜찜한 느낌에 은재는 마른 입술을 한번 쓸었다. 그리고 두 손을 공손히 모으며 말했다.

"말씀드리고 싶은 게 있어서요."

"말해요."

무슨 말을 예상하는지 몰라도 흔쾌히 허락한 미연이었다. 은재는 조심스레 말을 이었다.

"어머님의 말씀대로 아무것도 모르는 상태에서 제가 할 수 있는 건 없는 것 같습니다."

"그래서?"

"또, 이 집에 훨씬 오래 계셨던 분들에게 제가 일을 시키는 것도 말이 안 된다고 생각합니다."

조금 길어지는 은재의 말에 미연의 미간이 다시 좁아졌다. 생각보다 침착하고 차분한 태도가 거슬렸다. 미연의 꺼끌꺼끌한 목소리가 되물었다.

"그런 말 할 시간에, 가서 본인이 할 일을 찾으면 될 것 같은데."

"네. 말씀대로 제가 할 일을 찾기 위해 왔습니다."

바로 답한 은재의 허리가 곧게 섰다. 긴장한 기색은 있었지만 안절부절못하거나 떠는 것 같진 않았다.

"청성에 왔으면 청성에 대해, 이 집안에 대해 배우는 것도 당연하기 때문에 말씀드립니다."

서은재는 겁이 많다. 무서운 것도 많고 두려운 것도 많은 평범한 사람이다. 낯선 상황에선 실수도 하고 어쩔 줄 모르며 고민에 빠지고 울기도 하는 평범한 사람.

"지섭 씨의 '아내'로서 청성에 들어온 제가 배워야 할 건."

하지만.

"고용인분들이 하는 업무가 아닌 어머님이 하시는 일인 것 같습니다."

"…뭐?"

"어머님의 일을 가르쳐 주시면 감사하겠습니다."

약하지 않다. 은재는 다시 깊게 허리를 숙였다. 그녀의 긴 머리칼이 바닥으로 쏠려 흔들렸다. 그러나 은재의 마음은 흔들리지 않았다.

아침부터 내내 생각했다. 대놓고 무시하고 고용인 취급하는 미연의 행동과 말에는 완전한 적개심이 들어 있었다. 이곳에서 몰아내려는 원초적인 배척을 분명하게 느꼈다. 지섭에게 보내던 그것을 은재에게도 쏟아부었다. 그 모습에서 확실하게 마음먹을 수 있었다.

'다른 사람한테 미움받고 싶은 마음은 없어. 잘 지내고 싶어. 싸우고 싶지 않아. 싫으니까. 싸우고 다투는 건 무서우니까. 하지만.'

이미 미움받는 사람에게 잘 보이고 싶은 마음도 없다. 바보 같아 보일 순 있어도 미련해 보이고 싶지는 않다. 어차피 미움받아 버린 거라면 조금 더 확실하게 미움을 받겠다.

그녀가 개운하게 몸을 세웠다. 그리고 넋을 놓고 선 미연과 홍 집사에게 확실히 못을 박았다.

"잘 부탁드립니다, 어머님."

활시위는 당겨졌고 활은 과녁을 향해 날았다. 분명, 엄밀히 따지자면 '서은재'는 고용인이 맞지만.

'당신이 날 고용한 건 아니야.'

나의 갑은, 나의 고용주는 단 한 사람 정지섭뿐이니까.

'김주경'은 정지섭의 것이다.

강하진 않지만 약하지도 않다. 그게 서은재다.

집 안의 분위기가 묘했다. 조용하고 차분했지만 어둡지는 않았다. 늦은 밤, 집으로 돌아온 지섭은 낯선 분위기의 집에 의아해졌다. 출근 때만 해도 사람 속을 뒤집는 미소를 짓던 미연은 없었다. 대신 미연이 있던 자리에 은재가 있었다. 그녀는 가만히 인사를 건넸다.

"다녀오셨어요."

서로 나뉘어 보낸 하루의 고단함이 묻어난 목소리였다. 하지만 이상할 정도로 사람을 느긋하게 만드는 음성이기도 했다. 작지만 확실하고 분명한 그 목소리에 하루를 위로받는 것처럼.

"지섭 씨?"

자연스레 부르는 제 이름에 손으로 힘이 들어갔다. 이런 마중은 정말 오랜만이었다. 아주 오래전에 잊은 진짜 마중. 그것이 주는 선물 같은 감정이 지섭의 마음을 흔들었다.

"괜찮아요?"

한동안 아무런 말이 없는 그를 걱정하는 눈이었다. 지섭의 한쪽 입가가 살며시 올라갔다. 그는 은재의 머리를 살짝 흐트러트리며 대답했다.

"오랜만이야."

"네?"

이런 마중도, 인사도. 기분 좋은 진짜 웃음도.

"가자."

어딘가 상쾌한 목소리였다. 이른 아침에 보고 밤늦게 보는 것이니 오랜만이라면 오랜만이지만 다소 어색한 인사였다. 의아함을 숨기고 고개를 끄덕인 은재는 지섭을 따라 방으로 향했.

오후 10시를 훌쩍 넘긴 시간이었다. 퇴근 시간치곤 많이 늦은 시간, 방 안에 들어서자마자 재킷을 벗은 그가 물었다.

"어땠어?"

짧고 굵은 한마디에 은재의 눈동자가 휘 굴렀다. 머쓱하게 머리를 긁적이는 손이 여러 감정에 섞여 있었다.

"그게……."

어쩐지 조금 눈치를 보는 듯한 그녀는 긁적이던 손을 내리며 괜히 제 옷을 괴롭혔다. 꼭 잘못 저지른 아이처럼 발끝까지 꼬물꼬물 힘을 주던 은재는 이내 소심하게 말했다.

"일단 하고 싶은 대로 하긴 했는데요, 이게 뒷감당이 될지 안 될지는 잘 모르겠어서."

"뒷감당?"

"시, 시, 실수했을지도 모르겠어요."

빙빙 말을 돌리고 손가락만 열심히 꼼지락거리는 그녀에 지섭은 쓴웃음을 지었다. 그는 넥타이를 살짝 느슨하게 당기고 은재에게 다가와 말했다.

"그렇게 뭉뚱그려 말하면 난 이해 못 해."

"네?"

"이 집에서 나한테 사실을 말해 줄 사람은 서은재 씨밖에 없어."

상냥한 듯 쓸쓸함이 담겨 있는 말이었다. 숨기는 게 없길 바라는 사람처럼 쓸쓸한 눈에 그녀는 저도 모르게 외치듯 말을 이었다.

"사모님이, 저를 고용인으로 대하시고 무시를 하셨는데 제가……."

툭, 말문이 막혔다. 스르르 고개를 숙인 은재는 마른 입술을 물었다. 잠깐 당시의 감정이 떠올랐다. 일렁이는 감정을 갈무리하기 위한 침묵이었다. 덕분에 순식간에 차가워진 지섭의 눈을 보지 못한 그녀는 다시 고개를 들었다.

"그래도."

"……."

"이긴 것 같아요."

배시시 웃는 웃음에 매섭게 식었던 눈이 거짓말처럼 풀려나갔다. 그 찰나를 보지 못한 은재에게 지섭의 눈가로 다시 웃음이 그려졌다. 어느새 그녀는 오늘 있던 일을 차근차근 설명해 나갔다.

'고용주에게 브리핑은 철칙이지.'

요만큼의 숨김도 없는 철저한 보고였다. 겁 없이 던져진 은재의 말에 미연은 아주 오랫동안 아무 말도 하지 않았다. 아니, 한 걸음 물러나기까지 했다. 심지어 조금 떨리는 목소리로 오늘은 쉬라는 말과 함께 먼저 자리를 피했다.

사색이 되었던 홍 집사의 얼굴을 보면 분명 지금은 그녀의 '승리'였다.

단 하루. 그 하루 만에 캐낸 은재의 성과에 지섭은 기가 막혔다. 이것은 그야말로 은재이기 때문에 할 수 있는 일이다. 가진 것이 많고 지킬 것이 많은 이들은 이렇게까지 대놓고 행동할 수 없다.

그는 헛바람을 들이켜며 묘한 얼굴을 만들었다. 지섭의 얼굴에 은재의 고개가 옆으로 기울었다.

"왜 그렇게, 보세요?"

"본인이 얼마나 대단한지 모르지."

당황으로 물든 그녀의 눈에 지섭을 손을 들어 은재의 뺨을 감쌌다. 예상하지 못한 손길에 은재의 어깨가 싸악, 올라왔다.

"사, 사장, 사장님?"

"낯선 곳에서 혼자."

"…네?"

"고생했어."

"……."

"진심으로 서은재 씨라 다행이야."

가까운 거리만큼 바로 박혀 든 다정함에 은재는 아무 말도 하지 못했다. 없던 자존감마저 솟아오르게 만드는 따뜻한 한마디는 위로와 같았다.

"아, 그게."

다 알고 있다는 듯한 그의 표정에 얼굴이 뜨겁게 달아올랐다. 그리고 스스로도 알 수 없는 감정까지 물들었다.

두근두근. 쿵쾅쿵쾅. 심장이 너무 빨리 뛰고 있었다. 잘못하다 괜한 오해를 받을 것 같았다. 당황해서 그를 밀어 낸 은재의 눈은 토끼처럼 빨갛게 물들어 있었다.

"가, 감사합니다."

그의 손이 정말 너무도 따뜻해서 숨이 쉬어지지 않았다. 후아 후아, 가슴까지 들썩이는 그녀에게 웃어 보인 지섭은 잠시 놓았던 가방에서 작은 상자를 꺼내 건넸다.

"선물."

"어, 어어?"

휴대폰이었다.

"이걸, 왜……?"

당황한 그녀의 질문에 지섭이 말했다.

"가끔 안부 문자 정도는 드려."

"네?"

"부모님 말이야."

순간 헉 소리가 났다. 부모님에게는 회사에서 연수 프로그램이 있어 전화가 어려운 해외 봉사를 간다고 말해 놓은 참이었다. 지섭의 도움으로 유학 자금과 생활비까지 후원해 주는 일이라고 회사 인증까지 받아 변명해 놓고 제 것은 쓰지 않았다.

행여나 같은 한국 아래, 욕심이 생길까 꺼내 놓지 않았던 것이었는데.

"생각해 보니까 억지가 심했어. 해외에 있더라도 문자 정도는 보낼 수 있는 거 아닌가. 또 요즘은 어플로 전화 통화도 할 수 있잖아."

"하, 하지만."

"부모님이 위치 추적에 능하시면 이쪽에서도 곤란하지만, 그것 역시 감당해 볼 테니까."

농담 섞인 말로 은재의 당황을 다독인 지섭은 모르는 척 넥타이를 당겨 뺐다. 잠시 멍하니 휴대폰을 내려다보는 그녀의 눈에 기쁨이 담겼다. 은재는 연거푸 허리를 숙여 가며 인사했다.

"가, 감사합니다. 아, 자주는 안 할게요. 필요할 때, 꼭 필요할 때만 쓰겠습니다. 문제 되지 않도록 할게요."

몇 번이나 감사 인사를 하는 은재에 지섭은 팔을 뻗어 그녀를 막았다. 그에게 막혀 멈춘 은재가 그를 올려다보았다. 지섭의 마른 입술이 살짝 벌어졌다.

"조금은 이기적이어도 괜찮아."

"…네?"

"이미 충분하니까."

은재의 눈이 묘하게 일렁거렸다. 그는 말을 아끼며 몸을 돌렸다. 엄마를 찾으며 웅크리던 서글픔이, 외로움에 지쳐 가라앉던 눈물이 여전히 지섭의 기억 속에 선명했다. 단호해야 한다. 냉정하고 차가워야 한다. 그저 '이용'하는 사람으로만 대해야 한다.

그것을 알면서도 '진심'으로 다가오는 은재에게 알 수 없는 감정이 일렁인다. 자꾸 시선이 가고 떠오르기 시작하면서 따끔거리는 감정을 느꼈다. 바닥을 향하던 은재의 시선이 지섭을 향했다. 그녀가 말했다.

"조금 덜 친절하셔도 괜찮아요."

"뭐?"

"너무 친절하시면, 제가 조금 단순해서 오해하거든요."

그녀는 씩 웃으며 고개를 돌렸다. 조금 개운해 보이는 표정이었다. 오히려 지섭이 잠시 할 말을 잃었다.

'친절했다?'

이해할 수 없는 말이었다. 그러나 생각해 보면 그랬던 것도 같다. 그저 자신을 맞이해 준 말 한마디에.

'다녀오셨어요.'

서은재, 당신은 모른다. 이 집에서 나를 진심으로 반겨 준 사람이 얼마 만인지. 다녀왔냐는 한마디의 말이 무엇을 떠올리게 하는지.

그것이 얼마나… 사람을 흔드는 일인지.

"어라?"

세탁기 앞에 선 소영이 당황하며 작동하지 않는 기계를 두드렸다.

"이게 왜 이래?"

놓친 것 하나 없이 매뉴얼대로 작동시킨 세탁기가 움직이지 않았다. 정말 미칠 노릇이었다.

"왜 안 되는 거야, 대체!"

탕탕. 세탁기를 두드려 보지만 여전히 기계는 움직이지 않았다.

"시, 시간 없는데."

곤혹스러움에 빠진 그녀는 이번에 청성으로 새로 들어온 신입 고용인이었다. 청성 일가에 들어오는 신입 고용인들은 업체에서 엄선된 인원이다.

모두 본인의 업무를 완벽히 숙지하고 들어오지만 결국 그들도 이곳은 '처음'이었다. 움직이지 않는 세탁기에 당황하는 신입 말이다.

"본채 청소 곧 시작하는데!"

다음 할 일도 산더미인데 세탁기 앞에서 잡혀 버렸다. 소영이 패닉에 빠져 연신 세탁기를 두드리고 발을 동동 굴렀다. 그때, 손 하나가 불쑥 나타났다.

"잠시만요."

"엄마야!"

갑자기 나타난 손은 야무지게 세탁기를 살폈다. 비명까지 지른 소영은 놀란 토끼 눈으로 고개를 돌리다 그대로 눈이 뽑힐 뻔했다.

"자, 작은… 작은……."

"여기, 이쪽 호스가 빠져 있었어요."

"…네?"

"물 빠짐 호스가 빠져 있으면 자동으로 작동이 안 되는 기종 같아요. 여기요."

조용조용한 목소리로 기계를 확인한 건 '작은 사모' 김주경이었다.

"자, 작은 사모… 흡."

그녀를 부르려던 소영이 입을 다물었다. 당연히 '작은 사모'라 불러야 하지만 이 집안의 실질적 주인인 미연에게 미운털 박힌 그녀를 제대로 부르는 고용인은 없었다. 어쨌든 바로 그 김주경이 소영의 앞에 있었다.

"아니, 어떻게……."

위이잉.

소영이 말을 다 맺기도 전에 움직이지 않던 세탁기가 거짓말처럼 돌아갔다. 이내 세탁기에서 손을 놓은 작은 사모가 말했다.

"그럼 수고하세요."

꾸벅. 가볍게 묵례를 남긴 그녀는 처음부터 없었던 사람처럼 홀연히 세탁실을 빠져나갔다. 걸음소리조차 없이 조용히.

"어……."

위잉. 위이잉. 돌아가는 세탁기 앞에서 청소 시간도 망각한 소영은 멍하니 그녀가 나간 문만 바라보았다.

봤다.

봐 버렸다.

"세상에, 진짜 램프의 지니야?"

이 집안의 작은 지니, 아니 작은 사모 김주경을.

양손에 쓰레기, 입에 문 봉지. 유난히 많은 양의 쓰레기를 든 신입 고용인, 선하가 아슬아슬하게 계단을 내려가는 중이었다.

'조금만 더, 조금만 더.'

그녀가 손도 모자라 입까지 써 가며 쓰레기를 든 이유는 다른 게 아니었다. 쓰레기는 모두 수거해 정원 끝에 있는 수거장에 내놔야 하는데 거리가 한참 멀었다. 두 번 일을 하지 않으려면 어쩔 수 없었다.

"끄으응."

그녀는 본채 뒷문으로 난 계단을 조심조심 걸었지만 어딘가 위태로웠다. 입에 문 게 무겁지는 않지만 시야를 가리고, 양손은 묵직했다. 외우고 있는 계단 수를 가늠하며 비로소 마지막 계단까지 내려온 찰나.

"응?"

분명 끝났다고 생각했던 계단이 하나 더 있었다.

"어어어!"

놀라서 소리를 지르는 순간 이미 몸은 고꾸라지고 있었다. 아니, 고꾸라질 뻔, 했다.

"괘, 괜찮아요?"

바로 뒤에서 본인이 더 놀란 목소리로 선하의 허리를 잡아 주는 사람이 아니었다면.

"허억, 허억."

너무 놀라서 숨만 몰아쉬는 선하를 겨우 바로 세운 건, 다름 아닌 은재였다. 그녀는 넋을 놓은 선하를 계단에 앉히고 나동그라진 쓰레기봉투를 가지고 와 매듭을 풀었다.

"뭐, 뭐 하시는."

겨우 숨을 고른 선하가 묻자 은재는 손을 들어 괜찮다는 말을 대신했다. 그리고 열린 봉투 안에 방금까지 선하가 물고 왔던 봉투를 올렸다. 불뚝 튀어 올라온 봉지를 보며 선하가 말했다.

"그거 봉투가 가득 차서 안 들어… 억."

그러나 그 말은 발로 쓰레기봉투 위를 밟아 대는 은재에 의해 막혀 버렸다.

꾹꾹. 절대 뭔가가 더 들어갈 것 같지 않았던 봉투에 공간이 생기고 혹처럼 솟았던 다른 봉투가 거짓말처럼 쏙 들어갔다. 선하의 놀란 눈에 은재가 말했다.

"하나로 하면 들고 가기가 쉬울 거예요."

"…에?"

"그럼."

대답은 바라지 않았다는 듯 살짝 묵례를 한 그녀는 이내 제 갈 길로 향했다. 멀어지는 은재의 뒷모습에 넋 놓고 앉은 선하에게로 소영이 빠르게 다가왔다.

"괜찮아? 다친 데 없어?"

어디 있었는지는 몰라도 다 보고 있었던 모양이다.

"아, 으응. 없어."

어안이 벙벙해 대충 고개를 끄덕이던 선하가 멍하니 중얼거렸다.

"다른 사람들 말이 맞나 봐."

"아까 나도 세탁실에서 봤는데."

"진짜 램프의 지니야?"

"풉!"

두 사람의 시선이 묘한 동질감에 섞여 공유되었다. 재차 은재가 사라진 쪽을 보며 눈만 깜빡이던 그들은 조용히 주어 없는 대화를 나눴다.

"다르지?"

"달라."

소영이 먼저 고개를 끄덕였다.

"처음엔 이해 못 했는데, 정 이사님이 왜 저분을 모셔 왔는지 조금 알 것 같아."

이어 선하 역시 고개를 끄덕이며 동의했다.

"나도. 뭔가가 분명히 다른 것 같아."

"응."

"약간 허술해 보이기는 하는데. 뭔가 2프로 부족한데."

분명 이따금 아쉽기도 하지만 필요할 때 반드시 나타난다. 그리고 부족함은 도와주지만 그 이상의 것은 하지 않는다. 과장된 행동도, 과한 다정함도, 부담스러운 대화도 없다. 적당한 선을 유지하며 나타날 뿐이었다. 소영과 선하가 서로의 눈을 맞췄다. 그리고 곧 짧게 웃으며 동시에 말했다.

"좋은 분이야."

"좋은 사람이야."

'김주경'을 겪은 사람이라면 누구도 부정할 수 없는 평가였다.

자신을 향한 말들을 모르는 그녀는 별관 장식장 앞에 앉아 있었다. 이내 일어난 은재가 장식장을 흔들었다.

"됐다."

흔들리던 장식장이 방금 전 은재가 끼워 넣은 종이 하나로 흔들림을 멈췄다.

"좋아."

만족스럽게 제 할 일 마친 은재는 시간을 확인했다. 어느덧 오후가 지나가고 있었다. 그녀는 낮은 목소리로 중얼거렸다.

"너무 조용해."

미연은 그날 이후 더 이상 은재를 터치하지 않았다. 사흘에 한 번 있는 고용인들의 모임에도 나갔지만 미연 대신 홍 집사가 일정을 관리했다. 미연이 없으니 그들이 은재에게 뭔가를 시킬 수도 없었다. 결국 아무것도 하지 않게 된 그녀는 스스로 움직였다.

다행히 은재에겐 '경험'이 있었다. 유학 생활을 해 오며 늘어난 생활력과 에이미를 상대하며 기른 끈기와 체력은 고용인들이 하지 못하는 일들을 하게 했다. 자연스레 그들을 돕고 막힌 일들을 해내는 사이 은재는 이곳에 스며들기 시작했다. 다만 걱정이 될 뿐이다.

"잘하고 있는 거 맞겠지."

미연이 너무 조용하니 오히려 불안하다. 고민해 봤자 해결되는 건 없지만 그래도 한 번씩 멈칫하게 되는 건 어쩔 수 없었다. 어디선가 미연이 보고 있을지 모른다는 불안감도 한몫했다.

"후우."

한숨을 내쉰 그녀는 다시 새로운 일을 찾아 걸음을 옮겼다. 일단 가만히 멈춰 있을 수는 없었다.

Rrrrrr. Rrrrrr.

"엄마야!"

그런 그녀를 세운 건 낯선 벨 소리였다. 깜짝 놀라는 사이 벨 소리는 더욱 바쁘게 울렸다.

"어디서 갑자기… 아, 맞다!"

갑작스런 소리에 두리번거리던 은재는 뒤늦게 자신에게 휴대폰이 있음을 깨달았다. 그녀는 얼른 주머니를 뒤져 휴대폰을 꺼내 들고 확인했다.

"어?"

액정에 뜬 이름은 놀랍게도 '남편'이었다.

"나, 남편은 뭐야."

이름이 적혀 있지 않아도 이것이 누구인지 알 것 같았다. 어떻게 이런 이름으로 저장해 놓은 건지. 행여 누가 보기라도 할까 봐 저도 모르게 주변을 둘러본 은재는 꿀꺽 침을 삼키고 전화를 받았다.

"여, 여보세요?"

-받네. 안 받을 수도 있겠다, 싶었는데.

이름을 그렇게 저장해 놓은 게 스스로도 조금 마음에 걸린 모양이다. 은재는 머쓱하게 볼을 긁적거렸다.

"설마요. 무슨 일 있으세요?"

곧장 본론으로 들어가는 질문에 남편 아니, 지섭이 피식 웃었다.

-잘 살아 있나, 걱정돼서?

걱정이라는 말이 새삼스러워 그녀가 더듬거렸다.

"그, 그럼요. 잘 살아 있어요."

-목소리가 어색한데. 뭐 마음에 안 드는 거라도 있어?

정말 귀신같은 사람이었다. 단 한 마디로 찜찜한 마음을 바로 캐치해 낸단 말인가. 신기한 마음에 '남편'의 어색함도 순간 사라져 버렸다. 그녀는 휴대폰을 두 손으로 잡고 꼬물거렸다.

"그냥… 이렇게 해도 되는 건가, 하는 괜한 생각이 자꾸 들어서요."

-뭘 했는데.

"제가 할 수 있는 거요."

-말해 봐.

시원시원한 말에 은재는 어느새 차근차근 말을 잇고 있었다. 세탁기를 고쳐 주고 쓰레기봉투를 정리한 것과 같은 아주 소소한 것까지.

말하고 나니 더 보잘것없는 일들이었다. 정말 이것으로 되나, 싶을 정도로 걱정이 되어 한숨을 쉴 때 들린 대답은 진심이 담긴 감탄이었다.

-서은재 씨 대단하네.

"…네, 네?"

-난 그거 못 해.

당황스러운 말에 은재는 정신이 없어졌다.

"그, 그게 무슨."

-오늘 당신이 한 그 일들, 나는 할 줄 모르는 것들이라고.

"……."

-나는 할 수 없는 걸, 서은재 씨가 해 주고 있는 거야. 나를 대신하는 것 정도가 아니라 나보다 더 훌륭히 하는 거겠지. 그렇게 잘하고 있는데 뭘 걱정해.

쭉 이어지던 은재의 고민을 한 번에 날려 버리는 말이었다. 꽉 막혔던 가슴이 개운해지는, 그런 고마운 말. 그녀는 휴대폰을 꼭 부여잡고 되물었다.

"정말 그럴까요?"

-'그럴까요'가 아니라 그런 거야.

어느 때보다 단호한 대답이었다. 은재의 얼굴이 본인도 모르는 사이 발갛게 물들었다. 듬뿍 받은 이 응원이 고맙고 용기가 생겼다. 그녀는 보지도 못할 그를 고개를 끄덕인 때 지섭이 말했다.

-이만 끊어야 할 것 같은데. 다른 할 말은?

"아, 아니요."

서두른 대답에 그가 옅게 웃은 것 같았다. 그래, 이따 봐. 별것 아닌 말을 남기고 전화가 끊겼다. 이따 봐. 홍시처럼 물든 얼굴이 돌아오질 않았다. 마음속 응어리가 사라졌다. 정말 신기루처럼 그렇게 멀리멀리 날아갔다.

"후우."

은재는 허리를 한 번 곧게 펴고 다시 움직였다. 어느새 얼굴에 환한 생기가 떠올랐다.

"김주경 씨."

그리고 그 생기가 다 피기도 전에 그녀의 또 다른 이름이 불렸다.

"사모님이 부르십니다."
썩 감사하지 않은 부름과 함께.

"어서 와서 앉아요. 식사 때 봤으니 굳이 인사까지 할 건 없고."
미연이 우아하게 웃으며 소파로 손짓했다. 긴장을 머금은 은재는 천천히 소파로 다가와 가장 상석에 앉은 그, 창만에게 살짝 묵례를 했다.
"앉거라."
그녀의 인사에 그가 말했다. 창만은 처음 봤을 때보다 조금 더 지쳐 보였다. 창만의 허락에 조심스레 소파에 앉자 미연이 기다렸다는 듯 입을 열었다.
"회장님과 차를 마시다 보니 주경 씨 생각이 많이 나서요. 그렇죠, 회장님?"
일주일 전 수모 아닌 수모를 당한 것치곤 지나치게 얌전하다. 은재의 그런 의심 속에서 창만이 말했다.
"보다시피 내가 거동이 편한 사람은 아니라 따로 자리를 마련할 생각을 못 했다. 서운하게 생각했다면 미안하구나."
"아닙니다. 먼저 제대로 찾아뵙지 못해서 제가 죄송합니다."
생각보다 말은 수월하게 나왔다. 첫날 헛구역질 나올 만큼 긴장되었던 자리가 제법 버틸 만했다. 고개를 끄덕인 창만이 살짝 웃었다.
"어떻게 지낼 만은 하고?"
"부족한 게 많은데 모두 도와주셔서 편하게 잘 지내고 있습니다."

"네 어머니가 신경 쓰는 거야 알고 있지. 그래도 네가 잘하고 있다고 여기저기서 들려오더구나."

은재를 칭찬하는 그의 말에 미연은 아주 잠깐 멈칫하다 다시 재촉했다.

"회장님, 다른 말씀 마시고 그거, 말씀하셔야죠."

"아아, 그렇지."

두 사람의 짧은 대화에 은재의 머리로 무언가가 스쳤다. 뭔가가 있다. 아니나 다를까, 창만의 입에서 나온 건 아주 뜻밖의 말이었다.

"선물을 주고 싶어 불렀다."

뜻밖의 말에 은재가 눈을 크게 떴다.

"선물이라면……?"

"낯선 곳에 와서 잘 적응하는 것도 장하고, 우리 집 식구가 되었으니 뭐라도 해 주고 싶다고 하더구나. 이 사람이 너를 굉장히 예뻐해서 말이야."

은재의 눈이 순간 찌푸려질 뻔했다.

'예뻐해?'

미연은 뻔뻔하게도 수줍은 듯 웃고 있었다. 창만의 말이 이어졌다.

"결론부터 말하자면 논현동에 있는 전시관 하나를 네 앞으로 주고 싶구나."

그의 말에 은재는 잠시 말을 이해하지 못했다. '선물'이란 것이 '전시관'이 될 수 있는 건가? 하는 현실감 때문이었다.

"본래 네 어머니가 차후 맡아 관리할 곳이었는데 흔쾌히 양보

했다."

 멍한 은재의 눈도 모르고 창만이 웃었다. 마치 상황을 비웃듯 미연이 말을 이었다.

"여러모로 가치가 아주 높은 곳이에요, 주경 씨."

 세상 상냥한 미소까지 지으면서.

"거기를 주고 나면 당신이 많이 서운하겠어. 공을 많이 들였잖아."

 창만의 위로 아닌 위로에 미연은 고개를 저으며 가슴께에 손을 올렸다.

"주경 씨에게 저와 같은 아픔을 주고 싶진 않아요. 아무것도 없어서 그저 무시당하고 괄시당하는 건, 저로 충분해요. 하지만 생각해 보면 제가 지금까지 아팠던 건, 다 지섭이와 주경이를 위한 초석이 아니었을까 싶어요. 이렇게 도와줄 수가 있으니까."

 가슴에 손을 얹고 생각하라는 말이 있다. 그럼 이미 가슴에 손을 얹고 거짓말을 하는 사람은 어떻게 대해야 할까. 살짝 입술을 물었던 은재가 조심스레 운을 뗐다.

"그럼 제가 사람들 앞에 나서도 된다는, 말씀이신가요?"

"그러면 주경 씨가 많이 부담스럽지."

 씨알도 먹히지 않았다. 미연은 비어 있는 창만의 잔을 채우며 말을 이었다.

"지섭이가 완전히 자리 잡기 전까지 두 사람의 결혼을 밝히긴 어렵잖아요. 그렇다고 그냥 있을 수도 없고. 사진을 배웠으면 전시관 정도는 가지고 있어야지."

대체 무슨 꿍꿍이일까. 애석하게도 그녀에겐 이런 두뇌싸움의 경험이 없었다. 이건 은재의 몫이 아니었다. 초조함에 가슴이 쿵쿵 뛰었다.

'그냥 받으면 안 돼. 이거, 분명 해가 될 거야.'

미연의 짙은 미소만 봐도 충분히 증거가 되는 일이었다. 호로록, 따뜻한 차를 넘긴 미연이 고개를 까딱 움직였다.

"그렇지. 부담스러우면 지섭이에게 주는 거라고 생각해요. 아니지, 이렇게 생각해도 되겠다."

"……."

"나중에 받을 걸 미리 받는다고."

뭔가가 정수리로 퍽, 떨어졌다.

'나중에 받아? 뭘? 나중에 뭘 받는데?'

먹이사슬의 최하위층에 놓인 동물들이 본능적으로 가진 경고가 쉼 없이 울어 댔다. 그사이 미연과 몇 마디를 나눈 창만이 멋대로 결론을 내렸다.

"좋은 생각이야. 부담스럽다면 그렇게 생각하도록 해. 거절하지 말고 받아. 그렇게 알고 준비하마."

그것은 통보였다. 이미 정해진 일에 대한 완벽한 통보.

"설마 내 진심을 거절하진 않겠죠?"

진심까지 운운해대니 더 숨이 막혀 왔다. 은재의 당황을 느낀 미연이 짙은 미소를 겨우 숨겼다. 전시관의 가치는 주경에게 갈 주식 지분과 맞먹는다. 하지만 그것이 주식은 아니다. 이 '지분 싸움'엔 하등 도움이 되지 않는다는 소리였다.

'그럼 네까짓 게 나가든가 말든가 나에겐 감사한 일이지.'

이 얼마나 완벽한 결말인가. 미연은 콧대를 높이며 짙게 미소를 지었다. 그 깜깜한 속내 가득한 미소에 은재의 등으론 식은땀이 흘렀다. 아무것도 알 수 없는 상황에서 단 하나, 저것을 받아들이면 안 된다는 것만큼은 안다.

'절대 그냥 줄 리가 없어. 뭔가 속셈이 있는 거야. 그런데 무슨 속셈? 안 받는다고 할까? 아냐, 그럼 더 꼬투리를 잡을 게 분명해.'

꿀꺽.

침을 삼킨 그녀는 다리에 올린 두 손에 힘을 주었다.

"저는……."

'단순하게 생각하자.'

단순하게. 어차피 복잡하게 생각해도 모르는 것을 알 수는 없다. 주고 싶은 사람이 있고 자신은 받아야 한다. 그런데 받는 선물이 어떤 가치를 지닌 것인지 모른다.

그렇다면 지금 자신이 해야 할 것은 무엇일까. 핑. 순간 은재의 머리로 해답이 떨어졌다. 그녀가 곧장 머리를 들며 말했다.

"저에게 주시는 선물이라면."

'어떤 가치'를 가진 것인지 모르는 선물이라면.

"제가 필요한 것을 가지고 싶습니다."

그것이 무슨 가치를 가진 것인지 아는 것으로 받으면 된다.

"…뭐?"

팽팽하게 당겨지던 긴장의 끈이 팍 하고 떨어져 나갔다. 끊겨 버린 흐름에 멈칫한 미연이 중재에 나섰다.

"아니, 그건 그거고 이건 내 성의예요, 주경 씨."

미연은 쉽게 그녀를 놓아주지 않았다. 은재는 차분히 대답했다.

"물론 어머님께서 저를 생각해 주시는 부분은 너무 잘 압니다. 제 편의를 봐주신 모든 부분들에서 오히려 제가 어머님께 보답을 드려야 하는걸요. 그게 먼저가 아닐까 싶습니다, 아버님."

자연스레 이쪽이 뭔가를 얻어먹게 생겼다. 다급해진 미연이 황급히 은재의 말을 잘라 냈다.

"가족끼리 그런 거 신경 쓰는 거……."

일단 꺼낸 말에 어폐가 있음을 깨닫는 덴 그리 오래 걸리지 않았다. 미연의 안색이 바뀌었다. 은재는 얌전히 말을 이었다.

"예, 어머님. 가족끼리 당연한 일로 선물이 오가는 건 저 역시 죄송스럽다고 생각합니다."

맙소사. 이러다 선물로 포장한 전시관마저 없어질 판이었다. 미연이 드물게 표정까지 드러냈다.

"아니야. 잠깐, 주경 씨, 이건 다른 의미가 아니라."

"하지만 어머님의 진심을 거절하는 것도 도리가 아닌 것 같아 말씀드립니다. 이곳에 온 지 한 달도 다 되지 않았습니다. 과분한 선물에 제가 기고만장해질까 무서워서요. 첫 선물이라면 꼭 하나, 진심으로 원하는 것을 받고 싶습니다."

'이, 이게 진짜!'

미연은 기가 막혀 말문이 막혔다. 받긴 받는데, 다른 걸로 받겠다니?

"다른 거? 뭘 말이냐."

창만이 은재의 말에 관심을 뒀다. 은재는 자신에게 향한 눈들에 다시 긴장을 삼키고 말을 이었다.

"카메라를 가지고 싶습니다."

언제나 약간 느슨하게 풀려 있던 창만의 눈이 휘둥그레졌다.

"카메라?"

"네, 아버님."

의아함에 물든 창만에게 은재는 최선을 다해 대답했다.

"어머님의 말씀처럼 사진에 도움이 되는 거라면… 카메라가 가장 좋을 것 같습니다. 비록 지금은 쉬고 있지만 감만큼은 잊고 싶지 않아서요."

상황을 벗어나기 위해 던진 말이지만 역시 거짓말은 아니었다. 그녀는 허리를 깊이 숙였다.

"부탁드립니다."

이내 한결 더 부드러워진 창만의 목소리가 이어졌다.

"그래, 사진엔 그림만 담기는 게 아니니까. 그날의 시간과 공기와 감정 그리고 추억까지 모두 담기는 매개가 되는 게 사진이고 영상이지."

약간의 쇳소리를 머금은 음성에 은재의 심장이 따끔했다. 신기하게도 그의 목소리에서 익숙함을 느꼈다. 외로움. 고독함. 슬픔. 그것을 깨달은 순간 창만이 왜 미연에게 곁을 내주게 되었는지 조금은 알 것 같았다.

"아버……."

마치 위로라도 하려는 것처럼 창만을 부르려던 그때, 미연이 놓은 찻잔 소리가 분위기를 깨트렸다. 깜짝 놀란 은재와 창만의 시선이 자신을 향하자 미연은 쓸쓸한 표정으로 한숨을 쉬었다.

"제 성의가 카메라에 묻힌 것 같아, 어쩔 수 없이 서운한 마음이 드네요. 정말 많이 고민하고 생각했던 건데."

"마음 풀어. 저 아이 말이 맞지 않은가. 첫 선물인 만큼 원하는 걸 갖게 해야지."

"그렇겠죠. 아직 제가 많이 부족해서 그런가 봐요."

"뭘 그런 걸로 그런 식으로 말해. 네 어머니가 많이 서운한가 보다. 다음엔 꼭 네 어머니 말을 들어야 한다. 알겠지?"

"네, 아버님. 죄송합니다, 어머님."

안도의 숨이 목구멍으로 넘어갔다. 찌르는 듯한 미연의 시선을 은재는 겨우 모르는 척했다. 그때 창만이 은재에게 손짓했다.

"그렇지, 카메라 말이야. 오래된 것이라도 좋은가? 낡았지만 괜찮은 것이 하나 있는데."

뜻밖에도 정말 바랐던 것이 덥석 내려졌다. 은재의 눈에 생기가 돌았다.

"무, 물론이에요! 선물로 주신다면 정말 감사히 받겠습니다!"

100퍼센트의 진심이었다. 생기가 도는 그녀의 표정에 창만이 응접실 한편에 서 있던 홍 집사를 불렀다.

"홍 집사."

"부르셨습니까, 회장님."

"내 서재 찬장 가장 높은 곳에 있는 카메라, 정비 확실히 해서 새아가에게 줘."

'새아가'라는 호칭에 양심이 자꾸 심장을 찔려 왔다. 은재는 머쓱한 얼굴로 홍 집사를 보았다. 그사이 홍 집사는 놀란 눈으로 미연을, 미연은 창만을 보고 있었다.

"회장님, 회장님 서재 찬장에 있는 그건!"

미연이 차마 말을 다 마치지 못하자 홍 집사가 조심스레 운을 뗐다.

"제가 말씀드릴 소견은 아니나, 서재의 카메라는 함부로 내놓을 수 없는 거라고 알고 있습니다, 회장님. 그걸 이제 막 집으로 온 김주경 씨에게 드리신다는 건……."

다만 번지수가 틀렸다.

쾅!

창만의 손이 소파 바로 옆 테이블을 강하게 내리쳤다. 노기 어린 눈이 홍 집사를 향했다.

"김주경?"

"회, 회장님?"

"감히 집사가, 내 며느리의 이름을 함부로 불러?"

멍하니 있던 홍 집사의 얼굴이 새파랗게 질렸다.

"저런 건방진 물건을 봤나! 여태까지 그따위로 저 아이를 부르고 있었단 말이야?"

평소 기운 없이 축 늘어져 있던 정창만은 온데간데없었다. 마치 새 힘을 얻은 것 같았다. 억센 기운에 홍 집사는 황급히 허리를 숙였다.

"아, 아닙니다! 아닙니다, 회장님! 제 말뜻은……!"

노기는 미연에게도 쏟아졌다.

"자네는 뭐 하고 있었나! 내가 몸이 아프다는 핑계로 집안일에 소홀하긴 했다만, 감히 저따위 말을 하게 만들어? 하물며 이 집안의 살림을 도맡은 집사라는 사람이 제 윗사람을 무시를 하고 있어! 감히!"

빨갛게 변한 창만의 얼굴에 은재는 어쩔 줄 몰랐다. 다른 것보다도 그가 쓰러질까 걱정되어서였다.

"아, 아버님."

순간 미연의 날카로운 눈이 은재를 찔렀다. 그녀를 노려본 미연은 이내 창만의 어깨를 쥐었다.

"고정하세요."

미연의 손이 창만의 어깨를 지그시 눌렀다. 씩씩, 가쁜 숨이 조금씩 가라앉았다. 미연은 창만의 등을 다독였다.

"홍 집사가 항상 저만 따르다보니 입버릇이 옮은 것 같습니다. 제대로 가르치지 못한 제 탓입니다. 이해하시고 용서하세요. 제가 대신 사과드릴게요."

간드러진 음성이 다시 창만의 눈과 귀를 삼켰다. 겨우 가라앉아 가는 창만을 보며 미연은 어금니를 물었다. 미연이 그를 함부로 대하지 못하는 건 빌어먹을 정통성 때문이었다. 그녀가 힘을 쓰기 위해선 날 때부터 고귀했고 여전히 청성의 주인인 창만의 배경이 필요했다.

'도대체 요즘 왜 자꾸 이러는 거야.'

미연은 속이 끓었다. 무조건 자신의 손을 잡던 창만이 이따금 이렇게 성을 낸다.

'아니, 이따금이 아니지. 김주경이 온 이후로 자꾸 변덕을 부려.'

까득, 이를 문 미연이 바들바들 떨고 있는 홍 집사에게 말했다.

"홍 집사, 뭐해? 사과드리지 않고."

그녀의 말에 홍 집사는 천천히 몸을 돌려 은재를 향해 깊이 허리를 숙였다.

"죄, 죄송합니다, 작은 사모님."

억울함과 분함이 가득한 사과였다. 다만 그것을 듣고 있는 은재는 조금 다른 생각에 빠져 있었다.

'그렇구나. 저것도 잘못된 거지.'

'작은 사모'라니. 사실 이 집안 사람들 누구도 '작은 사모'라고 부른 적이 없어 더 인지하지 못했다. 얼른 대답을 하려던 은재는 잠시 눈치를 살폈다. 지금 상황에서 필요한 건 순진한 '서은재'가 아니다. 그녀는 꼴깍 침을 삼키고 소신껏 대답했다.

"괜찮습니다."

꼿꼿이 세운 허리와 차분한 음성. 가볍게 나온 대답은 꼭 미연을 닮은 듯 도도했다. 홍 집사의 얼굴이 더욱 붉어졌다. 어쨌든 은재도 미연에게 배우는 게 있었다.

중요한 건, 일단 미연은 오늘도 엿을 먹었다는 사실이다.

"하아."

잔뜩 긴장하던 자리가 끝났다. 잘했는지 못했는지 구분할 정신도 없이 맥이 빠졌다.

'그래도 당하진 않을 것 같지?'

나름 스스로에게 칭찬을 해 주고 싶을 만큼 뿌듯했다. 오늘 지섭에게 할 이야깃거리가 많을 듯하다.

"좋아."

그녀는 심호흡을 하고 걸음을 옮겼다. 당장 쉬고 싶었지만 지금 중요한 건 잃어버린 체력이 아니었다.

"출사를 못 가니까, 일단 여기라도."

은재가 있는 곳은 청성 일가 저택의 넓고도 넓은 정원 한복판이었다.

"이쪽이 동쪽이면 일출은 반대로 가서 시간을 봐야겠네."

이리저리 방향을 가늠하던 은재는 정원의 서쪽 방향으로 걸음을 옮겼다. 그녀가 정원으로 나온 건 카메라 때문이었다. 아직 정비 중이라 받진 못했지만 출사 생각부터 났다.

"밖으로는 못 나가지만, 뭐 이것도 충분하지."

은재는 뿌듯한 감상과 함께 씩 웃었다.

"진짜 넓다."

정원은 상상 이상으로 넓었다. 단순한 사각 공터가 아니라 진짜 공원처럼 정비된 산책로에 나무들까지 심어져 있어 꼭 작은 숲에 와 있는 기분도 들었다. 바삐 움직이는 그녀의 손엔 지섭에게 받은 휴대폰이 들려 있었다.

"요즘 카메라는 진짜 좋네."

미국에서도 광고하던 최신형 제품이었다. 본래 은재의 것은 햇수만 5년이 넘는 옛날 휴대폰이었다. 새 휴대폰은 다른 기능은 잘 몰라도 카메라의 화질만큼은 뛰어났다. 새삼 그의 센스와 더불어 감사한 마음이 피어올랐다.

'그렇게까지 생각해 줄 줄은 몰랐는데.'

가족과 통화하라며 건네주던 그때를 생각하면 다시 마음 한편이 뭉클해진다.

"덕분에 좋은 소식도 알게 되었고."

얼마 전 오빠와 통화를 하며 올케 언니가 아이를 가졌다는 것을 알았다. 그때의 기쁨을 너무 늦지 않게 공유할 수 있던 것도 모두 지섭의 덕이다.

"하아."

차라리 정말 나쁜 사람이라 냉정하고 차갑기만 하다면 더 멋대로 행동했을지도 모르겠다. 하지만 그는 생각보다 훨씬 더 상냥한 사람이다.

"정지섭."

어느새 은재의 얼굴로 발그레한 열꽃이 올랐다. 꼭 북을 치는 것처럼 동동거리는 심장 소리도 나쁘지 않았다. 문득 떠오르는 지섭의 얼굴이, 표정이 눈앞에 선명히 아른거렸다.

"평범한 집에서 태어났어도 분명 평범하게 살았을 사람은 아니야."

누구나 호감을 가질 법한 수려하고 잘생긴 그 얼굴이.

"나랑은, 다르니까."

다시 현실이 찾아든다. 새삼 지섭이 이렇게 넓은 저택과 정원의 진짜 주인이라는 사실이 밀려왔다. 느낄 필요 없는 쓴맛이 입 안 가득히 맴돈다.

쿵.

"응?"

꼭 진지한 생각만 하면 어디선가 방해물이 나타난다. 다시 쿵. 그녀의 걸음은 어느새 소리가 난 쪽으로 향하고 있었다.

"무슨 소리지?"

은재의 엄마는 말씀하셨다. 은재가 물에 빠지면 제일 먼저 뜰 것이 입이고 그다음이 호기심이라고. 겁도 없이 소리가 난 곳으로 가니 보인 건 문이 없는 컨테이너 건물이었다.

"쓰레기 수거장."

컨테이너는 복층 구조로 만들어진 쓰레기 수거장이었다. 정원과 연결된 입구에서 쓰레기를 아래로 버리면 바깥으로 이어지는 문을 열고 수거해 가는 시스템이었다.

"집에 무슨 이런 수거장이… 어?"

수거장 한편에 교복을 입은 소녀가 무언가를 열심히 두드리고 있었다.

"잠깐."

소녀는 은재가 다가온 것도 모르고 아래로 내려가는 자물쇠를 부수고 있었다. 쿵쿵거리는 소리는 아마 이 소리였던 것 같다. 그녀는 소녀가 누군지 쉽게 유추해 냈다.

'태희, 맞지?'

이름만 들어 왔던 지섭의 여동생, 정태희가 분명했다. 이곳에 교복을 입을 사람은 단 한 사람뿐이었으니까.

통통한 체구에 작은 키, 얼굴에 난 여드름 자국이나 주근깨가 사랑스러워 보이는 소녀였다. 등에 멘 가방에 달린 장식들과 빼곡한 인형들도 태희와 아주 잘 어울렸다.

'귀여워.'

저도 모르게 먼저 든 생각이었다. 얼핏 보이는 선하고 맑은 인상은 미연의 것과 완전히 달랐다. 은연중에 드는 친밀감에 그녀는 저도 모르게 말을 건네고 말았다.

"뭔지 모르지만 도와줄까요?"

"······!"

"놀랐죠. 미안해요. 바빠 보여서."

답지 않게 먼저 말을 건넨 은재는 다시 용기 내어 한 걸음 다가섰다. 그리고 낯설어할 태희를 향해 조심스럽게 자신을 소개했다.

"소개가 늦었어요. 저는 오빠, 그러니까 정지섭 씨의······."

"빨리."

하지만 그녀의 말은 얼굴만큼이나 귀여운 목소리가 가로 막았다. 말문이 막혀 멈춘 은재를 태희는 가만히 올려보며 말을 이었다.

"빨리 이 집에서 나가요."

사납기 그지없는 말에 순간 헉 소리가 났다. 미연에게서 받는 칼날 같은 말과는 비교할 수도 없는데 어쩐지 마음이 아팠다. 은재가 그러거나 말거나 태희는 다시 쿵쿵 자물쇠를 때렸다.

덜컹.

"됐다!"

이내, 자물쇠가 빠지고 태희의 얼굴로 미소가 번졌다. 태희는 곧장 쓰레기가 던져진 밑을 향해 손을 뻗었다.

"위험해요."

참견하고 싶진 않지만 팔을 뻗는 모습이 적잖이 위험해 보였다. 그녀의 말에도 태희는 열심히 팔을 뻗었다. 결국 곁에 앉은 은재의 눈에도 태희의 시선이 닿은 쓰레기봉투가 들어 왔다. 불투명한 쓰레기봉투에는 인형들이 하나 가득 들어 있었다.

"혹시 저것 때문에 그러는 거예요?"

"신경 쓰지 말고 갈 길 가요."

냉정한 말에 혀끝이 썼지만 그냥 갈 수는 없었다. 닿지도 않는 쓰레기를 쥐겠다고 애쓰는 게 위태로워 보였다.

"도와줄게요. 여기 내려가는 곳은 없나요?"

"누가 들어올까 봐 일부러 높게 만들었다고 했어요. 집 밖으로 나가서 저 수거장 문을 열어서 가져오는 수밖에는 없… 아니, 무슨 상관이에요? 내가 이걸 왜 설명하는 거야."

아무 생각 없이 대답하던 태희가 인상을 확 구겼다. 그리고 다시 펜스에 제 몸을 지탱하며 팔을 뻗어 허공을 휘저었다.

"됐어요. 신경 꺼요. 그냥 없는 사람처럼 여기면 돼요. 이 집에선 원래 다 그러니까."

새침한 듯하지만 의외로 친절하다. 은재는 살며시 태희의 옆에 앉아 그녀의 옷을 잡았다. 혹시나 넘어질까 하는 마음에서였다.

"조심해요."

"……."

"천천히."

그것을 알면서도 태희 역시 모르는 척 몸을 더욱 낮췄다. 혼자서는 절대 닿지 않았을 봉투가 서서히 손에 가까워졌다. 조금씩, 조금씩. 그렇게 쓰레기봉투에 손이 막 닿았을 때였다.
 "됐다!"
 손가락 끝에 닿은 봉투에 흥분한 태희가 펜스를 잡은 손을 놓쳤다. 태희의 몸이 고꾸라지는 것은 한순간이었다.
 "아가씨!"
 은재의 움직임도 찰나였다.
 "윽!"
 은재는 앞으로 넘어가는 태희의 팔과 옷을 힘껏 잡아당겼다. 통통한 태희를 당기기 위해 바로 옆에서 태희를 힘껏 당기는 순간 은재의 몸이 태희와 반대로 기울었다. 쓰레기가 버려진 수거장 아래로.
 "으앗!"
 바닥으로 떨어지는 대신 안쪽으로 엉덩방아를 찧으며 넘어진 태희의 눈에 들어온 건 아무것도 없었다.
 쿵.
 무언가 떨어지는 소리만 들릴 뿐이었다.
 "언니!"

 얼마만인지 모를 이른 퇴근길, 그는 자료들을 확인하고 있었다.
 팔락.

종이가 넘어갔다.

"호랑이 없는 굴에 여우가 주인이라더니."

장미연은 지난 3년간 많은 것을 해 두었다. 창만의 것을 제 것인 것처럼 이용했으며 사람들을 앗아 갔다.

'그것도 아주 교활하게.'

새로운 사람들, 새로운 인력들로 채워진 새로운 프로젝트. 도대체 어디서 그 많은 돈이 나 무리한 프로젝트를 진행하고 성사시켰을까.

"뭔가 있어."

심증은 분명하지만 정확한 물증이 없다. 그것을 찾기 위해선 시간이 필요했다. 그리고 은재는 그에게 아주 훌륭하게 '시간'을 만들어 주고 있었다.

'서은재.'

잠깐의 시간이 생기면 어김없이 은재의 얼굴이 떠올랐다. 이긴 것 같다며 민망해하면서도 배시시 웃던 표정이 내내 사라지질 않았다. 어색하게 홍분된 귀여운 얼굴이라니.

"큭."

저절로 나는 웃음에 나는 소리를 감추며 입가를 가릴 때였다.

"이사님."

"……."

"이사님, 도착했습니다."

제임스의 말에 잠시 나가 있던 지섭의 정신이 돌아왔다. 깐깐한 눈이 그를 향하고 있었다. 어느새 정원에 들어선 차는 드르

릉, 무거운 소리를 내며 도착했음을 알렸다.

"아, 그래."

금방 정신을 차리고 무심히 대꾸하며 문을 여는 그때, 지섭을 보던 제임스가 말했다.

"과하십니다."

툭하니 던진 말이 꽤 강했다.

"무슨 말이야."

말뜻을 모르는 척 불쾌한 기색을 보였지만 제임스는 말을 아끼지 않았다.

"이사님이 김주경 씨를 생각할 곳은 이곳, 자택이시면 충분합니다. 만들어 낸 사람에게 관심이 과하신 것 같습니다."

충언이었다. 오래전부터 함께해 온 수족 같은 그는 늘 지섭에게 쓴소리와 조언을 잊지 않았다. 그리고 그의 말은 틀린 적이 거의 없었다. 열에 아홉은 늘 옳다.

"자중하십시오."

귀신같은 제임스는 지섭이 내내 은재를 생각하고 있음을 알았던 모양이다. 지섭의 시선이 밝은 조명을 뿜어내는 고택을 바라보았다. 선뜻 판단되지 않는 묘한 감정들이었다. 그의 입가는 늘 그랬듯 만들어진 미소가 빚어져 있었다. 그 모습을 바라보는 제임스는 새삼 충심이 피어올랐다.

'저 여유. 그래, 저 완벽함.'

저 모습이 제임스가 10여 년간 지섭을 따라다닌 이유이기도 했다. 흐트러짐 하나 없이 완벽한 저 모습이 남자의 로망 아니겠는가. 열에 아홉은 늘 맞는 말을 하지만 이번엔 열에 한 번, 틀린 충언이었던 것 같다.

그럼 그렇지. 그의 상관이 공과 사를 구분하지 못할 리 없는 것을. 제임스는 고개를 끄덕였다. 지섭은 절대 감성적인 사람이 아니다. 언제나 이성적이고 냉정하다. 잠깐이지만 그것을 의심했던 스스로를 질책한 제임스가 입을 열었다.

"죄송합니다, 이사님. 제가 잠시……."

Rrrrr. Rrrrr.

제임스의 말이 다 끝나기가 무섭게 지섭의 휴대폰이 바쁘게 울렸다. 지정된 벨소리는 액정을 보지 않아도 누구인지 알 수 있게 해 주었다. 누구인지 먼저 알아채고 꺼낸 휴대폰에는 은재 아니, 주경의 이름이 떠 있었다.

"김주경?"

휴대폰을 주고 꼬박 일주일 만의 연락이었다. 그 순간 지섭의 얼굴로 자연스러운 미소가 번졌다. 제임스의 눈이 휘둥그레질 만큼 편안한 웃음이었다. 그는 제임스를 향해 손을 들어 보이곤 걸음을 옮겼다.

"방금 집에 도착했는데. 지금 들어……."

소소한 말과 함께 걷던 지섭의 걸음이 멈췄다. 순간 그의 표정이 사납게 일그러졌다.

"어디야."

공과 사의 구분이 완벽하고 언제나 이성적이며 냉정한 그의 두 눈이 뒤집혔다.

#6

 -쓰, 쓰레기 수거장이에요. 그, 이, 이사님 아내, 그러니까 언니가 아래로 떨어졌는데… 휴대폰이 있어서. 근데 번호가 이것밖에 없어서. 119가 생각이, 안 나서.

 아무 생각도 들지 않았다. 눈앞이 빨갰다. 처음으로 '동생'의 전화를 받았다는 것에 대한 감상 따위를 느낄 겨를도 없었다. 터져 버릴 것처럼 빠르게 뛰는 심장과 함께 지섭은 쓰레기 수거장에 도착했다. 거기엔 하얗게 질려 버린 태희가 멍하니 앉아 있었다.

 "정태희."

 불과 몇 분. 운이 좋았다고 해야 할지, 나빴다고 해야 할지 가늠할 수 없었다. 너무 놀라서 아무것도 하지 못하던 태희는 지섭을 보자 그제야 정신이 돌아왔다.

"이, 이사님."

살갑지 못한 호칭으로 불러 보는 지섭은 지금까지 알아 왔던 그와는 달랐다. 언제나 완벽한 오빠였다. 처음 만났을 때부터, 늘 차갑고 냉정하며 다가가기 어려웠던 그였는데 몇 년 만에 보는 지섭은 완전히 달라 보였다.

단정함을 잃은 머리. 다 풀어진 재킷 단추와 셔츠. 붉게 달아올라 고양된 표정까지. 지섭은 누구도 본 적 없이 흐트러진 모습으로 태희에게 잠깐 눈을 두다 다시 달렸다.

"꺅!"

지섭은 펜스를 손으로 짚고 펜스를 넘어 그대로 몸을 날렸다. 망설임도 없이 밑으로 뛰어내린 그에 놀란 태희가 짧은 비명을 질렀다.

탁.

높은 곳에서 뛰어내려 놀란 근육이 짧게 꿈틀거렸다. 하지만 발끝으로 오는 찡한 감각도 아무런 상관이 없었다. 중요한 건 서은재다.

"제길."

지섭의 눈에 들어온 건 쓰레기봉투 위에 떨어져 있는 은재였다. 온몸의 핏기가 사라지는 것 같았다. 순간 심장이 뚝 떨어져 내린 그는 함부로 은재에게 손대지도 못했다. 행여나 머리를 다쳤을까 싶어서였다.

"어떻게 된 거야."

그가 차갑게 물었다. 태희가 더듬거리며 답했다.

"저, 저를 도와주다가 그랬어요. 여기서 떨어져서."

작은 손이 가리킨 곳은 난간이었다. 미친 듯이 뛰기 시작한 심장에 어금니를 세게 문 지섭이 태희에게 말했다.

"연 박사님. 아버지 서재에서 검진 중일 테니까 집으로 가서 모셔 와. 지금 당장."

싸늘한 말에 안 그래도 하얗게 질린 태희의 얼굴이 까맣게 죽었다.

"네, 네!"

얼른 대답한 태희가 허겁지겁 내달렸다. 연종석 박사는 저택에 상주하는 창만의 주치의였다. 저녁 시간 전엔 늘 검진을 하니 휴대폰도 없이 창만에게 가 있을 터였다.

"김주경 씨."

지섭은 다시 은재를 내려다봤다. 안 그래도 하얀 얼굴에 핏기가 보이지 않았다. 불행 중 다행히 쓰레기들이 모여 있는 곳에 떨어진 것 같았다. 그는 천천히 그녀에게 다가가 늘어진 몸을 조심스레 부축했다.

"정신 차려 봐."

대답 없는 몸이 지섭의 품에 안겼다. 육안으론 별다른 상처가 없었지만 모르는 일이었다. 멀어지는 태희의 발소리를 들으며 그는 짧게 심호흡을 했다.

"김주경 씨?"

조용히 이름을 불렀지만 은재는 움직이지 않았다. 그의 심장이 정말 터질 것처럼 뛰고 있었다. 지섭은 저도 모르게 떨리고 있는 손으로 그녀의 뺨에 손을 올렸다.

"……."

그는 조심스레 속삭였다.

"서은재."

귓가 가득, 온갖 감정이 터져 나가는 뜨거운 이름이었다. 설명할 수 없는 많은 것이 넘나드는 그 이름에 거짓말처럼 은재의 눈꺼풀이 파르르 떨렸다. 천천히 조금씩 빛을 받아들이며 정신을 차리고 있었다.

"으……."

앓는 소리를 내며 눈을 뜬 은재는 잠깐 멍해졌다. 태희를 당기면서 힘을 잘못 줘서 아래로 떨어지던 순간은 확실히 기억났다.

"어, 어어."

옹알이를 하던 입과 머리로 여러 가지가 스쳤다. 떨어지고 약한 충격에 잠시 정신을 잃은 것 같았다. 그런 그녀의 멍한 정신을 돌린 건 낮은 목소리였다.

"괜찮아? 정신이 들어?"

생각지도 못한 목소리에 멍하던 눈동자로 빛이 돌아왔다. 깜빡깜빡 몇 차례 눈꺼풀을 여닫던 은재는 코앞에 있는 얼굴에 기겁하며 몸을 세웠다.

"지, 지섭 씨?"

비로소 자신을 안고 있던 사람이 누구인지 깨달은 그녀는 약간 숨을 몰아쉬는 지섭에 도리어 숨을 멈춰 버렸다.

"그게, 그러니까."

"천천히 생각해. 급하게 움직이지 마."

"아……."

늘 단정하고 깔끔했던 그의 헝클어진 머리와 풀린 옷자락이 눈에 들어왔다. 언제나 머금고 있던 미소도 사라진 표정의 지섭에 은재는 허둥지둥 뒤로 물러섰다.

"어, 어, 어떻게 여기에……."

엉덩이 걸음으로 뒤로 물러선 그녀는 빠르게 코앞까지 다가오는 지섭으로 인해 재차 숨이 막혔다. 무릎까지 꿇어 은재와 시선을 맞춘 그는 그녀의 뺨에 손을 올렸다.

다른 말 없이 뻗은 지섭의 손이 은재의 볼과 턱, 목덜미까지 한 번에 덮었다. 뒷덜미가 오싹해졌다.

"읏."

이상한 소리가 나 버렸다. 아파서가 아니라 어딘가 야릇한 감각에 숨이 도망가 버린 것 같았다. 너무 가깝다. 숨결까지 공유될 정도로 너무, 너무 가까웠다. 지섭의 시선에 은재는 황급히 손을 저었다.

"어떻게 오신 건진 모르겠는데, 별 이상 없어요. 거, 걱정은 안 하시겠지만 그래도 걱정 마세요."

몹쓸 소리를 낸 제 입을 때려 주고 싶었다. 하지만 지금은 설명이 먼저였다. 그나마 어두운 곳이라 붉어졌을 것이 분명한 얼굴을 가려 줘 천만다행이었다.

"아무렇지도 않아요. 정말, 정말……!"

부끄러운 마음을 감추고 말을 잇는 사이 지섭이 은재의 팔을 잡았다. 강제적으로 멈춰진 손과 함께 은재가 어색하게 웃었다.

"저기, 지, 지섭 씨."

놀란 가슴엔 은재는 어떻게든 그에게서 멀어지려 했다. 그러나 지섭에게 잡힌 팔로 인해 그녀의 몸은 미동도 하지 않았다.

"잠깐, 확인 중이야."

지섭의 서늘한 눈동자가 그녀를 담았다. 시리도록 차갑고 무서운 검은 동공에 은재의 어색한 몸짓도 멈춰버렸다.

"정태희야?"

"네?"

"당신을 여기로 민 사람이 정태희냐고 물었어."

지섭은 웃고 있지 않았다. 그렇다고 목소리를 높이거나 사나운 표정을 짓는 것도 아니었다. 마치 감정 없는 사람처럼 물을 뿐이었다. 그의 주변이 새까맣게 물들어 가고 있었다. 오싹함이 은재의 등을 타고 올라왔다. 푸른 불꽃이 일렁이듯 그의 눈동자는 날카롭게 번들거렸다.

위험해. 그녀의 신경이 비명을 질렀다. 미연을 상대하던 때와는 비교도 할 수 없을 만큼 위험한 신호가 울려댔다.

"그럴 리가."

무섭다. 겁이 나서 저도 모르게 몸이 떨렸다. 그제야 은재는 알 수 있었다. 처음 만났던 그때도 지섭은 화를 내고 있는 게 아니었음을.

'아, 안 돼.'

순간 그녀의 손이 그의 팔을 붙잡았다. 은재는 손가락을 세워 지섭의 팔을 세게 쥐고 다가섰다. 훅, 다가선 그녀의 몸에 새까맣게 물든 지섭의 눈이 흔들렸다. 은재는 똑바로 그를 올려다보았다.

"아니에요. 이건 실수였어요. 실수도 아니고 그냥 우연히 벌어진 일이에요."

"……."

"누구의 잘못도 아닌, 우연. 동생분의 잘못이 아니에요."

화가 났다. 그러나 그 화조차 잡아먹을 만큼 제 눈앞에 보이는 그녀에게서 시선을 뗄 수 없다. 우물쭈물하는 그녀의 변명도 힐끔거리는 시선도, 어쩔 줄 모르는 작은 어깨에도.

"그러니까, 화를 내지 마시고."

금방 주눅이 들어 움츠러든 그녀에 지섭은 긴 숨을 내쉬었다.

"후……."

익숙지 않은 자신의 감정을 이 작은 여자가 컨트롤한다는 게 우스우면서도 신기했다. 아니, 애초에 이렇게 화를 내는 것 자체가 결코 익숙하지 않은 일이었다. 그리고 그것이 어색하지 않은 자신에게도.

그는 제 팔을 잡은 은재의 손에 자신의 손을 올렸다. 움찔하며 굳은 시선이 슬그머니 올라왔고 지섭은 부드럽게 웃고 있었다.

"무서워하지 마."

"……."

"당신한테 화내는 게 아니야."

본래 알고 있는 그였다. 이상할 정도로 다정하고 상냥한 정지섭이다.

"태희한테서 전화가 왔을 때, 정말 큰일이 난 줄 알았어. 만약 장미연이 당신을 어떻게 한 거라면. 그래서 다친 거라면."

다시 살얼음 같은 기운이 그의 눈을 타고 뚝뚝 떨어져 내리다 이내 멈칫했다.

'그런 거라면?'

거짓말처럼 지섭의 머릿속이 하얗게 점멸했다. 그렇게 되었다면, 어떻게 하려고 했단 말인가. 일부러 완벽히 뿌리를 뽑아내고 약점을 잡히지 않기 위해 해 왔던 많은 것을 뒤엎기라도 하겠다는 말인가?

'서은재가 다친 것 하나로?'

혼란. 그의 눈앞으로 혼란이 찾아들던 그때,

"그런 눈, 하지 마세요."

은재가 그의 눈을 가렸다. 마치 걱정하는 것처럼, 자신이 다쳐서 화가 난 것처럼 보이는 지섭의 모습에 무서워졌다. 이 무서움은 공포가 아니었다. 설렘이었다.

시리고 차가운 눈이 무섭고 겁이 나는데 그와 비례해 심장이 두근거렸다. 누군가에게 걱정을 시키고 위로받는 것이 너무 오래전 일이라 그러는 게 분명하다.

두근두근. 그녀는 제멋대로 뛰는 심장을 꾸역꾸역 눌렀다. 하지만 자신의 눈을 가린 은재의 손을 잡은 지섭으로 인해 다시 박동이 커졌다. 지섭은 미약하게 떨리는 은재의 손을 잡아 내렸다. 그리고 조금 전과는 비교도 할 수 없을 만큼 따뜻한 음성으로 속삭였다.

"화내지 않을게. 무섭게 하지 않을 테니까."
"……."
"그런 눈 하지 마."
어떤 눈인지 모르겠다. 하지만.
"네."
안도감이었을까. 다행이라 생각하며 마음을 풀어져 버린 탓일까. 가쁘게 뛰는 심장을 더 주체할 수가 없었다. 툭 깨져 버린 물동이의 바닥처럼 흘러넘친다. 그녀는 이 순간 잠깐만큼은 그저 그대로, 있는 그대로의 감정으로 그를 바라보았다.

결국 은재는 자신을 향해 달려와 준 그를 향해 진심을 다하여 웃어 버렸다.

"네, 지섭 씨."

그동안 보여 준 적 없던 신뢰와 믿음이 머금어진 미소. 눈동자가 모두 사라질 만큼 호선을 그리는 눈과 고른 치열이 보이는 환한 웃음이 은재의 얼굴에 담겼다. 거의 다 저물어 가는 하늘과 역광이 되어 보여 주는 미소는 여운을 남기는 노을만큼 찬란했다. 그리고 거짓말처럼 지섭의 심장 역시 떨어져 내렸다. 쿵 쿵. 맑게 웃는 미소에 가슴이 녹아내린다.

제어하지 못한 감정이 굴러가기 시작했다. 깊은 곳 지섭의 이성이 멈추고 존재하지 않았던 것 같은 본능이 움직였다.

이것은 계약되지 않은 사항이다.

그녀가 다치는 것도, 아픈 것도. 이 심장의 작은 박동도.

참방참방 얼굴을 적시는 물이 턱을 타고 흘러내렸다.

두근두근.

멈추지 않는 심장 소리에 은재는 다시 얼굴로 물을 끼얹었다. 몇 번을 반복한 끝에 은재는 긴 심호흡을 했다. 거울 속의 얼굴이 이상한 표정을 짓고 있었다.

"이상한 얼굴 하지 마."

사람 속을 불편하게 만드는 그런 괴상한 얼굴 하지 마, 서은재. 다시금 인지해야 한다. 이것은 모두 비밀스러운 계약으로 이뤄진 일들이다. '서은재'와 '김주경'을 확실하게 나눠야만 남은 시간을 완저하게 보낼 수 있다.

"…그래."

그녀는 제 현실을 곱씹으며 굳게 마음을 먹었다. 뽀득뽀득 닦아 내는 수증기 서린 거울에 지섭의 얼굴이 떠올랐다. 옅은 미소를 띤 그가 말했다.

'당신은 내 아내야.'
'내가 죽도록 사랑하는, 내 사람.'

혼란스러워해선 안 된다. 정지섭과 뉴욕에서 운명적으로 만나 서로 사랑에 빠진 건 김주경이지 서은재가 아니다. 그렇게 만들고 설정된 관계였다.

"그러니까 그건 다 내가 아니라 김주경한테 향한 거야. 착각하면 안 된다고."

그녀는 다시금 자신을 다잡았다. 필요한 것은 서은재가 맞지만 그의 애정은 김주경의 것. 그녀는 스스로를 세뇌하며 반짝 고개를 들어 올렸다.

"그래, 됐어. 이거면 된 거야."

정답 없는 문제를 가지고 고뇌하던 것을 멈췄다. 그리고 꽤 아프게 제 뺨을 때리고 욕실을 나섰다. 욕실을 나서자 응접실에서 기다리고 있던 지섭이 다가왔다.

"다른 데 다치거나 아픈 곳은?"

당연한 그의 걱정에 꿈틀거리는 흔들림을 억지로 꾹꾹 내리눌렀다. 숨을 훅 들이켠 은재는 고개를 저었다.

"없어요. 밑에 쓰레기도 많았고 아주 높은 곳도 아니었으니까요. 약도 먹었고 정말 괜찮아요. 아, 집에 그 정도의 의료 기기가 있는 거 처음 봤어요."

"아버지가 아프신 후로 하나씩 들이다 보니 그렇게 됐어. 딱히 병원 갈 일 없이 편해."

안도하듯 아무렇지도 않게 하는 말에 씁쓸한 마음이 들었다. 중요한 건 병원 갈 일이 없어서 편한 게 아니라, 아버지가 아프다는 부분일 텐데.

"아가씨 아니었으면 어디 더 아팠을지도 모르겠어요. 고맙다는 말도 못 했네."

"그쪽 탓인데 고마워할 건 없어. 오히려 사과를 해도 모자라."

그는 여전히 조금 화가 나 보였다. 벌써 자정이 넘어 버린 늦은 시간, 여태 쉬지 못한 지섭에게 미안해졌다.

"내일 출근도 하셔야 하는데 저 때문에 늦게까지 피곤하셔서 어떻게 해요."

"내일은 집에 있을 거야."

생각하지 못한 말에 은재의 눈이 동그래졌다.

"정말요?"

감추지 못한 그녀의 기쁨에 지섭이 미간을 좁혔다.

"그렇게까지 힘들어하고 있을 줄은 몰랐는데."

은재는 얼른 두 손을 저었다.

"아니에요! 힘든 게 아니라 지섭 씨가 집에 있는 게 좋은 거예요."

약간 흥이 난 그녀가 저도 모르게 속마음을 내뱉다 놀랐다. 얼른 입을 막았지만 지섭의 눈은 어느새 가늘어져 있었다. 나쁘지 않은 표정이었다. 뭔가 더 농담을 걸어도 충분했지만 그는 별다른 말 없이 손짓했다.

"이쪽으로 와. 밴드 붙여 줄 테니까."

'나 진짜 무슨 말을 하는 거야.'

스스로 머리를 쥐어박아 버리고 싶은 심정이었다. 은재는 쭈뼛쭈뼛 지섭에게 다가갔다. 수거장 아래로 떨어지면서 생긴 유일한 상처는 뒷목 아래, 어깨에 난 생채기였다. 그것 말고는 크게 다치거나 멍든 곳도 없었다. 씻으면서 떨어진 밴드를 다시 붙이면 충분했다.

"부탁, 드립니다."

조금, 아니 많이 부끄러웠다. 과민 반응이라고 스스로를 다그쳐도 자꾸 긴장하게 되는 것을 막을 길이 없었다.

'적당히 좀 하자, 서은재.'

지겨울 정도로 반복되는 긴장감 속에 울렁거리는 속을 모르는 그의 손이 은재의 어깨에 닿았다. 찌익. 밴드가 벗겨졌다. 적당한 체온이 샤워 후 약간 오른 그녀의 체온과 닿아 섞였다. 묘한 침묵이 그들을 휘감았다. 층간 소음을 닮은 심장 소리가 지섭에게 들릴까 은재는 힘껏 입술을 말아 물었다.

부디 이 소리를 그가 듣지 못했으면 좋겠다.

"……"

그런 은재의 뒤. 그가 듣고 있는 건 은재의 심장박동이 아닌 제 두근거림이었다. 지섭은 머리를 한쪽으로 올려 완전히 드러난 가느다란 목선에 입술이 말랐다.

한 손으로 움켜쥘 수 있을 만큼 가늘고 여린 목덜미는 지독히도 유혹적이어서 당장 훔치고 싶고 삼키고 싶을 만큼 달아 보였다.

'뭘 생각하는 거야, 정지섭.'

의식하기 시작한 순간, 뭔가가 자꾸 어긋나고 있었다. 그는 혈관을 타고 흐르는 제 본능적 감각을 힘껏 내리누르며 태연한 척 밴드를 붙였다.

"됐어."

"감사합니다."

밴드를 누르는 손길이 느껴지자마자 은재는 얼른 그에게서 멀어졌다. 그리고 자신을 빤히 보는 지섭의 시선을 모르는 척 테이블로 가 그곳에 놓인 쓰레기봉투를 열었다.

"이, 인형 가져다줘야 하는데."

다행히 지섭은 이번에도 괜한 농담으로 그녀를 놀리지 않았다. 지금 놓지 않으면 안 될 것 같았다.

"많네요. 이게 다 버려졌으니 찾으러 가는 건 당연해요."

그의 속도 모르고 봉투를 연 은재는 안에 든 것들을 하나씩 꺼내들었다. 그리고 곁에 놓은 상자에 넣었다.

"관리도 다 잘되어 있는데 왜 버리고 다시 찾으러 왔을까요? 다 새 거 같은데."

자연스레 든 의문에 중얼거리자 지섭은 친절하게 대답했다.

"본인이 버린 게 아니니까."

"아니면요?"

"이 집에서 이 집안 사람들 물건을 마음대로 버릴 수 있는 사람은 몇 안 돼."

"네? …아."

굳이 이름을 대지 않아도 무슨 뜻인지 알 것 같았다. 씁쓸한 마음이 들었다. 괜히 기운이 빠졌다.

"꼭 이렇게 버리기까지 했어야 할까요."

지섭은 냉정하게 말했다.

"남들보다 특별하지 못하다는 것, 남들과 다르다는 것 자체가 자기 기준에 위배되는 상황이니까. 본보기겠지."

"……."

"보이는 걸 가장 중요시 여기는 사람이라 늘 자기 딸을 못마땅하게 생각했어. 자기 기대에 못 미치는 걸 용납할 사람도 아니고. 지금까지 우리 앞에 태희를 내놓지 않은 것만 봐도 알 만하잖아."

"겨우 그런 이유로!"

"그 사람에겐 겨우가 아니었던 거지."

본인 생각은 못 하고 태희가 마치 자기 약점이라도 되는 것처럼. 미연이 태희를 숨기고 부끄러워하는 이유는 다른 게 아니다. 그저 남들보다 인형을 좋아하고 먹을 것을 좋아한다는 것, 그게 전부였다.

그것이 잘못이라고 판단하는 것 자체가 문제였다.

"그런……."

듣는 사람이 속상해지는 이유에 헛바람이 나왔다. 고작 그런 이유로 지금까지 소개시켜 주지도 않다니. 심지어 자기 딸인데. 은재의 상식으로는 도저히 이해할 수 없는 부분이었다. 시무룩해진 은재의 한숨에 지섭이 물었다.

"그래서, 태희는 어떻게 만난 거야?"

마저 인형을 꺼내던 그녀가 고개를 끄덕였다.

"아버님이 카메라를 주신다고 하셨거든요. 그래서 받기 전에 찍을 곳들을 미리 답사하다가 우연히 만났어요."

가볍게 답하며 올려다본 지섭의 얼굴에 못마땅함이 묻어나 있었다.

"카메라라니?"

"제가 가지고 싶다고 말씀드려서 받게 된 건데. 안 되는 거였나요?"

어느새 무뚝뚝해진 그의 얼굴에 주눅이 들어 조심스럽게 되물었다. 정말 뭔가 문제라도 되었을까, 싶어서였다.

"가지고 싶거나 필요한 건 나한테 말하라고 했던 것 같은데."

그게 문제였나 보다. 은근히, 아니 대놓고 귀여운 이유였다. 순간 그를 귀엽다고 생각한 은재는 얼른 그 생각을 도려내려다 순간 본능적으로 외쳤다.

"눈!"

갑작스런 외침에 놀란 지섭의 눈이 커졌다. 그 모습에 그녀는 힘껏 고개를 주억거리며 말했다.

"지섭 씨랑 닮았어요."

"…뭐?"

"아가씨 눈이요. 어디서 본 거같이 예쁘다고 생각했는데, 닮았어요. 정말 많이 닮……."

신나서 잇던 말꼬리가 슬금슬금 말라붙은 건 빤히 보기 시작한 그의 시선 때문이었다.

"닮았, 는데."

남자와 여자의 차이는 있지만 분명 닮았다. 속눈썹이 길고 쌍꺼풀 없이 큰 눈이. 까맣게 물든 동공까지도 닮아 있었다. 그저 그것을 대놓고 '예쁘다'고 말해 버린 것이 문제일 뿐.

가만히 앉아 있던 지섭이 느긋하게 웃었다. 꼬아서 다리 위에 얹어져 있던 다리의 발끝을 까딱거린 그가 오랜만에 여유롭게 농담을 걸었다.

"잘생겼다고도 해 주고 예쁘다고도 해 주는데, 무슨 선물을 줘야 하나."

화르륵. 얼굴이 타들어 갈 것 같다. 은재는 허둥지둥 말꼬리를 돌렸다.

"그러고 보니까 드릴 말씀이 있어요. 카메라를 받으면서 있던 일인데."

"오늘?"

"네."

"그래, 말해 봐."

지섭은 이번에도, 정말 고맙게도 돌아간 말꼬리를 잡지 않았다. 겨우 안도한 은재는 때를 놓칠세라 서둘러 오늘 있던 일을 상세히 설명했다. 기억나는 대로 미연이 했던 말들을 세세하게 보고했고 그것을 들은 지섭의 눈은 놀라움으로 물들어 있었다.

"전시관을 주겠다고 했다고?"

"네. 받지 않겠다고 말씀드리니까 미리 준다는 개념으로 생각하라고 하셨어요. 그렇게까지 말씀하시는 걸 보면, 잘은 모르겠지만."

"아마 주식과 비등한 가치를 가지고 있는 거겠지."

역시 그런 거였다. 가늠하지 못했던 부분을 지섭은 짧은 설명만으로도 확실하게 잡아냈다. 새삼 감탄하는 은재에게 그는 오히려 그 감탄을 그녀에게 넘겼다.

"정말 좋은 정보야. 생각지도 못했어."

"저, 정보요?"

그저 하루 일과를 말했을 뿐인데 정보라고 말을 하니 갑자기 어깨가 묵직해진다. 은재가 머쓱하게 머리를 긁적이자 지섭은 나지막이 설명했다.

"그쪽 분야는 청성도 달리 손을 대지 않은 부분이니까. 또 내가 한국에 없었던 때 시작한 사업인 것 같고. 있다는 정도는 알았지만… 청성의 주식 가치와 맞먹을 수도 있을 만큼의 전시관이란 말이지?"

장미연은 진심으로 청성을 제 손에 넣길 원한다. 그러기 위해선 자금줄이 필요했을 거다. 어쩌면 전시관은 자금을 대기 위한 하나의 방편일지도 모른다.

"그래."

꽉 닫혔던 벽이라고 생각했던 곳에 작은 열쇠 구멍이 보인다. 지섭은 마침내 해답을 찾아내기 시작한 은재를 기쁘게 바라보았다.

"선물은 내가 받은 것 같은데."

'어, 엄마야.'

이젠 시도 때도 없이 저 웃음을 보여 준다. 이번에도 눈 가리고 그러지 말라고 할 수도 없고 쿵쾅대는 심장 때문에 미칠 지경이다. 은재는 다시 제 뺨을 찰싹 때렸다.

'아니야. 아니야, 절대 아무것도 아니야. 이거 착각이다, 착각이야. 착각이다, 서은재.'

"왜 그래?"

바로 앞에 있는 지섭이 이상하게 볼 거란 걸 생각하지 못하고서. 깜짝 정신을 차린 그녀가 두 손을 저었다.

"아니에요, 아닙니다."

"어디 아픈 거 아니야?"

"아, 아닌데요?"

이상행동을 보이는 은재에 혹시 뭔가 문제가 생긴 건가 싶었던 지섭이 다가왔다. 그가 한 걸음 다가올수록 그녀의 정리 안 된 가슴은 펄떡댔다.

아니에요, 아니에요. 의미 없는 부정만 늘어놓기를 잠시, 은재를 도와주듯 낯선 노크 소리가 들려왔다.

똑똑. 이 밤, 그들에게 그리 반가운 소리는 아니었다. 특히 지섭에게는.

"누구……."

조금 불안하게 혼잣말을 하자 지섭이 그녀의 어깨를 짚었다. 안도를 시키려는 듯했다.

자정도 훨씬 넘은 시간에 노크라니? 허술하게 풀어졌던 긴장감이 바짝 조여들었다. 혹시 대화 소리가 들리지 않았을까, 싶지만 그리 큰 목소리도 아니었고 벽이 얇지도 않다.

어느새 매서운 표정이 된 지섭이 말했다.

"있어."

망설임 없는 든든한 한마디에 불쑥 들었던 불안감은 거짓말처럼 사라졌다. 고개를 끄덕이자 그는 빠르게 문을 열었다. 그리고 뜻밖의 인물에 의아함 가득히 상대를 불렀다.

"…정태희?"

놀랍게도 문 앞에 있는 건 태희였다. 설마 지섭이 나올 줄은 몰랐다는 듯 기함한 태희가 입술을 벙긋거리며 더듬거렸다.

"이, 이사, 이사님."

나온 사람도, 기다린 사람도 놀라는 만남. 거기다 아무리 나이 차이가 나더라도 오빠를 이사라고 부르는 괴상한 광경이었다.

하지만 듣는 지섭은 그게 익숙하다는 듯 본론부터 꺼냈다.

"무슨 일이야."

무뚝뚝함이 가득 묻어나는 목소리였다. 뒤에서 듣는 은재마저 민망해질 정도로 무심한 말투였다.

"그게, 아니라. 다르, 다른 건 아니고요."

"뭔데."

안 그래도 경직된 태희는 안경 속 눈이 사정없이 떨렸다. 누군가의 도움을 간절히 바라는 태희의 애처로운 모습에 은재는 가만히 있을 수 없었다.

"잠시만요, 제가 나갈게요."

서둘러 문가로 다가온 은재는 지섭을 뒤로 밀며 태희와 눈을 맞췄다. 그녀가 나타나자 태희가 눈에 띄게 안도하며 살짝 웃었다.

'아, 웃는 모습도 닮았어.'

태희의 미소에서 본 지섭의 얼굴에 은재가 방긋 웃었다. 그러자 태희는 어쩔 줄 모르며 갈팡질팡하다 꾸벅 인사만 하고 돌아가려 했다.

"아가씨! 잠깐만!"

"에? 네?"

"잠깐만요."

겨우 태희를 잡은 은재는 얼른 테이블로 돌아와 인형이 든 상자를 들었다. 어느새 다가온 지섭이 대신 그것을 받아 들었다.

"고마워요."

짧은 인사에 옅게 웃은 그는 상자를 가지고 문밖에서 안절부절못하는 태희에게 건넸다. 이번에도 동생을 향한 표정은 무뚝뚝했다.

"…어, 어어?"

남매의 시선이 오랜만에 맞닿았다. 180센티를 훌쩍 넘은 큰 키의 지섭과 150센티를 겨우 넘었을 법한 태희는 가볍게 보면 전혀 닮은 구석이 없었다. 싸하고 냉랭한, 어색하기 짝이 없는 그들은 결국 한마디 말 없이 상자만 주고받았다.

"이게 뭐, 어? 와아!"

그제야 태희는 자신이 받은 상자 속 인형을 보곤 탄성을 터트렸다. 뒤에 선 은재가 고개를 끄덕였다.

"네. 아가씨 거, 맞죠?"

"어어, 어으, 그게."

"다행히 망가진 건 없어 보였어요."

분명 위험까지 감수해 가며 구하고 싶었을 인형일 거다. 그 예상이 맞는 듯 태희는 부끄러운 듯 기쁨을 숨기가 깊이 허리를 숙였다.

"가, 감사……."

뭐라고 소곤댄 것 같은데 잘 들리지 않았다. 허리를 완전히 접을 정도로 인사를 한 태희는 두말도 없이 후다닥 도망갔다. 금세 멀어지는 태희를 보던 은재는 문을 닫고 들어서는 지섭을 향해 두 눈을 반짝였다.

"보셨어요?"

본 적 없는 활기로 가득 찬 그녀의 반짝이는 눈동자에 지섭의 가슴이 철렁, 내려앉았다. 세상에 어디서 이런 생물이. 지금껏 보지 못했던 은재의 모습에 그가 당황할 때, 그녀가 말했다.

"고맙다고 말하려고 왔나 봐요. 아니면 제 상태 보려고 온 거거나."

"그걸 어떻게 알아."

"딱 보면 알잖아요!"

자신은 이해할 수 없는 심오한 세계에 지섭이 미간을 좁혔다. 그러거나 말거나 은재는 두 주먹을 꾹 쥐고 홍조까지 띠며 제 뺨에 손을 올렸다.

"너무 귀엽지 않아요? 정말, 정말 귀여워요. 어떻게 저렇게 귀엽죠? 인형 같아요. 어떡해, 너무 귀여워!"

지섭은 한동안 아무 말도 하지 못했다. 진심으로 기뻐서 어쩔 줄 모르는 그녀의 모습이 낯설면서도 귀엽고 또 괜히.

"네가 더."

"죄송해요, 잘 못 들었어요. 뭐라고 말씀하셨어요?"

심통이 났다.

"됐어."

그것도 아주 많이.

큰 심호흡 한 번에 손에 든 쟁반 위, 찻잔이 짧게 떨렸다. 그녀는 어디 모난 구석은 없는지, 보는 사람 불편하게 할 만한 곳이 있는지 제 몸 이곳저곳을 훑었다. 평소보다 훨씬 수수하고 얌전한 차림이었다.

"좋아."

확실하게 마음을 먹은 은재는 조심스럽게 노크를 했다.

똑똑. 짧은 노크를 하고 기다리자 안쪽에서 '들어와'라는 답이 돌아왔다. 흠. 마른 목에 힘을 준 은재는 천천히 문을 열었다.

"왔구나."

작은 목소리가 그녀를 반겼다. 문을 열자 보이는 것은 매끈한 대리석 바닥에 가구가 거의 없는 넓은 서재였다. 바닥엔 걸리는 것 하나 없이 깨끗했고 벽 가득한 찬장들과 책장들을 빼면 소파와 테이블이 전부인 수수한 곳이었다.

보기만 해도 느껴지는 서재의 기백에 잠시 멈칫한 그녀는 늦지 않게 고개를 숙였다.

"부르셨어요."

창만은 은재에게 손짓하며 움직였다.

"이쪽으로."

이곳은 정창만 회장의 서재였다. 아주 오래전부터 사용해 왔던 곳으로, 그가 휠체어를 타고 다니면서 있던 가구들을 빼고 리모델링해 집 안 어느 곳보다도 세련된 곳이기도 했다.

책상 앞에 앉아 있던 창만은 바퀴를 굴려 동그란 티 테이블 앞까지 다가왔다. 그리고 맞은편 의자를 가리켰다.

"앉아. 다쳤다는 소리는 들었다. 조심하지 않고……. 어디 크게 다친 곳은 없고?"

천천히 테이블로 다가온 은재는 차를 내려놓으며 대답했다.

"네, 걱정해 주셔서 크게 아픈 곳은 없습니다."

"천만다행이지. 덕분이라고 하긴 뭐하지만 지섭이 놈이 그렇게 감정 드러내는 건 처음 봤다. 어지간히 놀랐던 모양이야. 회사도 쉴 정도로."

낮은 웃음과 함께 꺼낸 지섭의 이야기에 은재 역시 살짝 미소가 번졌다. 그녀가 다친 후 지섭은 다음날 휴가를 냈고 그 덕에 꾀병 아닌 꾀병을 부릴 수 있었다.

"녀석이 너를 아주 많이 좋아하는 모양이다."

"네? 아, 아니요. 아니, 아닌 게 아니라."

저도 모르게 횡설수설하는 은재에게 창만이 웃으며 말했다.

"그렇지, 카메라는 저기 있다."

그의 말과 손짓에 고개를 돌리자 조금 전까지 창만이 앉아 있던 책상 위에 제법 큰 상자가 놓여 있었다.

"이리 가져와서 풀어 봐."

두근거리는 마음으로 상자를 가져와 연 은재의 눈이 빠르게 맑음으로 물들었다.

"와아아!"

상자에 있는 건 단순한 디지털 카메라가 아닌 고가의 전문가용 카메라였다. 연식이 오래되어 보이긴 했지만 꾸준히 관리를 받았는지 만지는 것도 겁이 날 정도로 깔끔했다. 어지간한 수준의 물건이 아니었다. 놀란 은재의 눈에 창만은 만족한 듯 그제야 찻잔을 들었다.

"나나 지섭이 엄마나 둘이 젊었을 때 꽤 즐겼거든. 그래서 이것저것 모으다 그거 하나 남았지. 어때, 괜찮아?"

"새 거라고 해도 손색이 없을 정도예요. 이렇게 좋은 카메라는 처음 봐요."

"오래된 것인데도 괜찮을까 모르겠다마는."

"전혀요! 정말 감사합니다."

가리지 못한 은재의 흥분을 읽은 창만이 인자하게 말했다.

"좋아하는 이야기를 할 땐 그렇게 활기가 넘치는 얼굴이구나."

"…죄, 죄송합니다. 제가 잠깐."

"아니야. 그렇게까지 좋아해 주니 내가 다 기뻐. 잘 써 줘."

어느새 은재를 가까이 받아들이기 시작한 창만은 부드럽게 그녀를 다독였다. 그의 다정함에 은재는 상자를 쓸어내리며 마른침을 삼켰다. 어차피 이것은 제 몫이 아니니까, 결국 끝이 보이는 관계이지만.

"네, 아버님."

그래도 이 순간만은 기뻐하고 싶었다. 밝게 웃는 은재에 창만 역시 만족스러워 보였다. 처음으로 미연 없이 둘이 마주한 자리였다. 미연이 회사 일로 외출을 한 덕분이었다. 제법 이어지는 대화 속에 어느덧 은재 역시 이 자리를 즐기고 있었.

긴장감은 털어 내고 약간의 각색을 담은 옛 이야기들을 꺼내면서 조금씩, 조금씩 두 사람은 서로를 공유했다. 그렇게 한참 잇던 대화가 끝나 갈 즈음, 창만이 뜻밖의 말을 꺼냈다.

"그렇지, 한 장 찍어 줄 수 있나?"

"네?"

"전에도 말했던 것 같은데, 내 사진 하나 찍어 줬으면 해서. 나중에 영정 사진으로라도 쓸 수 있으면 더 좋고."

아무렇지도 않게 농담처럼 던지는 말에 순간 가슴이 철렁 내려앉았다. 은재의 얼굴이 금방 울상이 되었다.

"아, 안 돼요. 그런 말씀 마세요."

"음?"

"그러시면 안 돼요."

"……."

"그러지 마세요, 아버님."

정제하지 못한 감정이 그녀의 얼굴과 눈으로 고스란히 올라왔다. 금방이라도 눈물을 떨어트릴 것처럼 울먹거리는 눈에 가식과 거짓은 없었다. 창만은 가만히 은재를 바라보았다. 그리고 덤덤히, 입을 열었다.

"너는 참 신기한 아이다."

"…네?"

"어디서 본 적 없는, 그런 아이야. 참 착해. 착하다는 말은 쉽게 나오는 말이 아니야. 특히나 나 같은 삶을 살아온 사람 입에서는 더."

낯선 칭찬에 목덜미가 뜨거웠다. 갑작스러운 말에 입술을 달싹거린 은재가 허둥거렸다.

"아버님이 좋으신 분이라서, 그래서 제가 거기에 따르려고……."

"아니. 내가 만약 예전처럼 고집만 부리던 헛된 놈이었다면, 아마 너를 이 집에서 내쳤을 게다. 나 역시 그렇고 그런 뻔한 사람이니까."

 창만은 단호하게 스스로를 평가했다. 그리고 어쩔 줄 모르는 은재 대신 상자에 담긴 카메라에 손을 뻗었다. 살이 빠져 주름진 손가락이 카메라를 쓰다듬었다.

"예쁜 사람이었어."

 손끝만큼이나 아련한 목소리였다.

"좋은 사람이라곤 할 수 없지만 참, 예쁜 사람이었지. 그래서 그리 관심 없던 카메라에 손을 대고 그 사람을 찍고, 남기고… 그랬던 것 같구나. 그 사람이 머무는 시간도 공간도 기억도 남기고 싶어서."

 처음엔 미연을 이야기하는 건가 싶었다. 하지만 곧 '예쁜' 사람이 미연이 아니라는 것을 알았다. 지금 창만이 말하는 사람은 아마 지섭의 어머니, 생모일 것이다.

"마지막까지 본인 아픈 걸 숨겼던 사람이라, 아주 많이 원망했어. 어느 날 갑자기 그렇게 가 버려서, 그게 야속하고 원망스러워 홧김에 연이 닿았던 전부를 버렸지."

 자신이 들어도 되는 걸까, 싶었지만 창만은 혼잣말처럼 옛 기억을 더듬었다. 그리고 조금 피곤해진 눈을 쓸어내리며 천천히 은재에게 시선을 넘겼다.

"아가."

"네, 아버님."

 최대한 얌전히 대답하는 그녀에게 그가 물었다.

"진짜 너란 사람은 누구냐."

생각하지도 못한 말이 은재의 뒷머리를 쳤다.
"…예?"
심장이 밑바닥으로 떨어져 내렸다.

#7

 순간 하늘이 노랗게 변했다. 심장은 거칠게 뛰었고 숨통이 꽉 조여 왔다. 머릿속으론 아주 많은 생각들이 스쳤지만 입 밖으로 나오는 건 어설픈 반문뿐이었다.
 "무, 무슨 말씀이신지?"
 혹시.
 설마.
 무언가를 눈치챈 것일까. 자신이 '김주경'이 아니라는 것을. 사실 김주경은 없는 사람이라는 것을 말이다. 요동치는 가슴에 다리 위에 놓인 손이 말렸다. 그런 그녀를 도운 건 다름 아닌 창만이었다.
 "나는 아직 김주경이라는 사람을 잘 모르겠거든."

덤덤하지만 배려가 느껴지는 말이었다. 비로소 은재의 숨통이 트였다. 예민하게 돋아났던 살갗도 가라앉았다. 그사이 창만은 찻잔을 들며 말을 이었다.

"내가 많이 어렵고 이 집안이 너에게 많이 힘들 수 있다는 것을 안다. 네 어머니도 그리 호락호락한 사람이 아니니까. 하지만 네가 먼저 너 스스로를 내게 보여 줬으면 좋겠구나."

그는 그저 새 식구를 향해 먼저 손을 내밀었을 뿐이다. 무뚝뚝함 속에 담긴 것은 그녀를 위한 다독임이었다. 은재는 발끝에서 올라오는 부끄러움에 고개를 숙였다.

"죄, 죄송합니다."

"죄송은 무슨."

저도 모르게 나온 사과에 창만이 고개를 저었다. 그는 곧 멀리 창밖을 바라보았다.

"사람은 언제나 죄를 짓고 살아."

순간 은재의 몸이 떨렸다. 창만의 눈이 다시 아래로 내려갔다.

"나는 너무 늙고 지쳐 힘들다는 이유로 눈과 귀를, 입을 닫았어."

혼잣말을 하듯 중얼거리는 그의 말에 그동안 봐 왔던 창만의 모습이 떠올랐다. 순간순간 끈이 떨어진 인형처럼 스러져 가던 모습을. 그는 쓴웃음을 짓고 말을 이었다.

"그래, 나는 그랬지만 아가, 너는 가장 중요한 걸 놓진 마라."

"……."

"네 그 눈만큼은."

마지막은 아주 쓴 가루를 털어 넣은 것처럼 무겁고 텁텁한 음성이었다. 힘을 잃은 듯 어느새 늘어진 그의 어깨가 마무리를 대신했다.
"그거면 돼."
창만의 한 마디, 한 마디에 은재의 마음 한구석이 무너져 내렸다. 입술이 마른다. 목이 따갑다. 아프게 찌르르, 울린다. 그녀는 느리게, 웃었다.
"네, 네."
차마 아버님이라고 부를 수가 없었다. 왠지 지금은 그래선 안 될 것 같았다.
'죄송해요. 정말 죄송해요.'
지섭을 위한 것도 아닌 오직, 이 순간만을 위한 거짓말. 가슴을 찌르고 밀려드는 죄책감에 은재는 입술을 물었다.

툭.
스르르 기우는 은재의 머리를 지섭의 큰 손이 받쳤다. 테이블에 머리를 박을 뻔했는데도 은재는 깨어나지 않고 있었다. 결국 지섭이 그녀의 이름을 불렀다.
"김주경 씨."
"네, 네!"
방금까지 곤히 잠든 것이 무색하게 은재는 벌떡 몸을 세워 일어났다. 거의 무조건반사 수준이었다. 안쓰러울 정도로 경직된 그녀의 모습에 지섭은 재킷을 벗었다.

"기다리지 말고 먼저 자."

"아……."

아직 완전하게 정신이 돌아오지 못했던 은재는 시간을 확인했다.

"벌써 시간이 이렇게 됐네요."

"그나마 조금 빨리 온 거야."

"네, 그렇지만."

오늘도 어김없이 자정을 훌쩍 넘겨 돌아온 지섭이었다. 기약 없이 그를 기다리다 깜빡 잠이 든 모양이다. 머리를 흔들어 졸음을 떨쳐 낸 그녀는 옷을 정리 중인 지섭의 뒤에서 말했다.

"기다리는 게 맞는 것 같아요."

다른 건 몰라도 그를 기다리고 싶은 게 자신의 진심이니까. 재킷을 정리하고 넥타이를 풀어내던 그가 뒤를 돌아보았다. 묘한 만족감과 더불어 의아함이 든 표정이었다.

"무슨 일 있었어?"

눈치도 좋은 사람. 은재는 빠르게 고개를 저었다.

"아니에요. 그냥 기다리고 싶어서."

"말하기 싫다 이거지?"

세상에 뭐 저런 짐승 같은 눈치가 다 있을까. 그녀는 당황하며 손을 휘저었다.

"그, 그런 뜻이 아니라."

어설프게 말을 흘리는 그녀에 지섭은 마저 옷을 정리하며 피식 웃었다.

"낯설어서 그래."

"……."

"기다려 주는 사람이 있다는 게."

흘러가는 듯한 그의 말에 은재는 두 눈을 깜빡였다. 잘 이해하지 못한 그녀를 뒤로하고 지섭은 조금 먼 기억을 더듬었다.

"어머니가 돌아가시기 전까진 어머니가 기다려 주셨어. 내가 아주 어렸을 땐 배우 일을 하셔서 못 본 날이 더 많았지만."

무심한 척 하는 말이지만 실은 은재가 기다려 주는 것을 은근히 기대한 것도 같다. 제 유치한 마음에 지섭은 연신 헛웃음만 나왔다. 은재는 돌아가신 지섭의 어머니를 안타까워하다 애써 분위기를 바꿨다.

"역시 어머니가 배우셨군요!"

"역시?"

"역시 배우 피가 흐르고 있었던 거구나."

"무슨 뜻이지?"

"워낙 뻔뻔하게 연기를 잘하셔서."

그녀는 힘차게 고개를 주억거렸다. 거침없는 거짓말과 훌륭한 연기력을 보여 줬던 것을 떠올리면 굉장히 신빙성 있는 주장이었다.

"대단하세요."

신비한 유전자의 세계에 연신 고개를 끄덕이는 사이 지섭의 미간이 좁아졌다.

"연기."

"……."

"뻔뻔하게."

이미 여러 번 깨달은 사실이지만 '아차' 하는 순간은 이미 늦었다.

"아니, 그게. 제 말뜻은."

"칭찬은 아닌 것 같은데."

"그게 아니라."

"무슨 뜻으로 그런……."

곤란해하는 그녀에게 짓궂은 농담을 건네며 괴롭히던 지섭의 시선이 소파 테이블에 닿았다.

"저건."

테이블에 놓인 것은 카메라였다. 그리고 그 역시 알고 있는 기기였다. 은재가 바삐 가져와 말했다.

"말씀드리려고 했어요. 오늘 회장님이 주신 카메라예요. 그때 말씀드렸던 선물."

그건 당장 출사를 나가도 모자람이 없을 듯 관리가 잘된 카메라였다. 그는 한동안 아무런 말없이 눈앞의 카메라를 내려다봤다.

"이걸 아직도 가지고 계셨나."

이 카메라는 지섭의 기억에도 남아 있는 물건이었다. 이 정도의 고성능 기종이 처음 시판될 무렵 나왔던 것으로, 아버지가 이것으로 무엇을 찍었었는지도 확실하게 기억하고 있었다. 지섭의 침묵에 마주 선 은재만 속이 타들어 갔다.

'받으면 안 되는 걸 받았나.'

하지만 혹시 뭐가 잘못되었나, 긴장하고 있던 은재에게 돌아온 건 쓰고 단 것들이 가득 담긴 그의 시선이었다. 의미 모르는 시선에 그녀가 머뭇거리자 지섭이 물꼬를 트듯 툭, 말을 던졌다.

"서은재 씨는 못 하는 게 없어."

"네? 갑자기 그게 무슨……."

"비꼬는 게 아니라 칭찬이야. 아버지에게 선물까지 받아 내는 걸 보면 그래. 그런 재주가 있어."

"……."

"사람 마음을 터놓게 만드는 재주."

무엇을 보고 갑자기 하는 칭찬인지 알 수 없었다. 듣는 귀가 민망해지는 과분한 칭찬처럼 여겨졌다. 괜히 제 옷자락을 괴롭히던 은재는 다 기어 들어가는 목소리로 중얼거렸다.

"부모님이 제가 뭐든 하고 싶은 걸 하는 사람이 되길 바라셨대요."

"하고 싶은 걸 하는 사람?"

"네. 제 이름도 그래서 숨길 은에 재주 재를 써요. 많은 재능이 숨어 있으니 뭐든 할 수 있을 거라고. 그래서 제 선택을 늘 응원해 주셨어요. 유학도 보내 주시고 믿어 주시고."

설마 결혼까지 숨기라고 지어 주진 않았겠지만. 그러곤 어색하게 볼을 긁적이던 그녀는 잠시 분위기에 홀린 듯 낮게 웃으며 말했다.

"덕분에 지섭 씨 옆에, 여기에 있을 수 있게 되었네요."

속없이 웃는다, 바보같이. 지금 자신이 어쩌다 여기까지 와 있는지도 잊고서. 버거운 일에 휘말려 떠밀리듯 와 있는 주제에 행여나 지섭이 마음 상할까 위로하는 것처럼.

저렇게, 예쁘게.

어느새 이렇게 가까워졌더라. 도대체 언제부터 이렇게 마주 볼 수 있게 되었더라. 또 언제 이렇게까지.

"지섭 씨."

다시 이어진 지섭의 침묵에 부르는 호칭이 더는 어색하지 않았다.

"지섭 씨, 왜 그러세요?"

움직이지도, 말하지도 않는 그를 연달아 부르며 한 걸음 다가섰다. 그 한 걸음에 담긴 향과 달라진 공기가 지섭을 흔들었다. 순간 거기에 홀린 그의 손이 넥타이핀을 빼다 삐끗, 핀을 잘못 타고 내려갔다.

"…윽."

갑작스런 통증에 지섭이 짧은 신음 소리를 냈다. 핀에 달려 있던 작은 장식이 손을 긁은 것 같았다. 그의 신음에 당사자보다 더 놀란 은재가 후다닥 다가와 지섭의 손을 잡았다.

"괜찮으세요?"

은재는 자신이 지섭의 손을 꽉 잡고 있다는 것도 모르고 금방 붉어진 손가락에 집중했다. 넥타이가 중간에 걸린 핀의 장식과 얽혀 있었다.

"그렇게 당기시면 넥타이가 상해요."

그녀는 잘못하면 올이 풀릴 것 같은 넥타이를 보고 먼저 나섰다.

"제가 풀어 드릴게요. 잠시만요."

순수하게 도와주기 위한 호의였다. 어떤 다른 의미도, 이유도 없는 오직 단 하나, 돕기 위한 마음. 그러나 그 작은 손짓 하나가 주는 열기는 결코 작지 않았다. 하얀 손을 움직이며 그의 가슴과 옷자락을 스쳤다.

"……."

눈꺼풀의 무게만큼 가볍고 옅은 숨소리까지도 바로 옆에서 들리는 것 같았다. 아무 말도 하지 않아도, 그저 있는 것만으로도. 그는 얼굴을 쓸어내리며 깊은 숨을 내쉬었다. 숨이 가까워 그의 가슴을 데운다.

'이사님이 김주경 씨를 생각할 곳은 이곳, 자택이시면 충분합니다. 만들어 낸 사람에게 관심이 과하신 것 같습니다.'

제임스의 말은 잘못되었다.
김주경이건 서은재건.
그녀는 여기 있는 것만으로도 그의 관심을 끌기에 충분했다.
"응?"
넥타이핀을 빼던 은재의 손이 지섭에게 잡혔다. 그녀가 고개를 들었다.
"불편하세요?"
순진한 물음에 그의 입술이 말랐다. 아무 말이 없는 지섭으로 인해 은재가 다시 그를 불렀다.
"지섭 씨?"
문득 그런 생각이 들었다.

지금 이 여자에게 키스하면 무슨 일이 벌어질까.

여러 가지의 색을 가진 그녀의 표정이 저절로 상상되었다. 놀란 표정, 당황한 표정 혹은 겁을 먹은 표정. 어느 것이라도 상관없겠지만 이 하얀 얼굴이 겁에 질려 떠는 것도 나쁘지 않을 것 같았다.

"제가 뭐 잘못이라도?"

조금 주눅 든 목소리가 조심스레 물었다. 지섭의 눈이 호선을 그렸다.

"상상."

"네?"

"나쁜 상상."

뜻 모를 소리와 함께 그가 그녀의 손을 놓았다. 어느새 핀은 풀려 있었다. 그러나 지섭의 머릿속 위험한 상상은 아직 끝나지 않았다.

"찍을게요. 하나, 둘……."

"자, 잠시만요!"

경직된 얼굴로 카메라를 보던 소영이 황급히 손을 들었다. 그리고 옆에 선하를 때리며 물었다.

"나 앞머리 어때? 괜찮아?"

"괜찮다니까. 진짜 몇 번을 물어봐, 사모님 기다리시잖아!"

"아, 알았어. 근데 나 정말 괜찮아? 여기 흉터 가려졌어?"

"일단 못생김부터 가리는 게 어떨까?"

"뭐, 인마?"

"얼른 앞에 봐!"

반복된 질문에 울컥한 선하가 결국 짜증을 부리며 소영의 머리를 돌렸다. 이내 겨우 잡힌 두 사람의 모습에 짧게 웃은 은재는 다시 손을 들었다.

"갈게요. 하나, 둘, 셋!"

깜빡.

"눈 감았어!"

처절할 정도로 서글퍼하는 소영의 외침에 선하는 고개를 저으며 은재에게 다가왔다.

"작은 사모님, 저희 사진 잠시만 볼 수 있을까요?"

아직 어려워하는 기색은 있지만 밝은 얼굴이었다. 은재는 예전과 달리 먼저 말까지 걸어 주는 그들을 보며 고개를 끄덕였다. 방금 찍은 사진들을 보여 주자 모두 감탄했다.

"정말 잘 찍으세요! 우와!"

"이거 봐, 무슨 영화 같아요."

실감 나는 반응들에 은재는 저도 모르게 뿌듯한 마음이 들었다. 정말 오랜만에 든 카메라로 찍은 사진들은 그간 배운 공부가 무색하게 엉망이었다. 거기다 근력까지 떨어졌는지 들고 있는 것도 벅찰 만큼 카메라가 무거웠다. 그래서 선택한 게 최대한 많은 사람, 공간을 찍는 것이었다.

일과를 마치고 잠시 쉬는 고용인들.

사람 손을 타고 깨끗해진 저택.

당장 찍고 싶은 정원의 노을과 야경은 카메라에 익숙해진 뒤 해도 늦지 않을 것 같았다.

"다리가 1.5배는 늘어난 것 같다. 대단하세요."

순수한 칭찬에 은재가 머쓱하게 뒷머리를 긁적였다.

"카메라가 좋아서 그래요."

마치 처음 공부를 하던 때처럼 즐겁고 새로웠다. 더군다나 이렇게 좋아해 주는 사람들까지 있으니 더더욱 흥이 났다.

"이거 저 주실 수 있나요? 이, 이 사진만."

"이게 오래 전 기종이라 인터넷 연결이 안 돼서. 나중에 한 번에 뽑아서 줄게요. 다른 사람들 것도."

"정말요? 감사합니다, 작은 사모님!"

고용인들은 어느새 은재를 한결 편하게 대하고 있었다. 그녀가 솔선수범 나서 집안일에 손을 쓴 후부터였다. 고용인들은 사진을 찍어 준 그녀에게 고마웠던지 여러 간식들을 건네주었다. 거기엔 호두파이며 케이크까지 담겨 있었다.

"맛있겠다."

이상할 정도로 조용한 미연만 아니라면 이곳에서의 생활은 생각보다 좋았다. 사람은 적응의 동물이라고, 점점 이 생활에 익숙해지는 스스로를 느끼는 은재였다.

기분 좋게 달달한 간식들을 들고 방으로 돌아간 그녀는 방 앞에 선 낯익은 얼굴에 눈을 크게 떴다.

"아가씨?"

문 앞에서 서성이는 건 태희였다. 막 학교에서 돌아왔는지 교복을 입고 가방을 멘 태희는 일전에 봤던 그 모습 그대로였다.

"어, 어으… 어……."

은재를 기다리고 있었던 것이 분명한데 막상 마주치니 입술만 벙긋거린다. 다그치지 않고 가만히 바라보자 그제야 태희가 입을 열었다.

"괜찮, 으세요?"

"아주 좋아요."

혹시 답이 늦어 오해할까 얼른 대답하자 눈에 띄게 안도하는 태희였다. 한껏 올라갔던 어깨를 축 내린 태희는 우물쭈물 말을 이었다.

"사과를 해야 할 것 같아서요. 너무 늦은 것 같지만."

그러면서 앞에 모으고 있던 손을 얼른 뒤로 숨겼다. 분명 태희의 손엔 작은 인형 하나가 들려 있었다.

'역시 귀여워.'

다 컸다고 볼 수 있는 여고생의 감출 수 없는 공격적인 귀여움에 미소를 지은 은재는 가만히 손을 내밀었다.

"잠깐 봐도 될까요?"

은재의 말에 태희의 얼굴이 딱딱하게 굳었다. 긴장을 한 건지, 부끄러운 것인지 몰라도 홀로 무척 내적 갈등을 한 듯한 태희는 이내 툭 하고 손을 내밀었다.

"우와."

"벼, 별거 아니에요."

태희의 손에 들린 건 인형이었다. 천과 솜, 단추 같은 것으로 만든, 레이스 드레스를 입은 아주 귀여운 토끼 인형이었다. 인형은 놀라울 정도로 정교하고 귀여웠다.

"세상에."

더욱 놀라운 건 인형이 들고 있는 작은 푯대였다. '미안해요'라고 쓰인 푯대는 이 인형을 태희가 만들었다는 걸 알게 했다.

"설마 이 인형 아가씨가 만들었어요? 나 주려고?"

"아니, 꼭 그렇게 대단한 건 아니고요. 진짜 별거 아닌데."

"정말 예뻐요! 어떻게 이렇게 예쁘게 만들어요? 대단하다!"

정말 진심으로 하는 감탄이었다. 그간 받아 왔던 것들 중 가장 예쁜 선물이었다. 요즘 선물 복이 터진 건지는 몰라도 연시 감탄만 터져 나왔다.

"우와, 우와! 와아!"

끝없이 이어지는 감격 섞인 칭찬에 태희는 약간 멍해졌다. 처음 만난 자신을 구해 주고 웃어 주고 먼저 다가와 주는 사람.

선뜻 마음을 건넬 수 있는 신기한 사람.

이 집과는 너무나 어울리지 않는 그런 사람.

"죄송해요."

그런 사람에게 사과는 아깝지 않았다.

"응? 갑자기?"

은재는 인형에게 두고 있던 눈을 태희에게 옮겼다. 살짝 내리깐 태희의 눈에 그녀는 고개를 저었다.

"아니에요. 아가씨 때문이 아니라 실수였어요. 실수도 아니지.

그냥, 어쩌다 벌어진 일이었으니까 신경 쓸 필요……."

"빨리 나가라고 했던 말, 다른 뜻은 아니었어요."

사과는 자연스레 처음 만났을 때의 말까지 더듬어 올라갔다. 이번에도 은재는 웃었다.

"낯설 수 있어요. 괜찮아요."

"그런 게 아니라."

은재의 말을 끊은 태희가 고개를 흔들었다. 그리고 주변을 살펴보다 목소리를 낮춰 속삭였다.

"엄마가 언니를 괴롭히는 거 알아요."

순간 가슴이 철렁 내려앉았다. 내용 자체에 놀란 것이 아니라 그 말을 태희가 하고 있다는 것에 당황했다.

"아가씨."

"우리 집에서 그거 모르는 사람 없어요. 그런 사람이에요. 정말 나쁜 사람이에요. 다른 사람 상처는 하나도 생각하지 않고 본인밖에 몰라요. 언니처럼 좋은 사람은 분명 상처받을 거예요."

많은 사람들에게 '좋은 사람'이라 평가받고 있는 은재를 질투심 많고 고약한 미연이 그냥 둘 리 없었다. 겨우 은재와 눈을 맞추던 태희의 시선이 점점 아래로 내려갔다.

"나가라는 말은 그런 뜻이었어요. 그 사람 딸인 제가 말하는 게 이상하긴 하지만… 그래서 오빠… 이사님이 절 싫어하는 것도 당연할 정도로."

"……."

"미안해요, 언니."

무엇을 위한 사과일까 싶었다. 그리고 다시 나온 사과에 이번엔 그것이 어떤 사과인지 알았다. 다른 것은 모두 괜찮았다. 어차피 전부 감당하기로 한 것들이니까. 하지만 하나가, 딱 하나가 걸렸다.

'계속 이사님이라고 부르네.'

자기 오빠를 이사님이라고 부르는 동생. 그런 동생을 아무 감정 없이 보는 오빠. 무언가 일이 있던 게 아니라 아예 시작조차 하지 못했을 남매 사이.

'참견하는 건 싫지만.'

굳이 이어지지 못한 남매 사이, 그것도 이복 남매를 자신이 뭐라고 연결 다리 역할을 한단 말인가. 하지만, 자신에게 먼저 손을 내민 태희를 이렇게 보내고 싶진 않았다. 은재는 손에 쥔 인형을 품에 안으며 조심스레 말을 건넸다.

"미안하면, 내 부탁 하나만 들어줄래요?"

"······네?"

푹 숙였던 태희의 고개가 올라왔다. 은재는 웃고 있었다.

"다녀오셨습니까, 이사님."

정중히 인사를 하는 고용인들 사이에 은재가 없었다.

"작은 사모는······."

저도 모르게 가장 먼저 그녀를 찾았던 지섭은 뻣뻣한 뒷목을 만졌다.

"방에 계십니다."

성실한 답변에 그는 걸음을 옮겼다.

무슨 일이 있나, 싶어 향한 방.

꼬박 열두 시간 만에 만난 그의 아내는 방 안에서 낯선 이와 함께 붙어 있는 중이었다.

"어때요?"

"진짜 예뻐요. 이거 어떻게 해요?"

"노출이라고 하는 건데, 여기 렌즈를 맞추면서 빛을 조절하는 거예요. 잘 맞추면 같은 것도 다른 느낌으로 나와요."

"우와. 우와아. 언니, 이건요?"

"그건……."

정말, 너무나 낯선 모습이었다. 도어 록 열리는 소리가 들렸을 텐데도 불구하고 두 사람은 소파에 나란히 앉아 자기들만의 세계에 빠져 있었다.

세련되고 고풍스러운 응접실에 하나 가득 놓인 인형들. 그 인형들의 눈알들만이 반겨 주는 마중에 잠시 넋을 놓은 지섭을 다행히 은재가 먼저 발견했다.

"지섭 씨? 언제 왔어요?"

언제 왔느냐, 라. 사람 온 것도 모르고 무아지경에 빠져 있던 것에 다시금 속이 조여들었다.

"항상 자정 넘어서오니까 이렇게 일찍 올 줄 몰랐어요."

일찍 온 보람이 없어졌다. 은재와 함께 벌떡 일어난 태희가 안절부절못하다 은재의 뒤로 숨었다. 피가 통한 오빠보다 이제 겨우 세 번 본 그녀가 더 편하다는 증거였다.

"무슨 일인가 싶은데."

"아가씨가 인형을 선물해 줘서요. 그래서 오랜만에 카메라도 켠 김에 사진을 찍어 보고 있었어요. 시간 가는 줄 모르다 보니까 오신 줄도 모르고. 그런데 일이라도 있으셨던 거예요?"

"일이 있어야 일찍 오는 건 아니지."

은재의 저 말이 별 뜻 없이 하는 말이라는 것을 안다. 실제로 오늘 평소보다 일찍 퇴근한 것은 사실이니까. 하지만 어쩐지 달갑지 않다.

"늦게 왔으면 하는 말로 들리는데."

"네? 아니요, 그런 게 아니라."

"그래?"

다른 것도 아니고 다른 사람과의 만남이 시간 가는 줄 모를 정도로 즐거웠다는 점이 그의 신경을 건드렸다. 아니, 기분이 좀 상한 것 같다. 점점 발을 넓혀 가고 있는 은재가 아까웠다.

유치하게도.

전에 없던 침묵이 두 사람의 사이를 휘감았다. 단 한 번도 경험해 보지 못한 유치하고 치사하고 부끄러운 감정에 낯설어 굳은 지섭과 그런 그의 눈치를 보는 은재 사이, 태희만이 눈동자를 굴렸다.

'신혼이라서 그런가.'

두 사람 사이에서 새우가 되는 기분이었다. 어딘가 불편해 보이는 지섭의 얼굴에 태희는 조용히 은재의 옷을 당겼다.

"언니 저 가 볼게요."

"응? 왜요? 갑자기 그렇게 가 버리면 어떻게 해요."

평소엔 넘쳐 나는 은재의 눈치가 오늘따라 유난히 모자랐다. 그녀는 방긋 웃으며 말했다.

"맞다. 그러고 보니까 간식 가져온 것도 못 먹었네요. 그럼 이거 먹고 가요. 아까 받은 건데, 호두파이랑 케이크에요. 두 분 다 드셔 보세요."

'둘이 같이 있으면 좋겠다!'

분위기 파악에 실패한 은재의 꽃처럼 핀 미소만 화사하게 빛났다. 그리고 그녀의 속 없는 미소는 본의 아니게 지섭에게도 태희에게도 제법 잘 먹혔다. 한층 누그러진 지섭과 발그레하니 뺨을 붉힌 태희는 호두파이를 향해 말했다.

"호두 알레르기가 있어."

"호두에 알레르기가 있어서요."

거짓말처럼 똑같은 대답이었다. 둘 역시 그것을 몰랐다는 듯 서로를 바라보았다. 남매의 시선이 마주쳤다.

처음이었다.

민망함이 물든 고요함에 눈을 깜빡인 은재가 중얼거렸다.

"역시 닮았네요."

진심 가득한 말이었다. 지섭이 미간을 좁혔다.

"어디가?"

"그럴 리가요!"

더 강력한 부정은 태희에게서 나왔지만.

"전혀요! 절대 그럴 리 없어요! 제가 이사님이랑 어떻게, 조금도 안 닮았어요! 하나도요!"

 강한 부정은 긍정이라지만 이 정도가 되니 그냥 엄청난 부정 같았다. 본의 아니게 연거푸 거부당한 지섭의 목만 따가웠다.

"그, 그럼 저만."

 오독오독. 호두 씹는 소리만 들리는 방 안을 싸한 공기가 휘감았다. 지섭은 자신이 이 어색한 상황을 만들었다고밖에 생각할 수 없었다. 결국 피식 웃어 버린 그는 방 안으로 들어갔다.

 탁.

"언니, 이사님 화나신 거 아니죠?"

"아닐 거예요. 설마요."

"그래도……."

"걱정 말아요."

 방문을 닫자마자 금방 소곤대는 소리에 기가 찼다. 지섭은 넥타이를 세게 당겨 빼며 미간을 좁혔다.

"내가 뭘 하는 거야."

 누가 봐도 유치한 투정을 부렸다. 자신에게 관심을 두지 않는 은재에게, 아니 태희에게 은재를 뺏기기라도 한 것처럼 심술을 부린 것도 같다. 빤히 불편해할 것을 알면서도.

"후우."

 낮은 한숨을 쉬며 넥타이를 쭉 빼내는 사이 방문이 열리고 은재가 들어왔다. 그리고 조용히 그를 불렀다.

"지섭 씨."

곧장 들어온 그녀에 저도 모르게 입꼬리 한쪽이 올라갔다. 하지만 아무렇지 않은 척 재킷을 벗으며 돌아보지 않았다.

"얘기 더 하지, 뭐 하러."

"아가씨 갔어요."

여전히 지섭은 아무런 말이 없었다. 은재는 이리저리 눈치를 보다 조금 더 가까이 다가섰다.

"화, 나셨어요? 혹시 아가씨를 들어오게 하면 안 되는 거였을까요?"

중요한 건 절대 이 집 어디에도 두지 않는다는 것을 알기에 태희를 방에 들였던 은재다. 그래도 혹시나 하는 마음에 걱정이 들었다. 연신 힐끔대는 그녀의 시선에 옷을 정리한 그가 툭 말을 던졌다.

"재밌어 보이던데."

말에 담긴 오묘한 가시에도 은재는 열심히 고개를 끄덕였다.

"네, 재밌었어요."

"……."

오늘따라 너무 눈치가 없는 거 아닌가. 이런 사람이 아니었던 것 같은데. 아니, 이 상황에서 이런 괴상한 감정을 가지고 있는 스스로가 더 황당한 것 같다. 지섭은 절제하지 못하고 날뛰는 제 심보에 어처구니가 없었다.

"다른 이유는 아니고요."

그사이 조금 더 그에게 가깝게 다가온 은재는 살짝 수줍게 말을 이었다.

"아가씨는 지섭 씨랑 닮은 부분이 많아요."

"전부터 그러는데, 대체 어디가 그렇게 닮았다는 거야."

"정말 신기할 정도로요. 눈도 그랬고 웃는 것도 그렇고……. 말투에서도 조금 그랬어요. 회장님을 닮은 걸까요? 거기다 알레르기까지. 그거 하나씩 찾아보면서, 지섭 씨를 알게 되는 것 같았어요."

고개를 조금 숙이고 옅게 짓는 미소는 즐거움이 담겨 있었다. 오늘따라 하나로 묶어서 내린 머리조차 수줍음을 대변하고 있는 것 같았다.

"하."

지금 이 여자는 자신이 무슨 말을 하고 있는지 알고나 하는 걸까. 그는 제멋대로 움직이려는 손을 간신히 막았다. 꼬여 버리기 시작한 상황과 감정에 대한 해답을 완전히 내리기도 전에 또 다른 문제를 만들 수는 없었다.

'잘못됐어.'

잘못되어도 한참 잘못되었다. 이런 마음은 있을 수 없는 일이다. 생겨선 안 될, 생길 리도 없었던 감정이었다. 그러나 바보가 아닌 이상 부풀기 시작한 제 마음을 모를 리 없었다. 이미 특별했던 여자를 더욱 특별하게 바라보고 있는 이 마음을.

"서은재 씨."

"네?"

지섭은 애써 제 모난 마음을 깎고 깎아 겨우 대외용으로 만들어 냈다.

"나에 대해 궁금한 건 나한테 물어야 하는 거 아닌가?"

그래 봐야 거기서 거기지만. 낯선 질문에 은재의 고개가 옆으로 기울었다. 약간 모아진 미간으로 의문이 뭉쳐질 즈음, 그녀가 물었다.

"좋아하는 거, 있으세요?"

티 없이 맑은 질문이었다.

"…후우."

지섭은 얼굴을 쓸어내리며 갑갑한 와이셔츠 단추를 풀었다. 아무리 생각해도 자신의 이 마음이 황당해 허탈한 숨을 내뱉을 때, 은재의 눈이 힐끔 그의 목덜미 쪽을 향했다.

괘씸하게 순진한 눈으로 아무렇지도 않게 사람 마음을 따끔하게 만들었다.

'신경 쓰여.'

한 번 쓰이기 시작한 신경이 거침없이 뻗어 나가고 있다. 지섭은 단추 하나를 더 풀어내고 성큼 다가섰다. 그리고 반사적으로 물러서는 그녀의 어깨에 손을 올렸다.

"으, 으응?"

갑작스레 가까워진 그에 놀란 은재가 지섭을 올려보았다. 지섭은 세상 물정 모르는 순수한 귓가에 대고 속삭였다.

"서은재."

아주 작고 은밀하게.

"네?"

자신을 부른 줄 알고 반사적으로 한 대답에 그는 묘한 미소를 짓곤 방을 나섰다.

응? 으응? 으으응?

지섭이 방을 나서 사라질 때까지, 은재는 그 자리에 서 있을 뿐이었다.

"…어?"

뒤늦은 이질감에 반짝 정신을 차렸을 땐, 그는 이미 사라지고 없었다. 어느새 지섭의 입김이 닿았던 귓가에서부터 화끈거리는 열이 피어오르고 있었다. 뒤엉켜 버린 감정은 속절없이 굴러가 덩치를 불린다.

아직 아무것도 끝나지 않은 거짓말쟁이들의 시간 속에서.

파차창!

미연은 앞에 놓인 난들을 모조리 쏟아 넘기며 분통을 터트렸다.

"개자식!"

거친 욕설까지 내뱉은 그녀는 파르르 몸을 떨며 청성그룹 임원회의에 있던 지섭의 음성을 다시금 떠올렸다.

'…또한, 장미연 이사의 개인 자산의 일부가 청성그룹 내의 비용으로 처리된 것을 확인했습니다. 그 금액이 장 이사의 개인 변호사와 연계되어 있는 것 또한 확인됐습니다. 이 점에 대해 금액 사용내역이 그

룹과 어떤 공적 연계가 있는지 확실한 근거를 제시하셔야할 겁니다.'

지섭은 웃는 낯으로 사람 속을 긁어 대고 보란 듯이 창칼을 날렸다. 그의 공격은 예상했지만 그 이상으로 날카롭고 거셌다. 미연은 초조함을 숨기지 못하고 윤정에게 물었다.

"어디까지 알아낸 것 같아?"

"아직은 초기일 겁니다. 하지만 속도로 봐서는."

"잡히기 전에 내가 먼저 잡아야해. 뭐라도 잡아내라고. 그 자식이 뉴욕에서 무슨 짓을 했는지 확실히 알아내란 말이야. 작은 틈 하나 놓치지 말고!"

"예, 이사님."

"젠장!"

애초에 경선물산 딸과 제대로 연만 맺었어도 이렇게까지 엉망이 될 일도 없었다. 불안감을 숨기지 못한 미연이 온실을 휘저었다.

"빨리 없애 버려야 했었는데."

정말 어디서부터 잘못된 것일까. 한동안 집에 있는 김주경으로 인해 회사 업무를 사람들에게 맡겨 놓은 것이 잘못이었을까.

"억울해. 억울하다고."

고작 청성의 후계자라는 이유로 정창만의 아들이라는 이유 하나로, 모두에게 인정받는 이 상황이.

"누가 봐도 나만 한 사람이 없잖아. 내가 그 노인네 도와서 얼마나 열심히 노력했는데. 고작 날 배척하는 이유가……."

술집 출신 후처라는 이유 하나라니.

"김주경, 그 빌어먹을 물건만 아니었어도."

완벽했던 모든 것들이 엉망으로 일그러져 가고 있다. 이것이 전부 '김주경'이 나타난 이후부터였다. 아무것도 아닌, 그저 그런 순진한 계집이라고 생각했던 것을 비웃듯 이 집안 곳곳에 주경이 새겨지고 있었다. 고용인들에게도, 심지어 창만에게까지. 그럴 수 있는 이유가 뭘까. 답은 쉽다.

"그래, 정지섭이 있으니까."

그러니 눈치 볼 사람도 없겠지. 든든한 배경이 있으니 오죽할까. 코웃음이 나왔다. 다 늙은 노인 밑에 '후처' 딱지를 붙이고 있는 자신을 어떻게 설명했을지 충분히 예상이 간다.

"건방진 것들."

때 묻지 않은 순진한 얼굴로 사람을 얼마나 우습게 보고 있을지도.

파르르, 몸이 떨렸다. 운명적인 만남? 사랑? 같잖은 놀음. 미연은 정신없이 거닐던 걸음을 멈추고 두 손으로 책상을 짚었다. 서늘한 눈이 냉기를 뚝뚝 떨어트리고 있었다.

"어떻게 할까."

밑으로 깔린 목소리가 서늘하게 온실로 울려 퍼졌다.

"고상하게 굴지 말 걸 그랬어, 차라리."

"……"

"전처럼 하면 그만이었는데."

젊은 시절, 가진 것 없던 그녀를 여기까지 오게 만들어 준 그때의 방식으로 움직였으면 그만이었는데, 너무 고상한 척을 해 버렸다. 미연의 눈이 가늘어졌다.

"어떻게 생각해? 작업해 볼까?"

의견을 묻는 눈이 어느 때보다도 위험해 보였다. 사람이라도 쓰겠다는 눈이다. 윤정은 허리를 숙이며 말했다.

"김주경 씨는 정지섭 이사의 사람입니다."

짧지만 확실한 대답이었다.

"그렇지. 정지섭이 있지."

천하의 장미연으로도 함부로 깰 수 없는 거대한 보호막. 속에서 끓고 있는 미연의 불길에 윤정은 그녀를 불렀다.

"이사님."

"노인네, 결국 그 카메라까지 줬어. 최서영 못 잊고 끝까지 쥐고 있다가, 제 며느리한테 줬다고. 그 말이 뭐겠어."

윤정의 말을 듣지 못한 듯 주먹을 쥔 미연은 입술을 깨물며 분노했다. 그 카메라는 지섭 생모의 물건이었다. 그런 것을 너무도 쉽게 넘겨 버리는 모습에 미연은 기가 막혔다. 결국 젊은 것에게 홀린 게 분명하다. 미연의 몸이 다시 불쾌하게 흔들렸다.

"곧 다 주겠단 소리지."

"그건 아닐 겁니다. 이상하게도 정 이사 역시 김주경을 밖으로 내보이는 걸 꺼려 하고 있습니다. 정식으로 인정받게 하려면 공식적인 자리에 대동하는 게 맞습니다만, 그런 움직임이 없습니다."

미연의 감정적인 태세에 윤정은 최대한 이성적으로 대처했다. 주금이지만 마음을 가라앉힌 미연이 의자에 몸을 기댔다.

"…그래, 그게 이상한 거야. 왜 그 부분에 대해선 얌전하지?

하는 꼴은 좋아 죽는 것처럼 보이는 주제에. 봤지? 거기서 좀 떨어졌다고 나대는 꼴."

쓰레기장에서 좀 떨어진 걸로 출근까지 하지 않았던 모습을 보면 같잖은 사랑 놀음을 하는 건 분명했다. 하지만 석연찮은 부분이 아주 없는 건 아니다. 충분히 나설 수 있음에도 불구하고 주경을 숨기는 지섭이 영 께름칙하다.

"왜 그럴까?"

다만 지금은 김주경을 숨기고 있는 것이 미연에게도 좋다. 그녀는 의문 대신 명령했다.

"어쨌든 빨리 일을 정리해야겠어. 만약 노인네가 정신 놓고 홀려서 주식이라도 넘겨줘 버리면 그땐 막을 도리가 없으니까. 정지섭이 청성의 대표이사가 되면 우리가 해 왔던 게 다 물거품이 돼. 서두르라고 연락 넣어."

"네, 이사님."

"조금만 더 가면 돼. 총회, 그때. 그때 정창만의 대리인만 되면 된다고. 그전에 그 계집애도 어떻게 손을 보긴 봐야 하는데."

고민과 고민의 반복, 도돌이표였다. 어쩌다 이런 생각까지 하게 되었는지 울컥 화가 치밀었지만, 미연은 애써 침착하게 머리를 굴렸다. 이런저런 말이나 행동으로 빠져나가기 어려운 것. 방법, 방법.

"이사님."

"확실하게 잡아 둘 게……."

"이사님, 드릴 말씀이 있습니다."

골머리를 앓고 있는 자신을 부르는 윤정을 미연은 달갑지 않게 바라보았다.
"말해."
　또 뭘까, 월급이라도 올려 달라는 건가 싶어 보자 윤정은 조심스레 운을 뗐다.
"그 당시로는 별거 아니었던 터라 말씀드리지 않았습니다마는."
　고민스레 괴고 있던 미연의 손이 턱에서 떨어졌다. 자신에게 집중하는 그녀를 보며 윤정은 다시 입을 열었다.

#8

 오늘도 알람이 울리기 전에 잠에서 깨어났다. 부스스한 머리를 잡으며 일어난 은재는 눈을 비볐다.
 "추워."
 넓은 방 안에 넓은 침대, 높은 천장. 항상 느끼는 심리적 추위에 몸을 한 번 떨곤 침대에서 나와 휴대폰을 들었다.
 "5시 20분."
 오늘도 딱 그 시간이다. 어쩌다 보니 이 시간에 일어나는 게 그리 힘들지도 않게 되었다. 아니, 6시쯤에만 일어나도 늦잠 잤다고 하는 날이 올지도 모르겠다.
 "익숙해지면 나중에 강의 지각할 일은 없겠다."
 허탈하게 중얼거리며 머리를 쓸던 은재는 다시 입을 닫고 고개를 숙였다.

"나중에······."

버겁기만 했던 시간의 끝이 조금씩 보인다. 의외로 그리 길지 않은 시간이라고 느껴지고 있었다.

"너무 편하다, 서은재."

무엇보다도 5억이라는 채무조차 떠올리지 않는 자신이 가장 그랬다. 거기다 지섭이 있을 응접실로 나가기 전, 방문 앞에 서서 머리를 정리하고 거울을 보는 자신이.

"하아. 너무 익숙해진 거 아니니, 너."

헛헛한 한숨 한번 내쉬고 문을 열었다. 이젠 제집처럼 익숙한 응접실이 눈에 들어왔다.

쏴아아.

욕실 쪽에서 물소리가 들렸다. 벌써 일어난 지섭이 씻는 소리였다.

'저 사람은 정말 몇 시에 일어나는 걸까.'

대단하다, 싶은 기상 시간이었다. 매일 소파에서 잠을 자느라 소파에 있는 정돈된 이부자리도 보였다.

"아무리 넓어도 소파는 불편할 텐데."

저도 모르게 눈이 방에 있는 침대로 향했다. 방 중앙에 떡하니 놓인 커다란 침대. 문득 저 정도의 침대라면 같이 누워도 따로 자는 것처럼 느껴지지 않을까, 생각했다.

"···점점 이상해지는 거 맞지."

이상한 합리화를 하고 있는 자신이 기가 막힌다. 어깨를 늘어뜨린 그녀는 욕실 옆의 세면실로 들어갔다.

"잠이나 깨자."

지섭이 나오기 전에 옷까지 갈아입고 간단하게 아침 인사를 한 뒤, 자신은 방 밖으로 나가는 게 하루 일과의 시작이었다. 오늘도 어김없이 세수를 마친 은재는 전날 골라 놨던 옷을 들었다.

"오랜만에 원피스다."

어제 감고 잔 머리에 물을 살짝 묻혀 가라앉히고 거울 앞에 섰다. 그리고 주섬주섬 옷을 입다 눈앞이 번쩍 뜨이는 통증에 저도 모르게 소리를 냈다.

"아!"

원피스를 입고 등 뒤의 지퍼를 올리려다 잘못 꺾인 어깨에서 엄청난 통증이 느껴졌다.

"아야야."

정말 눈물이 찔끔 나는 아픔에 잠깐 주저앉은 은재는 끙끙, 앓는 소리를 냈다.

"한 번씩 신경 쓰이게… 으으, 아파."

쓰레기 수거장에 떨어진 뒤, 다른 데는 문제가 없었지만 상처가 남았던 곳은 꽤 아프다. 다행히 통증은 그리 오래가지 않았고 다시 몸을 세웠다. 그리고 살금살금 팔을 돌리며 지퍼를 만지작거렸다.

"지퍼 있는 걸 고르지 말 걸 그랬네."

한번 아프고 나니 괜히 겁이 나 움직이는 손이 소심했다. 반대로도 해 보고 밑에서도 당겨 보고 이런저런 방법을 강구하느라 일그러진 얼굴을 잡아내지 못했다.

"아이 씨, 진짜 뭐 이렇게 안… 으아아!"

덕분에 화장대 거울에 비친 제 모습 뒤로 이쪽을 보고 있는 지섭을 너무 늦게 발견했다.

"아, 안녕히 주무셨어요."

팔을 위아래로 들고 등 뒤로 돌린 채 어정쩡한 자세로 건넨 아침 인사였다. 민망함에 땀이 흘렀다.

"나오신 줄 모르고."

이리저리 구르는 눈동자에 지섭의 모습이 보였다. 막 씻고 나온 그는 갖춰 입은 차림이었다. 바로 씻고 편하게 나오고 싶겠지만 아마도 방 밖에 있을 은재를 생각해 항상 신경을 써 주는 듯하다.

정말 여러모로 매너가 넘치는 좋은 사람이었다…는 게 중요한 시점은 아니다.

'대체 언제부터 있었지? 처음부터?'

지퍼로 끙끙대던 꼴사나운 모습을 모두 봤을까? 얼굴이 화끈거렸다.

"……."

어색한 인사말에 한동안 그곳에 있던 지섭이 움직였다. 언제나처럼 편안한 모습이었지만, 어딘가 살짝 경직되어 있는 것도 같은 표정이었다.

"그냥 지퍼가 좀 안 올라가서 그런 거지, 어디 아픈 건 아니고요."

스스로 생각해 봐도 부끄러워 내놓은 변명이었다. 그가 한 걸음씩 다가올 때마다 은재는 정신없이 허둥거렸다. 이러지도 저러지도 못하고 다가오는 지섭을 맞이하자 그는 손을 들어 그녀를 돌렸다.

"잠깐 있어."

"예?"

"지퍼."

지퍼를 올려 주겠다는 뜻인 듯했다.

"아, 네!"

괜히 겸양 떨기보단 등을 내주는 것이 옳아 보였다. 얼른 몸을 돌리자 지섭은 길게 늘어진 은재의 머리칼을 들어 올렸다. 하얀 등의 일부가 보였다.

"후우."

낮은 숨을 삼킨 그가 지퍼를 잡았다.

"늘 민폐만 끼쳐서."

민망한 듯 재잘대는 목소리가 지섭의 귀엔 흐리게 들렸다. 이너웨어 하나 입지 않은 속살이 비춘다. 속옷이 보이는 건 아니지만 사람 마음을 담금질해 대는 하얀 등은 여러 가지로 위험스러웠다.

지섭은 빠르게 지퍼를 올리고 잡아 올렸던 머리를 내려놓았다.

"됐어."

짧은 말과 함께 든 고개로 시선이 마주쳤다. 그녀가 거울을 통해 그를 빤히 보고 있었다. 언제부터 그랬는지 멍하니 지섭을 보던 은재가 화들짝 놀라며 고개를 숙였다.

"매, 매번 감사해요."

부끄럼 타는 표정에 그는 옅게 웃으며 말했다.

"좋다."

"……."

"잘 어울려."

"…네?"

잘못 들었나. 기울어지는 은재의 고개에 지섭은 눈가에 웃음을 더욱 짙게 만들었다.

"예쁘다고."

별것 아닌 가벼운 칭찬이었다. 하지만 짤막한 한마디는 그녀를 정신없게 만들기에 충분했다.

"가, 감사합니다."

지섭은 마저 매무새를 보러 가기 위함인지 드레스 룸으로 향했다. 금방 사라지는 그를 마지막까지 뒤따르던 은재의 시선이 아래로 푹 떨어졌다.

그녀는 제 옷자락을 세게 쥐었다. 과하지 않은 레이스가 달린 연분홍빛 원피스는 벌써 서너 번쯤 입었던 것이었다.

'왜 갑자기?'

이유야 어쨌건, 이 심장의 울림은 도저히 모르는 척할 수가 없다. 아주 작은 것에도 반응하고 나날이 심해지는 이 박동을.

매일 아침 7시. 조금 이르게 시작되는 아침 식사에는 언제나처럼 네 사람이 모여 앉는다. 가장 상석에 참만이, 그의 위편 자리에 미연이 그리고 맞은편에 지섭과 은재가 늘 같은 자리에. 그것은 오늘도 다름이 없었다. 예전과 달라진 게 있다면 분위기였다.

"새아가가 얼큰한 걸 좋아하는데, 좀 챙겨 주지 그랬나."

창만이 미연에게 말했다.

"아침이라 속을 달래는 게 좋을 것 같아서요. 어쩜, 회장님은 주경 씨가 그렇게 좋으세요?"

창만이 자신의 범위에서 떠나 움직이는 것을 마땅찮아하던 미연도 얌전히 대꾸를 했다.

"주경 씨는 좋겠어요. 회장님이 이렇게까지 금방 주경 씨를 마음에 들어 하시는 걸 보면. 무척 대쪽 같고 무뚝뚝한 분이신데, 무슨 대단한 방법이라도 있나 봐."

그러면 그렇지.

'지금 나 물 먹이는 거지?'

은재는 웃는 얼굴로 침을 뱉는 미연을 향해 대답했다.

"저에겐 처음부터 워낙 다정하게 대해 주셔서 몰랐나 봐요."

"……."

"다 어머님 덕분이에요. 감사합니다."

기대 이상의 공방에 지섭은 입가로 번지는 웃음을 겨우 가렸다. 호락호락하지 않았던 청성가에서의 생활을 의미 없이 그냥 보낸 건 아니다.

'저 빌어먹을 것이.'

꽈악. 미연이 무릎 위 손에 힘을 주었다. 어지간한 말로는 이제 쉽지 않을 것 같다. 아침 식사가 거의 다 차려지고 있었다. 창만이 자리를 잡자마자 따뜻하게 데운 국이 놓였고 막 지섭과 은재의 앞에 국이 놓아질 때였다.

"뭘 찾아?"

내내 은재를 살피던 지섭이 물었다.

"네?"

잘못이라도 한 사람처럼 깜짝 놀란 그녀가 주변 눈치를 살폈다. 그리고 그의 귓가에 속삭였다.

"온다고 했거든요."

제 귓가에 자그맣게 들리는 음성 하나로 사춘기 소년마냥 지섭은 다리 위 손을 움켜쥐었다.

'젠장.'

의식하기까지 걸린 시간이 무색하게 반응하게 되는 속도는 빛처럼 빠르다. 그의 흔들림을 알아차리지 못한 은재의 눈이 다시 주방 밖을 향하다 밝아졌다.

"왔어요!"

무엇을 기다렸는지 한껏 밝아진 표정이었다. 그녀의 환한 얼굴에 내내 조용하던 미연도 막 숟가락을 들던 창만도 은재의 시선 끝으로 고개를 돌렸다. 먼저 움직인 건 미연이었다.

"…태희야."

미연의 목소리는 잘게 떨리고 있었다. 생각지도 못했던 일에 당황한 듯 엉덩이까지 들썩였다.

"너 어떻게 여기에."

"밥 먹으려고요."

"밥이라니?"

"아침이요, 아침."

묻는 사람을 바보로 만드는 당연한 대답이었다. 흔들리는 미연의 눈을 두고 태희는 자신을 보는 창만에게 물었다.

"저 여기서 밥 먹어도 돼요?"

괴상한 질문의 연속이었다. 절대 먼저 말을 거는 적이 없던 태희의 말에 창만은 멍하니 어린 딸을 보았다.

"태희야."

"네."

늦둥이 딸의 얼굴을 대체 얼마 만에 보는 걸까. 아니, 보지 못한다는 것 자체가 이상하다고 생각하지도 않았던 것 같았다. 그는 고개를 끄덕였다.

"잘 왔다. 어서 앉아라."

어쨌든 이 집안의 마지막 결정권은 언제나 창만에게 있었다. 태희는 방긋 웃으며 은재를 바라보았다. 어느새 태희를 향한 은재의 눈으로 뿌듯함과 반가움이 가득 담겨 있었다.

"언니, 좋은 아침이에요."

"네, 아가씨."

바로 어제 했던 약속을 태희가 지켰다. 태희는 남아 있는 자리가 미연의 옆이라는 것을 아쉬워하며 자리에 앉았다.

"아침은 오랜만인 것 같아요. 뭔가 신기하네."

태연한 말에 고용인들이 차림을 준비했다. 그사이, 어처구니가 없어진 미연이 태희에게 말했다.

"너 원래 아침 안 먹잖아."

"안 먹은 적은 없어요."

"말장난은 그만해. 네 건강 생각해서 엄마가 매일 따로 식사를……."

"살은 뺄 거예요. 발목이랑 무릎이 아파서. 많이 뺄 생각은 없고 그냥 안 아플 때까지만 뺄래요. 근데 다이어트하려면 아침은 제대로 챙겨 먹는 게 좋다고 해서요."

"…누가?"

"언니가요."

언니? 언니라니. 순간 멍해졌던 미연의 눈이 빠르게 한곳으로 향했다. 거기엔 당연히 은재가 있었다.

태희는 아침이 싫다.

아침은 겨우 마음 달래고 되찾은 평화가 깨지는 순간이다. 혼자 밥을 먹고 혼자 활동하고 또 혼자 넓은 집을 다니는 것은 익숙하다. 하지만 아주 가끔 마주치는 엄마의 가시 같은 말은 조금도 익숙해지지 않았다.

'저 계집애 다이어트는 하고 있는 거야? 왜 자꾸 살이 쪄?'

예쁜 엄마. 화려하고 우아한 엄마. 자신은 조금도 닮지 않은 엄마. 그래서 태희는 모든 것을 다시 기억해 내는 아침이 싫다. 어둠 같은 집 안에서 태희가 숨 쉴 수 있는 공간은 단 한 곳이었다. 친구들이 있고 좋아하는 것들이 가득한 제 방이 태희의 전부였다. 때문에 방 밖으로 나서 이 집안 누군가와 대화를 할 거라곤 생각해 본 적 없다.

"인형은 언제부터 좋아했어요?"

어느 날 갑자기 나타난 새언니. 정신을 차리고 보니 태희는 그 새언니와 같은 방에 앉아 이야기를 나누고 있었다. 신기한 일이었다. 낯가림이 심하고 말주변이 없는 태희에게 이런 일은 흔하지 않다. 아마 그녀가 먼저 손을 내밀어 준 덕분일 거다. 집에서도 학교에서도, 누구도 태희에게 먼저 손을 내밀어 준 적은 없으니까. 태희는 앞에 놓인 인형을 만지며 대답했다.

"어릴 때부터요. 초등학교 아니, 유치원 다닐 때부터."

"아아, 원래 좋아했구나."

"친구가 없어서 좋아하게 됐어요. 얘들이 유일한 친구였거든요. 엄마는 싫어하지만."

덤덤하게 하는 말에 은재의 말문이 막혔다. 태희는 어깨를 으쓱였다.

"그때도 뚱뚱했고 지금도 뚱뚱하잖아요. 엄마도 싫어해요."

태연한 말이 은재를 더더욱 마음 아프게 했다. 그녀는 아기자기 귀여운 인형을 만지다 되물었다.

"아가씨는 본인이 싫은 거예요, 아니면 어머님 때문에 그런 마음을 갖고 있는 건가요?"

"뭐가 달라요?"

"다르죠."

이해하지 못한 태희의 고개가 기울었다. 은재 씁쓸하게 웃다 살며시 서두를 꺼냈다.

"저는 미국에서 인종차별을 당했어요. 그저 동양인이라고 말도 못할 수모를 당했고요. 그럼 그건 제 잘못이었을까요?"

최근까지도 경험했던 일이다. 모두가 그런 것은 아니지만 분명 존재했던 차별에 그녀는 꽤 많이 힘들었었다. 태희의 눈이 휘둥그레졌다.

"그럴 리가요! 언니가 잘못한 게 있을 리가 없죠!"

"맞아요. 제 잘못이 아니에요."

태희의 부정에 은재는 고개를 끄덕였다. 당연히 그 대답이 나올 줄 알았던 것 같다. 그제야 태희는 은재가 무엇을 말하고 싶은 건지 알았다. 은재는 자신과 마찬가지로 태희도 아무 잘못이 없다고 말해 주고 싶은 거다.

태희의 입술이 비죽 나왔다. 꼭 울음을 참는 모양새였다.

"살이 찐 게 싫은 게 아니에요."

울먹거리는 목소리에 은재가 태희의 어깨를 짚었다. 태희는 안경을 벗으며 눈가를 비볐다.

"저를 보고 수군대는 사람들이 싫은 거지. 나는, 나는 그냥."

"아가씨는 잘못한 게 하나도 없어요."

"……."

"인형을 좋아하는 것도, 먹는 것을 좋아하는 것도, 제가 사진을 좋아하는 것도."

"언니."

"다른 사람들을 신경 쓰지 않을 수는 없어요. 하지만 그것 때문에 본인을 아프게 하진 말아요."

가만히 말을 마친 은재가 가볍게 미소를 지었다.

"아침에 같이 밥 먹어요. 피하지 말고, 숨지 말고."

대화를 나누며 태희가 사람을 싫어하는 게 아님을 알았다. 아침에 나오지 않는 건 아마도. 태희가 고개를 저었다.

"엄마가 싫어해요. 창피해하거든요. 제가 사람들 앞에 나서는 거."

미연 때문이었을 거다. 정확히 들어맞은 이유가 안타까웠지만 은재는 물러서지 않았다.

"혼자 있는 거, 싫어하죠?"

조심스럽지만 분명한 확신이 있는 질문이었다. 태희가 시선을 내려 제 손을 보았다. 귀여운 인형이 웃어 주고 있었다. 은재의 말에 틀림은 없다. 외롭고 쓸쓸해서 인형을 만들기 시작했다. 이내 태희의 고개가 끄덕여졌다.

"네."

조금만 대화를 나눠도 무장해제가 되어 버린다. 그것이 당황스럽지만 싫지 않은 태희에게 은재가 다독였다.

"같이 먹어요. 아침도 가끔 점심도. 시간이 나면 저녁도. 간식이나 야식도."

"하지만."

"누가 그러더라고요. 기회가 있을 땐, 잡으라고."

깜빡이는 눈동자에 은재가 씩 웃었다. 그 '누구'가 누구인지 어쩐지 알 것 같았다. 은재는 태희의 어깨에서 손을 내리고 그녀의 손을 잡았다. 인형이 아닌 타인과 잡은 손은 따뜻했다.

"아가씨."

그 순간 태희는 깨달았다.

"나랑 같이 밥 먹어 줄 거죠?"

이 사람이 점점 더 좋아질 것 같다고.

📷

그 '언니'가 누구인지는 굳이 묻지 않아도 알 수 있었다. 미연의 굳은 얼굴과 반대로 창만이 흐뭇하게 미소 지었다.

"집이 집다워지는구나. 사람 사는 집 같아."

누구의 영향인지는 당연한 일이었다. 지섭은 이 집의 공기마저 바꾸기 시작한 은재를 다정하게 내려다보았다.

"요즘 내 컨디션이 좋은 것도 그 덕분이겠지."

"혈색이 좋아지셨다고는 생각했습니다."

지섭의 말에 창만이 고개를 끄덕였다.

"모두 다 너희 덕분이다. 오랜만에 몸도 정신도 거뜬해."

"다행입니다."

오직 한 사람만 소외된 따뜻한 아침 식사였다. 모든 것이 변해 간다. 하나씩, 천천히 판도가 바뀌어 갔다. 미연은 창만도 모자라 태희까지 삼켜 버린 은재를 향해 이를 악물었다.

'저 주제도 모르는 게.'

멋대로 설치기 시작한 물건 하나 때문에 일을 그르칠 수는 없다. 미연은 다시금 목을 축이고 입을 열었다.

"회장님."

내내 조용하던 그녀가 아주 오랜만에 밥 한 그릇을 다 비우는 창만을 불렀다. 시선들이 자신에게 옮겨 오자 미연이 말을 이었다.

"저번에 말씀드렸던 지섭이 귀국 환영 행사 준비 때문에 그러는데, 장소를 좀 변경하는 건 어떨까 싶어서요."

"장소? 장소는 뭐 하러?"

"호텔이나 전시관 같은 곳은 어중이떠중이가 오기도 할 테니까요. 괜한 말들이 오가는 건 좋지 않잖아요."

"뭐, 그거야 그렇다마는……. 어디 준비해 놓은 곳이 있는 눈치 같다만."

"역시 회장님이세요. 여러 군데를 물색하다, 한곳 적당한 곳을 추렸어요."

"거기가 어딘데."

"여기."

짧은 대답에 모두가 의아한 눈을 만들었다. 사람들의 반응을 이해한다는 듯 미연은 두 손을 들며 활짝 웃었다.

"이곳만큼 좋은 곳이 또 있을까요?"

'이곳?'

즉, 청성 본가를 의미하는 대답이었다. 잠자코 있던 지섭의 미간이 좁아진 것도 그때였다. 또 무슨 간계를 부리려고 저러는 것인가 빠르게 머리를 굴리는 듯했다. 미연은 몸을 창만 쪽으로 완전히 돌리고 그의 손을 두 손으로 살포시 잡았다.

"오랫동안 집을 떠났던 지섭이가 돌아왔잖아요. 좀 더 확실하게 청성의 후계자를 보여 주고 싶은 마음도 생기고 해서요. 이곳만큼 확실한 곳은 없지 않을까요? 저 역시 여기서 한다면 어떤 곳보다 더 꼼꼼히 챙길 수도 있고요. 아시다시피 저와 지섭이 사이가 대외적으론 그리 좋다고 보이지는 않잖아요. 이번 기회에 제대로 엄마 노릇 하고 싶어서 그래요. 꼭 하게 해 주세요. 네?"

여우처럼 간드러지게, 혹은 천사처럼 부드럽게. 아내의 사랑스러운 달콤함에 창만의 눈이 흐려졌다. 그는 고개를 끄덕였다.

"확실히, 그런 소문들에 대비하는 것도 나쁠 것이 없지. 좋아. 준비해 봐."

창만의 허락에 미연이 고약한 미소를 지었다.

'역시. 이 사람은 아직 내 거야.'

어떤 것이건 중요한 건 결과였다. 미연은 창만의 손을 꼭 잡고 웃고는 시선을 돌렸다. 그리고 똑바로 은재를 보며 말했다.

"그럼 미리 말해야겠지? 주경 씨."

"네?"

갑작스런 부름에 은재가 답하자 미연은 아무렇지도 않게 말을 이었다.

"그날 당일에 주경 씨는 집에서 잠깐 나가 줬으면 해."

그것도 아주 당당하게. 당연히 좋은 말이 나올 거라곤 생각하지 않았다. 다만 저렇게 대놓고 말을 할 줄은 몰랐다. 당황한 은재가 아무 말도 못 하는 순간 지섭이 되받아쳤다.

"갑자기 무슨 말씀이십니까?"

"왜 그런 눈이야. 남들 눈에 띄면 곤란하잖아. 아직 공식적으로 보이지 않기로 했고."

"그렇다고 굳이 나갈 필요까지는 없습니다. 애초에 집에서 하지 않으면 될 일입니다. 허례허식 같은 건 필요 없다고 분명 말씀드렸습니다."

"아니지. 우리 집안의 후계자가 돌아온 걸 간단하게 지나갈 수는 없지. 축하하는 건 당연하잖아. 안 그래요, 회장님?"

이번에도 공은 창만에게 넘어갔다.

"그건 네 어머니 말이 맞다. 정식으로 보여 주는 건 당연한 일이지. 하지만 자네 말도 다 옳지는 않아. 왜 저 아이를 내보내. 아직 제대로 소개할 준비가 되진 않았지만 내보낼 필요까지야……."

"아니요, 회장님. 그 부분이야말로 꼭 필요한 일입니다."

논점이 흐려질까, 행여 제가 준비한 대로 일이 풀리지 않을까 미연은 흔치 않게 창만의 말을 잘라 냈다.

"말 끊어서 죄송해요. 하지만 말씀드려야 할 것 같아서."

창만에게서 손을 뗀 미연이 허리를 바짝 세웠다. 그리고 천천히 팔짱을 끼며 말했다.

"실수로라도 사람들 앞에 나갔을 때, 뭐라고 설명하겠어요. 물론 아직 공식적인 소개는 이르다고 말했던 건 저였지만 중요한 건 그게 아니더라고요."

유난히 뜸을 들이는 통에 은재는 젓가락을 들고 있던 손을 떨었다. 한참 창만과 지섭을 오가던 미연의 눈이 비로소 마지막, 은재에게 다다랐다. 그녀는 짙은 눈 화장 안에 감춰진 까만 눈동자를 그 어느 때보다 빛냈다.

"애초에 그런 건 상관없는 일에, 괜한 말들이었어요."

차분한 음성이 무슨 말을 하려는 것인지 알 수 없었다. 하지만 본능적으로 느껴진 불안감에 은재의 심장이 철렁 내려앉았다. 그녀의 긴장을 읽어 낸 미연이 턱을 살짝 올리며 입가에 미소를 그리며 말했다.

"혼인신고도 아직인 애들한테."

툭.

결국 손에 들려 있던 젓가락 한 짝이 식탁에 떨어졌다. 그와 동시에 은재의 심장도 바닥으로 떨어졌다.

두근두근, 쾅쾅. 그녀의 심장이 미친 듯이 뛰어 댔다.

"지금 이게 무슨 말인가."

"말 그대로예요. 애들이 아직 혼인신고를 하지 않았더라고요."

이내 창만의 시선이 은재에게 닿았다. 속을 알 수 없는 검은 시선에 그녀의 어깨가 들썩였다. 그 불안감을 읽어 낸 듯 지섭이 말을 가로챘다.

"그걸 어디서 어떻게 확인하신 겁니까?"

"임원으로서 막 부임한 이사에 대해 확인하는 건 당연한 거야. 안 그러니?"

틀린 소리는 아니다. 다만.

"부임한 지 한참 지난 지금 말씀이십니까."

이 시점에 '또' 알아봤다는 것은 결코 자연스러운 일이 아니다.

"안 될 거 있니? 숨길 것도 없는데. 왜, 알아보면 안 되는 이유라도 있을까?"

미연은 다시금 여유롭게 웃었다. 적어도 공식적으로 내세울 수 없게 된 상황이라면 누구보다 서둘러서 '기록'을 남겨야 할 텐데 그것조차 하지 않았다.

"안 될 이유는 아니지만, 공적으로 알아보신 걸 사적으로 이용하시니 말씀드리는 겁니다."

"공이나 사나, 결국 네 이야기잖니. 그것도 이런 중요한 기록을 말이야. 설마 엄마로서 그런 것도 하면 안 된다고 말하는 건 아니겠지?"

일반 가정의 평범한 사람들이라면 몰라도 그들에게 '기록'은 중요한 수단이다. 특히나 그 기록 하나로 서로가 가지는 것의 크기가 갈리는 싸움 속에서는 더더욱.

'그런 중요한 일을 하지 않았다는 게 너무 수상하잖아. 안 그래, 정지섭?'

주경을 공식적으로 내보이지 않는 것도 모자라 혼인신고까지 하지 않았다.

'사소하고 작은 꼬투리만으로도 잡아먹히는 우리 사이에서.'

지섭의 말문이 막히자 미연은 마음속으로 쾌재를 부르며 눈웃음을 흘렸다.

"그래도 조금 궁금하긴 하네. 왜 안 했을까? 한국으로 들어온 지 벌써 한 달도 넘었는데. 요즘 사람들 늦게 한다고는 하지만 미국에선 한 걸 한국에서 안 한 건 이상하더라고. 믿음을 주려고 같이 온 한국인데 혼인신고를 하지 않은 덴 뭔가 그럴 만한 이유가 있을까, 해서."

"개인적인 일입니다. 급할 이유는 없다고 생각했습니다."

"물론 그렇겠지. 너희들 일이니까 내가 관여할 일은 아니야."
"그런 뜻으로 드린 말씀은 아니었습니다."
"그런 뜻이건 아니건, 나는 아드님한테 묻는 게 아니야."

은재의 불안감은 더욱 고조되었다. 옆에 앉아 있던 태희 역시 이 상황을 이해하지 못한 듯 그녀를 바라보고 있었다.

모두의 시선이 은재에게 닿아 있었다. 벌렁벌렁 터져 버릴 것 같은 혈관들에 미연은 보란 듯이 망치질을 해 댔다.

"왜 한국에서는 혼인신고를 안 했어요, 주경 씨?"

미연의 미소가 짙어질수록 은재의 머릿속은 패닉에 빠졌다. 지금 중요한 건 혼인신고가 아니었다. 그것을 필두로 시작될 의심이 문제였다. '왜'가 갖는 의심과 의심의 꼬리. 비밀을 가진 이들이 가장 멀리해야 할 장애물 말이다.

'침착해, 침착해. 그냥 대답하면 되는 거야.'

혼인신고, 그게 무슨 상관이랴. 그냥 아직 안 했다고 하면 될 일이었다. 크게 문제 삼을 것도 아니다. 그까짓 한 달, 시간이 없어서 못 했다고 하면 그만이다.

'그렇죠? 맞죠, 지섭 씨?'

나름의 대답을 챙겨 든 은재의 눈이 지섭을 향했다. 믿을 수 있는 유일한 사람은 오직 그 하나였으니까. 그러나 지섭의 시선이 여전히 미연에게 향해 있었다. 무표정한 얼굴에서는 어느 것도 읽어 낼 수가 없었다.

덜컥, 심장박동이 다시 요동쳤다.

'근데 내 말이 잘못된 대답이면? 이런 집안에선 이상한 일이

라면? 문제가 되는 거라면? 혹시 지섭 씨도 당황하고 있는 거라면 어떡해?'

혼잡하게 엉켜 버린 머릿속에 마인드컨트롤이 먹히지 않았다. 어지간한 위기에는 익숙해졌다고 생각했던 간담이 요동쳤다.

"내 말 안 들려요?"

대답하지 못하는 잠깐의 시간을 기다리지 않고 미연은 은재를 재촉했다.

"아니, 아니요. 그게 아니라."

미연의 채근에 안 그래도 터질 것 같았던 은재의 심장은 거침없이 박동했다. 그녀가, 미연이 몸을 좀 더 기울였다. 얇은 입술이 매혹적으로 올라갔다.

어디 해 봐. 딱 그런 표정. 제대로 된 꼬투리를 잡은 얼굴이었다. 무엇보다 창만의 시선에 담긴 의아함이 은재를 가장 괴롭혔다.

"그건."

은재가 제 다리 위에 올린 손을 힘주어 쥘 때였다. 지섭이 그녀의 손을 쥐었다.

"……!"

놀라서 그를 올려보자 지섭의 미소 띤 얼굴이 보였다.

걱정 마.

꼭 그렇게 말하는 것 같았다.

"별거 아닌 걸로 이 사람 주눅 들게 하지 말아 주십시오. 그저 조금 미뤄진 것뿐입니다."

"주눅 들게 하다니? 무슨 말을 그렇게 하니, 너. 나는 그런 것도 못 묻는단 소리야?"

흡사 상처받은 듯 미연의 목소리가 떨렸다. 창만이 미간을 좁히며 지섭을 나무랐다.

"말 함부로 하지 말거라."

이 와중에도 지섭은 은재를 달래듯 손을 쥐고 미연을 보았다. 최대한 트러블 없이 보낼 생각이었지만 이렇게 되면 어쩔 수 없다. 지금 은재의 불안을 덜어 주는 것이 중요했다.

"엄마."

생각지도 못한 도움의 손길이 나오기 전까진. 이 자리에서 미연을 '엄마'라고 부를 수 있는 사람은 단 한 사람뿐이다.

"앞으로 제 방에 함부로 들어오지 말아 주세요. 아니, 언니 방처럼 도어 록 설치해 주세요."

바로 태희다. 갑작스러운 태희의 말에 팽팽했던 긴장이 풀렸다. 미연의 얼굴이 확 찌푸려졌다.

"뭐라고?"

"엄마도 그렇고 고용인들도 자꾸 제 방에 함부로 들어와서 인형들을 가져가잖아요. 제 간식도요."

태희는 야무지게 반찬을 입에 넣으며 말했다. 먼저 반응한 것은 창만이었다.

"그건 또 무슨 소리야. 함부로 방에 들어가다니."

아주 오랜만에 창만과 태희의 시선이 마주쳤다. 태희는 살짝 머쓱한 눈으로 말을 이었다.

"엄마가 시키신 건지 뭔지는 모르겠는데, 고용인들이 들어와서 인형을 버렸어요. 지난번에도 다 가져가서 쓰레기 수거장에 있었고요."

평소라면 절대 하지 않았을 이야기였다. 이미 몇 번이나 반복된 일이라 새삼스러울 것도 없다. 하지만 태희는 맞은편에 있는 은재를 보며 스스로 먼저 제 이야기를 꺼냈다.

"그때 언니가 도와주다가 수거장에 떨어져 다쳤고요."

분명 은재를 위해서였다. 이유는 모르지만 당황스러워하는 그녀를 위해서.

"이런, 고얀! 누가 감히 그딴 짓을 해?"

창만의 분개에 태희의 시선이 미연에게 닿았다. 굳이 말하지 않아도 '누구'가 누구인지 답이 나왔다.

"정말 자네가 그랬나?"

못마땅함이 잔뜩 묻은 물음이었다. 미연이 미간을 좁히며 말했다.

"공부도 안 하고 인형만 만드니까요. 하루 종일 그런 쓸데없는 짓을 하니 제가 어쩌겠어요. 좋은 과외 선생을 붙여도 며칠도 못 가는데. 회장님도 태희 성적표 보셨잖아요. 간식도 몸에 좋지도 않은 이상한 것들만 먹어대니 치울 수밖에요."

"그래도 본인의 허락을 받아야지. 자네가 그런 식으로 나가면 아랫사람들이 태희를 어떻게 생각하겠어."

"회장님, 태희 문제는 제게 일임하시기로 했잖아요."

약간 짜증까지 서린 미연의 말에 창만의 입이 다물렸다. 미연의 기세가 살짝 솟아날 즈음, 태희가 그를 불렀다.

"아, 아빠."

아주 오랜만에 부르는 호칭이었다. 서로 마주할 일도, 대화할 일도 없이 단절되었던 관계가 시작되는 것 같았다. 태희는 조심스레 말을 이었다.

"저는 인형이 좋아요."

"……."

"계속, 만들고 싶어요."

어느 누구에게도 말하지 않았던 솔직한 마음이었다. 은재는 용기를 낸 태희의 말에 가슴이 찌르르 울렸다. 태희는 태희 나름대로 홀로서기를 시작했다. 그 모습에 마음이 동한 건 창만도 마찬가지였다.

"진작 말하지 그랬어. 하고 싶으면 해야지. 그럼, 그래야지. 누구 딸인데."

아버지보다 할아버지가 더 어울릴 나이에 얻은 딸이다. 귀하지 않을 리 없었다. 결국 태희는 원하는 것을 얻어 냈고 미연은 예기치 못하게 뒤통수를 맞았다.

"태희 너는 나중에 다시 얘기하자."

미연은 곁에 앉은 태희만이 들릴 목소리로 읊조렸다. 하지만 태희는 태연히 숟가락을 들었다.

"맛있다."

어느 때보다 밝은 얼굴이었다.

식사는 흐지부지 마무리가 되었다. 잔뜩 긴장하고 있던 탓에 밥을 먹는 둥 마는 둥 했던 은재와 지섭이 식당을 나서며 속삭였다.

"생각보다 빨리 알아냈어."

"제가 어떻게 하는 게 좋을까요?"

"우선 오늘은 최대한 모르쇠로 나가. 내가 나중에 하자고 했었다고, 그렇게만 말해. 나머진 내가 알아서 할 테니까."

든든한 말이었다. 당장 이렇다 할 수는 없지만 그것만으로도 충분했다. 은재는 힘껏 고개를 끄덕였다. 그때, 간드러지는 목소리가 그들을 잡았다.

"지섭아, 주경 씨."

당연히 미연이었다. 황급히 돌아보자 미연은 창만의 휠체어를 끌고 다가오고 있었다. 눈에는 묘한 독기까지 서렸다.

"우리 얘기할 건 마저 끝내야지."

맙소사. 악착같이 따라붙는다. 미연은 이 기회를 놓칠 생각이 조금도 없어보였다.

"왜, 아직도 혼인신고를 안 했느냐니까?"

굳이 창만까지 데려와 묻는다. 반드시 꼬투리를 잡겠다는 심산이 보였다. 미연은 집요하게 말을 이었다.

"아니, 안 한 게 아니라 혹시 못 하는 다른 이유라도 있나?"

거짓말에 익숙하지 못한 은재의 심장에 미연은 가볍게 불을 지폈다. 그녀는 가볍게 돌을 던질 뿐이었다. 그 돌을 잡을지 피할지 아니면 맞아 줄지는 은재의 몫이었다.

"다른 이유는 아니고, 천천히 할 예정이었습니다."

"천천히 언제?"

"조만간……."

"아아, 이해는 했어요. 어쨌든 하긴 한다는 거잖아. 근데 한국은 혼인신고를 할 때 증인 필요한 거 알아요?"

안다. 모를 리 없다. 침묵을 대답으로 생각한 듯 미연이 웃었다.

"그 증인 내가 해 주고 싶어서. 날짜 못 잡았으면 내가 잡아 주고. 두 사람이 필요하니까, 회장님과 같이 가면 딱 좋겠다. 그렇죠?"

미연의 직구에 은재의 심장이 철렁 내려앉았다. 그녀는 지금 떠보는 중이다. '너희들이 이유 없이 아직도 그러고 있을 리는 없어.'라고 말하는 것처럼.

"설마 우리 앞에서 못 할 이유가 있는 건 아니잖아."

다시 예기치 못한 변수가 던져졌다. 어떤 대답이건 '의심'을 부르게 만드는 말이었다. 결국 어떻게든 따라붙겠다는 소리다. 아니, 그냥 이 판을 흔들어 놓겠다는 뜻. 안 그래도 불안했던 마음에 다시 기름이 끼얹어졌다.

온갖 의문들로 넘쳐 버리는 머릿속. 한계에 임박해 붉어진 그녀의 얼굴이 아래로 내려갔다. 꼼짝없이 유부녀가 되기 직전, 그녀의 예민한 신경이 솟구쳤다.

"주경 씨, 자꾸 내 말을……."

그것도.

"우욱."

아주 완벽한 타이밍에.

#9

아직은 이른 오전. 지섭의 차에 오른 은재는 꽉꽉 막혀 있던 숨통을 터트렸다.

"푸하아……."

가슴 속에 꽉꽉 뭉쳐져 있던 숨이었다. 살아오면서 이렇게까지 긴장했던 적이 있던가. 아, 한 번 있다. 귀책금 서류를 받고 사장실로 불려 갔던 뉴욕에서 느꼈었다.

'아니, 어쩌면 이번이 훨씬 더.'

이유는 알 수 없지만 지섭에게선 완전한 적개심이나 거부를 느끼지 못했던 것 같았다. 새삼 떠오르는 당시의 기억에 그를 보자 차의 시동을 건 지섭이 말했다.

"굳이 병원까지 갈 필요도 없이 아직 확인할 수 없다는 얘기를 들었다고만 해도 돼. 초기에는 나오지 않는다고도 하니까. 병원 서류는 제임스가 알아서 정리해 둘 거야."

역시 정지섭이다, 싶을 만큼 꼼꼼한 처리였다. 안전벨트를 당겨 묶은 은재가 아직 전부 가시지 않은 긴장감을 담아 물었다.

"이, 이래도 되는 걸까요? 다, 다른 것도 아니고… 이, 이런. 이런."

이런 엄청난 거짓말이라니. 불과 한 시간 전, 긴장감에 보인 헛구역질의 여파는 엄청났다. 정작 은재 본인도 이해하지 못한 찰나, 지섭이 말했다.

'병원을 좀 다녀와야 할 것 같습니다.'

그때까지도 그녀는 상황을 파악하지 못했다. 그리고 넋 나간 상태로 돌아온 방 안에서 지섭의 말을 들은 후에야 모든 상황을 깨달았다.

'역시 서은재야. 실망시킨 적이 없어.'

그녀의 헛구역질 한 번은 그야말로 엄청난 나비효과를 불러일으켰다. 경악에 물든 미연의 얼굴이 아직도 눈에 선했다.

'새아가?'

놀란 창만의 표정 역시 선명하다.

"아, 아아아."

신음하는 은재를 보며 지섭이 말했다.

"일부러 한 줄 알았는데."

"그렇게 똑똑했으면 여기 있지 않았을 거예요."

단호한 자기평가였다. 졸지에 아이를 가졌을지도 모르는 판국이 된 은재는 울상을 지었다.

"이렇게까지 해도 되는 건지, 정말 모르겠어요."

"신경 쓸 것 없어. 아니라고 하면 그만이고 조금 전 일 때문에 부부 생활을 꾸준히 해 오고 있다고 생각하겠지. 입덧, 아주 자연스러웠어."

부부 생활! 얼굴이 화끈거렸다.

"이, 입덧 아닌데."

"그렇지, 습관."

그녀가 작은 입술을 말아 물고 눈만 깜빡거리자 차를 돌린 지섭이 피식 웃었다.

"혼인신고는 어차피 들킬 일이였어. 미국 서류는 몰라도 한국에서 조작하는 건 쉬운 일이 아니니까. 더 중요한 건 김주경을 공식적으로 내보이지도 않고 혼인신고까지 하지 않았다는 게 의심이 되는 거지. 혹시 당신과 내 사이에 다른 '문제'가 있는 건 아닐까 하는 의심."

"…그럼, 어떻게 해야 할까요? 또 그걸 문제 삼으실 수도 있는데."

"글쎄. 내가 어머니라면 더 이상 혼인신고는 중요하지 않을걸?"

지섭은 묘한 미소를 지으며 은재의 불안을 덜어 냈다.

"아이를 가졌을지도 모를 상황에서 지금 당장 혼인신고는 중요한 게 아니지. 더군다나 우린 이미 미국에서 혼인신고를 한 상태로 알려져 있고. 급할 거 없어. 더 꼬투리를 잡아 봤자 자리를 벗어난 마당에 집요하게 굴 것도 없잖아."

"그럴까요?"

"당연하지. 본인 입으로도 요즘 사람들이 혼인신고를 늦게 한다고 말했으니까."

아마 미연은 집에서 꽤나 초조하게 상황을 기다리고 있을 것이다. 담담한 지섭의 말에 긴장감은 풀렸지만 은재의 얼굴은 좀 더 뜨거워졌다. 너무 아무렇지도 않게 아이를 운운한다.

"이제 괜찮아."

가볍게 던져 준 한마디에 맥이 탁 풀렸다.

"더 이상 문제될 게 없었으면 좋겠어요."

벌어진 일이야 어쨌건 더 거짓말이 늘어나지 않길 바라는 마음에서였다.

"문제는 이미 시작됐어."

그러나 지섭은 단호했다.

"말을 꺼낸 것부터가 이미 의심하기 시작했다는 증거야. 다만 당장 지금 그걸 문제 삼지 않게 만드는 게 우리의 최선인 상황에서 당신 재능이 필요했던 거."

결국 꼬리가 길면 밟히다. 아무리 철저해도 비밀은 드러나기 마련이었다. 중요한 건 그 비밀을 언제까지 지킬 수 있느냐일 뿐.

은재는 볼을 긁적였다. 고치고 싶었던 버릇이 도움이 될 줄이야.

"이것도 재능이 될 줄은 몰랐어요."

"사람이 가진 건 전부 재능이야. 어디에 어떻게 쓰이느냐에 따라 달라지는 것뿐이지. 잘했어. 다, 서은재 씨 덕분이야."

웃는 얼굴에 드러나는 진심에 양 뺨이 발그레 물든다.

"그렇게까지 말 안 해 주셔도 돼요."

"부끄러워하는 얼굴이네."

얼굴이 좀 더 화끈거렸다. 그녀는 고개를 숙이며 옷자락을 매만졌다.

"그런 오해를 받은 게 불쾌해서 그래?"

고개 숙인 은재에 지섭은 조금 오해한 듯했다. 은재는 얼른 팔을 저었다.

"아, 아니요. 그건 아니고, 그냥."

"그냥?"

"하늘을 안 봐도 별 딴 척은 할 수 있겠구나, 싶어서… 조금 억울해서."

"…뭐?"

"아니지, 아니 땐 굴뚝에 연기가 난 건가. 어쨌든 억울하긴 매한가지라."

끼익.

잘 나가던 차가 정문을 나서기 직전 갑작스레 멈췄다. 빠른 속도가 아니라 큰 흔들림은 없었지만 이유 없이 멈춘 차에 놀라 눈을 크게 떴다.

"왜, 왜 그러세요? 무슨 일 있나요?"

"……."

"지섭 씨?"

차가 왜 멈췄는지 조금도 예상하지 못하는 눈치였다. 그는 저도 모르게 잡은 브레이크를 풀고 차를 움직였다.

"…아니, 아무것도."

자신이 무슨 말을 한 것인지 인지가 부족한 그녀를 굳이 깨우치게 해 이 민망함을 나누고 싶진 않았다. 차는 엉킨 감정들을 품고 정원을 나섰다.

"미치겠다, 서은재."

허무하게 스치는 지섭의 말을 은재는 듣지 못했다. 넓고 넓은 정원을 지나쳐 정문을 나가던 은재는 창문밖으로 보이는 광경에 잠시 멍해졌다.

커다란 철문을 지나 아스팔트가 깔린 길을 달리는 차. 주변의 높은 벽들과 가로등 그리고 금방 나타나는 도로.

'그러고 보니까.'

갑자기 너무 긴장하고 놀란 덕분에 생각하지 못했지만.

"저 한국 오고 처음으로 집 밖으로 나오는 거예요."

정원이 워낙 넓고 볼 것도 많아서 깜빡했지만, 이 집의 울타리를 넘어간 적이 없다.

"변한 게 없는 것 같으면서 다 변한 것 같아요. 신기해."

어느새 창문에 붙어 창밖을 바라보고 있는 은재의 모습에 지섭의 입술이 말랐다. 일생 가져 본 일 없는 죄책감이 양심에 붙어 따끔거렸다. 그는 부드럽게 커브를 돌며 말했다.

"미안해."

바란 적 없던 사과에 오히려 은재가 당황했다.

"아, 아니에요. 사과를 받으려고 드린 말씀이 아닌데."

"차라리 욕을 해. 그게 마음은 편할 거 같으니까."

설마 자신이 이런 말을 할 줄 몰랐지만, 저절로 나온다. 은재 역시 지섭의 입에서 나온 그 말이 적잖이 어색했던 모양이다. 그녀는 예기치 못한 사과에 허둥거렸다.

"시간이 가는 줄도 모르고 지냈다고 말씀드린 거예요. 그만큼 생각보다 잘 지냈다고 그런 건데."

"잘 지냈다는 말이, 나와?"

"못 지내진 않았는걸요. 밥도 맛있고 집도 좋고, 베개도 좋고."

"……"

"아, 특히 정원이 정말 좋아요. 예쁘거든요."

할 말을 잃었다. 분명 천하의 겁쟁이인 건 맞는데 이상한 부분에서 남다른 강단을 보여 준다.

"정말이에요."

이 와중에 맛있는 밥을 칭찬할 수 있는 정신력에 감탄하자 은재가 의자에 등을 기댔다.

"분명, 쉬운 곳은 아니라고 생각해요. 사모님은 정말 무서워요. 언제 어떻게 일이 터질지도 모르고요. 아무래도 늘 숨겨야 할 걸 품고 있어야 하니까, 그런데 다르게 생각하면……."

톡 터트리는 비눗방울처럼 은재의 입에서 한숨이 나왔다. 제법 개운한 숨이었다. 그녀는 방긋 웃으며 지섭을 향해 말했다.

"저곳에 사모님 말고 다른 무서운 건 없다는 걸 뜻하니까요. 좋은 사람도 착한 사람도 많아요. 아가씨나 고용인분들, 또, 회장님까지."

그리고 어떻게 보면 지독했던 유학 생활보다 더 여유가 생긴 건 사실이니까. 하나하나 꼬집어서 생활의 풍요로움을 가늠하던 은재의 안색이 살짝 어두워졌다. 그녀의 눈이 창밖으로 향했다.

"다른 무엇보다도 회장님께 죄송해요."

소중한 물건까지 선물로 줄 만큼 다정한 창만을 향한 안타까움이 가슴을 물들였다. 결국 이번에도 커다란 거짓말을 안겨 버렸다. 의도했건 의도하지 않았건 거짓말은 거짓말이다.

"어떤 식으로든 벌, 받을 것 같아요."

쓴웃음이 흘러나왔다. 다른 누구보다도 창만을 향한 이 미안함은 시간이 모두 흐른다고 해도 완전히 사라지지 않을 것 같았다.

"받는 게 마음 편할 것도 같고."

멈췄던 차가 다시 움직였다. 좀 더 빠르게 속도를 내기 시작한 지섭은 흘러가듯 대답했다.

"그 벌은 내가 다 받을 테니까 걱정하지 마."

"……."

"당신만큼은 아프지 않게 할게."

말 속에 담긴 든든함은 어떤 것과도 비교할 수 없을 만큼 단단했다. 듣는 것만으로도 치유가 되는 것처럼.

"네, 걱정하지 않을게요."

"정답이야."

단숨에 마음으로 그의 진심이 닿았다. 순간 시선을 빼앗긴 은재는 지섭의 곧고 수려한 옆선에 매료되었다. 자꾸 입가에 매달리는 미소와 수줍음을 가까스로 말린 그녀는 열심히 내달리는 차에 물었다.

"그런데 어디 가실 곳이 있으신가요? 아니면 볼일이 있으시다든가."

"볼일이라기보다는, 이런 기회를 그냥 넘길 수는 없으니까."

"기회요?"

"뒤에 봐."

갸우뚱한 고개 끝에 은재의 눈이 뒷좌석을 향했다. 그리고 금방 커다래졌다.

"어!"

뒷좌석에 있는 건 분명 창만에게서 받은 카메라가 든 가방이었다. 놀라서 돌아본 지섭은 대수롭지 않게 말을 이었다.

"출사 가야 하잖아?"

일부러 신경 쓴 이벤트 아닌 이벤트. 분명 은재가 좋아할 것이라 생각하고 가져온 카메라였다. 그 순간 은재의 얼굴로 환한 미소가 번졌다. 온 마음, 온 기쁨을 다한 미소.

두근두근.

그의 몹쓸 심장이 뛰었다. 잠시 그녀를 보던 지섭이 시선을 바로 했다.

'미치겠다.'

그의 얼굴이 붉었다.

-필요한 자료는 메일로 보내 두고 가장 급한 건은 휴대폰으로 보내. 틈틈이 확인 할 테니까.

출근을 하지 못하겠다는 지섭의 통보였다.

갑작스럽고 일방적인 통보에 막 출근을 하려던 제임스의 머리가 복잡해졌다.

"갑자기 이렇게 출근을 조정하시는 것은 좋지 않습니다. 평판에 아주 약간의 흠집도 조심하셔야 할 때인 것, 아시지 않습니까. 혹시 무슨 큰일이 있으십니까?"

-안 그래도 그것 때문에 연락한 거야. 청성 산하 병원에 주치의…….

"어디 아프십니까?"

-아니, 그게 아니라 병원 주치의 중에 산부인과 쪽으로 사람 하나 만들어.

부르릉, 틱. 시동을 켜던 제임스의 손이 멈췄다. 백미러에 비친 그의 눈이 사정없이 흔들리고 있었다.

"…잘, 못 들었습니다?"

-군대도 안 나온 놈이 왜 다나까야.

"이사님."

-산부인과. 배경 없고 입 무거운 쪽으로. 그리고 김주경 이름

으로 진료 소견서 작성해 놓고.

"예?"

-왜.

"아니."

-뭐.

"제가 이해를."

-근데.

부하의 당혹과 패닉 따윈 아무래도 상관없는 듯 지섭은 태연했다. 헉, 거칠게 숨을 들이켠 제임스가 답지 않게 더듬거렸다.

"이, 이사님, 제가 지금 이해를 잘 못해서 여쭙습니다마는, 지금 그 말씀이 어떤 말씀이신지. 다른 곳도 아니고 왜, 어째서 갑자기 산부인과가."

-별일 아니야. 입덧이 있어서, 아니, 헛구역질 덕분에.

"……."

-아무튼 부탁해.

전혀 이해 못 할 설명을 끝으로 전화는 끊겼다. 제임스는 한동안 멍하니 앉아 이 상황을 파악하려 노력했다.

입덧? 입덧이라니? 결국 일그러진 그의 입에선 좋지 못한 소리가 나왔다.

"이 자식 뭐라는 거야?"

헛구역질이 만들어 낸 나비의 날갯짓은 하극상까지 불러일으켰다.

꽤 오래 차가 달리는 동안 은재는 어느새 잠이 들었다. 집이 아니라는 것만으로도 마음에 평화가 왔는지 미동도 없이 곤히 잠에 빠졌다.

"으음."

그렇게 모자란 잠을 충당하기를 한창, 서다 멈추다를 반복하는 흔들림에 눈이 떠졌다.

"숲?"

잠들기 직전까지 보였던 높고 빽빽했던 빌딩들은 보이지 않았다. 초록빛이 가득히 물든, 청성 일가 정원과도 비슷한 곳이었다.

"여기가, 어디에요?"

"근교 공원. 사람은 좀 많겠지만 나쁘지 않을 거야."

평지 숲길을 따라가던 차가 완전히 멈춘 곳은 차들이 빼곡한 주차장이었다.

"정원을 좋아하는 것 같아서 와 봤는데. 괜찮아?"

시동을 끄며 물은 지섭의 말에 은재는 얼른 고개를 끄덕였다. 벌써 상기된 뺨이 반짝거리고 있었다.

"제가 오래 잤나요?"

"잠깐 30, 40분 정도. 인천에 있는 대공원이야."

"너무 좋아요. 정말이에요."

3년 만에 돌아온 한국에서의 첫 외출은 시작부터 사람을 고양되게 만들었다. 은재는 얼른 카메라 가방을 들었다. 그리고 간식 기다리는 강아지처럼 지섭을 올려보았다.

"드, 들어가도 될까요?"

굳이 허락받지 않아도 될 것까지 물어 가는 그녀를 보며 지섭은 애매한 표정을 지었다. 이렇게 보면 이런 겁쟁이도 따로 없다. 그럼에도 잘 버텨 내고 있는 모습이 고마워 미소 짓는 그에게 은재가 말했다.

"그럼 금방 다녀오겠습니다!"

"뭐?"

전에 없이 밝고 큰 목소리로 인사를 한 은재는 꾸벅 허리를 숙였다. 그리고 힘차게 대공원 입구로 향했고 지섭은 서둘러 그녀를 잡았다.

"서은재!"

갑작스레 나온 제 이름에 몇 걸음 걷던 은재가 깜짝 놀라 돌아보았다. 저렇게 크게 이름을 불러도 되는 걸까, 하는 마음에서였다.

'아, 밖이지.'

놀란 가슴으로 돌아서던 그녀는 이내 이곳이 청성가가 아님을 깨달았다.

"너무 몰입했나 봐."

머쓱하게 뒷머리를 긁적거린 은재는 다시 다가와 물었다.

"무슨 하실 말씀 있으세요?"

세상 순진한 질문에 지섭은 기가 막혔다. 그녀의 머릿속엔 '함께'라는 키워드 자체가 없는 것 같았다. 적어도 지섭과 함께하는 것은 더더욱. 그는 차분히 되물었다.

"혼자 가겠다고?"

"네."

"여기를 같이 왔는데?"

"아, 데려와 주셔서 감사합니다."

"그게 다야?"

"…네?"

말 자체를 이해하지 못한 은재가 고개를 갸웃거렸다. 돌려 말해 봐야 시간 낭비임을 깨달은 지섭이 물었다.

"보조 필요하지 않아?"

"예에? 아후, 제가 무슨 보조를요."

"가방까지 들고 제대로 찍긴 어렵지 않나. 거기에 삼각대도 들어 있는 모양이던데."

그의 말처럼 가방이 무겁긴 하다. 카메라에 삼각대, 배터리까지 들었으니 제법 무게가 나간다.

"아!"

그제야 은재가 눈을 크게 뜨며 당혹스런 표정을 지었다.

"설마 사람까지 구해 주셨어요?"

"……."

듣는 사람도 당황스러운 결론이었다. 지섭은 지나치게 독립적인 그녀를 탓하는 대신 행동으로 보여 주었다. 그는 은재의 왼쪽 어깨에 걸린 가방을 가져가 제 어깨에 얹었다.

"가자."

"지, 지섭 씨?"

긴 다리로 금방 멀어져 가는 지섭의 뒷모습에 은재는 재빨리 뒤따르는 수밖에 없었다.

카메라는 기기 자체가 갖는 특유의 묵직함과 무게를 가지고 있었다.
'좋아.'
약간의 서늘함과 함께 손에 쥐어지는 묘한 촉감 역시 기분 좋은 짜릿함이 느껴졌다.
'이 느낌이었어.'
물론 제 손에 익은 것이 아니기에 완전히 맞는다곤 할 수 없지만 그간 많은 손을 탔는지 그립감이 따뜻하고 부드러웠다. 집에서 만지던 것과는 또 다른 느낌으로 자리를 잡고 섰다.
괜히 떨리는 마음으로 카메라를 들고 숨을 고른 그녀는 하늘 높이 뜬 태양 아래 가만히 빛을 가늠했다.
"사선으로 기울었으니까, 이쪽으로 좀 기울이면 되려나."
최고는 아니지만 만족할 만한 날씨.
은재는 빛을 좋아했다. 빛을 이용한 구도와 그림자, 배경 속에 담긴 인물의 서사를 그리는 것을 굉장히 즐겼다. 결코 쉬운 작업이 아니라 한 장의 사진을 찍기 위해 지나치게 시간이 오래 걸린다는 단점이 있지만 그것조차도 그녀에겐 유희이자 즐거움이었다.
"역시 명기는 명기야."
"서은재 씨?"
"최고야, 짜릿해."

"……."
"어, 새다."
지섭의 말은 조금도 들리지 않는 듯했다.
찰칵.
렌즈를 지난 사진이 카메라 액정으로 들어왔다. 요즘 나오는 것과 달리 작은 액정이지만 충분히 어떤 느낌으로 찍혔는지 알 수 있었다.
"반사가 심한가."
연신 혼잣말을 중얼중얼. 그녀는 어느새 혼자만의 시간에 빠져들었다. 진지하게 구도를 잡는 은재의 모습을 지섭은 조금 떨어진 벤치에 앉아 지켜보았다.
"저렇게 좋아할 줄은 몰랐는데."
자신만의 세계를 담는 그녀의 모습은 더없이 빛나고 있었다. 지섭은 따사로운 태양 아래 선 은재에게서 시선을 떼지 못했다.
'진짜' 서은재는 아름다웠다. 눈부시도록 예뻤다. 이 가슴의 고동이 당연할 만큼.
"곤란해."
늘 옳은 답을 내는 그의 입이 그녀에 대해선 언제나 의문을 갖는다.
"정말, 아주 많이."
지섭은 쓴물이 올라오는 목에 고개를 돌렸다. 은재가 늘 느끼는 죄책감이 그의 가슴으로도 피어올랐다. 시간은 조금 더 흘렀다. 약간 기울어 있던 해가 머리 위에 뜰 정도의 시간이 지났다.

점점 카메라와 하나가 되어 가던 은재의 귀로 낯선 이들의 목소리가 들린 건 지나가던 아이의 뒷모습을 찍던 때였다.

"진짜 잘생겼지."

"연예인인가?"

"아까부터 여기 있던데? 주변에 다른 사람도 없고."

"그럼 그냥 놀러 온 건가 보다."

작은 소곤거림에 집중력이 흐트러진 그녀는 카메라를 내렸다. 그리고 곁에 선 여자들의 대화 끝에 있는 그에게로 눈을 돌렸다.

나무 아래 벤치. 그림자가 낮게 깔린 그곳엔 지섭이 있었다. 검은 면바지에 넥타이도 없는 하얀 와이셔츠를 입은 그는 그 자체만으로도 완벽해 보였다. 여자들의 소곤거림처럼 그림 같아 보였다.

"가서 번호 달라고 해 볼까?"

"으응, 아니."

"왜?"

"좀 무서워. 너무 차가워 보이잖아. 저런 사람은 그냥 보는 걸로 충분해."

키득키득거리는 그들의 대화에 은재의 입술이 말랐다. 정말 이 세상에 헌팅을 당하는 사람이 있긴 하구나, 싶다가 무서워 보인다는 말에 의아해졌다.

'뭐가 무서워?'

이해 못 할 말에 다시 지섭을 바라보았다. 그는 무표정한 얼굴로 지나가는 사람들에게 눈을 두고 있었다. 미소가 머금어져 있던 입가는 무심했고 눈동자 역시 차갑게 보였다.

"…아."

차갑다. 냉정하고 매섭다. '진짜' 정지섭을 보는 것처럼. 내내 잡아내지 못하던 그 사람의 이야기가 그에게서 퍼져 올랐다.

어느새 은재는 카메라를 들어 올렸다. 그리고 동그란 렌즈 안에 완벽한 피사체가 된 지섭을 담았다. 기잉, 카메라가 묘한 소리로 울었다. 안타깝게도 그녀는 그를 완전하게 담아낼 수 없었다.

안타까움, 아쉬움. 이어 아찔한 떨림. 렌즈를 매개체로 정신없이 훔쳐보는 지섭의 모습에 은재의 심장은 미친 듯이 뛰어 댔다. 마치 카메라까지 하나가 된 것처럼 고동 했다. 그때 렌즈 속 그가 고개를 돌렸다.

"……!"

정확히 시선이 닿았다. 꼭 뚫릴 것처럼 곧장 다가온 시선에 은재는 손에 쥐고 있던 카메라를 놓치고 말았다.

"아!"

휙, 하고 떨어진 카메라에 놀라는 순간, 그녀의 뒷목이 무겁게 조였다.

"어억!"

은재의 뒷목을 후려치듯 조인 건 카메라와 연결된 끈이었다. 혹시나 하는 상황에 그 끈을 목에 걸고 있던 덕분에 카메라가 바닥으로 떨어지진 않았지만 묵직한 무게에 목이 뻐근하게 아려 왔다.

"으으… 아파."

은재는 잠깐 나갔던 정신을 돌아오게 만드는 통증에 뒷목을 잡으며 겨우 몸을 세웠다. 그 사이 방금 전 무표정했던 것은 온데간데없이 웃는 얼굴을 한 지섭이 다가와 있었다.
"우아, 아니!"
연달아 놀란 그녀가 뒷걸음질을 치자 그는 은재의 팔을 잡았다.
"왜 도망가."
"예? 도망은 아니고요."
"도망가지 말고 찍어."
주어 없는 일방적인 말에 그녀의 눈이 핑핑 돌았다. 안 그래도 카메라 들이밀고 있던 것이 찔리던 참이었다. 혹시 비꼬는 건가 눈치를 살피자 기분 나쁜 얼굴은 아니었다. 그는 은재의 목에 걸린 카메라를 가리켰다.
"나 찍으려던 것 같은데."
"죄송합……."
"사과 말고 찍자고."
가볍게 사과를 자른 지섭이다. 그는 어물거리는 은재를 당겼다. 갑작스러운 힘에 그녀가 놀라자 지섭의 입꼬리가 당겨 올라갔다.
"같이 찍자는 말이야."
그러곤 제 주머니에서 휴대폰을 꺼내 은재에게 건넸다.
"가, 같이요?"
"그래, 같이. 부부끼리 왜이래?"
능글맞은 말에 얼굴이 활활 타오른다. 난데없이 함께 사진을 찍게 생긴 그녀는 정신이 없었다.
"지섭 씨."

"웃어 봐."

"이, 이렇게 남는 걸 찍으면 안 될 거 같아요. 이런 기록이 남으면."

당황스럽지만 이성은 남아 있었다. 이런 흔적이 남아 버리면 모든 계약이 끝날 때 정리할 것만 늘어날 뿐이다. 현재를 잊지 않은 그녀의 말이 당연함에도 지섭에겐 조금 야속하게 들렸다.

그는 조금 더 강하게 은재의 어깨를 안았다. 그녀의 몸이 지섭에게 가까이 닿았다. 지섭은 은재의 손을 들어 올렸다.

"돼."

"……."

"남겨."

단호한 말에 가슴은 또다시 철렁 내려앉았다. 허공에 뜬 휴대폰 액정으로 두 사람이 나란히 비췄다. 빛을 받은 두 사람의 얼굴이 조금은 어색하게, 조금은 애틋하게 머금어진다.

'숨 막혀.'

가늠할 수 없을 정도로 빠르게 뛰는 심장 소리를 숨기기엔 숨이 모자랐다. 때문에 들어 올린 손이 떨려 제대로 된 사진을 찍을 수가 없었다.

"서은재."

그녀를 부른 지섭의 손이 휴대폰을 쥔 은재의 손을 감싸 쥐었다.

"자, 잠깐."

벅찬 심장박동에 주변이 하얗게 변했다. 그녀의 두 손을 받쳐 쥔 커다란 손이 뜨거웠다. 떨림조차 삼켜 버리는 그의 손아귀에 조금은 늦게, 액정에 비친 지섭이 보았다.

카메라 렌즈가 아닌 자신을 바라보고 있는 그의 모습을. 자신을 향한 지섭의 시선에 홀린 것처럼 은재의 고개 역시 그에게 향했다. 지나치게 가까운 거리, 숨이 공유되는 짧은 거리에서 그의 짙은 눈동자가 보였다. 아니, 지섭은 가까워지고 있었다. 조금씩 천천히 더욱 다가오고 있었다.

당장 입을 맞출 듯 가깝게.

찰칵.

번쩍 정신이 드는 소리가 났다.

"……!"

손가락 하나만큼의 거리가 남았을 때 울린 소리에 다가오던 그가 멈췄다.

"웃."

제 입술을 문 은재가 몸을 움츠렸다. 지섭은 그녀의 어깨를 쥐었던 손으로 그녀의 뒷머리를 감쌌다. 사르륵, 부드러운 머릿결이 손가락을 타고 흘렀다.

"후우."

그의 낮은 숨소리가 닫혀 버린 은재의 입술을 향해 속삭였다.

"숨 쉬어."

장난 같은 말이었다. 허스키하게 가라앉은 음성에 은재의 두 손이 그를 밀어 냈다.

"쉬, 쉬어요. 쉬고 있어요."

강하지 않은 손길에 지섭이 밀려나자 그녀는 막혔던 숨을 토해 내며 겨우 말했다.

"다른 건 아, 아니고 조금 놀라서 그랬어요! 너무 가까워서. 하하, 원래 셀카로 찍으면 이렇게 되는 건가 봐요. 제가 셀카는 잘 안 찍어서, 하하."

횡설수설. 심장이 너무 빨리 뛰고 있었다. 은재는 휴대폰을 그에게 건네고 재빨리 몸을 돌렸다.

"이, 이만 가요!"

금방 멀어지는 그녀를 보던 지섭의 손으로 힘이 들어갔다.

"곤란해."

저도 모르게 중얼거린 한마디였다. 부정하고, 부정하고, 또 부정하는 마음이 자꾸 피어난다. 빠르게 멀어지는 그녀의 뒷모습에 지섭은 입술을 물었다.

"욕심."

언제부턴가 덩치를 불리기 시작한 마음이 느껴진다. 가까워지면 가까워질수록, 닿으면 닿을수록 의문은 확신이 되고 확신은 사실이 된다.

"후우."

그는 얼굴을 쓸어내리며 아직 전부 지우지 못한 욕심을 가렸다.

"서은재."

조금 전의 거리로 경계가 허물어지는 소리가 들렸다.

조금만 더 어두웠다면.

조금만 더 조용했다면.

조금만 덜, 겁에 질려 있었더라면.

하얀 얼굴에 눈물이 맺히더라도 삼켜 버렸을 텐데.

"아직 모르는 거란 말이지."
"좀 더 시간을 두고 봐야 확실해질 것 같습니다만, 아직은 아닐 것 같습니다."
지섭의 말에 창만은 찻잔을 들었다. 옆에서 진심이라곤 요만큼도 없는 대꾸가 이어졌다.
"어머, 아쉬워라. 회장님도 나도 많이 기대했는데."
간사한 말에 지섭이 눈웃음을 지었다.
"그러셨습니까. 두 분을 위해서라도 노력하겠습니다."
태연한 비꼼에 미연의 눈썹이 꿈틀댔다. 창만이 흠, 목을 가다듬었다.
"아니다. 그런 건 너희들이 알아서 할 문제야. 급하게 생각할 것 없어."
창만이 말했지만 미연은 코웃음을 겨우 삼켰다. 헛구역질까지 하는 마당에 '아직' 소리가 나오는 걸 보면 아닐 게 분명했다.
'그럼 그렇지.'
두 사람이 청성 지정 병원에 들렀다는 것은 이미 윤정에게 보고를 받았지만 결과까진 알 수 없었다. 이렇게 확답을 듣고 나니 그녀의 숨통이 좀 트였다. 좋은 열쇠였던 '혼인신고'는 더 못 쓰게 되었지만.

"생각보다 오래 걸리던데, 어디 다녀왔어?"

"나간 김에 바깥바람 좀 쐤습니다. 이 사람 한국에 온 후로 제대로 나간 적이 없어서요."

"아, 그랬겠네. 하긴 집 안에 익숙해지느라 바빴을 테니까."

본래의 여유를 찾은 미연의 시선이 은재에게 향했다. 얌전히 앉아 있던 은재가 고개를 들었다. 창만이 말했다.

"흠, 그래. 어떤 것이건 좋으니 몸 상태는 꾸준히 체크하는 게 좋겠다. 안색도 창백하고 피곤해 보이는데."

"걱정해 주셔서 감사합니다, 아버님."

"얼마 전에 사고까지 당한 마당이라 걱정이 많았다. 차라리 홀몸인 게 새아가에게는 더 나을 것 같구나. 지섭이 네가 안사람 확실히 챙기도록 해. 낯선 데 와서 고생이 이만저만이 아닐 거다."

"예, 아버지."

지섭은 묘한 이질감을 느꼈다. 아버지에게서 은재를 생각해 주는 깊은 마음이 느껴졌다. 미연의 말과 의견에만 동조하고 움직여 왔던 그의 모습을 생각하면 의외였다.

"새아가 너도. 스스로도 챙겨야 해."

창만의 조언에 은재의 눈이 살짝 흔들렸다. 저 말이 단순히 새 식구를 향한 걱정일지도 모르지만.

"죄송합니다."

마음 한구석 푹푹 박히는 죄책감은 쉬이 사라지지 않았다. 뜬금없는 사과였지만 지섭은 그것이 어떤 마음인지 알았다. 그는 쓴 입맛을 감추고 대신 말했다.

"어른들 놀라게 한 게 쭉 마음에 걸린다더니 그것 때문에 그러는 것 같습니다. 그리고 혼인신고는 걱정 마십시오. 이것저것 신경 쓸 것이 많아 중요치 않게 생각했습니다. 그 문제는 저희가 때 맞춰서……."

"그거야 너희들이 알아서 할 일이지. 정식으로 소개된 것도 아니니 그때 맞춰 해도 나쁠 건 없어. 그렇다고 달라지는 건 없을 테니까. 네 어머니 말은 신경 쓸 거 없다."

혹시나 모를 미연의 꼬투리를 방지하기 위해 꺼낸 말은 창만이 받고 미연에게 물었다.

"그렇지?"

정해져 있는 답을 요구하는 눈치에 미연은 속으로 혀를 찼다. 일단 일보 후퇴였다.

"네. 굳이 그걸로 채근하고 싶은 마음은 없었어요. 그냥 확실히 하는 게 주경 씨 마음에도 편할 것 같아서. 마음에 걸리게 했다면 미안해요."

더 나아가 봤자 이득 될 것 없다고 생각하는 모양이다.

"아닙니다. 신경 써 주셔서 감사합니다."

얌전한 감사 인사에 미연이 방긋 웃었다.

"그럼, 내가 신경 써야지, 누가 신경 쓰겠어."

말에 가시가 박힌 것 같지만 굳이 신경 쓰지 않았다.

토닥토닥. 지섭은 무사히 넘긴 고비에 당겨 오는 목을 가다듬고 은재의 어깨에 손을 올렸다.

흠칫.

살짝 놀란 그녀를 지그시 누른 그는 창만과 미연에게 말했다.
"이 사람 몸이 안 좋은 건 맞는 것 같아서 들어가 봐야 할 것 같습니다."
"그래야지. 들어가서 쉬도록 해. 식사도 편하게 그쪽으로 보낼 테니 오늘은 나올 것 없다."
"감사합니다."
창만의 배려에 몸을 세우는 지섭을 따라 은재 역시 일어섰다. 어쩐지 여전히 혼이 빠진 얼굴이었다.

방으로 돌아가는 동안 은재는 깊이 침묵했다. 방에 도착해 의자에 앉을 때까지도 그녀는 아무 말도 할 수 없었다.
'이렇게까지 신경 쓸 것 없는 일인데. 왜 자꾸 이러는 거야.'
지금 은재는 자신을 탓하는 중이었다. 다른 게 아니라 공원에서 지섭과 닿았던 거리 때문이었다. 그리고 그 거리가 준 망상 때문에 더더욱.
'이상한 착각 하지 마.'
그녀는 머리를 흔들었다. 자꾸 고약한 상상이 머리를 채운다. 가까운 거리였다. 함께하게 된 지금까지 중 가장 가까웠다. 고작 손가락 하나만큼의 거리를 잊을 수가 없었다.

'숨 쉬어.'

낮고 짙었던 지섭의 목소리가 기회만 생기면 귓속을 파고들었다. 숨을 쉬지 못한 것도 놀라서 긴장한 것도 모조리 들켜 버린 거다.

'키스하는 줄 알았어.'

그럴 리 없다는 걸 알면서도 그렇게 생각해 버렸다.

'그러면서도 가만히 있었고.'

그렇게 생각했으면서도 지섭을 밀어 내지 못했다.

왜? 모르겠다. 그 순간 가장 먼저 든 것은 참기 어려운 부끄러움이었다. 속내까지 전부 들통나 버린 것처럼 부끄럽고 창피해 어쩔 줄을 몰랐다. 차를 타고 집으로 돌아오던 때에도 마찬가지였다. 아니, 지금까지도.

'놀린 건가?'

괜한 자격지심에 든 결론이었다. 하지만 곧 고개를 저었다.

'그런 식으로 놀리는 사람은 아니야. 잘은 몰라도 그럴 사람은……'

"많이 피곤해 보이는데, 좀 누워 있는 게 좋을 것 같아."

"…네?"

은재의 걱정을 놀리듯 담담한 지섭의 목소리가 들렸다.

그녀의 서먹함 때문인지 그도 제대로 말은 건 것은 공원 이후 처음인 것 같았다.

"아, 그게."

바짝 오른 정신에 은재는 손을 흔들었다.

"오늘 것도 그렇고 그간 카메라로 찍은 사진들을 정리해야 해서요."

절대 제대로 쉴 수 없는 걸 알기에 댄 제법 그럴싸한 변명이었다. 근거 있는 이유에 지섭은 셔츠 단추를 풀며 대답했다.

"그럼 난 씻고 서재로 갈 테니까 하고 있어."

"……."

"노트북은 방에 있는 거 써도 돼."

그것도 아주 무덤덤하게. 너무 무심해서 감정이 없는 것은 아닐까 싶을 정도였다. 평소와 다를 것 없는 태도인데.

'뭐야, 왜 나 속상해해?'

그 태도에 마음 한구석이 시렸다. 얼굴까지 화끈거렸다.

"서은재 씨?"

혼자만의 혼란이라는 게 이렇게 부끄러울 줄 몰랐다. 아니, 황당하게도 야속하기까지 했다.

"이게 뭐야."

저도 모르게 혼잣말이 흘러나왔다. 그녀의 굳은 얼굴에 지섭이 미간을 좁혔다.

"왜 그래, 어디 아파?"

정신이 들었다, 나갔다 반복을 한다. 왜 이런 혼자 앓이를 하고 있는 건지 알 수 없었다.

"아까부터 계속 말이 없잖아."

걱정을 하는 것 같은데 이해 못할 거리가 느껴졌다. 은재의 속이 이상하게 뒤틀렸다.

"…정말 괜찮아요."

"솔직히 말해도 돼."

"아니요, 진짜예요."

그녀는 마른 목으로 침을 삼키며 테이블에 놓인 노트북을 켰다.

"해야 할 게 많아서 약간 예민해진 것 같아요."

저도 모르게 딱딱해진 말투였다. 아차 한 은재가 얼른 말을 이었다.

"오랜만에 출사 나간 거라 좀 들떠서 그랬나 봐요. 저 정말 아무렇지도 않아요."

아무렇지도 않아야지. 당연히. 하지만 심란한 마음이 쉽게 나아지지는 않았다. 그녀는 결국 지섭에게 말했다.

"시간이 좀 걸릴 것 같아서요. 이건 다 하고 자고 싶어서 그런데, 서재는 제가 갈게요."

반항 아닌 반항이었다. 아무리 봐도 어색한 반응이었지만 지섭은 그것을 용인했다.

"그게 편하면 그렇게 해."

그녀를 위한 것임이 분명한 말이었다. 배려 아닌 배려. 곧 그가 욕실로 들어갔고 은재는 멍하니 앉아 중얼거렸다.

"누가 보면 진짜 키스라도 한 줄 알겠어."

헛웃음이 나왔다. 알 수 없는 일말의 기대감이라도 있었던 걸까. 그가 정말로 자신에게 키스라도 할 거라는 기대감 말이다.

"멍청이."

은재의 고개가 툭 떨어졌다.

"그럴 리가 없잖아."

쏴아아.

무심하게도 욕실에선 샤워기 소리가 들리기 시작했다.

쏴아아.

실수했다. 그것은 실수였다. 본능에 치우쳐 이성을 잃은 결과였다. 그녀와의 거리는 지나치게 가까웠다. 가까워진 거리만큼 짙게 풍기던 은재의 향에 지섭은 당장이라도 그녀를 당겨 안을 뻔했다.

의식하기 시작했던 그녀의 향기가 아슬아슬하던 경계를 허물었다. 마치 동물이라도 된 것처럼, 고삐 잃은 말이라도 된 것처럼 위험했다.

손에 닿은 그녀는 부드러웠고 오밀조밀한 이목구비는 지나치게 유혹적이었다. 가슴을 밀어 내던 손이 아니었으면 앞뒤 생각하지 않고 덤벼들었을지도 모른다.

"…후우."

차가운 물이 지섭의 목을 적셨다. 고작 그 거리에 반응한 몸으론 아직 열이 가득했다. 그는 물이 흐르는 손바닥을 펼쳐 내려다보았다.

현실과 이상을 오가는 손바닥의 열기가 차가운 물까지 뜨겁게 달아오르게 만드는 듯했다.

"김주경."

그것은 목줄처럼 옭아맨 계약. 그가 만들었고 그가 시작했으며 결국 끝이 날 관계의 흔적.

"서은재."

아른아른, 이 손 안에 안고 조금만 힘을 주면 부서질 것처럼 연약한 몸이 눈에 서렸다. 그의 두 손이 세게 주먹을 쥐었다.

"그렇게 동요해 버리면, 더."

더 괴롭히고 더, 다가서고 싶어진다. 아무것도 생각하지 않고 짐승처럼.

한참 동안 차가운 물에 몸을 식힌 그는 허전한 아랫도리만 수건으로 두르고 욕실을 나섰다. 평소라면 옷을 모두 갖춰 입을 테지만 지금은 은재가 없을 거라 생각해서였다.

달칵.

툭툭, 젖은 머리를 수건으로 털며 욕실을 나서던 지섭은 복잡한 머리를 가까스로 정리했다. 그나마 열이 가라앉아 위험하게 넘실대던 본능보다 이성이 앞선 것 같았다.

툭, 데구루루.

그러나 작은 소리와 함께 굴러온 볼펜에 걸음이 멈췄다. 그는 발가락에 막혀 멈춘 볼펜을 집어 들고 눈을 들었다. 창백한 얼굴이 보인다.

"…서재로 간 줄 알았는데."

얼굴의 주인이 꼴깍 침을 삼켰다.

"그, 그게."

맨몸.

맨몸이다.

#10

맨. 몸.

벗은 몸. 걸친 것 하나 없는 날 것 그대로의 몸.

"어, 어억. 억."

고작 수건 한 장으로 가린 남자의 몸이 그녀의 눈앞에 있었다. 머릿속에 온갖 기호들이 넘쳤다.

"아니, 제가, 제가 나갔어야 했는데요. 다른 생각을 하다가, 머리가 복잡해서."

은재는 화끈거리는 눈앞에 횡설수설했다. 이 당황스러움은 그거 그가 벗고 있어서가 아니었다. 외모만큼이나 완벽한 몸때문도 아니었다. 정지섭이 진짜 '남자'로 밀려들어 온 탓이었다.

"죄송합니다!"

그녀는 두 손으로 눈을 가리며 우렁차게 사과했다.

"……."

지섭은 잠시 놀란 마음을 금방 달랬다. 그리고 굴러온 볼펜을 테이블에 놓기 위해 다가갔다.

"흡."

은재가 흠칫 몸을 움츠렸다. 어쩔 줄 모르는 그녀의 모습에 그는 씁쓸해졌다.

"서은재 씨를 배려하지 못했어."

"…네?"

넌지시 내놓는 말귀에 은재가 감았던 눈을 떴다. 살짝 벌어진 손가락 사이로 까만 눈이 보였다.

"무슨, 말씀이세요?"

조심스러운 질문에 지섭이 쓰게 웃었다. 본의 아니게 가까워졌던 거리에 들떴던 것은 저 하나뿐이었을까. 은재에겐 그저 불편한 것에 불과했나.

"말 그대로야."

그것이 지섭을 씁쓸하게 만들었다.

"신경 쓰지 마."

다시 은재의 눈이 휘둥그레졌다. 그는 볼펜을 안쪽으로 굴리며 말을 이었다.

"단순히 그런 일이 있었던 거야. 아니, 없었던 일이라고 생각해. 서은재 씨 하는 게 재미있어서 내가 장난을 쳤어. 놀라게 했다면 미안해."

지금 지섭이 할 수 있는 것은 그것뿐이었다. 아무도 믿을 곳 없는 이곳에 자신조차 은재에게 부담으로 여겨지고 싶지 않았다.

"앞으로 그럴 일 없어."

이것은 그가 그녀에게 할 수 있는 최선의 배려였다. 최선이자 최악의 배려.

"…아, 네."

대답은 했지만 뒤통수가 얼얼해지는 것 같았다. 지섭의 벗은 몸조차 희미해졌다. 그사이 그가 드레스 룸으로 들어갔다. 허탈함에 긴장감이 퍽 터졌다.

'그러니까 장난 좀 친 거다, 이거지. 내가 하는 게 웃겨서?'

뭔가 가슴에서 확 불이 올랐다. 허둥지둥 어쩔 줄 모르고 고민하던 자신이 억울해졌다.

"나 혼자 뭐 하는 거야."

창만과 미연의 대화에도 제대로 집중 못 할 정도로 흐트러진 정신이 우습다. 헛웃음이 나왔다. 그의 사과에 더더욱 마음이 어두워졌다.

"혼자 들떴어."

바라지도 못할 것에 혼자서. 지섭이 옷을 갈아입고 드레스 룸에서 나왔다. 그의 행동 하나하나에 묻어나는 매너가 보였다. 그간 함께해 오면 당연히 알 수 있는 일이지만 지섭은 무신경하지 않다. 언제나 그녀를 신경 써 준다.

"사과를 하신다는 거, 저를 배려해 주시는 거겠죠."

속삭임 같은 작은 말에 지섭은 굳이 부정하지 않았다.

"아마도."

"더 신경 쓰지 말라는 말씀, 이시죠. 제가 허우적거리는 게 귀찮아서가 아니라."

"그럴 리가 없잖아."

단호한 대답이었다. 역시 정지섭은 그런 사람이다. 편한 잠자리를 내주는 것도 마다 않는 사람. 그래서 은재의 마음을 조금 더.

"보세요."

곤란하게 하는 사람.

"친절하시잖아요."

허탈하기까지 한 그녀의 말에 지섭이 말했다.

"잘못하고 있는 걸로 들리는데."

"저번에도 말씀드렸지만 너무 친절하시면 저는 오해하고 말아요. 쓸데없는 생각이 많아서 빈 주머니만 던져 줘도 하루 종일 고민하는 사람이거든요."

한탄과도 같은 말에 지섭이 되물었다.

"내가 빈 주머니라는 소리야?"

은재가 고개를 저었다.

"소리 나는 주머니요. 뭐가 들었는지 알 수 없는 주머니. 하지만 열면 안 되는 거."

"……"

"소, 솔직히 말씀드리면 저는 아까 낮에 엄청 놀랐어요. 갑자기 그렇게 가까워질 줄은 모, 몰랐으니까요. 하나하나가 다 저에겐 큰일이에요. 지섭 씨에겐 별거 아니겠지만 저한테는 그래요."

"그건 내가……."

"사과 안 하셔도 돼요. 장난이셨잖아요. 그러니까 괜찮아요. 의미 안 둘 거예요. 그래서 부탁드리는 거고요."

은재는 솔직했다. 모르는 길로 헤매며 복잡하게 돌아가기보다 가장 잘 보이는 출구를 향해 걸었다. 그것이 오히려 지섭을 당황시킬지라도. 그녀는 고개를 바짝 들며 말했다.

"오해 안 할 테니까 시간을 주세요."

널뛰는 감정을 제어하기 위한 최후의 노력이었다.

"시간을 조금만 주시면 마음을 다 추스르겠습니다."

지섭은 마르지 않은 머리를 쓸어 넘기며 물었다.

"시간을 어떻게 달라는 거야. 휴가라도 달라는 건가?"

결국 먼저 내민 손을 은재가 잡았다. 그녀가 꿀꺽 침을 삼켰다.

"저, 접근 금지요."

생각지도 못한 방법으로.

"뭐라고?"

"부, 부부 사이에도 거절할 권리가 있다고 그러니까요."

해괴한 소리였다. 황당하게도 그 어떤 일보다도 이 순간이 가장 큰 일로 다가왔다. 지섭은 저도 모르게 감정을 드러냈다.

"허락한 적도 없으면서 무슨 거절부터 해?"

"허락할 일이 없으니까 허락은 안 한 거고, 거절할 일이 있으니까 거절을 하죠."

"…서은재 씨 원래 이렇게 말 잘했어?"

"제가 물에 빠져도 입은 동동 뜨는, 아니 중요한 건 이게 아니라······.”

은재는 노트북과 카메라를 챙기며 눈을 깜빡였다. 연신 눈치를 보면서 할 말은 잊지 않았다.

"저는 오해하고 싶지 않아요. 제 할 일을 제대로 하고 싶은 욕심도 있고요."

들으면 들을수록 황당했다. 오해하고 당황스러웠다는 것도 다 알겠는데 받아들이기가 어려웠다.

"잠깐만 서은재 씨."

"제 몫, 열심히 하겠습니다. 감사합니다."

그런 지섭과 별개로 은재는 제법 홀가분한 얼굴이었다.

'아직 좀 답답하긴 하지만.'

그래도 이 정도면 감사한 마음이다. 할 말은 마친 그녀는 짐을 챙겨 나가다 말고 한마디를 더했다.

"그, 그리고 아까 본 건 못 본 걸로 할게요!"

마지막까지 깔끔했다.

"······."

고백도 하지 않았는데 차인 기분이 이런 걸까.

물건도 안 만졌는데 도둑 취급을 당한 건가.

"뭐야, 이게?"

방 안에 허무한 혼잣말만 맴돌았다.

"작은 사모님."

자신을 부르는 소리에 은재가 고개를 들었다. 옆으로 다가온 고용인이 말했다.

"이사님 지금 막 정문 지나치셨습니다."

"아, 그래요?"

정오를 조금 넘긴 시간. 그가 이 시간에 오는 건 얼마 뒤에 있을 귀국 환영 파티 때 입을 슈트 가봉을 위해서다.

"곧 모시고 갈 테니 선생님께 말씀드려 주세요."

"네, 사모님."

고용인이 마스터 테일러에게 가고 남은 은재는 곧 안으로 들어서는 지섭을 맞이했다.

"다녀오셨어요."

집으로 들어서는 그에게 인사하자 지섭의 눈이 가늘어졌다. 그녀는 자신을 빤히 보는 시선을 모르는 척 손을 내밀었다.

"가방은 저한테 주세요. 사람들은 모두 안쪽에 있어요. 바로 가시면 돼요."

겉으로 보이는 모습은 평소와 다름없는 은재였다. 지섭은 넥타이를 살짝 당기며 가방을 건넸다.

"그래."

역시나 평소와 같은 덤덤한 모습이었다. 가방을 받은 은재가 별채로 향하고 지섭은 본채 안쪽 방으로 향했다. 사이좋게 갈라지는 두 사람의 모습에 함께 섰던 고용인들은 아주 작게 속삭였다.

"야, 봤지."

"그냥 못 본 척해."

"싸운 거 맞지? 며칠째 계속 저 상태 아니야?"

"…다 알고 있으니까 입 좀 다물어."

오직 당사자들만 티 내지 않는다 생각하고 있는 접근 금지 상태였다. 가만히 있던 소영이 속삭였다.

"난 작은 사모님 편이야."

"벌써 줄타기야?"

"아니지, 이기는 편이 내 편이라는 거지."

"누가 이길지 어떻게 알고."

"딱 보이잖아."

소영의 눈이 지섭이 사라진 쪽으로 향했다. 그녀는 고개를 끄덕였다.

"여기서 오래 일하시던 분들이 다 그랬어. 이사님 저렇게 안절부절못하시는 거 처음 본다고."

"그게 안절부절못하는 거라고?"

"사모님은 아예 눈길도 안 주시는데 이사님은 계속 돌아보시잖아. 딱 봐도 이건 사모님이 이긴 싸움이야."

지난 며칠 그들은 이런 상황이었다. 분명 필요한 말을 하고 달라진 게 없어 보이지만 평소 서로에게 흐르는 공기가 달랐다. 화목한 모습만 보여야 할 판국에 보여 주는 묘한 냉정함 사이, 고용인들은 생각했다.

'부부 싸움 한번 귀엽게 하네.'
…라고.

고용인들의 반응을 알 리 없는 은재는 가방을 놓고 서둘러 지섭에게 향했다. 방으로 가니 지섭은 바쁘게 옷을 갈아입고 있었다.

검은색, 짙은 청색 그리고 어지간하면 소화하기 어려운 버건디까지. 억울할 정도로 무엇 하나 안 어울리는 것이 없는 그의 맵시에 달갑지 않은 감탄을 지을 즈음, 디자이너가 은재에게 물었다.

"그럼 넥타이를 골라 주시겠습니까?"

"네? 아, 네."

다른 건 몰라도 넥타이를 정하는 건 아내들의 몫이었다. 벌써 40년도 넘게 청성가 마스터 테일러로 일하는 입 무거운 디자이너는 눈치껏 은재가 누구인지 알아챈 것 같았다.

물론 그것을 함부로 입 밖으로 낼 만큼 가벼운 사람은 아니다. 그러니 이 집에까지 사람을 들였겠지만 말이다.

"이쪽에서 마음에 드시는 것 골라 주시면 됩니다. 부담 가지실 필요는 없습니다."

디자이너의 말에 은재는 수십여 개의 넥타이를 보다 지섭을 보았다. 깔끔한 이목구비에 단정한 미남. 단번에 어울리는 색이 골라졌다.

"이건 어떨까요?"

부담스럽지 않은 작은 비즈와 스트라이프가 들어간 청난새이 넥타이였다.

"탁월하신 선택입니다."

기다렸다는 듯 장단을 맞추는 솜씨가 예사롭지 않았다. 디자이너는 넥타이를 받아 가는 대신 디딤판을 가져와 지섭의 앞에 놓았다.

"그럼."

그러곤 당연하다는 듯, 지섭의 목선을 가리켰다. 맙소사, 직접 채워 주기까지 해야 하는 모양이다.

"제가 많이 어설플 수 있는데."

"걱정 마십시오."

단호한 말에 결국 넥타이를 든 그녀는 디딤판 위로 올라섰다.

"……."

감싸 주지 못한 감정들이 일렁였다. 오랜만에 마주하는 시선이었다.

"하, 할게요."

어색함을 감추지 못하고 웅얼거린 은재는 자신을 향한 시선을 모르는 척했다.

"너무 빤히 보지 마세요."

부끄러운 것인지 부담스러운 것인지 모를 웅얼거림이었다. 그것이 지섭의 속을 바짝 타게 했다.

"이게 왜 안 돼."

민망함에 꼬물거리는 손길이 어색했다. 셔츠의 깃을 올리고 타이를 두르고 앞섶에서 움직이는 손은 당연히 지섭의 쇄골 근처를 스쳤다. 그의 고개가 조금 가까워졌다고 생각했다. 자연스레 은재의 상체가 뒤로 기울었다.

"아니, 잠깐."

가면 기울고 기울면 가고.

'서은재.'

사람을 안달 나게 하는데 이보다 더 도가 틀수는 없다. 이 며칠 철저하게 내외 중인 은재의 모습에 지섭은 목이 탈 지경이었다.

"다, 다 했어요. 거의 다 했어. 움직이지 말고 잠깐만 있어요."

어처구니없는 공방 속에서 간신히 넥타이의 매듭을 지은 그녀가 활짝 안도했다.

"됐……!"

대신 자신이 디딤판 끝까지 물러났다는 것을 몰랐다.

"어!"

짧은 외침과 함께 은재의 발이 디딤판에서 삐끗 기울었다. 순식간에 뒤로 기우는 그녀를 구해 준 것은 당연히.

"……."

은재의 허리를 받쳐 당긴 그는 놀란 눈의 그녀를 한참 동안 바라보았다. 놓아주지도, 그렇다고 가깝게 당기지도 않았다. 놀란 은재만이 눈을 휘둥그레 뜨고 굳었을 때 그가 말했다.

"마스터, 잠깐 개인적인 용무 좀 보겠습니다."

현명한 디자이너가 대답 대신 몸을 돌렸다. 그녀가 지섭의 어깨를 밀었지만 그는 조금도 밀려나지 않았다. 대신 부끄러움도 없이 분명하게 요구했다

"풀어 줘, 접근 금지."

아주 당당하게.

타인의 입으로 듣는 '접근 금지'는 생각보다 훨씬 부끄러웠다. 꼭 어린애 장난 같은 단어에 당황하던 은재가 얼른 고개를 저었다.
"아, 아니. 그게 뭐 얼마나 중요한 거라고."
"무슨 이유건 간에 이제 그만둬."
이유 모를 단호함이었다. 누가 들으면 진짜 금슬 좋은 부부인 줄 알겠다. 그녀는 어쩔 줄 모르며 말했다.
"평소랑 다를 거 없었어요. 우리는 항상 같았는데."
"아침에 인사도, 저녁에도 손끝 하나 못 대게 하잖아. 조금만 스쳐도 내가 잡아먹을 것처럼 도망치면서?"
"그거야!"
은재는 다급히 뒤를 돌아 디자이너를 확인했다. 정말 누가 들으면 크게 오해할 말이다. 그는 넓은 방 끝에서 뭔가에 열중 중이었다.
"시간 주시기로 했잖아요."
그녀는 목소리를 최대한 낮추며 말하자 지섭은 태연히 답했다.
"내가 언제."
"저번에요. 제가 오해할 일 없게 도와주시기로 한 거 아니었어요?"
"이제 더 오해할 게 뭐가 있다는 거야?"
"이런 거요! 지금 이렇게!"
내 허리를 잡고 있는 것부터! 차마 하지 못한 말이 입 안에서 맴돌았다. 그녀의 흔들리는 눈에 지섭이 말했다.

"나는 처음부터 그랬어."

"……."

"김주경을 사랑했고 당신밖에 없었다고. 그런데 왜?"

쿵. 순간 누군가 뒷머리를 친 것 같았다. 맞다. 그는 분명 처음부터 이랬다. 이제 와서 새삼스러워할 것이 없었다.

"아니, 저는, 전……."

뭔가 변명하고 싶지만 떠오르는 것이 없었다.

"당신이 그렇게까지 당황하고 있는 이유가 뭐야."

"……."

"내가 알면 안 되는 건가?"

달라진 것 없는 그의 행동을 다르게 보는 자신이 잘못된 것이 분명했다. 가슴에 번개가 쳤다.

"…저는."

지섭의 어깨에 있던 은재의 손이 오므라들었다. 혼란과 불편함이 가득 든 손이었다.

'후우.'

가녀린 손에 지섭은 속에서 움튼 제 속내를 겨우 삼켰다. 몰아붙인다면 더 할 수 있겠지만 어쩔 줄 모르는 손을 보니 더 그럴 수가 없었다.

'더 건드리면 울 것 같아.'

그는 얼굴 가득 채웠던 진심을 덮고 겨우 숨통을 틔여 주었다.

"이유가 필요하다면 만들어 줄게."

"…예?"

"당신과 내가 부부 싸움을 했다고 온 집안에 소문이 나 있어. 그런 소문이 어머니에게 들어가 봐야 좋은 꼬투리만 주는 셈이야. 그러니 저들에게 보여 주는 거지."

은재만 들을 수 있도록 작게 속삭이는 말은 그럴싸했다. 아니, 사실이었다. 고용인들의 소곤거림은 그녀 역시 안다. 알고 있다. 아는데.

"우리가 얼마나 사랑하는지."

거짓말임을 알면서도, 그저 필요에 의한 말임을 알면서도 심장이 두근거렸다.

'아니.'

아픈 것 같다. 그녀는 흔들리는 눈으로 물었다.

"제, 일인 거네요."

일이라는 말이 이렇게 무겁게 다가올 줄 몰랐다. 그가 원했던 것이다. 자신을 필요로 하는 그녀에게 먼저 손을 내밀어 제 손을 잡게 하는 것. 당연한 은재의 반응이었다. 지섭은 공허한 그녀의 말에 대답했다.

"그게 당신에게 편하다면."

경고등이 울린다. 낯선 고동만이 가득한 방 안, 그 심장이 누구의 것인지 알 수 없었다. 두 사람의 시선이 엉켰다.

'일이야. 그래, 이건 내 일.'

은재는 '일'이 되어 버려 차라리 차분해진 자신을 느꼈다. 그녀의 감정이 가라앉았다. 차분해진 은재의 눈은 그를 고독하게 했다. 제자리로 돌아왔으나 바닥이 단단하지 못했다. 불안하게 흔들리는 바닥, 그 위에 두 사람이 서 있다.

"지금부터 내가 하는 말, 연기라고 생각해."

때문에 지금 하는 말은 오롯이 심술이었다.

"네? 그게 무슨, 읏!"

작은 속삭임에 허리에 닿은 손에 힘이 들어갔다. 그가 말했다.

"당신이 예뻐."

뒤돌아 있는 디자이너가 듣건 말건 지섭은 개의치 않았다.

"……!"

"모든 모습이."

거짓, 거짓. 모든 것이 거짓.

'일'의 연장선.

그런데 왜 나는.

"점점 더 당신밖에 보이지 않아."

'왜 나는 이렇게 떨리는 거지?'

은재는 혼란으로 물드는 심장에 입술을 깨물었다. 심장이 너무도 빠르게 뛰고 있었다. 이러다 정말 큰일이 날 것 같았다. 그녀가 고개를 숙였다.

'아파.'

거짓말이 비수가 된다. 무디지 못한 가슴에 상처를 내고 만다. 대답을 대신한 침묵에 그는 은재를 놓았다. 불편한 몸만큼 복잡해진 마음이 넥타이 끝을 타고 흘러다

'내 아내가 돼 줘.'

'정확히는 한국으로 돌아가 앞으로 반년 간 내 아내가 된 척하는 것.'

'절대 흔적은 남지 않을 거야. 서은재 씨가 후에 다른 사람을 만나 가정을 꾸리는 데 어떠한 문제도 없게끔 조치하겠어. 그리고 3개월 뒤에 당신은 원래대로 다시 뉴욕으로 돌아오면 돼. 그땐 마음껏 공부하고 이 뉴욕을 즐길 수 있어.'

처음 시작부터 걸려 있던 가장 중요한 조건. 어떠한 흔적도 남지 않는 3개월간의 계약. 아무리 고상한 이유를 붙이고 변명을 해도 어쨌든 '돈'이라는 매개로 이뤄진 관계.

"이건 일이니까."

감성보단 이성이, 감정보단 냉정함이 필요한 그들의 계약 속에 필요한 것은 얼마나 계약을 잘 이행하느냐, 그것뿐이었다.

"전부 다 거짓말이니까."

그러니 불필요한 것은 배제하고 닫아 버리는 것은 당연했다. 마치 처음부터 아무것도 없었던 것처럼.

"그래, 그런 거야. 몰랐던 거 아니잖아."

입 안에서 굴러다니는 말을 작게 중얼거린 은재는 눈을 감았다.

"흔들리면 안 돼."

외로운 마음을 건드리는 부드러운 말. 친절하고 상냥한 웃음. 그것에 홀려 본분을 잊어선 안 된다. 그녀는 다시 심호흡을 했다.

"나는 김주경이야."

캐리어의 가방을 닫으며 다시금 자신을 상기시켰다. 한동안 이 생활에 너무 익숙해져 자신의 일을 잊었던 모양이다.

"됐다."

그녀는 캐리어를 바로 세우며 시간을 확인했다. 이른 아침, 은재가 짐을 싸는 건 다른 이유가 아니었다.

"예, 지금 출발하면 정오 전에 도착할 겁니다. 도착하면 바로 연락드리겠습니다."

통화를 하며 방으로 들어서던 지섭과 눈이 마주쳤다. 그는 그녀가 챙겨 놓은 가방을 보고 전화를 끊으며 말했다.

"내가 한다니까."

"다 챙겨 놓으신 거 넣은 것밖에는 없는걸요."

그 말대로다. 이미 모두 챙겨 놓은 것을 정리만 한 것뿐이다.

"고마워."

"아니에요."

이 캐리어는 2박 3일간 지방으로 출장을 가는 지섭의 짐이었다. 청성의 후계자이자 청성그룹의 새로운 재무이사로서 인사 겸, 그룹 브랜드 촬영을 감사하러 가는 일이었다. 어찌 보면 지섭에겐 출사표와 같은 자리였다.

"휴가라고 생각해."

지섭이 말했다. 은재는 짧게 고개를 끄덕였다. 휴가라는 건 다른 의미가 아니다. 다른 것이 아니라 이번 지섭의 출장 일정과 겹쳐 미연도 지방으로 출장을 가기 때문이었다. 이 일정을 맞추기 위해

지섭이 일부러 바쁘게 움직였다는 것을 알아서 더 고마웠다.
 '안 그래도 머리 복잡한데 잘됐어.'
 아무리 정리해도 조금씩 남은 앙금들을 모두 털긴 어렵다. 그나마 시간이 생겨 다행이라고 생각했다. 그녀는 꾸벅 허리를 숙였다.
 "조심히 다녀오세요."
 은재의 이른 인사에 캐리어 손잡이를 빼던 지섭의 미간이 좁아졌다.
 "여기서 인사하고 끝낼 생각이야?"
 "네? 아, 아니요. 나가서도 하긴 할 건데 그냥 분위기상."
 머쓱하게 말한 은재가 볼을 긁적였다. 묘한 침묵이 휘감겼다. 좁아지지 않는 거리감이 내내 이어지고 있었다. 지섭은 욕심에 치우쳐 들이댔던 자신의 행동을 책망하며 말했다.
 "사흘이나 못 보는 거야."
 끔뻑.
 큰 눈이 어지럽게 흔들렸다. 그녀는 앞에 가지런히 모은 손을 꼼지락거리다 입을 열었다.
 "제가 정말 김주경이라면."
 잠시 말을 멈춘 그녀의 시선이 그를 향하다 내려갔다.
 "보고 싶을 거예요."
 은재의 말에 지섭의 마음이 다시 울렸다. 단지 '김주경'이라는 주석을 달고 꺼내는 말이라는 게 온전히 드러낼 수 없게 했다. 그녀는 복잡하게 흘러가는 그의 마음을 모르고 말을 이었다.
 "겨우 며칠이라지만, 그래도 혼자 이 집에 남는 건 싫을 것 같아요. 여기까지 지섭 씨만 믿고 함께 온 거니까."

솔직함과 거짓 그 경계의 어딘가. 이혼까지 남은 날을 셈한다. 그것이 이 경계의 끝을 말하기도 했다. 거기다.

'이혼도 가짜니까.'

은재는 숨을 크게 들이 마시다 방긋 웃었다.

"하지만 저는 서은재니까 그렇지 않을 거예요. 걱정 마세요."

분명하게 구분 지은 서은재와 김주경의 마음가짐이었다. 그녀의 말을 들으면 들을수록 지섭의 속은 더욱 헝클어졌다. 은재가 당연히 가져야 했던 말이다. 더욱이 자신도 처음부터 해 왔던 일과 같다.

'걱정은 없어. 하지만.'

그럼에도 속이 시끄러웠다. 불쾌하게 엉키고 무언가 어긋나기 시작했다. 그것은 아마 두 사람의 사진이 동시에 찍힌 그 순간부터. 섣불리 할 수 없는 많은 말들이 입 안에 맴돌 때였다.

똑똑. 노크 소리가 들려왔다. 지섭이 말문 대신 방문을 열자 거기엔 달갑지 않은 손님이 서 있었다.

"큰 사모님께서 부르십니다."

홍 집사였다.

"지금 내려가겠습니다. 주경 씨, 당신은 조금 이따가……."

"아니요, 이사님. 사모님이 부르신 건 작은 사모님이십니다."

말을 마친 홍 집사의 시선이 은재에게 닿았다. 오싹. 은재의 몸으로 꽤히 오한이 들었다.

긴장감을 감추고 도착한 미연의 서재는 소란스러웠다. 며칠 안 되는 출장인데 산더미인 미연의 짐을 옮기느라 그런 듯했다.

"그래, 그쪽으로. 호텔 다시 한번 확인하고."

"예, 이사님."

비서인 윤정과 몇 마디를 나누던 미연이 막 다가온 은재를 향해 반갑게 말했다.

"왔어요?"

전에 없이 쾌활한 모습에 은재는 경계를 숨기고 인사했다.

"부르셨어요, 어머니. 가실 준비는 다 끝내셨고요."

"며칠 안 다녀오는데 여러모로 일이 많네. 지섭이도 출장 준비하느라 바쁠 텐데 불러서 미안해요. 더 늦기 전에 말해 주는 게 좋을 것 같아서."

물론 그냥 집을 비울 리 없다고 생각하긴 했지만 웃는 얼굴이 교활했다. 뭔가 꿍꿍이가 있는 게 분명했다. 은재는 최대한 웃는 얼굴로 그녀를 응대했다.

"말씀하세요."

웃는 얼굴에 침 못 뱉을 사람은 아니지만. 긴장감을 감춘 은재를 보던 미연이 웃으며 물었다.

"두 사람, 신혼여행 다녀왔나?"

"…네?"

생각지도 못한 말이었다.

제임스는 바쁘다. 뉴욕에서 온 지 어언 두어 달. 본사 업무는 물론 미연에 대해 조사하는 일까지. 사람조차 함부로 쓸 수 없는 상황에서 그의 업무 한계치는 매일 상승 중이었다. 그리고 지금, 제임스의 상관은 그에게 스트레스 하나를 더해 주고 있었다.

"왜."

짧게 입을 연 제임스가 입가를 쏠다 겨우 말을 이었다.

"여기에 왜, 서은재 씨의 짐이 차에 실리는 겁니까?"

간신히 나온 말이 앞에 선 두 남녀에게 향했다. 날도 좀 서 있는 것 같았다.

"연락할 틈이 없었어."

변명이랍시고 지섭이 말했다. 제임스는 헛웃음을 흘렸다.

"후우."

잠시 심호흡을 한 제임스가 말했다.

"준비됐습니다."

그가 차분히 상황파악에 나섰다.

"무슨 상황인지 설명해 주십시오."

"그게 아마도."

"죄송하지만, 세 줄 요약 부탁드립니다."

물론 완전히 풀어지진 않은 것 같았다. 드물게 강하게 나오는 제임스였지만 지섭은 상황 파악은 할 줄 알았다. 그는 제임스를 위해 상황을 짧게 요약했다.

"어머니께서 신혼여행 운운하더니 서은재 씨를 내 출장지에 함께 보내기로 결정하셨거든."

너무 짧은 덕에 제임스의 머리 위로 물음표가 가득 떴다. 상식적으로 말도 안 되는 소리였다.

"신혼여행은 차치하고라도 서은재 씨를 밖으로 내보내셨다는 게 이해가 되지 않습니다. 김주경이라는 사람이 밖으로 드러나서 좋을 게 없는 건 누구보다 사모님 아니십니까. 만약 이쪽에서 이사님의 아내분이 있다는 게 알려진다면 자연스레 주식이 배분됩니다."

그 짧은 말 속에서 제임스는 기막히게 문제점을 짚어 냈다. 능력 있는 비서에 만족한 지섭이 한결 편해진 얼굴로 말했다.

"그게 나에게 독이자 득이 될 일이라는 걸 아니까."

"그 말씀은……."

지섭의 시선이 잠시 정원 밖으로 향했다. 이미 나선 미연의 모습을 보는 것처럼.

"아내를 집도, 정식으로도 아니고 출장지에 애인처럼 데려가 들통 나게 한다? 어느 구설수에 오르내리려고."

코웃음을 친 지섭이 은재를 보았다. 그녀는 걱정 어린 눈으로 그를 올려보고 있었다. 지섭은 단호히 말을 이었다.

"주식이 문제가 아니라 내 아내를 내 손으로 헐값에 팔아 치우는 꼴이야."

김주경을 떠나 은재를 그런 식으로 취급하고 싶지 않다. 아내라는 말에 은재의 뺨이 자리도 모르고 붉어질 뻔했다.

'이럴 때 아니다, 서은재!'

그녀는 서둘러 제 감정을 갈무리했다. 지섭이 말을 이었다.

"더욱이 그런 짓을 내가 할 리 없다고 생각하겠지."

다른 곳도 아닌 청성그룹의 새로운 안주인을 이렇게 드러낼 수는 없다. 이것이 진짜건 무엇이건 '지금'은 아니었다.

"그렇다면 굳이 거기까지 서은재 씨를 함께 보낸다는 게……."

제임스의 다음 의문은 은재가 답했다.

"본인이 없는 집에 제가 있는 것도 원하지 않으시는 것 같았어요."

비로소 사건의 아귀가 맞는다. 제임스의 신음에 은재는 미연의 말을 떠올렸다.

'나는 우리 주경 씨가 아무도 없는 집에서 아픈 시아버지와 까다로운 시누이 보면서 혼자 고생하길 원하지 않아요. 나는 그런 시집살이 시킬 생각 없거든.'

어처구니없는 소리였다. 구구절절 말해도 결국 제 본진에 적을 두지 않으려는 술수였다. 당하고 싶진 않았지만 신혼여행까지 말하며 다녀오라는 '어머니의 배려'를 무시할 수는 없었다.

'이러나저러나 불청객이지만.'

별수 없는 제 처지에 한숨을 삼킨 은재가 말했다.

"머물 숙소만 부탁드릴게요."

제 처지는 자신이 가장 잘 안다는 듯한 태도였다.

"일단 가면서 생각해."

"도움이 못 돼서 죄송해요."

"일이 꼬이게 만든 건 이쪽이야. 당신은 잘하고 있어."

"……."

지섭은 내내 저자세인 은재의 모습이 안타까웠다. 데면데면한 자신과의 관계도 모자라 죄지은 것처럼 숨겨야 하는 것이 싫었다.

'대책도 없이.'

이것이 당연한데도, 이 당연함이 잘못된 것으로 느껴졌다. 그 속상함에 그가 말했다.

"차라리 제임스, 네 부하로 말해 두는 건 어때."

"…이사님."

"뉴욕에서 같이 일한 사무 보조 말이야. 거짓말은 아니잖아."

"농담은 그쯤 해 두시죠."

더한 헛소리가 나오기 전에 제임스가 말을 막았다. 괜히 흘려 일이 복잡해지는 건 원하지 않았다.

"우선 알겠습니다. 완전히는 아니지만 어떻게 된 일인지 파악했습니다."

빠르게 상황 정리를 하는 제임스에게 은재가 사과했다.

"죄송해요, 비서님."

제임스는 겨우 고개를 끄덕였다. 지섭은 은재에게 말했다.

"걱정 마. 무슨 일이 있어도 당신은 내가 지켜."

어떤 말보다도 마음이 든든해지는 말이었다. 이곳으로 내려오는 내내 마음에 불을 지피던 불안이 조금은 씻기는 것 같았다.

은재는 고개를 끄덕였다.

"네, 지섭 씨."

한 사람은 아닌 것 같았지만.

"제 인권도 좀 지켜 주십시오, 이사님."

퉁명스러운 제임스의 딴죽은 무시한 지섭이 시간을 확인했다.

"일단 출발하면서 나머지 정리하지. 서은재 씨가 있을 곳도 알아봐야 할 테니까."

"예, 이사님."

제임스는 빠른 포기와 빠른 움직임을 보였다. 그가 차에 오르고 지섭은 뒷좌석 문고리를 잡다 물었다.

"준비됐어?"

은재는 얼른 고개를 끄덕였다.

"네. 방해 안 되도록 할게요. 물론 앞에 나설 일도 없겠지만요."

약간의 긴장을 가진 그녀의 말에 지섭이 픽 웃었다.

"아니, 카메라 챙겼냐는 말이야."

"카메라요?"

"시간이 남으면 바다를 보러 갈 생각인데, 필요할 것 같아서."

"…네?"

나름 포부를 보이는데 초점을 잘못 잡았다. 눈을 깜빡이며 되묻는 그녀에게 지섭이 말했다.

"여수까지 가서 바다도 못 보는 건 아쉽잖아. 먼 곳까지 출사 가는 건데."

출사라니? 은재의 눈이 더욱 휘둥그레지다 금방 당황으로 물들었다. 그녀가 두 손을 휘저었다.

"추, 출사라니요! 아니에요! 전 괜찮아요! 괜히 그러다가 사람들한테 잘못 보이기라도 하면!"

"그땐 정말 내 아내라고 소개하는 수밖에."

"……"

"서은재 씨에게 너무 피해가 가려나?"

순간 아무 말도 할 수가 없었다. 그것이 진심인지 아닌지 구분도 하지 못했다. 말문이 막힌 은재의 심장박동이 빨라졌다. 지섭은 아무 말도 없는 그녀에게 쓰게 웃어 보였다.

"농담이야. 사람 눈 피해 밤에 움직이면 돼."

괜히 은재에게 무게를 얹어 주고 싶지 않은 마음이 분명히 드러났다. 그는 지금 그녀를 위로하고 있었다. 너는 불청객도, 짐도 아니라고.

"신혼여행이잖아."

가슴이 철렁 내려앉았다. 그리고 다시 바쁘게 뛰고 또 뛰었다. 그녀는 황급히 고개를 숙였다.

"네… 네."

저도 모르게 마음이 부푼다.

'왜 기대하는 거야.'

진짜 신혼여행이라도 된 것처럼.

'도움이 되고 싶은데.'

그저 이리저리 휘둘리는 입장이 속상했다. 은재는 문이 열린 차 안으로 들어섰다. 그러다 퍼뜩 무언가가 그녀의 머리를 스쳤다.

'도움이 될 수 있는 거.'
"아."
들어가다 말고 멈춘 은재에 지섭이 돌아봤다.
"무슨 일이야?"
"거긴 대부분 모르는 사람들이겠죠? 저는 물론 비서님이나 지섭 씨도요."
뜬금없는 말에 의아해하던 지섭이 대답했다.
"그렇겠지. 그건 왜?"
"그렇다면 무리해서 숨길 필요는 없지 않을까요?"
"방법이 있다는 얘기야?"
"단순하게 생각해 봤는데요."
이해하지 못한 지섭을 보는 은재의 눈이 반짝였다.

빠르게 달리는 차 안, 미연이 서류 확인하는 것을 기다리던 윤정이 물었다.
"괜찮으시겠습니까?"
주어 없는 질문에 의자에 몸을 기대던 미연이 입꼬리를 올렸다.
"왜, 불안해 보여?"
"그건 아닙니다마는."
"불안할 것 없지. 오히려 아쉬워. 그것들 놀라서 멍해진 얼굴을 네가 봤어야 했는데."
그녀는 무척 즐거운 표정이었다. 윤정은 살짝 걱정하듯 말을 이었다.

"그래도 같이 내보내시는 건 조금 위험합니다."

윤정이 걱정하는 건 다른 게 아니다. 이쪽이 대비책을 제대로 마련하기 전에 지섭이 김주경을 드러내는 것을 걱정하는 거다.

"만일 그런 일이 벌어진다 해도 회의에서 비등한 비율을 갖추기 위해선 좀 더 사람이 필요합니다."

윤정의 걱정은 합당하다. 청성의 새로운 안주인으로서 주식을 배분 받으면 어떻게 되겠는가. 곧 있을 총회에서 지섭은 높은 확률로 창만의 대리인이 된다. 하지만 미연은 코웃음을 쳤다.

"네가 정지섭이라면 그런데서 김주경을 드러낼 것 같아?"

"현재 정 이사에게 가장 필요한 건 주식 아닙니까? 그에게 우호적이지 않은 의견들도 주식이면……."

"정지섭은 멍청이가 아니야. 아니, 미국에선 갑자기 미친 짓을 했을지 모르지만 여기선 아니라고. 아무 데서나 김주경을 보여 봤자 그건 득이 아니라 독이 되는 거야."

"…아!"

"여전히 왜 그렇게 꽁꽁 숨겨 두고 있는지 모르지만 가십거리로 만들지 않으려고 내내 숨긴 김주경을 그깟 감사 현장에서 밝힐까? 정식으로 결혼식을 열어도 모자랄 판국에? 정말 그런 거라면 나야 감사하지."

그제야 미연이 왜 위험을 감수하고 주경을 보냈는지 알 것 같았다.

"도맷값에 넘기는 데 그보다 좋은 방법은 없으니까."

아직 공식 자리에 대동조차 해 보지 않은 제 아내를 지섭이 그렇게 대할 리 없다.

"숨겨도 재밌을 거야. 그렇게까지 꽁꽁 숨겨 두는 이유가 정말 가십을 피하려고 하는 것뿐일까?"

김주경이라는 사람은 미연을 의아하게 만든다.

"김주경은 정말 정지섭의 '사람'일까, '도구'일까."

궁금함이 인다. 그녀는 낮게 웃고 물었다.

"총회가 코앞이야. 서류 준비는 어떻게 되고 있어?"

본래 궤도로 오른 질문에 윤정이 대답했다.

"우선 경선물산을 필두로 주식을 분배 중입니다. 아직까진 조금 모자라지만 조만간 정 이사와 비등해질 거라고 예상합니다."

"서두르지 마. 서둘러서 흔적 남기면 결국 꼬투리 잡히는 일이야."

"네, 이사님."

미연은 잘 손질한 손톱을 물며 눈을 가늘게 떴다. 첫 고비는 대회의, 총괄 회의다. 거기서 지섭의 성과가 드러나면 그가 창만의 대리, 총수가 될 확률이 높아진다. 그리고 연말에 있을 주주총회에서 확정이 나겠지.

"그걸 두고 볼 수는 없지."

머릿수를 이용해 뒤집어 보려던 수는 틀어졌으니 남은 것은 하나뿐이다. 그녀는 휴대폰을 들어 누군가에게 전화를 걸었다.

"나야."

미연의 다리가 포개질 만큼 넓은 차체에 그녀의 목소리가 퍼졌다.

"정오 전에 도착할 것 같으니 준비하고 있어."

우아한 음성이 무언가를 지시했고 상대가 대답했다. 미연은 잠시 눈을 감고 생각하다 말했다.

"적당히 표 나지 않게. 그래, 경각심만 가지게 만들면 되겠네. 그렇게 해. 절대, 깊이 들어가진 마."

단호히 명령한 그녀가 전화를 끊었다. 미연의 입가로 교묘한 미소가 번졌다.

"저가 누구에게 건방을 떨고 있었는지 이제 좀 알아야지."

신혼여행 소리에 순진하게 붉어지던 주경의 얼굴이 떠올랐다. 코웃음이 나온다. 청성가는 그녀의 힘이지만 또한 핸디캡이 된다. 즉, 집 밖으로 나간 김주경은 아무것도 아니라는 소리였다. 미연은 턱 끝을 세우며 읊조렸다.

"재미있는 신혼여행이 되었으면 좋겠어요, 며느님."

짧게 이어진 웃음이 제법 길게 이어졌다. 차는 조금 더 속력을 높였다.

#11

 여수의 어느 호텔이 유난히 분주했다. 평일치고는 많은 사람들이 오가고 있었고 호텔 근처 야외 스튜디오에는 고가의 촬영 장비들이 펼쳐져 있었다.
 "정리됐습니까?"
 누군가 외쳤고 멀리서 촬영 구도를 확인하던 스태프가 손을 들었다.
 "예! 30분 안에 시작 가능합니다!"
 바쁘게 움직이는 그들은 청성그룹 브랜드 촬영을 위해 모인 촬영 팀이었다. 다른 곳도 아니고 청성의 이름을 단 홍보 촬영이자, 재무이사 정지섭이 감사차 내려온 자리라 감독은 어느 때보다 예민했다.

"그럼 모델들 구도 한 번씩 잡아봅시다! 조명! 우측으로 좀 더 돌리고 거기, 조감독! 스토리보드 어떻게 됐어!"

"준비 끝났습니다, 바로 결재 받겠습니다."

"서둘러! 시간 없다!"

"예, 감독님!"

감독의 오더를 받은 조감독이 바쁘게 움직여 곁에 선 여자에게 서류를 건넸다.

"에블린, 이거 변경된 큐시트인데 제임스 실장님한테 좀 가져다 드리겠어요? 확인하시고 바로 결재 부탁드린다고요."

"네, 그럴게요."

"서둘러 줘요."

조감독의 말에 서류를 받은 에블린은 서둘러 상관이 있는 사무실로 향했다. 바삐 움직이는 그녀의 목에는 무언가 걸려 있었다. '에블린'이라는 이름이 적힌 출입증이었다.

"오랜만에 들으니까 어색하네."

걸음을 옮기던 그녀가 중얼거렸다.

에블린 서.

그 이름은 은재가 유학 생활 중 사용하던 이름이다. 어째서 그녀가 이렇게 대놓고 활보하고 있는가, 하면.

'거짓말은 거짓말을 낳는 거니까.'

그것은 한국으로 돌아온 후 은재가 내내 느낀 것이다. 어렵게 그녀를 숨기고 감추는 일에 신경 쓸 바엔 아예 대놓고 드러내는 것을 선택했다. 재무이사 정지섭의 수석비서인 제임스의 뉴욕에서 온 보조, 에블린. 그것이 '지금' 은재의 역할이었다.

"거짓말은 아니잖아."

그녀는 애써 자신을 변명했다. 지섭의 말처럼 그녀는 CS그룹에서 사무 보조였다. 뉴욕 시절 제임스의 부하도 맞다.

'말장난 수준이지만.'

어차피 한 번 보고 말 인연들에겐 충분한 카드였다. 그리고 잡무를 돕는 사무 보조로 문제 삼을 사람은 아무도 없었다.

"바쁘다, 바빠."

김주경에 에블린에 서은재까지.

"진짜 연기라도 배워야 하나."

숨기지 못한 한숨을 쉬며 바쁘게 움직일 때, 누군가 그녀의 어깨를 잡았다. 순간 불같은 따끔함이 어깨를 관통했다.

"윽!"

저도 모르게 아픈 어깨를 잡은 그녀가 신음했다. 놀란 것은 은재뿐이 아니었다.

"어머, 어디 다쳤어요? 내가 너무 세게 잡았나? 미안해요!"

은재의 어깨를 잡은 당사자도 크게 당황해 어쩔 줄 몰랐다.

"아, 정연 씨."

촬영팀의 막내인 정연이었다. 청성 쪽 사람이라 알려져 데면데면한 촬영 팀의 다른 사람들과는 달랐다.

"별거 아니에요. 걱정 마세요."

은재는 얼른 고개를 저었다.

"전에 살짝 다쳤었는데, 아직 덜 나은 것 같아요. 신경 쓸 정도는 아니에요."

쓰레기 수거장에서 다친 어깨가 아직 덜 나은 것 같았다. 어깨를 주무르는 은재를 보며 정연이 미안한 얼굴로 말했다.

"어떡해. 몰랐어요. 정말 미안해요. 괜찮아요?"

"정말 괜찮아요. 그런데 무슨 일이세요?"

은재는 금방 어깨를 획획 저으며 물었다. 괜히 미안함을 실어 주고 싶지 않아서였다.

"일은 아니고, 어디 바쁘게 가기에 따라와 봤어요. 근데 정말 괜찮아요?"

"진짜 괜찮아요. 저 사무실 올라가요. 결재받을 게 있어서요."

"어? 혹시 이사님이랑 실장님 있는 그 사무실 가는 거예요?"

"네."

"나도 같이 가요, 나도!"

방금까지 미안해 어쩔 줄 모르던 정연의 눈이 반짝였다. 은재가 한 걸음 물러났다.

"사, 사무실을요?"

"그냥 옆에만 있을게요. 에블린은 할 거 해요."

"볼일 있는 게 아니에요?"

"볼일은 무슨. 구경 가는 거죠."

오랜만에 청성가 사람이 아닌 사람들과 대화를 나눠서 그런지 머리가 좀 어지러워졌다. 진짜 평범한 사람과의 일반적인 대화. 새삼스러우면서 기분 좋은, 이상한 마음이었다.

"구경할 게 있던가요? 그냥 이것만 전달하면 끝나는데."

"왜 없어요. 지금 현장 난리도 아니잖아요. 두 남자 때문에."

"…남자?"

"제임스 실장님이야 다들 몇 번 봤지만 오늘 오신 정 이사님 말이에요."

그 일반적인 대화에 거짓말처럼 지섭이 들어왔다. 차분히 걷던 걸음이 살짝 삐끗했다. 그것을 알 리 없는 정연이 손까지 움직이며 말했다.

"살다 살다, 그렇게 잘생긴 사람 처음 봤어요. 인사할 때 오늘 촬영하는 배우인 줄 알았잖아. 그런데 재벌 2세에 대기업 재무이사라니. 이거 진짜 사기 캐릭터 아니에요? 나이는 몇 살이래요?"

폭풍처럼 쏟아 낸 말은 흡사 랩과 같았다. 완전한 타인에게서 듣는 지섭에 대한 평가는 상상 그 이상이었다. 비단 정연뿐 아니라 현장 대다수의 사람들이 그랬다.

청성의 후계자. 재벌 2세. 누구나 시선을 두게 되는 남자.

"그렇죠."

그래서 더 멀게만 느껴지는 사람. 은재의 가슴 속 어딘가가 따끔 울렸다. 분명 그때의 실수가 아니었다면 자신이 지섭과 엮일 일은 없었을 거다.

'사는 세계가 다르고 감당하는 그릇이 다르니까.'

쓴맛이 목구멍에서 올라왔다. 은재는 품에 안은 서류를 좀 더 힘주어 안았다.

삐빅. 삐빅. 어디선가 높은 전자음이 울렸다.

"응?"

방정맞은 전자음에 함께 정연이 멈췄다. 그녀는 휴대폰을 확인하더니 금방 사색이 되었다.

"맞다! 나 자재 챙기러 온 거였는데!"

하얗다 붉어지는 얼굴이 꽤 잔소리를 들은 모양이다. 은재는 피식 웃으며 말했다.

"가 보세요."

"내가 진짜 못살아. 이런 천금 같은 기회를……. 에휴, 이따 봐요."

곤란해하면서도 웃는 얼굴이 참 긍정적인 사람이다, 싶었다. 그에 반해 정연을 뒤로하고 다시 움직이는 은재의 얼굴은 조금 어두웠다.

"뭘 신경 쓰는 거야."

예기치 못하게 현실을 깨닫는다. 뭔가를 바란 것도 없지만 바람조차 당치 않다고 말하는 것처럼 느껴진다. 그녀는 고개를 숙이고 계단을 올랐다. 에블린, 서은재. 두 사람은 '김주경'이 아니다.

"생각보다 잘하고 있는 것 같습니다."

제임스의 솔직한 평가에 지섭이 피식 웃었다.

"믿고 맡긴 거 아니었나?"

"반은 도박이었습니다. 설마 다들 이렇게 쉽게 그러려니 넘어갈 줄은 몰랐습니다."

"못 넘어갈 것도 없지."

그의 말대로다. 은재에 대한 보증은 정지섭과 제임스라는 사람들로 충분하다. 제임스는 막 끓인 차를 지섭의 앞에 두며 말했다.

"솔직히 곤란했습니다. 이쪽이 거짓말까지 해 대며 김주경을 감추는 게 꼬투리 삼기에 좋으니까요. 아마 그것도 예상하고 있을 겁니다."

"그래서 더 골치가 아팠던 거고."

"예. 농담처럼 꺼내신 말이 오히려 잘된 것 같습니다."

"서은재 씨가 아니었으면 농담으로 넘어갔을 일이야. 복잡한 방법을 찾았을 거고."

지섭은 자연스레 공을 은재에게 넘겼다. 이번엔 제임스도 달리 부정하지 않았다. 쉬운 방법이지만 그것을 잡아낸 건 분명 은재였다.

"처음부터 그랬지만, 종잡을 수가 없다는 게 가장 큰 장점이겠지."

자연스레 처음 그녀를 만났던 때가 떠올랐다. 바지를 부여잡던 가녀린 손부터, 옷을 벗어 대며 패닉에 빠져 사람을 당황스럽게 만들던 때까지.

"눈을 못 떼게 만들어."

감정이 가득 묻어난 평가에 제임스는 신음을 삼켰다. 뭔가 불안해진 제임스가 입을 열었다.

"이사님, 외람된 말씀이지만……."

똑똑.

제임스의 말을 막은 건 노크였다. 입을 달싹이던 제임스는 결국 말 대신, 문부터 열었다.

"여기, 변경된 스토리보드가 있어서 전해 드리려고 왔는데요.

바로 결재 부탁드린다고 해서요."

성실히 제 임무를 수행 중인 은재였다. 쭉 자리에 앉아 있던 지섭의 표정이 변한 것도 그때였다.

"서은재 씨?"

벌떡 일어난 그가 감추지 못한 반가운 얼굴로 다가왔다. 제임스가 얼른 문을 닫자 지섭은 더더욱 개의치 않고 말했다.

"얼굴이 안 좋아. 일을 많이 시키나?"

고작 1시간 정도 못 본 것 가지고 유난이다. 은재 역시 조금 당황해서 고개를 저었다.

"아니요, 전혀요. 저는 그냥 오며 가며 말만 전달해 드리는걸요. 이렇게라도 도움이 돼서 기뻐요."

진심으로 하는 말이었다. 그리고 왠지 지섭의 얼굴을 보는 것만으로도 복잡한 생각들이 다 풀리는 기분이다.

'따라오길 잘한 것 같아.'

오히려 같이 뭔가를 하고 있다는 게 성취감까지 얹어 준다. 고군분투하는 은재를 보며 지섭은 안쓰러움이 들었다. 그가 그녀의 손에서 서류를 가져오며 말했다.

"뭐든 말해 줬으면 좋겠어."

"…네?"

"당신은 아무것도 원하지 않으니까. 내가 조금이라도 덜 미안해질 수 있게 뭐라도 말해 줬으면 해."

아무것도 원하지 않는다는 건 거짓이다. 이미 돈이며, 유학비까지 약속한 상태다.

'이 와중에 뭔가를 더 바란다는 게.'

욕심으로밖에 느껴지지 않는데 지섭은 끝없이 그녀가 바라는 걸 원했다. 가슴이 동동, 운다. 저 깊은 곳에서부터 조금씩 점점 크게. 마른 입술을 물고 생각하던 은재가 조심스레 운을 뗐다.

"바다에… 데려가 주신다고 했던 거, 지켜 주실 수 있나요?"

그나마도 지섭이 먼저 말했던 거다. 별수 없다는 듯, 지섭이 웃었다.

"그래, 가자."

이 와중에 분위기 파악을 하지 못하는 건 제임스뿐이었다.

"바다라니요? 어느 바다를 말씀하시는 겁니까?"

"내일 자정 이후에 쓸 차 한 대만 섭외해 줘. 모자랑 외투도. 선글라스도 있으면 좋고."

"이사님, 굳이 추천 드리고 싶지 않은 외출이십니다."

"신혼여행이야."

단호한 만류에 지섭 역시 확실하게 대답했다. 그는 자연스레 은재의 흐트러진 머리를 쓰다듬었다.

"어머니께서 시키셨으니, 따라야지."

"……"

"접근 금지도 확실히 풀렸고."

농담 아닌 농담에 은재의 눈이 커졌다. 지섭이 돌아섰고 그녀는 그대로 멈췄다.

"갈까."

지섭의 목소리가 흐렸다.

'언제부터?'

 그러고 보니 어느새 그가 다가오는 것이 당황스럽지 않았다. 아니, 아무렇지도 않았다. 당연하게 느껴 버렸다. 머리를 쓰다듬는 손길조차도.
"촬영도 곧 시작할 것 같은데 나가는 게 좋겠어. 가지."
 지섭의 말에 제임스는 들으라는 듯 깊은 한숨을 쉬었다.
"…일단 가시는 게 좋을 것 같습니다."
 상황이 좋지 않게 돌아가고 있다. 그것도 아주 나쁘게. 제임스는 힐끗 은재를 보다 사무실을 나섰다.
"나중에 얘기 좀 하시죠."
"점점 건방져."
"이사님이 저를 그렇게 만드십니다."
"징그러운 소리 하지 마. 너 해고야."
"노조가 가만히 있지 않을 겁니다."
 두 사람의 가벼운 장난도 들리지 않았다. 은재는 멍하니 그들을 뒤따르며 지섭의 말을 떠올렸다. 제 허리를 감싸고 깊은 눈으로 바라보던 그가 말했었다.

'당신이 그렇게까지 당황하고 있는 이유가 뭐야.'
'내가 알면 안 되는 건가?'

 내가 당황하는 이유. 장난스러운 스킨십 하나하나에 과민 반응 하고 있는 이유.

'정지섭이 알면 안 되는 이유.'

순간 은재의 걸음이 우뚝 멈췄다. 그들은 이미 비즈니스 홀에서 로비로 가는 계단 아래로 내려가는 중이었다. 심장이 울렁거렸다. 알아선 안 될 것을 알아 버릴 것 같다. 그녀는 고개를 저으며 눈을 감았다.

"아니야. 아니야. 아무것도 아니야."

애써 감정의 틈을 막으며 잇새를 물었다. 은재는 아프게 침을 삼키며 걸음을 옮겼다.

툭.

아니, 밀렸다?

"어?"

반사적으로 흘러나온 놀란 반문. 먼저 내려서던 지섭이 몸을 돌린다. 그가 그녀를 보았고 눈동자가 커지는 것이 보였다. 모든 것은 찰나였다. 몸이 그녀의 의지와 반대로 기울었다.

계단 아래로.

"어?"

질문 없는 반문에 돌아본 지섭의 눈에 그녀가 보였다.

그녀가, 은재가 계단 끝에서 떨어지고 있었다. 아니, 그의 눈앞을 지나쳐 떨어졌다. 은재의 뒤로 이어지는 계단 끝, 지섭은 본능적으로 움직였다.

모든 것은 찰나였다. 느릿하게 보이던 시야는 사라지고 코앞의 것을 제외하곤 전부가 왜곡되었다.

"어……!"

놀란 외마디를 남기며 고꾸라지던 그 순간 그녀의 눈에 그의 손이 들어왔다. 필사적으로 뻗으며 달려드는 지섭의 손과 일그러진 얼굴까지 전부 눈에 들어왔다. 더 이상의 생각은 없었다. 은재가 팔을 뻗어 그의 손을 잡았다.

"서은… 에블린!"

소리조차 낼 수 없는 두 사람을 대신해 제임스가 먼저 은재를 불렀다. 다행히 그는 이성을 완전히 놓진 않은 것 같았다.

'잡아야 해.'

서로를 향해 뻗어진 손이 휘말리듯 엉킨다. 두 손이 겹쳐졌고 지섭은 그대로 은재의 팔을 당겼다. 떨어지던 몸이 순식간에 당겨졌고 그녀는 참지 못한 신음을 터트렸다.

"으윽!"

하필 그 팔이 아직 다 낫지 않았던 어깨 방향이었다. 그러나 아픔은 잠깐이었다. 제 몸을 끌어안은 지섭의 힘에 은재는 아무것도 할 수 없었다. 꽉, 온몸이 부서지도록 세게 안은 힘은 매서웠다. 그녀는 어깨의 아픔이나 놀란 마음도 잊고 그를 불렀다.

"지, 지섭……."

자신만이 들을 수 있는 작은 목소리에 작아졌던 지섭의 동공이 제자리로 돌아왔다. 그럼에도 그는 은재를 놓을 수 없었.

이 순간 지섭의 심장이 멈췄었다. 절벽처럼 보인 계단을 등지고 떨어지는 그녀의 모습에 그는 오래전에 잊은 감정에 휩싸였다. 아주 오래전 잊은 그 감정.

그것은 분명.

'공포.'

찰나지만 무언가를 잃을 수도 있다는 끔찍한 감정. 그것이 그를 움직일 수 없게 만들었다. 은재를 안은 지섭의 손에 더욱 힘이 들어갔다.

"윽, 지섭… 웃."

강한 힘에 은재가 살짝 힘을 줬으나 빠져나올 수는 없었다. 오히려 더 강하게 그녀를 안았다.

"이사님, 사람들이 올 수도 있습니다."

제임스의 걱정에도 지섭은 미동도 하지 않았다.

'…왜?'

그의 심장박동이 느껴졌다. 아주 빠르고 격렬한 고동은 다른 말을 필요치 않게 했다. 잠시 잊었던 지섭의 표정이 떠올랐다.

'나를, 걱정하는 거야.'

아무도 없이 홀로 선 이곳에서 그는 그녀를 걱정해 주고 있었다. 그것도 분명한 진심으로. 순간 은재의 가슴이 뜨겁게 울렁거렸다. 그녀는 천천히 손을 들어 지섭의 등에 손을 올렸다.

"저."

등에 닿은 손이 토닥토닥 움직였다.

"괜찮아요."

"……."

"정말 괜찮아요. 고마워요. 덕분에 다치지 않았어."

차분한 은재의 목소리에 자물쇠라도 걸어 놓은 것 같던 손이 서서히 풀려나갔다. 비로소 생긴 틈, 약간 막혀 오던 숨을 터트린 은재가 물러서 그를 바로 보았다. 흐트러진 머리, 가쁜 숨. 지섭은 빠르게 그녀를 살피다 겨우 말했다.

"조심, 했어야 해. 만약 그대로 떨어졌으면 크게 다쳤을 거야. 아니, 정말 큰일이 생겼을지도 모른다고."

화를 내듯 다소 격양된 목소리였다. 탓이라기보단 걱정이 담겨 있었다.

"미끄러진 것 같아요. 네, 아마도."

아마도 그렇겠지. 등으로 뭔가 닿은 것도 같지만 확신할 수가 없다. 사람의 흔적도 소리도 없었으니까.

"후우, 너 정말."

지섭이 내쉬는 한숨에 은재의 가슴이 콩닥거렸다. 아이러니하게도 이 순간 그가 온전한 제 편으로 다가왔다. 그가 내는 화가 저를 향한 것이 아니라는 것도 분명히 느껴졌다.

두 사람의 시선이 마주했다. 묘하게 흔들리는 눈동자 사이 감정이 흐른다. 당장 정의할 수 없는 어려운 긴장감이었다.

"자, 이만 정리하시죠."

그 흐름을 깬 것은 제임스였다.

"사람 오기 전에 정리하는 게 좋을 것 같습니다. 에블린, 괜찮습니까?"

"…아, 네. 괜찮아요."

어깨가 좀 아픈 것을 빼면 다친 곳은 없었다. 그렇다고 그에게 아프다고 말하고 싶진 않았다.

'집에 가면 주치의 선생님한테 좀 여쭤 봐야겠어.'

고개를 끄덕인 은재가 물러났다. 그제야 숨을 바로 한 지섭이 물었다.

"정말 괜찮은 거야? 다친 곳은 없어?"

"없어요. 지섭 씨가 잡아 줬잖아요. 정말 괜찮아요. 멀쩡해요. 놀랄 틈도 없었어요."

정말 그가 아니었으면 큰일이 벌어졌을지도 모른다. 지섭이 아니었으면, 그의 손이 아니었으면. 콩콩. 놀라서인지 아니면 다른 이유때문인지 모를 심장이 뛰었다. 은재가 입술을 말아 물 때 지섭이 말했다.

"들어가서 쉬는 게 좋겠어. 제임스, 사람들한테는 다른 업무 맡겼다고 하고……."

"아니에요. 저 촬영하는 거 구경하고 싶어요. 안에 있는 건 답답해요."

자신을 방에 두려는 지섭의 말에 은재는 저도 모르게 그의 팔을 덥석 잡았다. 그녀는 발끝까지 세우며 부탁했다.

"지섭 씨, 네?"

'나오면 안 되는 상황이면 모를까, 이런 때까지 방에 있고 싶지 않아.'

매일 집에만 있어야 하는데 이런 기회를 놓치고 싶지 않은 은재였다. 간절한 진심이 닿았을까, 지섭의 마음이 흔들렸다. 아니, 다른 방향으로 흔들린다.

커다란 눈동자와 하얀 뺨에 맺힌 홍조, 제 이름을 부르는 작고 예쁜 입술.

"이사님."

굳어 있는 그를 구한 건 이번에도 제임스였다. 지섭은 퍼뜩 정신을 차리며 고개를 들었다. 제임스가 말했다.

"이사님과 할 말이 있으니 먼저 가 있어요."

어쩐지 단호한 말에 은재는 지섭을 한 번 보고 고개를 끄덕였다.

"먼저 가 보겠습니다."

"조심히."

지섭이 한 번 더 강조해 말했다.

"네, 걱정 마세요."

꾸벅 허리를 숙인 은재가 조심스레 계단을 내려갔다. 그녀가 완전히 계단을 내려간 후에야 긴장하고 있던 지섭의 어깨가 가라앉았다. 안도하는 그를 보며 제임스가 입을 열었다.

"복잡하게 생각할 것도, 어려워하실 것도 없습니다."

자그마한 목소리는 은밀했다.

"안 됩니다."

주어 없는 말이었지만 지섭은 어렵지 않게 말뜻을 알았다. 그가 조금 전 그녀를 안았던 제 손을 내려다봤다. 온갖 감정이 휘몰아쳤다. 형용할 수 없는 수많은 것들이었다.

"왜 그런지는 이사님이 더 잘 아시리라 생각됩니다."

제임스가 쐐기를 박았다. 그를 보자 제임스는 고개를 저었다.

"시작하지 마십시오."

그것은 충고 혹은 경고와 같았다.

어깨가 제법 욱신거린다. 아마 여러 번의 충격으로 조금 더 나빠진 모양이었다.

'아프다고 하면 지섭 씨가 걱정할 텐데.'

무심결에 그렇게 생각하던 그녀의 손이 멈췄다. 당연히 지섭이 걱정할 거라고 생각했다.

"이상할 건 없지만."

그것이 당연할 것도 없다. 문득 다시 그의 얼굴이 떠올랐다. 자신을 안고 빠르게 뛰던 심장박동도 함께.

두근두근.

은재의 심장이 뛰었다. 마치 무언가를 깨달으라고 말하는 것처럼. 그녀의 시선이 멀지 않은 곳으로 향했다. 그곳엔 관계자와 이야기 중인 지섭이 있었다.

'이상할 건 없어. 하지만, 이상해.'

왜인이 그의 두 눈이 쉽사리 사라지지 않고 남아 깊이 박힌다. 가슴의 울림이 더욱 강해졌다. 그래서 제 곁에 다가온 사람을 인지하지 못했다.

"에블린. …에블린?"

"……."

"에블린!"

"네, 네? 예?"

몇 번이나 불리고 나서야 정신을 차린 은재가 눈을 돌렸다. 목소리의 주인은 이번 촬영의 주감독이었다. 그는 너털웃음을 지으며 종이컵을 내밀었다.

"아니, 다른 이유는 아니고요, 여기 커피 좀 마시라고요."

종이컵에선 진한 믹스 커피의 향이 물씬 풍겼다. 은재의 두 눈이 휘둥그레졌다.

"와, 감사합니다!"

냉큼 그것을 받아 든 은재가 환하게 웃었다. 정말 반가운 표정에 조감독이 뒷머리를 긁적였다.

"믹스 커피보고 그렇게 좋아하는 사람은 처음 봤어요."

"너무 오랜만이라서요. 한국 거는 생각보다 구하기도 어렵고 비싸거든요."

"비싸요? 아, 아아! 미국에서 오셨죠?"

아무 생각 없이 한 모금 마시다 목구멍에 턱 걸렸다. 콜록.

"네, 아, 아무래도."

"항상 혼자 행동하시는 분이 보조를 데려오셨다고 그래서 좀 궁금해서 그러는데, 에블린 씨는 제임스 실장님의 비서 같은 건가요?"

"아, 아니요. 그냥 사무 보조예요. 심부름 정도만 하고 있어요."

"그래도 까다로운 분 밑에서 일하시는 거 보면 대단하시네요. 미국에서부터 쭉 일하셨다면서요."

"네. 어쩌다 보니 그렇게 되었네요."

어색하게 웃은 은재가 다시 커피를 마셨다. 한국 것에서만 맛볼 수 있는 특유의 달콤함과 쌉싸름함이 느껴졌다. 한결 편해진 표정으로 웃자 조감독이 물었다.

"사진 좋아하죠."

"네?"

"아까부터 눈을 못 떼서. 아는 사람끼리는 다 알죠."

그의 턱 끝이 촬영장으로 향했다. 정확히는 그것을 찍는 카메라들로. 은재의 뺨이 괜히 붉어졌다.

"네, 좋아해요."

묘하게 부끄러운 기분이었다. 은재의 수긍과 함께 그들은 꽤 오래 이야기를 나눴다. 공통된 관심사에 그녀도 오랜만에 신이 나 있었다. 한창 대화를 나누던 조감독이 씩 웃으며 촬영장을 가리켰다.

"그럼 카메라에 대해서 좀 알아요? 예비용 몇 개 있는데, 한번 볼래요? 지금 저기서 촬영하는 것 말고도 렌즈가 많거든요. 이번에 쓰려고 국내에 몇 개 없는 렌즈도 구했는데."

"정말요? 그래도 되나요?"

저도 모르게 들뜬 은재가 얼른 고개를 끄덕였다. 영상 촬영은 순수 사진과는 다르지만 새롭게 배운다는 건 언제나 즐거운 일이다. 신나서 반짝이는 그녀의 눈에 조감독이 웃었다. 그리고 은재의 어깨에 손을…….

탁.

"누구… 으억!"

은재에 어깨에 올라가려던 손이 단호히 막혔다.

"저, 정 이사님."

바로 지섭으로 인해서.

놀란 것은 조감독뿐만이 아니었다. 갑자기 나타난 지섭에 은재의 눈도 구슬처럼 커졌다. 그의 눈이 무척 서늘했다. 그녀로서는 한 번도 본 적 없는 눈으로 조감독을 보다 그대로 은재를 불렀다.

"에블린."

딱딱하게 굳은 차가운 목소리에 은재의 긴장감이 바짝 섰다. 그가 말을 이었다.

"따라와."

감히 '왜'냐고 물을 수 없는 박력이었다. 이 사람이 왜 갑자기 나타난 것인지 의문을 가질 틈도 없었다.

'나 뭐 실수했나? 잘못했나? 뭐지? 뭘 잘못했지?'

얌전히 지섭을 뒤따르면서 자신의 행동을 되짚는 사이, 그들은 어느새 사람이 없는 외곽까지 나섰다. 유난히 넓어 보이는 그의 어깨를 보며 조마조마한 마음이 들었다. 지섭이 휙 돌아 그녀에게 말했다.

"사탕 주면 따라가는 어린애들도 아니고. 아니, 요즘 애들은 사탕 가지곤 안 따라가지."

대뜸 나온 말에 은재의 눈이 깜빡거렸다. 난데없이 사탕이 무언가. 그녀의 고개가 옆으로 기울었다.

"…저 사탕 별로 안 좋아하는데."

나름 진지한 답변이었다.

"그게 아니라."

"저는 초콜릿을 더 좋아해요. 진짜로."

"……."

"…무, 물론 사탕도 있으면 먹지만. 그런데 갑자기 사탕은 왜……?"

질문의 이유는 몰라도 성실한 대답을 하고자 하는 의지가 빛났다. 그녀의 대답에 지섭의 맥이 풀렸다. 그가 은재를 이곳까지 데려온 이유.

'모르는 남자랑 그렇게 친절하게 대화할 건 없잖아. 그것도 그렇게 오래, 웃으면서.'

이런 고약한 심보 때문이었다. 은재가 조감독과 있는 것을 본 순간부터 그의 신경은 온통 그곳에 향해 있었다. 그녀가 웃을 때마다, 작은 몸짓을 할 때마다 몸속에서 뭔가가 부글부글 끓어올랐다.

꼭 감정 조절 못 하는 청소년 때처럼. 아니, 애초에 지섭은 어릴 때에도 이런 적이 없다. 감정 컨트롤은 말을 배우면서부터 깨우친 것이었으니까.

어느새 그는 그녀의 곁이었다. 은재의 어깨에 낯선 남자의 손이 오르는 것을 단숨에 쳐 낼 수밖에 없는 감정으로.

"지섭 씨?"

은재의 부름에 지섭이 그녀를 똑바로 바라보았다. 커다란 까만 눈 속에 온전히 그만이 담겼다. 끓던 속이 가라앉았고 그것으로 분명해졌다.

"그러니까."

이것은.

"당신은 내 아내잖아."

분명한 질투였다.

감정을 깨닫는 것은 어렵지 않다. 그것을 어떻게 해석하느냐에 따라 달라질 뿐.

"…네?"

사탕보다 더 황당한 지섭의 말에 은재가 반문했다. 그녀의 눈에 혼란이 가득했다. 그것을 말한 당사자조차 꽤 당황한 듯했다.

"내 말은."

순간 지섭의 얼굴이 붉어진 것처럼 보였다. 그는 제 얼굴을 쓸어내리며 중얼거렸다.

"내가 지금 뭐 하는 거야."

유치한 소리를 해 댄 스스로가 부끄러운 게 분명했다. 스스로에게 당혹스러워하는 지섭을 보며 은재는 입술을 말아 물었다.

'뜬금없는 말이긴 하지만.'

가만히 생각을 더듬어 보면 그가 왜 이런 말을 했는지 알 것 같았다. 그녀가 차분히 그를 불렀다.

"지섭 씨."

"아니, 잠깐만. 내 말은 다른 뜻이 아니라."

"잊지 않고 있어요."

"…뭐를?"

"제가 누군지, 무슨 상황인지 모두 다."

심오한 대답에 엇나갔던 지섭의 정신이 바로 돌아왔다. 감정이 가라앉은 그의 눈에 은재가 말을 이었다.

"제가 다른 사람하고 이야기를 해서 그러셨나요?"

"…뭐?"

"아까 조감독님하고 얘기를 하고 따라가려고 해서. 혹시, 그것 때문에 말씀하신 건가 싶어서요."

쿵.

순간 지섭의 심장이 철렁 내려앉았다. 그의 눈동자가 빠르게 흔들렸다. 들켰다, 는 기분보다 대놓고 던지는 직구에 당황했다. 마치 모든 것을 알고 있다는 듯 침착한 태도에 그는 대답하지 못했다. 지섭의 심장이 마구 뛰었다.

"혹시 그것 때문에."

꼴사납게 이유도 없이, 명백한 근거도 없이 '질투'부터 해 버린 자신을 알아챈 건가. 그렇다면 자신은 무엇이라 설명해야 하나. 아니, 설명할 길이 있을까. 이것은 이 감정 그대로의 것인데.

'그럼 이건 왜 생겨난 거지?'

꼬리에 꼬리를 무는 의문 속에 지섭이 은재를 내려다봤다. 더 이상의 흔들림이 없는 눈이 자신을 향했을 때, 그녀가 말했다.

"화가 나신 건 아닌가 해서요."

아주 맥이 탁 풀리게 만드는 말이었다.

"…아, 화."

묘한 허탈감이 그를 맴돌았다. 홀로 팽팽했던 긴장은 허무하게 사라졌다. 그의 복잡한 감정 변화를 알 리 없는 은재는 두 주먹을 불끈 쥐었다. 큰 눈이 반짝였다.

'귀여워.'

그 와중에 지섭은 그렇게 생각했다.

"그렇다면 걱정 마세요."

당찬 의지를 머금은 눈이 말했다.

"저는."

"……."

"지섭 씨 아내예요."

조짐도 없이 밀고 들어온 해일 같은 한마디. 당연한, 그렇게 약속된 고작 그 한마디가 지섭의 마음에 수를 놓았다. 그녀는 믿음직하게 고개를 끄덕였다.

"절대 실수하지 않겠습니다."

"……."

"믿어 주세요."

아이러니하게도 가장 달콤한 말이 철저하게 나뉜 관계를 일깨운다. 고마울 만큼 분명한 의지가, 그것을 바라던 그에게 고약한 쓴맛을 던졌다.

"그래."

알 수 없는 갈증에 지섭은 넥타이를 느슨하게 당겼다. 답답하다. 무언가, 아주 많이.

"무슨 일이에요?"

은재를 기다리던 조감독이 물었다. 겨우 자리에 복귀했던 그녀가 대답했다.

"일…에 대한 거예요. 업무에 관해서요."

조금 얼버무리긴 했지만 틀린 말은 아니었다. 지섭의 '아내'가

은재의 업무인 것은 사실이다.

'맞아. 당연한 거야.'

아주 잠깐이지만 그가 내는 화가 정말 감정에 치우친 것인가 생각했었다. 하지만 지섭에겐 그럴 이유가 없다. 있다면 일에 차질이 생겼을 때일 뿐.

'기껏 접근 금지니 뭐니까지 만들어서 생각 정리까지 하려고 했으면서.'

어쩐지 발전이 없는 스스로가 서글펐다. 이렇게 생각해야만 하는 처지조차도. 한없이 가라앉은 그녀의 모습을 조감독은 조금 오해한 것 같았다. 그가 은재의 어깨를 툭툭 쳤다.

"무슨 일인지는 모르지만 일하면서 윗사람한테 혼나는 게 한두 번인가요. 너무 신경 쓰지 마세요. 근데 의외로 깐깐하신 분이네요. 본인 부하 직원의 보조까지 신경 쓰실 줄은 몰랐네."

저도 모르게 어깨를 움찔한 그녀가 자연스레 몸을 뒤로 뺐다. 물론 꼭 필요한 변명도 잊지 않았다.

"아, 아니에요. 정말 좋은 분이세요. 다들 그렇게 느끼실 거예요."

듣는 사람까지 감화될 진심 가득한 목소리였다. 조감독은 약간 샐쭉한 표정을 지었다.

"그래요? 하긴, 진짜 좋은 건지 어떤 건지 몰라도 다들 난리긴 해요. 다들 말 한번 섞어 보겠다고 건수 만드느라 바쁘다니까."

"네?"

"저기요, 저기. 벌써 또 줄 섰다."

그의 손짓에 돌아보자 지섭 주변을 서성이는 여러 스태프들이 보였다. 직접 말을 거는 사람은 없지만 관심을 두는 게 분명했다. 다시금 그의 미모가 느껴진다. 맵시 좋은 슈트 차림에 큰 키, 배우 못지않은 수려한 용모.

"얼씨구, 커피까지."

조감독이 허탈하게 중얼거렸다. 말대로 누군가 그에게 커피를 내밀었다. 지섭이 그것을 받았고 그의 얼굴로 옅은 미소가 번졌다. 누가 봐도 사무적인 짧은 미소였다.

'뭐야, 웃어 줄 것 까진 없잖아.'

그것을 보는 은재의 미간이 확 좁아졌다. 그녀는 저도 모르게 획 몸을 돌려 섰다.

'내가 아내면.'

제 옷자락을 쥔 손에 힘이 잔뜩 들어가 있었다. 불퉁한 얼굴로 그녀가 입술을 내밀었다.

'자기는 내 남편 아닌가.'

스스로 무슨 생각을 하는지 가늠하지 못하고서.

촬영은 꼬박 이틀을 가득 채우고 마무리가 되었다. 청성이라는 이름 자체를 홍보하는 촬영이라 무척 꼼꼼하고 세밀했고 현장을 보는 건 은재에게도 큰 공부가 되었다. 여러모로 도움이 되었던 출장길, 겨우 제 방에 돌아온 그녀는 침대에 엎어졌다.

"아이고."

저절로 앓는 소리가 나왔다. 한 것은 없지만 잔뜩 긴장하고 있던 탓인지 온몸이 쑤셨다. 깊은 숨을 내쉰 은재는 고개만 돌려 창밖을 보았다. 까만 하늘이 보였다.

"…바다는 못 가겠지."

저도 모르게 계속 기대를 했던 바다는 아무래도 어려울 것 같았다. 이렇게 일이 많은 줄 알았으면 말도 꺼내지 않았을 거다. 그녀는 눈을 감고 중얼거렸다.

"넌 생각이 너무 많아."

자신을 향한 충고를 읊조린 은재는 다시 한숨을 쉬었다. 정말 아무런 생각 없이 잠시라도 있고 싶었다. 상황도 현실도 모두 넣어 두고서. 그러나 그녀의 휴식은 그리 오래가지 않았다.

똑똑.

"응?"

가벼운 노크 소리에 은재는 얼른 몸을 세웠다. 잠깐 뜸을 들이자 다시 노크 소리가 들렸다. 약간 다급함도 느껴졌다. 얼른 일어선 그녀는 잠금을 풀고 문을 열었다.

"누구……."

문을 열기가 무섭게 문밖에 있던 사람이 불쑥 안으로 들어와 문을 닫았다. 쿵. 얼얼한 소리와 함께 은재의 두 눈이 휘둥그레졌다.

"사람 오는 소리가 들려서."

"에, 예?"

비 피하는 사람처럼 냉큼 들어온 것은 지섭이었다. 놀란 눈의 은재를 보며 그가 말했다.

"부하 직원 혼자 있는 방에 밤늦게 드나드는 걸 보여 줄 순 없잖아."

능글맞은 농담에 그녀가 더듬거렸다.

"지, 지섭 씨?"

"내 와이프 좀 불러 줬으면 좋겠는데."

장난스러운 말에 헛웃음이 나올 뻔했다.

"콘셉트 이상한 거 같아요."

"조금만 더 참아. 다 끝났으니까."

여유로운 모습이 오히려 긴장을 풀리게 만들었다. 그녀는 어깨를 으쓱했다.

"그런데 무슨 일로……."

"한 번만 더 실례할게."

"네? 에, 어?"

말을 마치자마자 성큼성큼 다가온 그가 은재의 어깨를 잡았다. 순간 당황한 그녀가 물러섰지만 지섭은 다른 팔까지 잡아당기며 살짝 힘을 주었다.

"윽!"

저절로 터진 신음에 지섭의 표정이 굳었다. 움츠러든 그녀의 어깨를 쓸어 낸 그가 물었다.

"언제부터야."

"…아, 아니, 별거 아닌데."

"서은재 씨."

오랜만에 나온 이름에는 힘이 담겨 있었다. 은재는 얌전히 대답했다.

"수거장에서 떨어졌을 때 다친 게 다 안 나은 것 같아요."

"…그때부터라고?"

"주치의 선생님도 꽤 오래갈 거라고 하셨었어요. 이렇게 오래 갈 줄은 몰랐지만요."

그는 꽤 충격을 받은 듯 한동안 아무 말도 하지 않았다. 짧게 한숨을 쉰 지섭의 눈이 다시 은재에게 닿았다.

"왜 말 안 했어."

"괜한 걱정, 아니 신경 쓰이게 해 드리고 싶지 않았어요."

"신경도 쓰이고 걱정도 돼."

"……."

"당연하잖아."

짙고 곧은 시선에 심장이 쿵쿵. 달갑지 못한 감정의 파동이 느껴진다. 그녀가 한 걸음 물러났다.

"어떻게 아셨어요?"

"계속 보고 있었으니까."

순간 귓불부터 뜨거워지는 것이 느껴졌다. 대수롭지 않게 내뱉는 말은 오해하기에 충분한 것들이었다. 은재의 입이 꽉 다물렸고 지섭은 휴대폰을 들었다.

"돌아가면 바로 병원부터 가야겠어."

"두면 나아질 거예요. 혹시 괜히 이 사람, 저 사람한테 보이면 큰일이잖아요."

"보이면 왜?"

"…당연하잖아요."

지섭의 반문에 조금은 허탈하게 대답했다. 너무 당연한 것을 묻는 게 조금 울적해졌다. 언젠가 끝날 관계. 끝이 정해진 사이. 지금의 다정함은 결국 거짓이나 다름없는 것. 우리가 정말 부부라면, 진짜 결혼을 한 거라면.

'이혼까지 얼마 남지 않은 거니까.'

새삼 깨닫는 현실감에 웃어 버리자 지섭은 아무 말도 하지 않았다. 어울리지 않는 침묵이 흘렀다. 그가 신음하듯 한숨을 흘렸다. 어색한 기류가 맴돌다 이내, 그의 목소리에 흩어졌다.

"잘못됐어."

"…응?"

"처음부터, 잘못했어."

은재의 고개가 옆으로 기울었다. 자신이 또 뭔가 잘못한 게 있나 생각하는 차, 지섭이 그녀를 불렀다.

"서은재 씨."

"마, 말씀하세요."

뭔지 몰라도 일단 긴장한 은재의 목소리가 떨렸다. 그는 답지 않게 뜸을 들이다 겨우 입을 열었다.

"내가……."

쿵쿵!

"으앗!"

꼭 짠 것처럼 그의 말을 방해하는 울림이었다. 방금 전 지섭의 노크와는 비교도 할 수 없는 우렁찬 노크, 아니 두들김은 그만큼 커다란 음성과 함께 이어졌다.

"에블린! 혹시 자요?"

시원시원한 목소리가 정확히 은재를 찾았다. 투숙객에게서 클레임이 들어와도 모자람이 없이 더욱 활기차게.

"에블린, 자더라도 일어나서 문 좀 잠깐 열어 봐요!"

목소리는 분명 정연이었다. 기함한 은재와 놀란 지섭이 눈을 맞췄다. 그리고 문밖의 불청객이 외쳤다.

"우리 클럽 가요!"

아주 화끈하게.

#12

 기똥찬 외침에 먼저 반응한 것은 지섭이었다. 그의 눈이 뒤집혀 있었다.
 "어디? 클럽? 지금 어딜……."
 "잠시만요, 지섭 씨! 이, 일단 어디 좀 들어가 주세요. 문 안 열면 신고 들어올지도 몰라요."
 눈은 뒤집혔지만 아직 이성은 남아 있었다. 은재는 지섭의 가슴을 밀어 그를 화장실 안으로 밀어 넣었다. 좁은 호텔방에 숨을 곳이 그곳뿐이었다.
 쿵쿵쿵.
 "에블린, 정말 자요?"
 매너라고는 주워 먹으려고 해도 없는 외침이었다. 은재는 확실하게 지섭을 숨기고 문을 열었다. 활짝 열린 문밖에는 다시 은재를 부르려는 듯 두 손을 입가에 댄 정연이 서 있었다.

"정연 씨!"

"아, 다행이다! 깨어 있었네요!"

놀란 은재의 외침에도 정연은 그저 반가운 얼굴이었다. 그녀는 불쑥 안으로 들어와 화장실을 지나쳤다. 심장이 쿵쾅쿵쾅 뛰는 것을 모르는 척 뒤따른 은재가 물었다.

"갑자기 문을 두드려서 놀랐어요. 무슨 일 있어요?"

"미안해요. 시간이 좀 늦어서 혹시 잠들었을까 봐."

"그건 괜찮아요. 그런데 갑자기 클럽은 또 무슨 말이에요?"

'클럽'을 말하면서 괜히 욕실을 한 번 힐끔댔다. 그런 은재의 시선을 정연이 다시 가로채며 말했다.

"다른 건 아니고 촬영 끝나고 회식이 있는데 장소가 시내에 있는 클럽인가 봐요. 클럽이라고 해 봤자 그냥 작은 펍인데, 같이 가고 싶어서 왔죠."

"아, 아아, 회식이요."

그제야 이해가 가는 말이었다. 다짜고짜 클럽 운운하니 당황할 수밖에 없었다.

"가요, 에블린."

반짝이는 정연의 말에 은재는 방긋 웃었다.

"괜찮아요. 다녀오세요."

아주 단호한 거절이었다. 정연의 어깨가 축 쳐졌다.

"왜요, 같이 가요. 촬영 잘 끝나서 회식 거나하게 진행하신다고 했어요. 제임스 실장님이 카드 주셨다고 들었거든요. 한도 무제한 카드."

"전 정말 괜찮아요. 정식 촬영팀도 아닌걸요."

"에이, 그러면 저도 못 가죠. 저도 단기 아르바이트생인데."

"아무래도 불편해질 것 같아서요."

거듭된 거절에 기대로 부풀었던 정연의 기세가 꺾였다. 그 모습에 약간 미안했지만 어쩔 수 없는 일이었다. 조금 달래듯 은재가 정연의 팔을 잡으며 말했다.

"가서 저 대신 재미있게……."

"에이, 그럼 우리끼리 얘기해요. 저도 얘기 나눌 사람도 없는데, 에블린도 안 가는 자리 굳이 갈 거 없죠."

"네? 아, 아니! 잠깐."

우리가 언제부터 그렇게 친했다고?

"그전에 저 화장실 좀 쓸게요."

정연의 텐션은 순식간에 오르내렸다. 은재가 적응할 틈도 없이 바뀐 기분대로 정연이 움직였다. 잠시 멍해졌던 은재가 기겁하며 외쳤다.

"가요!"

막 화장실 문을 잡은 정연의 손까지 낚아챈 은재가 거듭 말했다.

"저 사실 회식 같은 거 해 본 적이 없어서요. 가, 가 보고 싶어요. 지금 가죠. 얼른 가요."

"에? 네? 아니, 나 화장실 좀 잠깐만."

"늦겠네!"

일이 꼬인다. 그것도 아주 제멋대로.

 은재는 지금껏 클럽이란 곳을 와 본 적이 없다. 성인이 되어서는 유학을 가기 위해 공부만 했고 유학을 가선 학업과 아르바이트로 하루가 모자랐다. 유흥거리는 공원에서 잠시 하는 광합성이 전부였다. 그러니 정신없이 울리는 클럽에 적응하지 못하는 것은 당연했다.
 '머, 머리 울려.'
 신기한 것은 정말 잠시였다. 그녀는 어느새 언제쯤 돌아갈 수 있을지 눈치만 보는 중이었다. 이번 경험으로 은재는 확실히 알았다.
 '난 활동적인 사람이 아니야.'
 자신만 빼고 한층 무르익는 분위기 속에서 은재는 잔을 들어 홀짝 마셨다. 달콤한 향과 맛이 목구멍으로 넘어갔다.
 "…맛있다."
 그나마 버틸 수 있게 해 주는 건 이 칵테일이었다. 술을 거부하는 은재에게 정연이 가져다준 것이었다. 예쁜 색감의 부드러운 목 넘김이 아주 좋은 무알콜 칵테일이다. 그것을 한 모금, 두 모금 마시다 보니 벌써 석 잔을 넘겼다. 이러다 물배를 채우는 건 아닐까 싶다.
 "가야 하는데."
 여전히 그녀의 마음속에 화장실에 숨기고 나온 지섭이 차 있었다. 설마 아직까지 거기 있을 리는 없지만 신경이 쓰였다. 다시 홀짝.

맛있다. 그사이 자신이 마실 맥주를 가지고 오던 정연이 조르르 다가와 말했다.

"에블린, 에블린! 저기, 스턴트 쪽에서 같이 얘기하자는데 갈래요?"

"아니요."

"아니, 그러지 말고."

"다녀오세요."

"…으응, 나도 그냥 있을게요."

정연은 얌전히 은재의 맞은편에 앉았다. 회식이라지만 모여서 합을 다진 건 초반뿐이었다. 다들 삼삼오오 모여 각자의 시간을 즐겼다. 아쉬운 듯 이리저리 둘러보던 정연이 물었다.

"마음에 드는 사람 없어요?"

"…마음에, 드는 사람이요?"

"네. 예를 들면 여기 현장에서."

"글쎄요. 그렇게 생각해 본 적은 없어서."

"그럼 현장이 아닌 곳엔 있어요?"

갑자기 치고 들어온 질문에 은재가 곤란한 눈을 했다. 연애를 해 본 적도 없는 그녀에게 이런 이야기는 낯설고 불편했다. 정연은 눈을 반짝이며 턱받침을 했다.

"나 이런 얘기 정말 좋아하거든요. 해 주면 안 돼요?"

"아니요, 그런 거 없어요."

"에이… 그럼 내 얘기부터 좀 해 줘야 하나."

의외로 정연은 고집을 부리지 않았다. 대신 싱글벙글 웃으며 제 이야기를 이어 나갔다. 그건 아주 소소한 짝사랑 이야기였다. 이야기는 제법 길었지만 지루하지 않았다. 정연이 제 잔을 빙글빙글 돌리며 말했다.

"보고 있으면 좋고, 설레고, 또 괜히 생각나고. 다른 무엇보다도, 그 사람한테 불리는 내 이름이 기다려지면, 그게 그거더라고요."

"......"

"사랑."

이야기의 끝은 달콤 쌉싸름했다. 왠지 홀린 듯 듣게 되는 이야기에 은재는 잠시 곱씹었다.

'보고 있으면 좋고, 설레고, 생각나고. 내 이름을 불러주길 기다리는 거.'

이유를 모를 쓴맛에 다시 잔을 들었다. 달고 맛있다. 홀짝, 홀짝. 시끄러운 음악 소리가 왠지 멀리서 들리는 것 같았다. 정연이 다가와 물었다.

"이제는 좀 말해 줘 봐요. 마음에 있는 사람, 있죠?"

속삭임 같은 말에 은재가 멍하니 되물었다.

"이게 마음에, 둔 걸까요?"

눈앞이 일렁인다. 정연이 살짝 웃는 것 같았지만 몸에 힘이 잘 들어가지 않았다. 그녀가 잔을 내밀었다.

"한 잔 더 할래요?"

은재가 고개를 저었다.

"아니요… 뭐가 좀 어지러운데,"

"분위기 때문에 그래요. 잠깐 기다려요. 시원한 걸로 가져올게."

친절을 베푼 정연이 자리를 떠났다. 시간이 제법 많이 지났는지 사람도 그리 보이지 않았다. 어둡고 번쩍이는 그곳에 혼자 남겨진 은재의 몸이 흔들렸다.

"어지러워······."

꼭 취한 것처럼, 취한 듯이. 순간 그녀의 눈이 까무룩 뒤집어지다 휘청였다. 누군가 잡아 주지 않았으면 그대로 쓰러졌을지도 몰랐다.

"서은재."

그 누군가는 거짓말처럼 은재의 이름을 불렀다. 아주 작고 은밀하게. 낮고 선명한 음성에 그녀의 심장이 쿵 내려앉았다. 온몸이 묘한 열기로 달아올랐다.

두근두근. 뜨겁게 뛰는 심장박동이 이성까지 모두 잡아먹은 것 같았다. 이제 노래보다 심장 소리가 더 크게 들려왔다. 은재가 저를 받친 사람을 올려보았다.

"···혹시."

"그래, 그 혹시 맞아."

나지막한 목소리가 말했다. 그는 은재를 바로 세웠다. 그녀를 도운 건 당연히 지섭이었다. 그녀가 고개를 기울이며 물었다.

"어디에서 갑자기 뿅, 나타났어요?"

"처음부터."

정연을 따른 은재에 안절부절못하고 내달리듯 따라온 것이 벌써 두 시간이다. 그나마 이곳이 어둡고 남들에게 관심을 두지 않는 곳이라 다행이었다.

안 그랬으면 벌써 촬영팀에게 들켜 곤란해졌을지도 모른다. 물론 쓸데없이 꼬이는 모르는 여자들을 내치느라 꽤 불쾌했지만. 은재의 몸이 말랑말랑 흐느적거렸다. 그가 한숨을 쉬며 눈을 찌푸렸다.

"취했잖아."

"술, 안 마셨는데."

"내내 마신 게 술이야."

"아아… 그거 진짜 달았어요. 완전 맛있었어."

"그랬으니 그렇게 마셨겠지. 데려다줄 테니까, 일어나."

"간다고 말해야 하는데……."

"내가 알아서 해."

무방비하게 흐트러진 그녀의 모습은 더할 나위 없이 순진해 보였다. 술에 취해, 당장이라도 품고 싶을 만큼 달아 보이는 여자다.

그래서 더 성이 난 모양이다. 이 모습을, 이렇게 예쁜 모습을 모르는 이들 앞에 보인다는 사실 자체가. 더 이상 못 견디고 나타난 것도 결국 그 때문이었다.

질투. 그래, 이것은 질투다. 모든 것에, 모든 순간에 그는 질투하고 안달 나 있었다. 지섭이 은재의 허리를 감싸 올렸다. 가벼운 몸이 들리고 그녀가 그의 옷자락을 쥐며 웅얼거렸다.

"이러면, 안 돼요."

"왜?"

"누가, 보면… 이상하게 생각하니까."

"누가 보지 못하면 이래도 된다는 말로 들리는데."

고약한 말장난에 은재의 눈이 깜빡였다. 그리고 배시시 웃는다.

"되지."

"……."

"정지섭은, 내 남편이니까."

무언가 커다란 것이 그의 가슴을 때린다. 그녀가 지섭의 가슴에 머리를 기대며 작게 소리 내 그의 이름을 불렀다.

정지섭, 정지섭. 수없이 많이 들어 본 이름이 유난히 뜨거웠다. 그의 가슴이 벅차게 고동쳤다.

"으응."

어렵지 않게 클럽에서 은재를 데리고 나온 지섭은 그녀를 차에 태웠다. 그나마 완전히 정신을 놓진 않은 것 같지만 울컥 화가 치밀었다.

"얼마나 먹인 거야."

찬바람에 더워진 몸을 잠시 식힌 그는 운전석에 올랐다. 그리고 은재의 몸에 안전벨트를 채우기 위해 잠시 조수석으로 몸을 옮길 때였다.

"윽!"

순간 그녀의 손이 지섭의 넥타이를 움켜쥐었다. 제 몸 하나 가누지 못하던 사람의 힘이라곤 믿을 수 없는 것이었다.

"정신 차린……."

"마음에 드는 사람."

은재는 어느새 두 눈을 또렷하게 뜨고 있었다. 제정신이 아닌 건 분명했다. 그렇지 않고서야 이렇게 가까이 있을 수는 없다.

이토록 가까이, 당장 입이 마주쳐도 이상하지 않을 거리에서.

"…서은재 씨?"

가슴에 불을 지피기에 충분한 그녀의 시선에 지섭의 숨이 멎는다. 은재는 바로 코앞의 그를 빤히 보다 입을 열었다.

"늘, 말하고 싶었어요. 내가 필요하건, 말건 꼭 말하고 싶었어."

달콤한 향이 흐르는 차안, 그녀가 말했다.

"가장 필요할 때, 정말 힘들 때 내 앞에 나타나 줘서."

선명하게 번지는 미소는 그 어떤 때보다도 투명하고 아름다웠다. 흔들림 없이 곧은 미소 속의 진심. 술에 취해도 전해지는 분명한 마음에 지섭은 아무것도 할 수 없었다.

"고마워요."

그녀가 자신의 목을 끌어안고 달콤하게 속삭일 때에도. 불에 덴 것처럼 뜨거워진 몸에 은재가 파고든다. 이토록 깊이, 이토록 소중히.

툭.

결국 제 할 말만 남긴 은재가 완전히 눈을 감고 잠이 들었다. 녹아내린 듯 잠든 그녀를 지섭은 하염없이 바라보았다. 어둠 속에 이따금 스치는 조명들에 비추는 얼굴. 그의 손이 그녀의 뺨에 닿았다. 하얗고 보드라운 살결이 지섭의 손끝에 스쳐 흐른다. 그의 몸으로 짙은 열이 오르며 더없이 황홀한 감정으로 빠져들었다.

온통, 모든 것이 그녀의 향기로 가득해진다.

정지섭.

도대체 언제부터였을까. 은재를 보는 것이 그저 좋고, 가슴이 설레고, 생각이 난다. 그녀의 입에서 불리는 제 이름을 기다리며 끝없이 바라만 본다.

"아."

그리고 깨닫는다.

'틀렸어, 제임스.'

이미.

"시작했어."

사랑이었음을.

술에 취해 들었던 잠은 잠깐의 뒤척임으로 깨기에 충분했다. 자리의 불편함에 움직이던 은재의 눈이 뜨였다. 그녀는 창밖의 어슴푸레한 빛을 눈을 깜빡이며 보다 서서히 정신을 차렸다.

"…응?"

창밖의 광경이 이질적이다.

건물도, 하다못해 전봇대 하나 없는 허허벌판…….

"어?"

아니, 바다다. 눈앞에 있는 것은 바다였다. 등을 기대어 있던 은재가 몸을 바짝 세웠다. 놀란 눈에는 이제 겨우 동이 틀 듯, 말 듯 애태우는 지평선이 들어왔다.

생각지도 못한 광경에 벌떡 일어나려던 그녀를 막은 건 낮은 목소리였다.

"더 일어서면 다쳐."

"…지섭 씨?"

여전히 상황 파악을 하지 못한 은재가 혼란스러운 눈을 했다.

'클럽에서 칵테일을 마시다가, 정연 씨랑 얘기를 나눴던 것 같은데. 잠깐만… 내가 왜 여기 있지?'

"필름이 완전히 끊겼던 모양인데."

"아, 아니. 그게 아니라."

"기억나는 게 없는 표정이잖아."

"……."

"아니야?"

부정할 수 없다. 은재는 입을 다물고 민망한 얼굴을 했다. 지섭은 수긍하는 그녀를 보며 한숨을 쉬었다. 그런 낯선 곳에서 필름까지 끊겨 버릴 줄이야. 혼이라도 내고 싶지만 은재의 잘못은 없다.

조금 허탈하지만 어쩔 수 없었다. 그는 핸들에 몸을 기대어 그녀를 보고 있었다. 묘하게 산뜻한 표정에 은재가 물었다.

"저, 어떻게 여기에……?"

"내가 데려왔어."

그렇겠지. 질문의 요지는 그게 아니지만 더 물을 수 없었다. 그녀는 얌전히 고개를 끄덕였다. 여명을 받은 그의 이목구비가 더없이 선명했다. 잘생긴 얼굴이 더 드러나는, 신기한 경험 속에 지섭이 피식 웃었다.

"두통은 없나? 나갈 수 있겠어?"

"…아픈 건 없는데, 일부러 오신 거예요?"

"약속했잖아. 바다에 오기로."

희미한 미소에 은재의 가슴이 콩닥거렸다. 그가 몸을 바로 하며 말을 이었다.

"얼마 안 남았지만 제대로 해야지."

"……"

"신혼여행."

의미는 없을지라도 단어가 주는 묘한 것이 있었다. 그것이 모두 거짓이고 농담에 불과해도.

"와아."

지평선에 얇은 빛의 띠를 머금은 어두운 바다는 생각보다 훨씬 운치 있었다. 밤과 어둠의 사이, 그녀는 차가운 바람을 코끝으로 머금었다.

"하아……"

숨이 탁 트이는 시원한 바람에 가슴이 뚫린다. 모래사장이 없는 절벽에 가까운 곳이지만 자연이 주는 청아함은 설명할 수 없을 만큼 맑았다. 그때, 은재의 어깨로 카디건 하나가 앉았다.

"날이 차. 감기라도 걸리면 곤란해."

지섭이 덮어 준 배려가 찬바람을 막았다. 바람은 머리칼을 끝없이 흩날리게 만들었다. 입술과 코끝을 지나 뺨 그리고 귓불에 목덜미까지. 하나하나 전부 바닷바람이 스쳤다. 은재의 입가로 선한 미소가 번졌다.

"정말 오랜만에 보는 바다예요."

"뉴욕에서도 바다는 그렇게 멀지 않았을 텐데."

"멀지는 않아도 갈 시간은 없었어요. 아니, 여유가 없었던 것 같아요."

"……."

"그럴 마음도."

하루하루 살아가는 것이 고되었던 시간. 누군가에게는 별거 아닐지도 모를 고생이겠지만, 스스로 선택한 것이라고 하겠지만.

"힘들었던 것 같아요."

그래도 힘들지 않은 건 아니다. 누군가와 비교되지 않아도 충분히 힘들었다. 은재는 나무로 된 난간에 손을 올렸다. 절경이었다.

"좋다."

저절로 나지막한 속삭임이 흘러나왔다. 세상 모든 평온함이 그녀를 감싸던 그때였다.

찰칵.

"…자, 잠깐만요."

옆에서 들린 익숙한 소리에 고개를 돌린 은재의 얼굴이 금방 붉어졌다. 지섭이 집에서 가져온 카메라를 들고 있었다.

"아니, 아… 안 돼요. 저 지금 완전히 엉망이라, 아니 아니."

누군가를 찍는 것은 익숙하지만 찍히는 것은 더없이 어색했다. 당황한 그녀가 어쩔 줄 모르며 얼굴을 가렸다.

"본인은 찍혀 본 적이 별로 없을 거 아니야. 이때라도 남겨 봐."

"괘, 괜찮아요. 사진 찍히는 거 안 좋아해서."

"사진을 찍는 사람이 찍히는 걸 싫어하면 곤란한 거 아니야?"

"아니, 그게……."

사실 싫어하는 것보단 부끄러워하는 게 맞다. 결국 조용히 손을 내리자 지섭이 다시 카메라를 들었다.

"어렸을 때 이거 들고 몇 번 움직인 적이 있었어. 한참 돼서 가물가물하지만 셔터 누를 줄은 알아."

"…어머님 거니까요?"

"정확히는 어머니를 찍어 드리던 아버지의 것."

몇 번을 더 찍으니 민망함은 무뎌졌다. 대신 그의 이야기에 집중했다.

"어머니를 찍을 때가 유일하게 아버지가 웃던 때였거든."

찰칵, 찰칵. 이어지는 셔터 소리에 은재가 말했다.

"아름다운 분이셨을 것 같아요."

"배우였으니까. 그래 봐야 몇 년 하다 말아서 딱히 유명하지도 않았지만."

"아니요, 외모가 아니라."

그녀의 말에 그가 카메라를 내렸다. 조금씩 번지는 빛을 받은 지섭의 모습이 유달리 맑아 보였다. 은재는 조심스레 말을 이었다.

"앵글은 의외로 거짓말을 못 해요. 보이는 사람이 어떤 감정을 가지고 있는지 어떤 생각을 하는지 조금은 보이거든요. 그리고 피사체와 감화되어서 셔터를 누르곤 해요. 그게 사람이건 자연이건."

살짝 흘러내린 머리를 귀 뒤로 넘긴 은재가 화사하게 웃었다.

"아버님이 웃으셨다면, 그건 어머님이 웃으셨기 때문이에요."

역광으로 비추는 그녀의 모습이 조금씩 눈부셨다. 아직 취기가 다 가시지 않은 것인지 아니면 잠이 덜 깬 건지, 은재는 평소보다 조금 더 자연스러웠다.

"다음에 사진 보여 줄게. 한참 찾아야겠지만."

그가 카메라를 들었다.

"예쁘다."

"그렇죠. 저, 일출 같은 거 처음 보거든요."

"글쎄."

눈에 들어오는 것이 과연 일출뿐일까. 의뭉스런 대답에 고개를 갸웃거리는 사이 지섭이 카메라를 자동차 보닛에 올렸다. 떨어지지 않게 잘 고정시킨 그가 은재의 곁으로 다가왔다.

"같이 왔다는 증거 정도는 남겨야지."

"이상하게 찍힐 거예요. 위치랑 앵글이……."

"비전문가에게 너무 많은 걸 바라지 말고."

"그보다 저 기종은 타이머가 없을걸요. 너무 오래된 기종이라."

"…아."

뒤늦은 깨달음에 충격 받은 그의 모습에 은재는 웃음을 참지 못했다.

"풉."

멋대로 튀어나온 웃음을 막지 못한 그녀가 몸을 들썩였다. 민망해진 지섭이 보닛 앞으로 가 이번엔 제 휴대폰을 세웠다.

"요즘은 휴대폰 사진도 좋아."

불굴의 의지로 카메라 세팅을 해 놓은 그가 다시 돌아왔다.

"15초야."

그의 말에 은재가 머리를 쓸어내렸다. 어색하지만 즐거웠다. 어떤 걱정도, 긴장도 없이 이 순간 자체가 행복했다. 저도 모르게 말이 나올 만큼.

"지금 이대로면 좋겠어요."

은재의 속삭임에 지섭이 그녀를 돌아보았다. 그러다 가만히 되물었다.

"여기서, 뭔가 더해진다면?"

그녀는 고개를 저었다.

"지금은 아무것도 더하고 싶지 않아요."

"……."

"너무 힘들 것 같아. 그냥 지금 이것만으로도 벅차서요."

전혀 다른 질문과 전혀 다른 대답. 지섭은 정면을 응시한 그녀를 담담히 바라보았다. 아무것도 바라지 않는다는 말이 진심으로 다가왔다. 묻지 않았지만, 듣지도 못했지만 알 수 있었다. 지금 그의 마음은 은재에게 '독'이 될 수 있다는 사실을.

쉽게 깨지고 마는 그녀의 마음에 너무 무거운 짐이라는 사실을 말이다.

"모든 게 끝나면."

"네?"

"그때."

그가 앞을 보며 말했다.

"서은재 씨라서 다행이야."

찰칵.

"당신이라서."

이 시간, 그들의 추억이 새겨졌다.

내가 처음으로 온전히 마음을 주게 된 사람이 당신이라서.

"좋다."

이것이 닿지 않는 첫 고백이라 할지라도.

가져온 짐이 없으니 챙길 것도 없었다. 사람들이 깨기 전 호텔로 돌아온 은재는 제 휴대폰을 보며 배시시 웃었다.

"잘 찍혔다."

그녀가 보고 있는 건 지섭이 보내 준 두 사람의 사진이었다. 굳이 따지면 구도도, 배경도 아주 완벽하진 않다. 하지만 사진에 담기지 못한 순간의 공기, 바람, 사람까지 모두 좋았다.

'가끔은 기억이 사진을 완성시키기도 하니까.'

흐뭇하게 웃으며 휴대폰을 집어넣고 움직였다. 이제 집으로 돌아갈 시간이다. 방에서 나와 만나기로 한 호텔 뒤편으로 향하던 그녀의 눈에 익숙한 얼굴이 들어왔다.

"정연 씨!"

어제 클럽에서 이후 보지 못했던 정연이었다. 은재는 얼른 다가가 인사했다

"아직 안 갔네요? 아까 못 봐서 인사도 못 했는데."

"어머, 에블린. 잘 들어갔어요?"

은재만큼이나 짐이 없는 정연이 반갑게 웃었다. 은재는 뒷머리를 긁적이며 말했다.

"혼자 가서 미안해요."

"아니에요. 이렇게 잘 있으니까 됐어."

그녀는 의외로 먼저 간 은재에 대해 의문을 품지 않았다. 지섭이 어떻게 데려오고 무슨 말을 했는지 가늠도 되지 않았지만 그녀도 되묻지 않았다.

"그게 술일 줄은 몰랐어요. 정연 씨도 음료수인 줄 알았죠?"

"이유 없이 단 건 없으니까요."

"네?"

"설마 들킬 줄은 몰랐고."

"으응? 뭘 들켜요?"

알 수 없는 말을 연달아 이은 정연이 시간을 확인했다. 그녀의 표정이 아쉽게 변했다.

"시간이 별로 없어서 이만 가야 할 것 같아요."

"…아, 네. 그래요. 수고 많으셨어요."

사실 섭섭하거나 서운함은 들지 않았다. 2박 3일 동안 가장 많은 대화를 나눴지만 번호 하나 나누지 않은 관계였다.

'번호를 줄 수 있는 상황도 아니니까.'

정연이 은재에게 손을 내밀었다.

"오랜만에 즐거웠어요. 이 일 하면서 에블린만큼 좋은 사람 만나는 것도 흔하지 않거든요."

얼떨결에 악수를 받은 은재가 부끄러운 듯 뺨을 붉혔다.

"저도요. 반가웠어요."

소소한 인사와 함께 손을 놓았다. 정연은 잠시 은재를 보다 입꼬리를 올렸다. 빤히 보는 시선이 의아해 볼을 긁적이자 정연이 말을 이었다.

"짧았는데 일이 많았죠. 잘생긴 이사님도 뵙고 모델들도 보고."

"하하, 그런가요?"

"이런저런 일로 바쁘기도 했다가, 혼나기도 하고요."

"정말 고생 많으셨어요."

"또 계단에서 넘어질 뻔하기도 하고요. 안 다쳐서 다행이에요. 물론, 안 다치게끔 했지만."

"네, 다행히 아무 일도 없어서……."

"술을 마셔도 어찌나 입이 무겁던지. 소득은 하나도 없고, 시간만 낭비한 것 같거든. 솔직히 실망했지만, 괜찮아요. 한 사람은 아주 진심이라는 걸 알았거든."

"……."

"재밌었어."

"…정연 씨?"

불현 듯 파고드는 소름이 온몸으로 타고 올랐다. 딱딱하게 굳은 은재를 보며 정연이 다시금 방긋 웃고 말했다.

"그럼 잘 가요."

멀어지기 시작한 그녀가 손을 들어 인사했다. 돌아선 정연이 가벼운 걸음으로 멀어졌다. 그러나 은재는 움직일 수 없었다.

정연이 모퉁이를 돌아 완전히 사라질 때까지. 그 순간 은재의 머릿속에 떠오른 것은 하나였다.

장미연.

그녀가 떠올랐다.

"확실한 증거는 없이 심증만 두고 갔다? 그 정도로 표를 낼 줄은 몰랐는데."

지섭의 말에 은재가 말까지 더듬었다.

"아, 알고 계셨어요?"

"처음부터 의심스럽기는 했어. 갑자기 서은재 씨에게 관심을 보였으니까. 그리고 어머니가 이런 좋은 기회를 두고 가만히 있을 리 없지."

"그럼 정말 어머님께서……."

"그렇다 해도 대놓고 물을 수도 없어. 아니라고 하면 그만일 테니까."

은재가 충격을 받은 듯 넋을 놓았다.

"뭐라도 할 거라고 생각은 했지만, 그렇게 빨리 수를 써 놨을 줄은."

그는 처음부터 정연을 의심했다. 이유 없이 은재에게 친한 척 다가오는 것, 일부러 술을 마시게 한 것까지. 사실 은재가 그렇게까지 취할 거라곤 생각하지 못했지만.

"너무 잘 마셔서 술이 셀 거라고 생각했던 게 내 실수야."

은재가 다급히 물었다.

"왜, 말해 주지 않으셨어요. 제가 실수라도 하면……."

"걱정하느라 어색해하면 오히려 곤란해질 것 같았어. 그리고 누누이 말하지만 실수를 해도 그건 내가 감당해. 또."

끼익.

신호에 맞춰 차가 멈췄다. 제임스가 이쪽을 보는 게 느껴졌지만 지섭은 개의치 않았다.

"그 실수가 나를 해치려고 하는 게 아니라는 걸 아니까, 상관없어."

들을수록 당혹스럽지만 또 고마운 말이었다. 그녀는 고개를 끄덕이며 가슴을 달랬다. 다시 차가 출발하고 그가 물었다.

"다른 일은 없었어?"

"…네?"

다른 것. 자연스레 이틀 전 계단이 떠올랐다. 은재가 아랫입술을 깨물었다.

'등을 민 사람이 정연 씨일지도 몰라. 아니, 모르겠어. 계속 날 보고 있었다면, 우연히 봤을 수도 있고……. 하지만 그게 아니라면?'

"서은재 씨?"

대답 없는 그녀를 지섭이 불렀다. 은재는 속단하지 않기로 생각했다.

"좀 더 생각해 볼게요."

의미심장한 말이었지만 그는 굳이 채근하지 않았다. 대신 사람을 편안하게 하는 눈으로 말했다.

"가려면 아직 멀었으니까 조금 자."

"아니요, 전 괜찮은데."

"다시 시작이니까."

다시 시작. 여유라면 여유였던 '신혼여행'의 끝. 은재는 군말 하지 않고 몸을 바로 했다. 복잡한 머릿속과 정리되지 않은 이야기를 품고 차는 청성가로 향했다.

익숙하지만 익숙하지 않은, 그러면서도 '집'이라는 생각까지 들게 만드는 그곳에 돌아왔다. 드넓은 정원과 그 끝에 자리한 한옥, 현대적으로 인테리어된 내부.

다시, 청성가다.

"다녀왔습니다, 아버님."

허리를 숙인 은재가 창만에게 인사를 하고 몸을 옆으로 돌렸다. 그리고 방긋 웃는 미연에게도 인사했다.

"어머님."

"어서 와요. 수고했어요. 여러모로 고생이 많았겠어."

더없이 상냥한 환대에 은재는 마른침을 삼켰다. 다시 보는 미연은 새삼스럽게 매서워 보였다.

'정말로 해코지를 할 수도 있는 사람이니까.'

단순히 말을 떠나 행동으로 보일지도 모른다는 의심이 든다.

"아닙니다. 잘, 다녀왔습니다."

잠시 서늘한 눈으로 미연을 응시하던 지섭이 금방 눈웃음을 지었다.

"일찍 오셨습니다. 아직 일정이 남으신 걸로 아는데."

"첫 외출을 마친 며느리 맞이하는 일 정도는 해야지."

누가 들으면 이보다 좋은 시어머니가 없다. 그녀는 미소와 함께 말했다.

"참, 밥 먹어야지? 한국 와서 그렇게 밖을 다닌 건 처음이니 얼마나 재밌었을까? 궁금한데."

교활한 술수다. 사람 진을 빼겠다는 의지가 보였다. 지섭은 은재의 어깨에 손을 올리며 대답했다.

"오는 길에 먹었습니다. 오늘은 이 사람도 저도 쉬고 싶은데. 괜찮을까요, 아버지?"

절대 당해 줄 지섭이 아니었지만. 미연을 지나쳐 곧장 창만에게 의중을 묻는 것이 딱 그 뜻이었다. 창만은 고개를 끄덕이며 손짓했다.

"당연히 그래야지. 잘 다녀왔으니 됐다. 이만 올라가 봐. 자네도 다시 가 봐야 한다고 하지 않았나?"

"…네, 그렇죠."

살짝 눈가를 뜬 미연이 애써 수긍했다.

"시간은 많으니까."

그러면서 곧장 은재를 향해 날카로운 시선을 보냈다. 은재는 저도 모르게 흠칫 굳었지만 주먹까지 쥐며 참았다.

'겁낼 거 없어.'

모든 걸 알고 있는 눈. 하지만 뜻대로 움직이고 싶진 않았다.

"아, 아아."

짧은 인사를 마치고 돌아온 방이 그렇게 제집 같을 수 없었다. 은재는 소파에 털썩 앉으며 중얼거렸다.

"집이다……."

무의식중에 나온 말에 문을 닫던 지섭이 피식 웃었다. 그가 재킷을 벗으며 말했다.

"내일 병원 예약해 뒀으니 바로 가면 돼. 물론 나도 같이 갈 거고."

"제 이름으로 진료를 받으면 될까요?"

"그럴 거 없어. 지난번 연결해 둔 산부인과 의사에게 얘기해 뒀으니 그쪽으로 가서 검사받으면 돼. 믿을 만한 사람들로 맞춰 놓을 거야."

"…사, 산부인과요?"

뜻밖의 산부인과. 물론 꼭 결혼한 사람만 가는 곳은 아니지만 '유부녀' 타이틀을 달고 가려니 마음이 약간 싱숭생숭해졌다.

뭐 문제 있어? …라고 말하는 듯한 그의 시선에 은재는 어색하게 웃었다.

'어떻게든 되겠지.'

일단은 조금 쉬고 싶었다. 여수에서 서울까지 무려 6시간 가깝게 걸렸다. 거기에 저녁까지 먹고 들어오니 정리를 마친 지금은 10시를 훌쩍 넘겨 있었다.

이제 슬슬 잘까 싶어 정리를 하던 차, 가벼운 노크 소리가 들렸다. 지섭은 씻고 있었고 은재는 바짝 긴장을 하며 문을 열었다. 그리고 금방 긴장을 풀었다.

"언니."

학교에서 돌아온 태희였다.

"아가씨."

고작 2박 3일이었지만 마치 한 달이라도 된 듯 태희가 감격 어린 표정을 지었다. 당장이라도 안길 듯하던 태희는 머뭇거리다 말했다.

"다녀오셨어요."

귀여운 행동에 은재가 먼저 태희를 안았다.

"잘 다녀왔어요. 잘 있었어요?"

누가 보면 정말 한참 떨어져 있었던 줄 알겠다. 태희는 은재의 품에서 강아지처럼 고개를 비볐다.

"네, 언니. 다시 와 줘서 너무 기뻐요."

"뭐야, 그런 말을 왜 해요."

"…그냥요. 그냥."

겨우 며칠, 그 시간이 태희에겐 길게 느껴졌던 모양이다. 보는 사람마저 흐뭇한 두 사람의 포옹에 불만을 품은 것은 다름 아닌 지섭이었다.

"너무, 안는 거 아닌가?"

언제 나왔는지 문 앞에서 벌이는 애정 행각에 그가 태클을 걸었다.

"네?"

그의 말에 은재가 고개를 갸웃거렸다.

"좀 떨어져도 괜찮잖아."

이해 못 할 말의 연속이었다. 하지만 그게 명령이라도 되는 듯 태희가 알아서 떨어졌다. 그녀는 안절부절못하다 가려는 듯 뒷걸음질을 쳤고 은재가 그것을 막았다.

"마침 잘됐다! 시간 있으면 잠깐 들어와요. 선물 사 왔어요."

"선물이요?"

"응. 여수에 신기한 게 많더라고요."

은재는 태희의 손을 당겨 소파에 앉혔다. 그리고 한쪽에 뒀던 쇼핑백을 가져와 태희에게 건넸다. 그에 지섭이 허무하게 물었다.

"이게 다 정태희 거였어?"

"네? 아, 네. 특산품이랑 예쁜 인형들이 있어서요."

무슨 문제 있어? …라는 얼굴이다.

돌아오는 길, 휴게소에 들러 이것저것 고르더니 전부 태희 것이었나 보다. 지섭의 표정이 변했다. 예를 들자면 시무룩하게.

두 사람은 한참 동안 이야기꽃을 피웠다. 자신은 잊은 듯 신난 은재를 보며 지섭은 한숨을 삼켰다.

'질투할 거리가, 너무 많잖아.'

본의 아니게 짝사랑을 시작한 남자의 한탄이었다. 그것도 여동생에게 질투를 한다고 표를 낼 수도 없는 일다. 낯부끄러운 짓 아니던가. 혼란에 빠진 남자의 마음도 모르고 은재는 제 얼굴만 한 공을 들었다.

"이건 안에 기름 같은 게 들어 있나 봐요. 그래서 이렇게 만지면 되는 것 같아요."

"우와, 말랑말랑해요."

"그렇죠. 요즘 애들한테 유행하는 거라고 하는데 이걸 이렇게 늘릴 수도 있대요."

"오오오."

거의 열 살 차이가 나는 것이 무색하게 정신연령이 맞는다. 그것이 제법 귀엽다. 여태 표정에 감정을 드러내는 걸 본 적 없는 태희가 웃는다. 지섭은 문득 시간을 셈했다.

불과 두 달여.

은재가 그들의 곁으로 온 지 겨우 60여 일 만의 일이었다. 태희를 웃게 하고 자신을 무장해제 시킨 시간은 고작 그만큼이었다.

'서은재.'

지섭은 그녀의 이름을 곱씹으며 미소를 지었다. 그사이 은재와 태희는 물 공을 가지고 열심히 노는 중이었다.

"안 터져요, 안 터져. 어디까지 늘어날까요?"

"글쎄요. 안내서 한번 볼게요."

"우와, 언니! 이것 봐요, 막 늘어나요!"

"너무 많이 늘리면 터지……!"

팡! 끝없이 늘어날 것 같던 고무가 기다렸다는 듯 터졌다. 싱글벙글 활기로 가득했던 방 안에 침묵이 맴돌았다.

"……."

"아, 아가씨."

용케도 은재는 젖지 않았지만 태희는 아니었다. 덩달아 소파까지 온통 물인지 기름인지 모를 것으로 흠뻑 젖어 버렸다.

지섭은 고개를 돌렸고 은재는 당황했다.

태희는.

"아, 아하하! 이게 뭐야."

예상치 못한 웃음을 터트리며 우스꽝스러운 표정을 지었다. 맑은 웃음소리에 은재 역시 안도하며 마주 웃었다. 뒤에 앉아 있던 지섭의 눈이 놀란 듯 크게 뜨였다. 처음으로 태희의 큰 웃음소리를 들었다. 그것은 그 나이 또래가 가질 수 있는 평범한 소녀의 것이었다.

"괜찮아요? 가서 씻어야겠다."

얼른 수건을 가져와 태희를 닦아 준 은재가 말했다. 태희는 고개를 끄덕이며 일어섰다.

"미안해요, 언니. 소파가 다 젖어 버렸어요."

"괜찮아요. 여긴 제가 알아서 할게요. 어서 가서 씻어요."

"네. 선물 고마워요."

엉망이 되고서도 기분이 좋은지 태희는 웃고 있었다. 자신이 웃고 있는 것을 모르는 듯했다. 주섬주섬 짐을 챙긴 태희가 나서려다 문가에 서서 허리를 꾸벅 숙였다.

"이사님, 가 보겠습니다."

도로 딱딱해진 말투였다. 지섭은 한눈에도 저를 어려워하는 태희에게 넌지시 대답했다.

"가라."

어렵고 아직은 시간이 필요한 거리였다. 하지만 서로의 시야에 들어온 것은 분명했다. 어색하기만 한 남매를 흐뭇하게 보던 은재는 소파를 닦았다. 미끈미끈하면서도 축축한 것이 소파 깊이 스며들어 있었다.

"이거 어쩌죠? 이상한 냄새도 좀 나는 것 같은데."

소파 중앙을 떡하니 적신 액체에선 퀴퀴한 냄새도 났다. 곤란해하는 은재에게서 수건을 가져간 지섭이 말했다.

"당장 닦는 건 무리야. 내일 고용인한테 부탁할 테니 걱정 마."

"응, 하지만……."

다른 것보다 지섭이 잘 곳이 없다는 게 문제였다. 그는 대수롭지 않게 말을 이었다.

"이 집에 남는 게 방이야."

"다른 방에서 자면 사람들이 오해할 거예요."

"멀리 갈 것 없이 서재에도 간이침대는 있으니까 그쪽으로 가면 돼."

그럼에도 은재는 마음이 불편했다. 서재의 간이침대는 말 그대로 간이침대였다. 편히 잠들 수 있는 자리는 아니다.

'몇 시간씩 차 타고 왔는데.'

당장 내일도 나갈 일이 있는데 불편하게 좁은 곳에서 잘 그가 걱정이었다. 거기다 이렇게 된 건 제 탓도 있다. 은재는 소파와 그를 힐끔거렸다. 지섭의 얼굴이 평소보다 피곤해 보였다.

"늦었어. 내일 병원 가야 하니까 이만 자."

말을 마친 그가 방 밖으로 나서려 했다. 더 고민할 것 없었다.

"지섭 씨."

재빨리 지섭에게 다가간 은재가 그의 팔을 잡았다. 당기는 힘에 돌아보자 순진한 눈이 지섭을 향해 말했다.

"여기서 같이 자요."

"…뭐라고?"

"침대도 넓고, 사실 처음도 아니고."

"……."

"여기서 편하게 주무세요."

믿음으로 가득한 눈. 순진무구한 영혼. 어떤 음험한 생각도 없어 보이는 마음.

기다렸다는 듯 뛰어 대는 지섭의 심장과 새까맣게 물드는 머릿속이 말했다. 인내심이 고작 종이 한 장보다 못한 놈이라고.

#13

'침대가 넓긴 넓어.'

은재는 침대를 정리하다 생각했다. 사람 서넛은 누울 수 있을 것 같은 엄청난 넓이의 침대. 이곳에서 지금껏 혼자 자고 있었다는 것이 새삼 양심에 찔렸다.

"너무 경각심이 없나."

잠시 고민했지만 금방 고개를 저었다.

"다른 사람도 아니고 지섭 씨인데."

여태 문 하나 두고 함께 생활해 온 신뢰가 얼마인데, 고작 이런 일로 경계할 수는 없는 법이다. 그러면 그의 인성을 무시하는 일밖에 되지 않는다

"그럼, 당연하지."

성별을 떠나 지섭을 향한 은재의 신뢰는 엄청났다. 계약이 아니라 평범하게 엮였으면 존경까지 했을지 모른다. 그녀는 피식 웃으며 베개를 팡팡 쳤다.

'엮일 일도 없겠지만.'

 이따금 찾아오는 현실감에 자조한 은재가 시간을 확인했다. 자정을 넘긴 시간에 아직 지섭이 돌아오지 않았다.

"왜 안 오지."

 같이 자자는 말에 이상하게 아무 말도 하지 않던 그가 잠시 방 밖으로 나섰다. 물을 좀 마시고 온다고 했지만 자리끼는 테이블 위에 있었다. 그렇다면 이유는 한 가지.

"일이 바쁜가."

 업무 때문일 게 분명하다. 괜히 한 번 더 잠자리를 확인하던 차에 지섭이 돌아왔다. 그는 평소와 같아 보였다.

"불 끌게."

 은재가 고개를 끄덕이자 그가 불을 껐다. 침대 옆 스탠드 조명만 남은 깜깜한 방. 순간 긴장감이 그녀에게 스며들었다.

'이제 와서.'

 꼴깍, 침을 삼키는 사이 지섭이 침대에 자리를 잡았다. 그가 제 옆을 툭 쳤다.

"와."

 그러나 은재는 선뜻 다가가지 못했다.

"저기, 거기 약간 중앙……."

"왜?"

"…아, 아니에요."

먼저 같이 자자고 한 것도 자신이다. 침대 넓다고 한 것도 그녀다. 그러니, 지섭의 위치가 다소 가운데라 할지라도 이상할 건 없다. 그녀가 주춤주춤 침대로 가 제 자리에 누웠다.

'포도 향기?'

묘하게 달콤한 향을 느끼며 은재는 이불 속으로 파고들었다.

"……."

갑자기 심장이 뛰고 머릿속이 복잡해졌다. 그의 태연함 때문에? 거리가 가까워서? 모르겠다. 하지만 분명한 건.

'왜, 왜 저렇게 보는 거야!'

지섭이 자신을 빤히 보고 있다는 사실이다. 몸을 옆으로 돌려 상체만 살짝 들고서 이쪽을 보고 있다. 지그시 바라보는 시선을 도저히 모르는 척할 수가 없었다.

"왜, 그렇게 보세요?"

결국 묻고 마는 그녀에게 그가 뻔뻔하게 되물었다.

"내 아내 얼굴 보는 게 그렇게 문제가 되나?"

"…농담하지 마시고요. 하실 말씀 있으세요?"

이불을 코끝까지 올리며 웅얼거리는 은재에 지섭은 숨을 한 번 몰아쉬었다. 촉촉이 내놓은 두 눈이 지나치게 사랑스러웠다.

경고가 뜬다. 그가 한숨을 내쉬며 말했다.

"어떻게 하면 서은재 씨에게 경각심이 생길까 고민하는 중이야."

"경각심이요? 그건 왜요?"

"대범하다고 해야 할지, 나를 남자로 보지 않는 거라고 해야 할지."

지섭의 말에 은재의 얼굴이 확 붉어졌다.

"아니!"

벌떡 몸을 세운 그녀가 억울하다는 듯 외쳤다.

"그, 그건 당연히 지섭 씨니까!"

"그래, 나한테만 그래."

"…에?"

"나한테만 그래야지."

분명 그는 웃고 있었다. 하지만 목소리에 담긴 힘이 꼭 각인처럼 은재를 휘감았다. 지섭이 손을 뻗어 그녀의 흐트러진 머리를 쓸어내렸다.

"지금 당신이 한 일, 내가 아닌 다른 사람."

아주 짧게 닿은 손길인데 순간 아무것도 할 수 없었다. 신경이 없는 머리칼이 따끔따끔하는 착각이 들었다. 그녀의 커진 동공을 보며 지섭의 한쪽 입꼬리가 올라갔다.

"하다못해 그게 태희라 해도, 허락 안 해."

"……."

"대답해 줘."

처음 보는 그의 강압적인 말투에 숨이 살짝 가빠졌다. 기분이 나쁜 건 아니다. 오히려 이상할 정도로 마음이 고조되었다. 그녀는 저도 모르게 고개를 끄덕였다.

"…네."

내가 왜 대답을 하는 거야? 그런 의문을 접듯이 지섭이 은재의 몸 위로 이불을 덮었다.

"자."

토닥토닥, 두어 번 두드린 손길에 거짓말처럼 몸이 노곤해졌다. 그가 살짝 내리깐 눈으로 속삭였다.

"지금은 아무것도 걱정하지 말고."

눈이 감겨 온다.

"편히 쉬어."

다정한 음성에 그녀가 눈을 감았다. 언제 잠이 든 것인지 모를 만큼 빠르게.

"…엄마."

잠든 은재가 자그맣게 중얼거렸다. 그녀의 잠꼬대는 꽤 익숙한 것이었다. 이따금 은재는 이렇게 꿈에서 어머니를 찾는다. 때론 아버지를, 또 어떨 땐 제 오빠를.

"…서은재."

결코 잠들 수 없는 밤이었다. 무방비한 그녀의 말에 휘말려 포도주를 반병이나 마셨다. 침착하기 위해 이성을 다독이며 간신히 스스로를 달랬다. 그럼에도 잠조차 이루지 못하고 이렇게 바라만 본다.

"멍청하게도."

본능이란 것이 참 모질다. 그는 가만히 그녀의 눈가에 손을 댔다. 흐르지 못한 눈물이 은재의 눈꼬리에 매달려 있었다. 가엽고 가여운 여자.

그녀는 매일 밤 이렇게 외로워했을지도 모른다.

이 외로움의 길로 들어서게 한 것은 바로 자신. 손끝으로 옮겨 온 눈물방울을 가져온 그가 말했다.

"미안해."

당사자에겐 미처 닿지 못한, 많은 것이 담긴 사과에 은재가 뒤척였다. 바르게 누워 있던 몸이 오른쪽으로 돌아 그를 향했다.

색색. 자그마한 입에서 숨이 오간다. 숨은 길게 퍼져 지섭의 가슴까지 닿았다.

위험하다. 적색경보가 켜지고 그는 얼굴을 쓸어내렸다. 애써 갈무리한 본능이 멋대로 날뛰려 했다. 하찮은 인내심이었다.

"…젠장."

지금껏 몰랐던 고통의 시작. 그렇게 버거우면 자리를 피하면 될 것을 그조차 하지 못했다. 은재 곁에 있고자 하는 욕심 때문이었다. 깨달음의 시작은 괴로움이었다. 바로 어제까진 가능했던 것이 오늘부터 불가능해지는 신비한 기적.

'매일, 이래야 한다는 거지?'

지금껏 대수롭지 않게 보내왔던 날들은 더 이상 없다는 것. 그가 신음했다. 가슴이 끓었다.

"청성 산하 병원이라 의료진 문제는 없을 겁니다. 들어가서 바로 산부인과로 가면 됩니다."

"저번에 의료 기록 작성해 주셨다던 그 분인가요?"

"예, 맞습니다. 산부인과지만 적절한 조치는 해 주실 겁니다. 이쪽도 연관된 사람이 줄어들수록 좋은지라. 기기가 필요한 진료라 진료실로 가는 건 어쩔 수 없으니 조금만 수고해 주십시오."

병원 주차장으로 들어서는 길목, 제임스가 설명했다. 매끄럽게 차를 세운 그가 마저 말을 이었다.

"산부인과는 3층에 있으니까 바로 그쪽으로 가서 기다리시면 됩니다. 마스크는 잊지 마시고요. 진료받고 바로 최상층 VVIP룸으로 올라가서 기다리면 결과를 말해 주러 올 겁니다."

"네, 비서님."

혹시나 잊을까 그의 말을 꼼꼼히 기억한 은재가 고개를 끄덕였다. 비서님, 비서님. 영 듣기 어색한 호칭에 제임스가 말했다.

"…그냥 이름으로 부르는 게 편할 것 같습니다."

"그럴까요? 그럼, 제임스……."

"김 실장으로 불러."

내내 조용하던 지섭의 첫마디였다.

"다 주무셨습니까?"

제임스의 물음에 지섭이 몸을 바로 했다. 집에서 병원까지 오는 내내 잠들어 있던 그다. 간밤 한숨도 못잔 사람처럼 피로해 보였다. 지섭은 대답 대신 은재에게 강조했다.

"제임스 김, 김도경이 한국 이름이니까."

"아, 이름 예뻐요."

순수한 칭찬에 제임스가 복잡한 얼굴을 했다.

"감사…합니다."

룸미러로 비추는 상관의 표정이 예사롭지 않다. 낮은 한숨을 쉰 제임스가 차에서 내렸다. 은재 역시 곧장 뒤따르려는데 지섭이 그녀의 팔을 잡았다.

"제임스와 얘기 잠깐 하고 5분 뒤에 그쪽으로 갈 테니까 기다려."

"네? 하지만… 같이 있으면 문제 생길지도 모르는걸요."

"나는 연예인이 아니야. 세상 사람들이 다 내 얼굴을 알지는 못해. 지켜야 할 건 서은재 씨지, 난 괜찮아."

그건 그렇다. 은재의 정체를 숨기는 것도 다 훗날 문제가 되지 않게 하기 위해서였다. 애초에 지섭은 모든 것을 감수하고 그녀를 집에 데려왔으니까.

"…여자 있다고 소문나면요?"

"여자 있는 것 맞잖아. 당신이 먼저지, 나는 상관없어."

우물쭈물한 질문에 지섭이 쐐기를 박았다. 그는 피식 웃으며 말을 이었다.

"그리고 혼자 큰 병원에 있는 것보단 낫잖아."

"……"

"먼저 올라가."

곳곳에 숨은 그의 배려에 안도감이 들었다. 사실 이렇게 큰 병원에 혼자 있어야 하는 게 조금 무섭기는 했다. 은재의 편해진 얼굴에 지섭이 고개를 끄덕였다.

주차장에서 병원으로 올라가는 길, 입구로 갈수록 사람이 많아졌지만 정말 그녀를 신경 쓰는 사람은 아무도 없었다.

'진짜 한국에 돌아온 기분이네.'

잠깐이지만 지섭도 없고 자신을 신경 쓰는 사람도 없다. 목적지에 도착해 묘한 해방감에 마스크를 고쳐 쓴 은재가 휴대폰을 들었다.

"오랜만에."

그녀가 켠 것은 메시지 어플이었다.

[오빠, 나 잘 있어. 부모님도 잘 지내시지? 언니한테도 안부 전해 줘.]

차마 부모님에게 메시지를 하지 못한 건, 괜히 눈물이 날 것 같아서였다. 집에서도 몇 번씩 메시지를 보내면 그때마다 마음이 울적해진다. 밖에서 그런 추태를 부릴 수는 없었다.

메시지를 보내고 휴대폰을 주머니에 넣는데 바로 진동이 돌아왔다.

"어? 벌써?"

출근했을 사람의 답장이 너무 빨랐다.

[덜 말린 황태:요즘 바쁘다고 들었어. 안 그래도 연락하려고 했는데.]

물론 오빠의 이름은 '덜 말린 황태'가 아닌 서은태다. 당사자가 알면 분노할 이름으로 저장해 놓고도 반가운 마음에 얼른 답장을 썼다.

[응. 그래서 자주 연락 못 해. 이해해 줘.]

조금 뒤, 다시 답장이 돌아왔다.

"이 양반이 웬일이야?"

[덜 말린 황태:그래도 시간 날 때마다 좀 해. 부모님 맨날 네 얘기 하신

다. 걱정이 많으셔. 얼마나 일이 많으면 잠깐 전화할 시간도 없냐? 복지 좋은 건 알겠다만.]

"…복지가 좋긴 하지."

이것도 복지라고 할 수 있다면.

'해외 봉사 나온 줄 알고 있으니까.'

순간 코끝이 찡해졌다. 메시지에 담긴 걱정과 서운함이 보인다. 그녀는 마스크를 눈 아래까지 올리고 코를 마셨다.

"답장은 또 왜 이렇게 빠르담. 땡땡이친 거 아닌가 몰라."

속상한 마음을 숨긴 혼잣말과 함께 잠시 자리에 앉은 은재가 손을 움직였다.

[시차가 나서 그렇지. 그렇게 엄청 힘든 일은 아니야. 지금도 그냥 쉬고 있어. 걱정하지 마. 그러는 오빠는 어딘데 이렇게 답장이 빨라?]

[덜 말린 황태:출근 안했어. 여기 병원이야.]

[병원? 왜? 무슨 일 있어?]

[덜 말린 황태:별일은 아니고, 언니 때문에.]

툭.

한창 메시지를 주고받던 중, 지섭이 그녀의 어깨를 살짝 짚으며 옆에 앉았다. 깜짝 놀라 휴대폰을 집어넣으려 하자 그가 고개를 저었다.

"괜찮아, 해."

"가, 감사합니다."

"별걸 다."

허락 아닌 허락까지 받은 은재는 다시 메시지를 보냈다.

[병원은 왜? 언니 어디 아파?]

[덜 말린 황태:그건 아니야. 좋은 소식이야.]

[뭔데, 빨리 말해.]

좋건 나쁘건 병원이라는 말에 괜히 걱정이 되어 조바심이 생겼다. 빠르던 답장이 느려지고 살짝 초조해진 그녀가 다시 메시지를 보냈다.

[무슨 일이냐니까?]

딩동.

"조금만 옆으로 부탁드립니다."

낯선 소리 두 개가 연달아 옆에서 났지만 그것에 집중할 틈이 없었다. 슬쩍 엉덩이만 옆으로 움직여 자리를 내준 은재는 빠르게 타자를 쳤다.

[오빠오빠오빠오빠오빠.]

딩동.

"아, 이 자식. 살 만하긴 한가 보네."

"왜?"

"무슨 일이냐고 난리도 아니야. 잠깐만."

온통 메시지에 집중한 은재의 귀엔 아무것도 들리지 않았다. 재차 채근하는 메시지를 보내기 위해 손가락을 놀리던 차.

[덜 말린 황태:너 쌍둥이 고모 된다. 오늘 확인했어.]

뜻밖의 소식이 그녀에게 날아들었다. 은재의 두 눈이 어느 때보다도 더 커졌다.

"싸, 쌍둥!"

그러고 보니 올케언니가 아이를 가졌다는 이야기를 들었다. 급격한 흥분에 허리를 바짝 세운 그녀가 의아한 지섭을 향해 말했다.

"…지, 지섭 씨! 저……!"

"서은재 얼굴이 눈에 보인다. 놀라 가지고 눈 왕방울만 해졌겠지."

…말하려 했다.

"전에 연락했을 때 말 안 했었어?"

"그땐 쌍둥이인 거 확실하지 않았잖아. 서은재 난리도 아닐 거야, 지금."

딱딱하게 굳은 입이, 눈이 지섭에게 멈춰 움직이지 않았다. 잘못 들었을까? 아니, 지섭의 커진 눈을 보면 알 수 있다.

이게 뭐야?

'서은태가 왜 여기 있어!'

서울 한복판. 수많은 종합병원. 그중 같은 병원, 같은 층, 같은 의자 바로 옆.

평일 오후, 월차를 낸 오빠가 지구 반대편으로 유학 간 여동생과 만날 확률은?

"은태 씨, 답장 왔어?"

"아직. 난리 좀 떨고 있나."

"전화해 봐, 전화. 오랜만에 아가씨 목소리 듣자."

"바빠서 전화 잘 안 된다고 했어. 답장 기다려 보고."

다정한 대화가 들린다. 그것도 바로 옆에서. 은재의 몸이 거짓말처럼 줄어들었다. 그녀는 이 상황을 도저히 이해할 수 없었다.

'어떻게 여기서 만날 수 있지?'

확률을 계산을 수조차 없었다. 지섭이 그녀의 어깨를 감쌌다. 그도 분명히 들은 거다. '서은재'라는 이름을.

"동명이인일 확률은."

은재의 귓가에 그가 속삭였다. 그녀는 고개를 저었다. 왜 알아듣지 못했나 싶을 만큼 정확히 오빠, 은태와 올케 희진의 목소리였다. 말도 안 되는 우연에 은재의 머릿속이 엉켜 버렸다.

'그래, 그랬어. 아이를 가졌다고 들었어.'

일전에 조카가 생길 거라는 얘기를 들었던 것은 분명히 기억한다. 또 무척 기뻐하기까지 했다. 그런데.

'정말 축하할 일인데, 너무너무 축하해 줘야 할 일인데!'

어째서 하필이면 이 병원에서! 모든 것이 엉켜 버린 기분이었다. 일단 이곳을 빠져나가는 게 중요했다. 그녀가 엉거주춤 몸을 일으켰다.

"이, 일어날게요."

"잠깐. 여자분이 이쪽을 보고 있어."

"…예?"

지섭의 말에 등이 화끈 달아올랐다. 보이지 않는 시선이 꽂히는 것 같았고 은재의 심장이 쿵쾅쿵쾅 뛰어 댔다.

헉헉.

숨이 약간 모자라다 싶을 정도로 호흡이 가빠졌다. 너무 놀란 탓이었다. 어쩔 줄 모르는 그녀의 손이 지섭의 옷을 꽉 쥐었다. 그리고 긴장감이 머리 꼭대기까지 차올랐을 때.

"우, 우욱."

어김없이 은재의 버릇이 튀어나왔다. 많은 사람의 오해를 불러일으키는 헛구역질이었다. 지섭의 눈에 은재의 하얗게 질린 얼굴이 보였다. 그만큼 긴장한 거다. 그때, 이 헛구역질의 주범이 말을 걸었다.

"괜찮으세요?"

은재의 올케, 희진이었다. 그녀는 몸을 움츠리고 지섭의 품에 안긴 은재를 걱정하다 제 남편에게 말했다.

"입덧하시나 보다. 자기야, 거기 가방에서 휴지 좀."

"어, 어어."

은태가 얼른 휴지를 뽑아 주자 희진이 그것을 지섭에게 내밀었다.

"여기요. 쓰세요."

"…감사합니다."

얼떨결에 휴지를 받은 지섭이 은재의 고개를 살짝 들었다. 정말 아파 보인다. 그가 그녀의 눈가를 닦는 척 마스크를 좀 더 올려 주었다. 이내 은태와 희진이 일어섰다.

"가자."

희진의 말에 가방을 든 은태가 잠시 시선을 옆에 뒀다. 웅크린 몸의 여자가 움찔댔다. 획, 돌아가는 고개에 그가 좀 더 유심히 살폈다. 희진이 그런 은태의 팔을 당겼다.

"여보, 은태 씨, 뭐 해?"

"…어?"

"이만 가자고."

"어어."

성의 없는 대답에 희진의 고개가 갸웃거렸다.

"왜 그래? 뭐 보고 있어?"

"…아니, 저기 저 사람."

저 사람.

그것은 분명 은재를 향한 것이었다. 안 그래도 세게 붙들린 지섭의 옷자락이 더욱 강하게 조여들었다. 그녀의 불안이 그에게도 전해졌다. 지섭은 좀 더 강하게 은재를 감싸 안았다. 가득한 불안감 속, 은태가 속닥거렸다.

"많이 아픈가?"

조금 허무하게.

그가 희진의 손을 잡으며 말했다.

"자기도 나중에 저렇게 아프면 어쩌지?"

"으이그. 조용히 해! 참, 아가씨한테 고맙다고는 했어?"

"아니, 아직 답장이 없어서."

팔불출인 은태를 탓하면서도 희진의 얼굴이 나쁘진 않았다. 비로소 두 사람이 걸음을 옮겼다.

"근데 여보, 저기 남편분 연예인 같지 않아? 엄청 잘생겼어."

"연예인은 아무나 하냐."

"그러니까. 저런 사람이 하는 거잖아."

"부럽냐?"

"에이, 나는 우리 여보가 최고지."

"진심이 없어."

"진심은 없어도 애기는 있어, 여보."

"…결국 거짓말이란 소리잖아."

티격태격하는 소리가 멀어져 갔다. 병원은 다시 평온해졌고 많은 사람들 틈 사이로 더 이상 그들의 목소리는 들리지 않게 되었다.

"갔어. 일어나도 돼."

한참이 지난 후에야 지섭이 말했다. 여전히 긴장하고 있던 은재가 겨우 몸을 세웠다.

"자, 잠시만요. 지금 심장이 좀 아파서."

아직 완전히 나아진 건 아니었지만 말이다.

"눈치는 못 챈 것 같아요. 당연히, 그렇겠죠?"

"그래. 전혀 모르는 것 같았어."

"…다행이다."

설마 유학 간 동생이 한국에 그것도 같은 병원에 있을 거라곤 생각하지 못했을 거다. 거기다 마스크까지 꼈고 얼굴도 보여 주지 않았다. 정말 심장이 멎는 줄 알았다.

"여기서 들켰으면 큰일 날 뻔했어요. 진짜 난리는 오빠가 부렸을 거야."

이제는 웃음이 저절로 나온다. 그나마 지나간 일이라서 그런 것이 분명했다. 다행이다. 정말 다행이었다.

"말도 안 되는 우연이네요. 정말, 진짜 말도 안 돼. 어떻게 하필 여기서 그것도 바로 옆자리에서 만날까요. 거기다 이렇게 같은 날짜에. 복권 사야 하나 봐."

"날짜는 모르지만 오빠가 이 병원에 오게 된 건 아마……."

말을 잇던 지섭의 말이 멈췄다.

"어?"

은재와 마주하던 그의 눈이 새까맣게 물들었다. 순간 지섭의 표정이 안타까워지며 그의 손이 그녀의 뺨에 닿았다.

"갑자기 왜… 어?"

느끼지 못했던 것이 은재의 뺨을 타고 흐르고 있었다. 그녀가 황급히 제 뺨을 쓸었다.

"어어."

마스크로 스며드는 것은 분명 눈물이었다. 촉촉하게 젖는 마스크에 은재가 물러서며 얼굴을 문질렀다.

"너무 놀랐나 봐요. 갑자기… 나 미쳤나 봐. 왜 이래. 죄송해요, 제가 갑자기 너무 놀라 버리면 이렇게 멍청하게."

"울어도 돼."

그가 말했다. 지섭은 일그러지는 눈을 겨우 바로 하며 은재를 제 가슴에 안았다. 그의 가슴에 닿은 뺨이 어느 곳보다 따뜻해졌다.

"아니, 지섭 씨. 우는 게 아니라 그냥 놀라서……."

당황한 그녀가 어쩔 줄 모르며 변명했지만 지섭은 좀 더 강하게 안을 뿐이었다. 그의 손이 은재의 등을 다독였다.

토닥토닥. 따뜻한 손이 그녀를 달래며 말했다.

"내 잘못이야. 내가 시작했어. 그러니 네 잘못은 없어."

"……"

"내 탓이야."

꼭 마법을 부린 것처럼, 신비한 힘을 발휘한 것처럼. 은재의 몸에서 힘이 풀리고 애써 막은 눈가에서도 눈물이 흘렀다. 소리도, 흐느낌도 없이 그녀가 속삭였다.

"얼굴도, 제대로 못 봤어요."

"그래."

"얘기도 못 했어. 너무너무 오랜만인데, 몇 년이나 못 봤는데. 옆에… 있었는데."

"……."

"조카가, 둘이나 생긴다는데… 축하도 못 하고 너무 미안해서."

결국 눈을 꾹 감은 은재의 어깨가 떨렸다. 그의 가슴에 묻은 얼굴이 엉망이 되었지만 어쩔 수 없었다. 지섭의 남은 손이 그녀의 손을 쥐었다. 꽉 잡은 손이 서로의 온기를 감쌌다.

아주 오랫동안.

툭.

막 다 읽은 보고서를 책상에 던진 미연이 몸을 기울이며 물었다.

"'에블린'이라고 불렀다고."

"네, 이사님."

방금까지 본 것은 이번 지섭의 출장에 따랐던 윤정의 부하, 정연의 보고서였다. 물론 '정연'이라는 이름도 대충 미연과 윤정의 이름에서 딴 가명이다. 미연이 헛웃음을 지었다.

"웃기지도 않는 것들. 가서 영화 한 편 찍고 오셨네. 내가 기가 막혀서."

상세하게 적힌 보고서는 사실상 쓸모없는 것이었다. 원하는 것은 하나도 얻어 내지 못한, 말 그대로 시간 낭비다. 그녀는 찡그린 이마를 문지르며 날카롭게 말했다.

"아무튼 둘이 데면데면한 걸로는 보이지 않았다는 거잖아."

"예. 위험한 상황에서도, 술에 취했을 때에도 별다를 게 없었던 모양입니다."

"너무 약하게 들췄나. 남자라도 엮게 만들든가 했어야 했는데."

유치하고 치졸한 방법이지만 이보다 확실한 것도 없었다. 그녀의 도를 넘은 말에 윤정이 고개를 저었다.

"정 이사 쪽에서 알아챈 마당에 더한 일을 벌였다면 가만히 있지 않았을 겁니다. 그리고 저희도 아주 소득이 없는 건 아닙니다. 적어도 김주경 씨가 정 이사의 약점이라는 건 확실해졌습니다."

"그걸 누가 몰라? 뭐, 됐어. 저들끼리 영화를 찍건, 드라마를 찍건 그 계집애 겁먹은 건 분명하겠지."

"예. 일부러 모습을 드러내게 했으니까요."

처음부터 뒤에서 보고 있다는 걸 숨길 생각이 없었다. 대놓고 드러내 김주경이 제 손바닥 안에 있는 것임을 분명하게 알려 주고 싶었다.

정연의 말로는 하얗게 질렸다고 했으니 어느 정도 소득은 있는 것 같다. 다만, 조금 마음에 걸리는 것이 하나 있었다.

"에블린."

조용히 읊조린 것은 김주경의 미국 이름이었다. 손가락으로 책상을 두드린 미연이 기억을 더듬었다.

"미국에서 쓰던 이름인 것 같은데."

"맞습니다. 미국에서 발급받은 혼인신고서에 있던 이름입니다. 아마 들어 보셨을 겁니다."

"그래, 에블린."

그땐 별로 필요치 않은 것이라 아무렇지 않게 넘어갔었던 것으로 기억한다. 하지만 이상하게 입에 남는 이름이었다. 그렇다고 확실하게 무언가가 떠오르는 것도 아니다. 애매모호한 찜찜함이 남지만 우선 덮어 뒀다.

"병원 다녀왔다지?"

"예. 산부인과로 간 것으로 확인되었습니다."

윤정의 보고에 미연의 얼굴이 확 찌푸려졌다.

"이 와중에 애라도 낳겠다는 거야, 뭐야. 기록은 없어?"

"아시다시피 다른 사람도 아닌 정지섭 이사입니다. 손을 쓰기 어렵습니다. 그쪽에서도 이미 준비하고 있을 테고요."

쯧. 미연이 혀를 차며 다시 책상을 두드렸다. 불안 요소가 한두 가지가 아니다. 그녀는 순진한 눈을 한 주경을 떠올리며 중얼거렸다.

"하여간 그거, 교활해. 뭐가 저한테 제일 필요한지 가장 잘 안다고."

"어떻게 하시겠습니까?"

"괜히 노인네 마음 뒤숭숭하게 만들어 놓기 전에, 꺾어 놓을 필요가 있어."

이내 고개를 이리저리 움직이던 미연이 길게 숨을 내쉬었다. 그리고 서랍에서 서류 하나를 꺼내 들었다. 그녀의 눈이 까맣게 빛났다. 여우처럼 간사한 웃음을 지은 미연이 서류를 툭 던지며 미소 지었다.

"가르쳐야지."

책상 위에 흐트러진 서류를 보던 그녀가 고개를 까딱 움직였다.

"누가 어른인지."

"꼴사납게."

신랄한 자기 품평을 건넨 은재가 제 얼굴을 쓸었다. 눈이 부은 것도, 핏대가 올랐던 흰자도 밤새 모두 가라앉았다. 다행이지만 다행이 아닌 심란한 마음으로 심호흡을 했다.

'미안, 오빠. 나중에 정말 더 잘할게.'

나중에 연락하겠다며 일방적으로 연락을 끊은 터라 더욱 미안해진다.

"정신 차리자."

오빠를 향한 미안함과 다짐을 담고 그녀는 정신을 바짝 차렸다. 머리를 한 번 더 정리한 그녀는 화장대에서 일어나 응접실로 통하는 문 앞에 섰다.

"후우."

더 이상 미적거릴 시간이 없다. 곧 아침 식사를 할 시간이다. 몇 번 더 숨을 고른 은재는 조심스레 문을 열었…….

"우앗!"

열기가 무섭게 그녀는 소리를 지르며 물러섰다. 바로 앞, 노크라도 할 듯 손을 들고 있는 지섭 때문이었다.

"지, 지섭 씨."

그 역시 조금 놀란 듯 은재를 보다 눈웃음을 지었다.

"얼굴 보기 어렵네."

"…네?"

"일어나서 계속 못 봤잖아. 타이밍이 안 맞았나."

가벼운 말에 순간 뜨끔했다. '타이밍'이 맞지 않았던 건 은재가 일부러 피한 탓이었다. 아니, 피할 수밖에 없었다.

얼굴을 마주하면.

이렇게 보게 되면.

"얼굴 탄다."

"아, 아니에요! 어, 얼른 가요."

거짓말처럼 얼굴이 붉어지기 때문이었다. 지섭의 농담에 은재는 서둘러 방을 나섰다. 귀가 뜨거워지는 게 느껴졌다. 짧게 웃는 소리가 들렸지만 그는 별다른 말 없이 그녀를 뒤따랐다. 은재는 제 뒤에서 오고 있는 지섭을 신경 쓰며 겨우 한숨을 숨겼다.

'창피해, 진짜.'

그녀가 이렇게까지 지섭을 피하는 건 다른 이유가 아니다. 오빠에 대한 미안함과 가족에 대한 그리움도 있지만.

'그렇게 울어 놓고, 어떻게 얼굴을 바로 마주해!'

유학을 떠날 때 말곤 부모님 앞에서도 보이지 않았던 눈물을 그에게 보인 탓이다. 눈물만 보였나?

'콧물도 흘렸어. 침도 좀 묻은 것 같아. 거기다!'

진료실 들어가기 전까지 잡고 있던 손은 어떠한가! 은재의 머리가 거칠게 흔들렸다. 떠올리면 떠올릴수록 숨은 가빠지고 심장은 바쁘다. 부끄러움과 창피함 그리고 설명할 수 없는 흔들림까지.

"하아."

저절로 한숨이 나온다. 불행인지 다행인지 지섭은 그런 그녀에게 다른 말은 하지 않았다. 제 옷이 망가지고 꼴사나운 모습을 보고도 마치 없던 일처럼 함구했다. 덕분에 긴 말 없이 차분할 수 있어 감사하지만.

"힉!"

생각에 빠진 은재의 어깨를 그가 옆으로 이끌었다. 놀란 그녀가 몸을 굳히자 지섭이 말했다.

"앞에 기둥."

"에? 아, 네네."

감사한 마음은 둘째치고, 널뛰는 감정을 어찌할 바 모르겠다.

'아무 말도 해 주지 않아서 고맙지만.'

병원에서도, 집에 온 후에도 그는 그녀의 눈물을 소재 삼지 않았다. 대신 한 번씩 웃어 줄 뿐. 어리바리하게 이끌려 도착한 식당 앞, 고용인들이 허리를 숙였다. 이제 익숙해진 그들의 인사를 받으며 들어갈 때, 입구에 섰던 고용인이 속삭였다.

"오늘 작은 사모님이 좋아하시는 계란찜 내놨어요. 맛살 넣어서."

은재와 유난히 친한 고용인 중 하나인 소영이었다. 잠깐 멈춘 그녀가 눈을 동그랗게 뜨고 물었다.

"어, 정말요?"

"어제 기운 없어 보이셔서요. 제가 해 드릴 건 이것밖에 없어요."

살짝 짓는 미소에 은재의 표정이 한결 나아졌다. 위로의 방법은 여러 가지고 오늘 소영의 배려는 아주 감사했다. 은재는 긴장으로 가득한 얼굴에 화사한 빛을 띠었다.

"정말 고마워요."

이러니 버틸 수밖에 없다. 두 사람에 이어 태희가, 마지막으로 창만과 미연이 도착했다. 조용한 식사가 이어질 무렵, 미연이 말했다.

"사람을 좀 정리해야 할 것 같아요."

차분한 한마디에 창만의 고개가 들렸다.

"갑자기 왜."

"다른 건 아니고, 요즘 고용인들 몇이 눈에 들어오네요."

묘하게 담담한 어투가 듣는 귀를 거슬리게 만들었다. 여전히 지섭의 옆에서 정신이 없던 은재조차 잠시 긴장을 했다. 미연은 대수롭지 않게 말을 이었다.

"홍 집사 말로는 고용인들이 예전 같지 않다는 모양이에요. 시시콜콜하게 모여 떠드는 소리도 들리고, 한마디씩 거들어서 잡음이 생기기도 하고요."

그녀의 말에 은재의 고개가 갸웃거렸다. 집안 분위기가 달라진 것은 사실이다. 지나치게 숨죽이며 죽은 것 같던 분위기가 따뜻해진 정도로. 오히려 굳게 닫혀 있던 청성가의 창문이 열리고 환해진 것에 모두들 좋아했다. 지섭 역시 아는 사실이라 창만보다 먼저 입을 열었다.

"단순히 의견을 내는 정도라면 괜찮지 않겠습니까? 오히려 집안 분위기는 나아진 것 같습니다만."

"난 의견을 바란 적 없고, 나아졌다는 말은 무슨 뜻이지? 그전엔 나빴단 거니?"

미연은 뾰족함을 숨기지 않고 되받아쳤다.

"넌 여기서 지낸 지 얼마 되지 않아 모르겠지만, 우리에겐 우리만의 룰이 있는 거야."

확실하게 긋는 선에 지섭의 입이 다물렸다. 틀린 말은 아니었다. 짧게 코웃음을 친 미연이 이번엔 은재에게 눈을 두고 중얼거렸다.

"얼마 전까지 이런 일이 없었는데."

그게 꼭 은재를 탓하는 것 같았다. 반응하기도 전에 고개를 돌린 미연이 창만의 밥 위에 반찬을 올리며 말했다.

"그래서 말인데, 새 사람들이 익숙해진 지도 꽤 되었으니 불필요한 고용인들을 좀 정리하는 게 좋을 것 같은데요. 어떻게 생각하세요?"

"알아서 해. 원래 자네가 하던 일 아닌가."

"그렇죠? 그렇게 할게요, 회장님."

무겁게 나왔던 주제는 생각보다 쉽게 끝났다.

'무슨 생각이지?'

'정리'라는 것이 단순히 가르치는 게 아니라는 것쯤은 안다. 그런 이야기를 여기서 꺼내는 건 뭔가 이유가 있을 거다. 단지 가늠할 수 없을 뿐.

툭.

이 와중에 지섭의 팔이 은재의 팔에 살짝 닿았다. 그 순간 그녀는 저도 모르게 팔을 옆으로 빼고 고개를 숙였다. 다른 사람은 몰라도 지섭은 눈치챌 어색함.

'어휴, 어후! 어우, 서은재!'

괜히 화끈거리는 얼굴을 어쩔 수가 없는, 그런 아침이었다.

"이사님 나가 보시는데, 안 가 보셔도 괜찮으세요?"

"이것만 다 하고요."

"저희가 하면 돼요. 얼른 가 보세요."

고용인이 식탁을 치우던 은재에게서 그릇을 가져갔다. 은재가 더듬댔다.

"차, 차 타고 가는 것만 봐도 돼요."

그녀의 우물쭈물함에 고용인이 웃으며 물었다.

"싸우셨어요?"

"…에?"

"원래 신혼 때 많이 싸우기는 하는데 너무 오래가는 것도 안 좋아요. 얼굴은 보셔야죠."

당황스러운 은재의 얼굴에 고용인들이 가볍게 웃었다. 그녀를 귀여워하는 눈치였다. 큰 사모 앞에선 호락호락하지 않은데 평소엔 영락없이 아가씨다. 그것이 은재가 호감을 받는 이유였다.

"가 보세요."

결국 그녀는 식당에서 떠밀려 나섰다.

'…가긴 갈 건데.'

이왕이면 차에 오르고 인사를 하는 짧은 순간에.

"하아."

낮게 한숨을 쉰 은재는 천천히 현관으로 향했다. 그와 마주하지 못하는 건 정말 다른 이유가 아니다. 얼굴을 마주하면 그 순간이 떠오른다. 그 순간, 그에게 기댄 수많은 감정들이 선명하게.

어깨를 감싸는 따뜻함. 꽉 잡은 손. 가슴에서 전해지던 그의 심장박동. 그리고 감화되어 두근거리던 그녀의 심장.

"…분위기에 편승해서 그런 거야. 다른 이유는 없어."

잠시 제 가슴에 손을 올린 은재는 숨을 골랐다. 꽤 여러 번, 이런 경우가 있었지만 지금처럼 확실하진 않았다. 그것을 알아도 굳이 꺼내고 싶지 않았다. 아니, 꺼내어 답을 내릴 용기가 없다.

"됐어."

그녀는 단호하게 손을 내리고 걸음을 옮겼다. 감상은 금물이다. 이내 현관까지 도착한 은재는 목을 가다듬고 인사할 준비를 했다. 그러나 그녀를 반기는 건 아무도 없는 현관이었다.

"어?"

평소 고용인들도 나와 배웅을 하는데 오늘은 아무도 보이지 않았다.

"벌써 간 거야?"

시간을 보니 출근 시간보다 조금 이르다. 당황한 은재가 얼른 현관문을 열었지만 차의 꽁무니도 보이지 않았다.

"아……."

미적거리며 늦은 것은 자신이지만 순간 어깨가 축, 내려앉았다. 감정에 치우쳐 할 일도 못하는 스스로가 바보 같았다. 아니, 헛웃음이 나왔다.

'할 일은 무슨. 정말 아내라도 된 것처럼.'

사소한 것 하나하나에 느껴지는 이질감이 잘못되었다는 생각이 든다. 그것을 알면서도 이 아쉬움을 버리지 못했다.

"멍청이."

몹쓸 자기 비평과 함께 한숨을 쉴 때, 누군가 다가와 물었다.

"뭐 하고 있어."

"…인사를 못 해서."

"누구한테."

"그야……."

당연히.

"나한테?"

가볍게 웃는 지섭의 얼굴이 바로 옆, 코앞에 있다. 놀란 것을 티내며 소리를 낼 틈도 없었다. 눈을 휘둥그레 뜬 은재가 주변을 둘러보며 물었다.

"아, 아무도 없었는데… 가신 거 아니었어요?"

"나올 필요 없다고 말해 놨어. 왜, 고용인들 못 봐서 서운해?"

분명한 농담인데 평소보다 더 당황스러웠다. '서운'이라는 말이 이렇게 확 다가올 수는 없었다. 그녀는 반사적으로 고개를 저었다.

"그, 그게 아니라."

"그게 아니라?"

"…인사를, 하려고."

가쁜 마음이 자꾸 사람을 어수룩하게 만들었다. 어제가 선명하게 떠오르고 마음은 요동친다. 눈을 마주하면, 자꾸 바라보면…….

"인사를 하려면 얼굴을 봐."

"읏!"

그 순간 지섭이 은재의 고개를 들어 올렸다. 손끝에 올라간 시선이 그대로 그와 닿았다. 다정함이 묻어난 까만 눈동자가 예쁘게 호선을 그렸다.

"해 줘."

알 수 없는 달콤함이 묻어난 속삭임. 혹은 부탁한다는 듯한 이상한 어조. 그 한마디에 은재가 말했다.

"다녀오세요."

비로소 지섭이 녹아내릴 듯 다정하게 대답했다.

"다녀올게."

심장이 쿵 내려앉는다. 이미 그의 손이 떨어진 턱 끝이 뜨거웠다. 팔짝팔짝 뛰는 심장이 진정되질 않았다. 어느새 온 얼굴로 물드는 붉은빛, 이른 아침 햇빛을 받은 옅은 홍조가 은재의 양 뺨을 덮었다.

"들어가. 무슨 일 있으면 연락하고."
"……."
"아니, 일 없어도 상관없으니까 해."
이내 차가 도착하고 지섭이 몇 마디 더 한 것 같았다. 그러나 은재는 귀가 멀어 버린 듯 잘 듣지 못했다.
부웅. 차가 떠난다. 기계처럼 그녀의 몸이 돌아 집 안으로 들어섰다.
"…어, 허어……."
맥박이 목구멍을 넘어 귀 옆에서 들리는 것 같았다. 역광으로 빛을 받아 바라보는 그의 모습이 사라지질 않았다. 은재가 잠시 멈춰 제 손을 내려다봤다. 어제 지섭이 잡아 준 손이 아직도 따뜻하다. 분명하게 기억나는 촉감, 온도, 심박.
'아니야.'
그녀는 빠르게 부정하고 침을 삼켰다. 아니야, 아니야. 몇 번을 더 거듭한, 부정으로 가득한 그녀의 머릿속을 멈추게 만든 것은 날카로운 부름이었다.
"작은 사모님."
조금 전 지섭의 것과 다른 차가운 목소리였다. 은재를 부른 건 다름 아닌 집사, 홍혜란이었다. 그녀는 책잡힐 것 없이, 더없이 공손하게 허리를 숙이며 말했다.
"큰 사모님께서 부르십니다."

#14

언제 와도 익숙해지지 않는 온실, 그곳의 주인은 자신이 부른 방문객에게 대뜸 서류를 건넸다.

"잘 살펴봐요. 그리 긴 건 아니라 금방 볼 거야."

난의 이파리를 닦는 표정과 몸짓이 우아했다. 오랜만의 부름에 살짝 긴장한 은재가 서류를 살폈다.

'이름? 나이… 고용 일자?'

달리 설명도 없는 모르는 사람들의 인적 사항이 적혀 있는 서류였다.

'…소영 씨?'

거기에 익히 알고 있는 이름까지 담겨 있었다. 상황을 파악 못한 그녀에게 미연이 말했다.

"아까 얘기 들었지? 가서 정리 좀 해 줘요."
"이게, 무슨······."
"식사 때 한 얘기 못 들었어요?"
에둘러 가는 말에 은재의 입술이 달싹였다. 그러다 번쩍 아침 식사 때 미연이 했던 말이 떠올랐다.

'불필요한 고용인들을 좀 정리하는 게 좋을 것 같아서요.'

순간 손에 든 것이 무엇인지 깨달았다. 은재의 얼굴이 굳었다.
"어머님?"
"내 일 배우고 싶다고 했었지?"
담담한 목소리가 말했다. 다시 은재의 입이 다물렸고 미연이 몸을 돌려 그녀를 마주했다.
"주경 씨가 배워야 할 일은 고용인들의 일이 아니라 내가 하는 일이라며, 본인이 그랬던 거 기억하죠."
하얀 얼굴에 화려한 이목구비가 유난히 반짝였다. 미연은 내려다보듯 은재를 바라보며 말을 이었다.
"다른 거 생각할 필요 없어요. 회장님 말씀 들었잖아. 이건 원래 내가 하던 일이라고."
"······."
"그럼, 배워야지."
현실감이 없는 말이었다. 중요한 것들은 피해 가고 있지만 이해할 수 있었다. 고용인을 정리하는 것, 즉 미연은 그들을 해고 시키는 일을 은재에게 시키는 것이었다. 서류를 든 은재의 손이 떨렸다.

'내가 뭘 해? 누구를… 정리해? 내가, 감히?'

이런 일은 단 한 번도 생각해 본 적이 없다. 배워야 한다는 것조차 잘못되었다. 이것이 정말 미연에게 배워야 할 일 중 하나라면 그 또한 은재는 할 수 없는 일이다.

'나는 가짜인데.'

"어머님, 정확한 상황을 알려 주시면 제가……."

"전부터 느꼈지만 주경 씨는 말대꾸가 심하네."

"……."

"부모님이 그렇게 가르쳤나?"

확. 얼굴이 붉어지고 온몸의 구멍이 막힌 기분이 들었다. 커다래진 은재의 눈에 미연의 표정이 놀란 듯 바뀌었다.

"어머, 미안해요. 나도 모르게 나온 말이었어. 실수야. 딸처럼 생각하다 보니까 함부로 말했네. 정말 미안해요."

농담처럼, 장난처럼 곧장 이어진 사과였다. 아니, 이것이 사과는 맞을까. 순식간에 가빠진 숨에 입술을 깨물자 미연이 다가와 말했다.

"다녀와."

은재는 그제야 알 수 있었다. 그것은 부탁이 아닌 명령이었다. 움직이지 않는 그녀에 미연이 짧게 웃었다.

"얼굴을 보니 못마땅한 것 같네요. 표정을 숨기는 방법도 좀 가르쳐야 할까 봐."

장난을 하는 듯한 말투다. 마음을 건드리는 방법에 도가 튼 듯 미연이 웃었다. 은재는 구겨진 자국이 난 서류를 손에 쥐고 말했다.

"…이, 이유를 알고 싶습니다."

"무슨 이유?"

"이 사람들이 여기서 나가야 하는 이유 말입니다."

의견을 말하는 게 제법 또박또박했다. 처음 왔을 때도 제 할 말은 했지만 이젠 눈빛도 태도도 그럴싸했다. 그것이 못마땅한 미연이 서늘한 눈으로 답했다.

"정말 답답하네. 아침에 말했잖아요. 잡음이 많이 들린다고. 홍 집사 말에 토를 달면서 이러쿵저러쿵 목소리 내는 게 못마땅해서 그래."

"…몇 가지는 저도 알고 있는 일이었습니다. 하지만 대부분 효율성의 문제였던 것으로 알고 있습니다."

예를 들면 같은 일을 몇 번씩 반복하게 하는 것, 의미 없는 일로 시간을 허비하게 하는 것과 같은 종류.

'대부분 쓸데없이 군기를 잡는 거였어. 전부 이유가 될 수 없다고.'

은재는 숨을 한 번 꾹 참았다 뱉으며 말을 이었다.

"못하겠습니다. 타당한 이유가, 분명한 이유가 없습니다."

큰 용기를 낸 말에 미연은 드물게 웃음부터 보였다. 건방지다, 탓을 할 줄 알았던 그녀는 난에서 손을 떼며 조용히 되물었다.

"내가 직접 그 사람들을 정리했어도 주경 씨가 그렇게 나왔을까?"

"…네?"

"솔직히 말해요. 본인 손 더럽히기 싫다고."

듣는 귀를 의심하게 만드는 말에 은재의 눈이 커졌다. 미연은 방긋 웃는 얼굴로 다가와 은재의 어깨에 두 손을 올렸다. 하아. 낮은 숨을 내쉰 미연이 속삭이듯 말을 이었다.

"주경 씨 같은 부류는 내가 잘 알아."

꽉 쥐어진 어깨가 아파 왔다. 치료를 받고 온 어깨에 둔한 통증이 밀려왔고 소름이 돋아났다. 일부러 잡은 거다. 일부러, 고약하게. '정연'의 존재를 과시하듯이. 그녀가 고개를 기울였다.

"남에게 미운 소리 듣기는 싫고, 좋은 것만 가지고 싶은 거. 손해 보는 건 싫어하지만 싫은 소리하는 것도 싫어서 늘 꽁무니에 숨어서 같잖은 소리만 해 대지. 눈앞에 좋은 것만 보니 뒤 같은 건 신경 쓰지 않고 옳은 소리, 바른 소리, 남에게 듣기 좋은 소리만 해 대면서 착한 척하는 것들."

상상할 수도 없는 폭언이 쏟아졌다. 은재는 정신이 흔들리는 충격에 숨을 멈췄지만 미연은 멈추지 않았다.

"그래 놓고 가장 필요한 순간에 손 더럽히기 싫어서 다른 사람 뒤에 숨어 방관하는 위선. 신혼여행 같은 건 본인에게 좋은 일이니 다녀오더니, 이건 아닌가 봐?"

얼굴이 새빨갛게 변했을 것이 분명했다. 뭔가 변론을 해야 하는데 입이 열리지 않았다. 인종차별을 해 오던 룸메이트에게서도 들은 적 없는 끔찍한 폭언이었다. 하지만 말문이 막힌 가장 큰 이유는 미연의 말이 전부 틀린 건 아니라는 점이다.

"좋은 표정이야."

하얗게 질린 은재의 표정에 미연의 미소가 화사하게 빛났다.

은재가 주춤 물러섰다.

"저, 저는."

미움받고 싶지 않아서. 좋은 사람으로 남고 싶어서. 모든 것이 그랬다. 룸메이트에게 쓴소리 한 번 하지 못한 것도 모두 다 그런 이유일지도 모른다. 왜인지 자꾸 휘말리고 있었다. 아니, 그럴 수밖에 없었다.

'무슨 속셈인지 모르겠어.'

정연을 만난 후 은재의 마음 한구석에는 두려움이라는 것이 생겼다. 그 먼 곳에서도 자신을 지켜보는 사람이 있고 한순간도 긴장을 늦춰선 안 된다는 강박이 새겨졌다.

'모르겠어.'

'말'이 나오질 않았다.

"지섭이한테 가서 말해도 좋겠네. 그래도 제 엄마인 날, 어른 취급도 하지 않고 여자에 눈 돌아 받아치는 모습. 그걸 보면 회장님이 참 좋아하시겠어. 그렇지? 어디 가서 해 봐. 그것도 재밌겠다."

미연은 철저히 이 순간을 즐기고 있었다. 작정한 듯 몰아세우고 할퀴다 상처받은 얼굴에 더없이 기뻐했다. 더 이상 그녀는 제 속내를 숨길 생각도 없어 보였다.

"회장님 돌아가시게 할 거 아니라면 얌전히 말 들어요. 아니, 이건 나쁜 게 아니야. 집안 어른으로서 주인으로서 할 일을 하는 거지."

모든 것에 틀린 말은 없다. 표면적으로 분명 '타당한' 일이다. 미연은 은재를 옭아매듯 점점 더 짙은 미소를 지었다.

"나는 주경 씨한테 가르쳐주고 있는 거야. 아무것도 없던 내가 여기서 살아남고 버틸 수 있던 방법을."

어깨에 얹은 손이 천천히 어깨를 쓰다듬는다. 아픈 곳과 아프지 않은 곳을 교묘히 비껴가며 매만진 미연이 말했다.

"항상, 지켜보고 있어요."

오싹.

사나운 감정들이 바로 앞에서 쏟아졌다. 호의로 다가왔던 정연이 사람을 가지고 놀듯 보여 줬던 웃음이 떠올랐다.

"나는 우리 주경 씨가 많은 걸 가졌으면 좋겠어."

미연의 미소는 조금 더 짙어졌다. 이렇게까지 완벽한 적의를 받아 본 적 없는 은재에게 미연의 기세는 공포로 다가왔다. 은재가 한 걸음 물러섰지만 어깨를 잡힌 채 움직일 수는 없었다.

"그럼 날 이해할 수 있을 거예요."

단 한 마디도 제대로 하지 못하고 입을 다문 은재에게 미연이 웃었다.

"내일 아침에 확실히 말해요. 모두 앞에서, 직접."

"……."

"아, 그래. 이유가 필요하댔죠?"

그제야 은재에게서 손을 뗀 그녀가 속삭였다.

"뻔하잖아. 너 대신이야."

심장이 아프게 뛰었다.

"작은 사모님."

가까스로 온실을 나서는 은재에게 집사, 혜란이 다가왔다. 그녀가 무언가를 건넸다.

"내일 아침에 만나셔야 할 사람들 목록만 다시 정리했습니다."

지나친 친절이었다. 은재가 허탈하게 물었다.

"…어머님이 시키시던가요?"

"아니요. 작은 사모님을 위해 제가 직접 해 봤습니다."

그녀가 건넨 건 막 뽑은 듯한 서류 뭉치였다. 거기엔 아침에 보았던 사람들의 이름과 사진들이 인쇄되어 있었다. 헛바람을 들이켜며 올려다보자 혜란이 싱긋 웃었다.

"적어도, 얼굴들 정도는 알고 계셔야 할 것 같아서요. 아, 절대 다른 뜻은 없습니다. 순수하게 작은 사모님께 도움이 되고 싶은 마음입니다."

"…절, 위해서."

"설마 오해하시는 건 아니시겠죠?"

행여 은재가 쪼르르 달려가 어디에 고자질이라도 할까 봐 비웃는 표정이다. 저절로 미간이 좁아졌다. 분명한 적의가 느껴지는 혜란의 미소에 불쾌감이 올라왔다.

'나빠. 고약해. 정말… 못된 사람이야.'

미연은 말할 것도 없이, 혜란 역시 취향이 나쁘고 못된 성품을 가지고 있다. 그것이 잘못되었다는 것을 알면서도 즐긴다. 그래야 상대가 불편해고 힘들어하니까. 종이가 꾸깃꾸깃해질 만큼 손에 힘을 준 은재가 대답했다.

"가 보세요."

겨우 차분한 답에 혜란이 공손히 물러서다 소리 냈다.

"아! 깜빡했네요."

마치 중요한 것이 떠올랐다는 다가온 혜란이 더없이 부드러운 얼굴로 되물었다.

"해고의 타당성을 찾으셨죠?"

묘한 꼬투리 잡기가 분명했다.

"그런, 데요?"

은재의 경계심에도 그녀는 상냥히 말했다.

"큰 사모님, 그분의 말씀이 곧 타당성입니다."

"……."

"어느 날 하늘에서 뚝 떨어진 호칭 하나로 자리에 대한 타당성이 생기는 건 아니니까요. 호칭은 그저 호칭에 불과하죠. 호칭에 힘을 더하는 건 시간과 노력이랍니다, 작은 사모님."

사르르 녹는 미소가 꼭 미연의 것과 닮아 있었다. 은재가 완전히 입을 다물자 혜란은 다시금 공손히 허리를 숙이며 인사했다.

"필요한 것 있으시면 말씀하십시오."

그러면서 휙 돌아선 그녀는 빠르게 사라졌다.

의미 없는 시계의 초침 소리가 들렸다. 고고한 저택 그곳에 선 그녀의 눈에 오며가며 인사를 하는 고용인들이 들어왔다.

'내가, 어디서부터 잘못한 거지?'

그들과 가까워지려는 시도? 함부로 나선 행동들? 만약 그녀가 어떤 이유도 모르고 고용인들을 몰아낸다면 그들은 은재에게서 등을 돌릴 거다. 그리고 지섭에게까지 그 여파가 닿을 게 분명했다. 집에 온 지 얼마 되지 않은 작은 사모가 부린 교만.

"…지섭 씨."

손에 들린 해고 명단은 뉴욕에서 들었던 귀책 서류의 무게와 같았다. 그때처럼 그녀는 다시 선택을 종용받고 있었다. 은재의 입술이 아프게 물렸다.

이제는 익숙해졌다고 생각했던 저택이 태산처럼 거대하게 다가왔다.

'뻔하잖아.'

미연의 수많은 모욕이 그녀를 상처 입혔지만, 어떤 것보다 더 은재를 괴롭히는 말은 그것이었다.

'너 대신이야.'

자신으로 인해 피해를 입게 될 이들의 모습이 보였다. 이유도 모르고 결말만 정해진 일이었다. 온실에서 방으로 오는 동안, 많은 고용인들이 그녀에게 웃어 주었다.

정을 나누고 시간을 공유한 그들의 순수한 마음이 전해졌다. 그럴수록 은재의 가슴에는 큰 균열이 생겼다.

"…모르겠어."

감당하기 어려운 짐이었다. 진퇴양난. 앞으로도 뒤로도 갈 수가 없다. 미연의 말이 억지라 해도 따를 수밖에 없다. 지섭에게조차 말할 수 없게 만들었으니 더더욱.

"뭐가, 맞는 건지 모르겠어."

정말 제 손으로 고용인들을 쫓아내야 하는 걸까.

'다른 이유도 아니고 '김주경'이라는 사람 때문에? 정말 나 때문에?'

무릎을 세워 앉은 그녀가 고개를 숙였다. 하지 않을 수 없는 일이 모두에게 해가 된다는 것을 알았다.

"싫다."

그리고 다시 고민한다.

'하고 싶지 않은 이유가, 미움받고 싶지 않아서는 아니야?'

미연이 건드린 역린은 계속해서 은재를 괴롭히고 있었다. 자리에서 일어난 그녀가 방 안을 맴돌았다. 목구멍까지 답답함이 차올라 가슴을 꾹 짓누르던 은재의 눈에 테이블에 놓인 휴대폰이 보였다.

"……."

그녀는 홀린 듯 휴대폰을 들어 화면을 켰다. 그리고 사진첩에 든 사진 하나를 눌렀다.

"…하아."

저절로 깊은 숨이 터져 나왔다. 혼란으로 가득했던 마음이 고작 사진 한 장, 자신을 향한 웃음 하나로 누그러졌다. 은재가 찾은 건 여수의 이른 아침에 찍은 지섭과 자신의 사진이었다.

"하기 싫으면 하지 말라고 할 거야."

사진 속 웃는 얼굴을 향해 그녀가 중얼거렸다.

"무슨 실수라도 자기가 감당한다고 할 사람이니까."

이 커다란 저택에서 정신적 지주가 되어 주는 단 한 사람, 그가 해 줄 답을 안다.

'하지만 그게 정말 '답'이야?'

무난하게, 모든 것이 평화롭게. 자그마한 해프닝이었던 척 마무리하는 것으로 끝나도 되는 건가. 모질고 고약한 소리를 해 댄 미연과 혜란을 그렇게 두고, 혼자 앓아 가며 감내하는 것이 옳은가. 사진을 보던 은재의 손에 힘이 들어갔다.

"아니야."

결국 '지금' 그녀가 선택한 것은 자그마한 탈출구였다.

-서은재 씨?

"…아, 그게."

달리 할 수 있는 말도 없는 상황에서 무작정 걸어 본 전화. 잠시나마 안정을 찾고 싶어 걸어 놓고 당황하던 찰나 그가 말했다.

-이유 없이 전화해도 상관없고 그냥 해 본 거라도 상관없어. 미안해하지 마. 방해 아니니까. 잘했어.

애초에 사과할 거리를 모조리 없애 버린 그는 언제나와 같았다. 지섭은 항상 그랬다. 늘 마지막 보루처럼 그녀를 안도하게 했다. 거짓말처럼 엉킨 마음의 실타래가 살짝 풀려나갔다.

-맛있는 거 사다 줄게.

이어지는 말에 아예 헛웃음까지 나왔다. 아무것도 묻지 않은 그에 은재가 웅얼거렸다.

"되게 어린애로 보시는 것 같아요."

-그럴 리가. 어리게 보면 내가 이럴 리가 없지.

"…무슨, 뜻이세요?"

-글쎄.

농담인 듯 진담인 듯 아리송한 대답 속에 그녀가 고개를 숙이며 되짚었다.

"그렇죠, 전 어린애가 아니죠. 제가 해야 하는 일을 스스로 찾는 게 맞아요. 그게, 제 일이니까."

스스로를 다독이는 건지, 아니면 자책하는 것인지 모를, 기가 다 죽은 목소리였다. 전화기 속 지섭은 잠시 아무 말도 하지 않았다. 1초, 3초, 5초. 그렇게 좀 더 지났을 때 그가 그녀를 불렀다.

-무슨 일인지는 모르지만 한 가지만 말할게.

침묵을 깬 지섭의 말에 은재가 고개를 바로 했다.

"아, 네. 말씀하세요."

-사람은 혼자 살지 못해.

정말 뜬금없는 말이었다. 은재의 고개가 옆으로 기울었다.

"갑자기 그게 무슨 말씀이세요?"

-말 그대로. 사람은 사람에게 도움을 받게끔 되어 있어. 내가 당신이 필요해서 부탁한 것처럼.

"…아."

-난 매일 당신에게 도움을 받고 있는데, 은혜를 갚을 기회를 좀 주려나?

"……."

-내가 필요해?

아무것도 말하지 않아도, 대놓고 표현하지 않아도 지섭은 모든 것을 꿰뚫는다. 그녀가 어려워하고 힘들어하는 부분을 보란 듯이 잡아내 먼저 손을 내민다. 처음에도 지금도.

'신기한 사람.'

먹먹하던 눈이 아래로 향했다. 은재는 제 발끝을 바라보며 한참 아무런 말도 하지 않았다. 그리고 불규칙하던 심장박동이 제 것으로 돌아왔을 때, 그녀가 말했다.

"필요해요."

그의 앞에서 필요하지 않은 건 거짓말뿐이었다.

"정공법으로 나오시겠다."

지섭이 나지막이 읊조렸다. 그의 표정이 서늘하게 변해있었다. 은재는 살짝 차가워진 제 손을 말아 쥐다 말했다.

"아주 많이 생각했어요. 어디서부터 잘못했고 뭘 실수했는지. 사람을 곁에 둔 것이 잘못이라면 여수에서도 느꼈어요. 하지만, 그걸로 지섭 씨에게 해를 끼치고 싶지 않았어요. 제 할 일을, 하고 싶었어요."

잠시 숨을 고른 그녀가 다시 말을 이었다.

"그냥 넘어갈 수도 있어요. 하지 않는 것도 하나의 방법이니까. 지섭 씨는 제 선택이 옳다고 말해 주실 거 알아요. 그런데 그러고 싶지 않아졌어요."

솔직한 그녀의 말을 지섭은 담담히 들어 주었다. 덕분에 은재는 조금 더 용기를 낼 수 있었다.

"저는 그분이 실수하길 바라요."

전에 없던 의견이었다. 그녀는 좀 더 단호히 말을 이었다.

"당황하고 불편해하셨으면 좋겠어요."

확실한 적의.

확고한 마음.

분명한 의지에 지섭의 눈이 의외라는 듯 변했다. 그것을 읽어 낸 은재가 고개가 아래로 떨어졌다.

"나쁘죠. 알아요, 알 것 같아요."

쓸쓸함이 담긴 말과 함께 그녀는 손가락을 꼼지락거렸다. 하루 종일 내린 결론이지만 닿지 않은 건 사실이었다.

"위선적이고 이기적이에요. 남에게 나쁜 소리도… 못 하면서, 이렇게 지섭 씨에게 떠넘기고요."

미연의 말을 반복하니 가슴 끝이 시렸다. 결국 지섭에게 모든 것을 말했다. 이것은 고자질이다. 그러나 지금 은재가 찾을 수 있는 최선의 방법은 '정지섭'이었다. 자신을 떠나 지섭을 운운하며 농락하는 미연의 태도를 넘어갈 수 없었다. 그가 물었다.

"어머니가 그러셨나?"

한층 더 낮아진 목소리가 위로하듯 감쌌다. 은재는 아침의 감정이 가슴을 치고 올라오는 느낌에 입술을 한 번 물었다.

"아주 틀린 말은 아니었어요. 그래서 제 속이 더 아픈 걸지도 몰라요."

미연의 가시 같은 목소리가 바로 옆에서 선명하게 들려왔다.

'남에게 미운 소리 듣기는 싫고, 좋은 것만 가지고 싶은 거. 눈앞에 좋은 것만 보니 뒤 같은 건 신경 쓰지 않고 옳은 소리, 바른 소리, 남에게 듣기 좋은 소리만 해대면서 착한 척하는 것들.'

'그래 놓고 가장 필요한 순간에 손 더럽히기 싫어서 다른 사람 뒤에 숨어 방관하는 위선.'

미움받고 싶지 않아서, 좋은 사람이 되고 싶어서. 부정할 수 없었지만 변명하고 싶지도 않았다. 그녀는 숙인 고개를 들고 말했다.

"겁이 나요."

"서은재 씨."

"실수한 것 없었고, 곤란한 말을 하지도 않았지만 정연 씨가, 그 사람이 사실 어머님의 사람이라는 게 무서웠어요."

솔직한 감정이었다. 겪어 보지 못한 것에 대한 두려움은 당연한 것이었다. 누군가 나를 의심하고 주시하고 또 실수하길 바라는 낯선 악의. 미연에게 겁이 난 건 그것 때문이다. 아픈 곳을 짓누르며 웃을 수 있는 잔인함이 무서웠다. 하지만 지섭의 얼굴을 보니 확신이 생겼다.

'이 사람이 있어.'

끝없는 신뢰와 용기를 건네는 고마운 사람이.

"지난번처럼 바보 노릇 해서 놀림감이 되고 싶지 않아요."

친근하게 다가오는 정연에게 놀아났던 그때. 다행히 큰 실수는 없었지만 너무 안일했던 것도 사실이다. 지섭은 또 다른 의미로 강해진 은재를 말없이 바라보았다. 그러다 대뜸 팔을 내밀었다.

"서은재 씨, 잠깐 여기 좀 잡아 줘."

"네? 아, 네."

이유도 모르고 내민 팔을 덥석 쥐었다. 생각보다 단단한 팔이 열을 품고 있었다.

"왜 그러세요?"

힘이 들어갔던 팔은 금방 풀어졌다. 의아해진 그녀가 묻자 지섭이 말했다.

"잡히지 않으면 찾아갈 것 같으니까."

"…어디를요?"

"오늘 밤 예기치 못하게 다 뒤집어 버리는 꼴 보고 싶지 않으면 잡아 줘."

"그러니까 어디를……?"

그는 웃음으로 대답을 대신했다. 그리고 가만히 은재를 바라보았다. 하루 종일 불편했던 마음을 녹이기에 충분할 정도로 상냥한 시선이었다. 다시 또, 가슴이 뛰고 저절로 입꼬리가 올라가려 했다. 눈을 보는 것만으로도 그랬다. 퍼뜩 정신을 차리며 입술을 말아 물자 그가 말을 이었다.

"맞아. 모두에게 좋은 사람일 필요는 없어."

"……."

"하지만 모두에게 나쁜 사람일 필요는 더더욱 없지."

위로 혹은 그녀를 대신한 변명. 부모님과 형제를 두고 거짓말을 할 수밖에 없는 그녀를 위한 지섭의 배려였다. 그는 제 팔을 잡은 은재의 손 위에 제 손을 얹었다.

"그게 남을 다치게 하기 위한 게 아니라 스스로를 지키기 위해서라면, 누구도 탓할 수 없어. 아니, 내가 허락 안 해."

토닥토닥. 가벼운 손길에 마음이 푸근해졌다. 미연에게서 받은 상처가 거짓말처럼 아문다. 끝을 알 수 없는 든든함 속에서 비로소 은재가 웃었다.

"제가 더 똑똑하고 야무졌으면 좋았을 텐데, 그러지 못해서 죄송해요."

이렇게밖에 말하지 못하는 게 못내 아쉽고 속상하다. 솔직한 말에 은재의 손등을 다독이던 그의 손길이 멈췄다. 감싸듯 혹은 그저 얹은 듯 손을 멈춘 지섭이 말했다.

"살면서 내가 가장 잘한 일이 서은재 씨를 내 아내로 맞이한 거야."

"……."

"가장 후회하는 건 김주경을 만들어 낸 거고."

가끔씩 그는 그녀가 이해할 수 없는 말을 하곤 한다. 그리고 한껏 쓴웃음을 짓고 더 대답해 주지 않을 듯 시선을 돌린다.

"어떻게 해 줄까."

이렇게 화두까지 돌려 가면서. 그렇다고 괜히 꼬투리를 잡아 묻고 싶진 않았다. 은재는 고개를 끄덕였다.

"고상한 방법으로 줄다리기를 할 시기는 이미 끝난 것 같아요."

정연이 그랬고 지금, 이런 협잡한 방법이 그랬다. 이제 2라운드다. 그녀가 분명하게 말했고 지섭이 입꼬리를 당겨 올렸다.

"이이제이."

은재가 눈을 깜빡였다. 그가 어느 때보다 즐겁다는 듯 눈웃음을 지으며 말했다.

"똑같이."

"…똑같이?"

"치졸하고 유치하게."

그것은 미연을 향한 신랄한 평가였다.

6시가 되기 전, 이른 아침. 청성가의 고용인들은 본관 옆 별관에 머무르며 이른 시간부터 모임을 갖는다. 어느덧 로비에 가득해진 고용인들을 보며 혜란이 박수를 한 번 쳤다.

짝!

"조용."

날카로운 소리에 자그마한 소음까지 멎었다. 그녀는 고용인들을 쭉 살펴보다 말했다.

"오늘은 작은 공지가 있을 겁니다. 우리 작은 사모님께서 직접 오셔서 말씀해 주실 예정인데, 그전에 한마디 하자면."

혜란은 고용인들 앞을 천천히, 좌우로 오갔다. 한 사람, 한 사람 눈을 맞추고 강압적인 시선을 보낸 그녀가 나지막이 말을 이었다.

"요즘, 착각을 하는 사람들이 보여. 같잖게 얄팍한 줄에 서서 쓸데없는 호기를 부리는 사람들, 본인들이 가장 잘 알겠죠? 거방지게, 감히."

시선에 칼날이 있다면 딱 그랬다. 그녀의 날카로운 눈은 분명하게 누군가를 짚었고, 눈이 마주친 이들은 저도 모르게 움찔했다. 혜란은 정중앙에 바로 서며 작게 속삭였다.

"그게 얼마나 갈 것 같아?"

"……."

"내 말 한번이면 이 집 안에 발끝도 대지 못한다는 거, 알잖아. 아니, 여기만이 아니라 다른 어디에서도 좋게 안 끝날 거야."

모두가 침묵했다. 본래 이 집안은 이러했다.

완벽한 수직 관계의 생태. 목줄 쥔 주인이 군림하는 삭막한 일가가 바로 청성가였다.

"그래, 그래야지."

작은 사모가 온 이후 허물어졌던 군기가 바짝 세워졌다. 미연을 등에 업은 혜란은 고용인들의 왕이었다. 그녀는 고요한 분위기에 만족하며 웃었다.

"명심해요. 이 집의 진짜 주인이 누구인지, 당신들 명줄 쥐고 있는 게 누군지. 그 본보기가 어떻게 되는지."

누군가 침을 삼켰다. 무례한 대우였지만 함부로 반기를 드는 사람은 없었다.

"오늘, 알게 될 거야."

모욕적인 언사들을 차치하고라도, 그녀의 말처럼 가시가 박혀 쫓겨난다면 더 이상 일할 수 있는 곳은 없었으니까. 혜란의 말이 끝나기가 무섭게 멀지 않은 곳에서 발소리가 들려왔다. 그녀가 고개를 바로 들며 입구로 몸을 돌렸다. 이내, 발소리의 주인이 나타났다.

"오셨습니까. 작은, 사모님."

그녀는 공손히 허리를 숙여 인사했다. 혜란을 따라 고용인들이 허리를 숙이는 모습을 지켜보던 발소리의 주인, 은재는 잠시 마른 입술을 물었다.

'예전하고 같아졌어.'

삭막하고 긴장된, 영혼 없는 공간이다. 은재는 그것에 집착하지 않았다. 대신, 혜란을 향해 날을 세웠다.

"일찍 모였네요."

어수룩한 말투가 아닌 단호함이 묻어난 목소리였다. 평소와 조금 다른 듯한 말투에 힐끔 은재를 보던 혜란이 고분고분 대답했다.

"네, 뭐. 항상 제가 주도했던 터라. 워낙 큰 사모님께서 절 신임하셔서……."

"받아요."

유난히 기분 좋은 혜란의 말을 은재는 가차 없이 잘랐다. 더 들을 것도 없다는 듯한 태도에 혜란의 미간이 좁아졌지만 그녀는 제 할 말을 이었다.

"수정할 게 좀 있어서 수정했으니 확인하고 싶으면 확인하세요."

은재가 내민 것은 어제 혜란이 건넸던 해고 명단이었다. 잠깐 당황했던 혜란은 이내 감정을 정리하고 그것을 받았다.

'수정이라고 해 봤자, 좀 더 친한 것들 한둘 빼낸 거겠지.'

혜란으로선 충분히 예상했던 일이다. 정말 사람을 차별해 빼냈다면 오히려 좋은 일이다. 똑같이 홀대는 받아도 차별은 견디지 못하는 게 사람이니까.

"어서요."

은재는 잠시 뜸을 들이는 혜란을 재촉했다. 혜란은 가만히 눈을 흘기다 서류를 넘겼다. 그리고 살필 것도 없이 인쇄된 이름 뒤, 수필로 적힌 것을 발견했다.

"…이, 이게 무슨!"

금방 새파랗게 질린 얼굴이 명단과 은재를 번갈아 보았다. 다시 보고 또 확인해도 달라지는 것은 없었다. 가장 높은 곳에 적힌 이름은.

홍혜란, 석 자였다.

"대체 이게 뭐 하는 짓이야!"

자기도 모르게 버럭 소리를 지른 혜란이 퍼뜩 정신을 차렸다. 고요해진 주변에서 경악한 시선들이 몰려들었다. 집사가 사모에게 소리를 지른다? 말도 안 되는 소리다.

"작은, 사모님."

가까스로 자신을 부르는 혜란에게 은재가 물었다.

"여기서 계속 얘기할 건가요?"

"……."

"온실로 가죠. 어머님을 봬야겠어요."

그 단호함과 명확함에 혜란은 아무 말도 할 수 없었다.

"매번 새롭게 사람 속을 건드리네, 우리 주경 씨는."

명단을 받아 든 미연이 고요히 말했다. 그녀의 눈이 가시처럼 은재에게 박혔다. 금방 의기양양해진 혜란이 턱 끝을 세우며 은재를 노려보았다. 날카로운 두 시선에 은재가 침을 삼켰다.

'괜찮아.'

그녀는 허리를 꼿꼿하게 세우고 기다렸다. 조금만 기다리면 된다. 조금만 기다리면.

"귀여운 꼼수야. 이런 건, 누가 가르쳤을까?"

"……."

"좋은 말로 오냐오냐해 줬더니, 어디까지 기어오를까?"

사납게 내쳐진 서류가 테이블에 떨어졌다. 미연은 성큼성큼 다가와 은재를 압박했다.

"정지섭만 아니었으면 주경 씨 아무것도 아니야. 아니, 지금도 똑같아. 자기 힘 하나 없이 그 자식 하나 믿고 이러는 거라면 곤란하지. 사모님이라 불리니 정말 나랑 똑같다고 생각하는 거야?"

은재는 여전히 아무 말이 없었다. 그녀가 겁을 먹었다고 생각한 듯 피식 비웃은 미연이 은재의 가슴에 손가락을 찔러 넣었다.

"너와 난 달라."

어금니가 꽉 깨물렸다. 그나마 예의를 차리던 처음과는 판이하게 달라진 태도였다. 아프도록 뼈를 찌르는 손길로 미연이 이를 드러냈다. 한 걸음, 두 걸음. 밀려나는 은재를 따라 거침없이.

"그런 네가, 감히 내 명령을 이따위로 무시해? 건방지게, 너 따위가……."

"명령이셨습니까?"

강도를 더해 가는 언사가 정점을 찍을 즈음. 낮은 목소리가 흐름을 깼다.

"며느리를 위한 가르침인 줄 알았는데."

정확한 타이밍에 나타나 준 목소리의 주인은 성큼성큼 온실로 들어와 은재의 어깨를 감쌌다. 그리고 제 옆으로 이끌고 흐릿한 미소와 함께 말을 이었다. 온전히 자신을 위한 손길에 은재의 가슴이 콩닥 움직였다.

"더 듣고 있으면 어머니의 소중한 온실이 망가질지도 모르겠다는 생각이 들어서요."

한없이 따듯한 웃음, 다정한 말임에도 불구하고 냉기가 풍겨왔다. 그러다 자신을 올려다보는 은재를 향해 보란 듯이 눈웃음을 지었다.

"너… 부, 분명 회장님하고 이야길……."

당황한 미연이 더듬거리자 그, 지섭은 담담히 말을 이었다.

"예. 아버지가 뜬금없이 부르신 이유가 여기 있을 것 같아서요."

그는 시종일관 태연해 보였다. 이렇게 이른 시간, 창만의 부름을 핑계로 은재와 저를 갈라놓은 이유를 모를 리 없는 지섭이었다. 그는 은재에게 고개를 끄덕이곤 말했다.

"명단 그대로 정리하십시오."

"…네가 관여할 일 아니야."

"예. 그저 사람을 말하는 겁니다."

이내 지섭의 시선이 옆으로 돌아갔다. 그는 미연의 뒤에서 굳은 혜란을 응시했다.

"홍혜란 집사, 내보내시는 게 좋을 겁니다."

"사, 사모님!"

기함한 듯 파리해진 혜란이 미연을 불렀다. 미연은 꽉 주먹을 쥐다 입가를 비틀었다.

"아무런 이유도 없이 긴 시간 이 집안을 위해 일해 온 사람을 보내라고?"

"이유가 없다니요. 저와 동일한 제 아내를 무시하고 괄시하는 것만으로도 충분한데, 이보다 더 확실한 이유가 필요합니까?"

말이 끝나기가 무섭게 미연의 무시무시한 눈이 은재를 향했다. 은재는 저를 향한 시선에도 움츠러들지 않았다. 그녀는 강해졌다. 미연이 지섭에게 다그치듯 소리쳤다.

"넌 앞으로 몇 달이면 나갈 사람이야. 그런데, 17년을 함께한 내 사람을 고작 그런 이유로 내보내겠다고? 네가……!"

"어머니, 전 17년이나 어머니의 아들로 살아오지 않았습니까."

애석하다는 듯 좁아진 그의 미간에 미연은 기가 막혔다. 말문을 막아 버린 지섭은 정말 서운하다는 듯 어깨를 으쓱였다.

"설마 겨우 고용인 하나 내보내는 것으로 저를 탓하시는 건 아니시죠?"

"……"

"아버지께서 많이 실망하실 겁니다."

결국 똑같이 당한다. 은재는 눈 하나 깜짝하지 않는 지섭을 보며 감탄하다 조금 두려워졌다. 이런 사람이 적이라면, 작정이라도 한다면 사람 하나 손바닥에 쥐는 건 일도 아닐 거다. 꿀꺽 침을 삼키는 사이, 미연이 명단을 움켜쥐고 물었다.

"이런 같잖은 장난을 치는 이유가 뭐야."

혜란의 이름이 적힌 부분이 구겨지고 지섭은 여유롭게 되받아쳤다.

"장난으로 보이십니까?"

분명 웃는 얼굴. 내내 그러한데 듣는 귀가 오싹했다. 은재와 둘이 있을 때와는 전혀 다른 사람이었다. 당장이라도 서로를 할퀼 듯한 팽팽한 긴장감 속, 미연이 짓씹듯이 말을 이었다.

"내 일이야. 네 아버지가 허락하신, 내 일."

"예, 어머니 일이시죠. 하지만 이건 기억하셨어야 합니다."

"……."

"제가 누구고, 이 사람이 누구인지."

그것은 선전포고 혹은 경고. 아니, 협박. 그는 고작 그 한마디로 은재를 자신과 같은 위치에 올렸다.

정지섭. 미연이 두려워 가까스로 쫓아 보냈으나 고작 3년 만에 돌아온, 그녀의 유일한 적. 이름 석 자만으로도 이 집안의 기둥이 되는 청성의 후계자.

"…이, 여우 같은."

창만을 등에 업은 미연은 몰라도 주변 인물에게 지섭의 힘이 닿지 못할 곳은 없다.

"이익!"

분위기는 단숨에 역전되었다. 부들부들 떨던 미연이 해고 명단을 박박 찢어 바닥에 던져 버렸다.

"그래, 잘 알겠다."

숨기지 못한 분노로 씩씩댄 그녀는 가시 같은 시선을 은재에게 던졌지만 그조차도 지섭이 막아서며 분풀이를 실패했다.

"따라 나와!"

결국 미연의 화는 혜란에게 쏟아졌다. 미연이 거칠게 온실을 나서고, 어쩔 줄 모르던 혜란도 황급히 따라나섰다. 남은 건 바닥에 뿌려진 찢어진 명단뿐이었다. 은재가 멍하니 그것을 보고 있을 때였다.

"더 이상한 소리 들은 건 없어?"

"아니요. 별거 없었어요."

"다행이네. 이만 나가는 게 좋겠어. 주인 없는 곳에 더 있어 봐야 흠만 되니까."

그가 그녀를 입구로 이끌었다. 한 걸음 옮기던 은재가 물었다.

"…명단을 없앴다는 건, 없던 일로 하시겠단 뜻이겠죠?"

은재의 물음에 지섭은 살짝 고개를 끄덕였다. 순간 허탈함이 찾아왔다.

'끝났어. 이렇게 쉽게, 이렇게 간단히.'

그제야 은재의 숨이 트였다. 불과 몇 마디로 상황이 바뀌었다. 하지만 알고 있다. 이것은 '정지섭'이라서 가능했던 거다. 그만이 할 수 있는 방법이었다. 다시 그를 보았다.

'여태 이렇게까지 대놓고 적개심을 드러낸 적은 없었어.'

말 그대로, 지섭은 언제나 정도를 지켰다. 두루뭉술하게, 꼬투리를 잡을 수 없게 행동했다. 그런 그가 직접적으로 움직였다. 후에 문제가 될지도 모름에도 불구하고.

'날 위해서.'

지섭이 고개를 돌려 그녀와 시선을 맞췄다. 자연스레 짓는 입가의 미소가 은재의 두 눈에 각인된다.

'아……'

부드러운 미소가 햇살처럼 따스했다. 가슴이 뭉클하게 말랑거렸다. 이제는 지겨울 정도로 익숙해진 심장 소리는 가슴을 넘어 온몸, 혈관을 타고 흘렀다. 그리고 마침내 머리 꼭대기와 입술 끝까지 다다랐다. 그녀는 황급히 입술을 말아 물었다.

'안 돼.'

입 안 가득히 채워진 감정.

'안 돼, 서은재.'

그것을 내놓기 직전, 은재는 서둘러 삼켰다. 지섭도, 자신도 들을 수 없도록 꽁꽁.

#15

"멍청한 것, 미련한 것! 하나 쓸모도 없이 밥만 축내는 빌어먹을 물건! 밑바닥에서 허우적거리는 거 집어다 콧대 세우게 해 줬더니 일을 이따위로 만들어?"

온실에서 나선 미연이 뒤따르는 혜란에게 폭언을 부었다.

"죄송합니다. 죄송합니다, 사모님."

혜란은 익숙한 듯 머리까지 조아리며 어쩔 줄 몰라 했다. 17년 전 그곳에서 여기까지, 미연을 따라 얻은 지위와 돈 때문에라도 별수 없었다.

'저도 똑같이 밑바닥에서 시작한 주제에······.'

물론 속마음까지 완전히 동하되진 못했지만. 거듭 사과하는 혜란이었지만 미연에겐 들리지 않았다. 그녀는 어금니를 빠득

갈며 몸을 떨었다.

"말이 반년이지, 그 여우 같은 자식, 나갈 생각 없어. 처음부터 그럴 생각이었겠지."

낮게 중얼거린 미연이 입술을 물었다. 해고 명단을 가지고 벌인 이번 일은 사소한 것 같아도 그렇지 않다. 본래 작은 일에서 큰일로 이어진다. 이 집의 모든 권한은 창만과 미연에게 있었고 실상 미연이 모든 것을 책임졌다.

그것을 지금 지섭이 침범한 것이다. 부릅뜬 눈이 매섭게 빛났다.

"갈라놔야 해."

지나치게 끈끈한 그들의 사이부터 갈라놓아야 한다. 미연은 빠르게 움직이던 걸음을 멈췄다. 그녀가 흘기듯 눈동자를 굴리다 말했다.

"명단 가져와."

"…아, 어. 고용인들 명단 말씀하시는……."

"멍청한 소리 작작해! 지금 그게 왜 필요해!"

눈치 좋은 혜란도 상황 파악이 안 되는 듯 된통 혼이 나고 움츠러들었다. 한껏 성을 낸 미연은 감정을 누르며 손짓했다.

"정지섭 귀국 환영식, 초청 명단 가져오라고."

"네, 네, 사모님."

"저렇게 대놓고 나오는 이상, 이쪽도 조심할 필요는 없지."

숨을 크게 들이켠 그녀가 머리를 쓸어 넘겼다. 고혹적인 입술이 아프게 물리다 풀렸다. 지금까지 직접적으로 서로 치고받지 않은 건 전면전을 피하기 위해서다. 그렇게 되면 일이 복잡해지니까.

"뭐든 좋아."

하지만 지섭이 먼저 미연에게 반기를 들었고, 그녀는 그것을 좌시할 생각이 없다.

"설마 3년이나 나가 살면서 여자 하나, 흠집 하나 없을까. 손톱만 한 거라도 좋으니까 모조리 긁어내야 해."

미연의 시선이 방금 떠나온 온실로 향했다.

"저 빌어먹을 계집애도 같이."

지섭의 평가와 창만의 대리인이 선출되는 총회가 앞으로 얼마 남지 않았다. 그녀는 다시 움직였다.

"직접 들어야겠어."

새파란 단호함이 복도를 가득 채우다 흩어졌다.

"이사님."

제임스의 부름에 잠깐 잠이 들었던 지섭의 눈이 뜨였다.

"도착했습니다."

"아, 그래. 수고했어."

수많은 업무를 하고 있으니 피곤한 것도 당연했다. 지섭이 가방을 챙겨 문고리를 잡자 제임스가 말했다.

"서은재 씨 뉴욕 거처가 마련되었습니다. 어떤 잡음도 생기지 않게끔 준비하고 있으니 걱정하지 않으셔도 됩니다."

뜬금없이 나온 보고였다. 문을 살짝 열었던 지섭이 입가를 비틀었다.

"그거, 경고처럼 들리는데."

"예."

굳이 부정하지 않는 제임스에 지섭은 차를 나섰다. 가장 가까운 측근의 촉은 무시할 수 없다. 이미 많이 늦어 버렸지만.

"후우."

너무 늦은 시간이라 일부러 문 앞에서 세운 차가 떠나고, 지섭은 넓은 정원 길을 걸었다. 쓸데없을 정도로 넓은 이 정원은 창만이 그녀의 어머니를 위해 만든 것이다. 일부러 도심에서 벗어난 곳에 집을 지은 것도 그 때문이었다.

배우를 할 정도로 아름다웠지만 지나치게 몸이 약했고 마음이 여렸던 사람이다. 잘 웃고 잘 울고, 창만이나 지섭과는 달리 감정에 솔직했다. 그가 피식 웃었다.

"쓸데없이."

오랜만에 정원을 길게 걸으니 답지 않게 감상이 다 드는 모양이다. 언제나 혼자 걸었던 길. 고요하고 어두운 길. 앞으로도 혼자 걸어야 할 길. 정원 길목에 세워진 가로등 불빛에 의존해 한 걸음, 한 걸음 거닐던 끝.

"……."

고독 속에 움직이던 걸음이 멈췄다. 그의 눈이 커졌다.

"…서은재?"

나직이 부른 이름에 그녀가 돌아보았다. 반사적으로 환하게 웃는 것이 보였다.

"지섭 씨."

늘 혼자였던 길 끝에, 그녀가 있었다. 지섭을 본 은재가 조르르 다가왔다. 찬바람에 붉어진 뺨에 조금 촉촉한 눈이 그를 향해 인사했다.

"다녀오셨어요."

이젠 듣지 않으면 안 될 것 같은 마중이었다. 분홍색 뺨에 손을 올려 데워 주고 싶은 마음을 참으며 그가 물었다.

"왜 나와 있어?"

"그냥, 오늘 하루 종일 방에만 있어서요. 아, 별일은 없었어요. 지섭 씨 환영회 준비 때문에 사람들이 많아서 잠깐 나와 있었던 거예요. 어머님도 만나지 못했고요. …아, 혹시 불편하시면."

"다녀왔어."

지섭은 곧장 은재의 말을 가로 막으며 웃었다. 그녀를 향해 짓게 되는 미소는 만들거나 의식한 것이 아니다. 저절로 온 얼굴로 웃음이 번진다. 여태 몰랐던 것이 신기할 정도로 분명한 마음. 제임스에겐 미안하게도 이것은 분명한 애정이었다.

"하루 종일?"

"네. 늘 관리를 해 오셨던 터라 전문 장비가 다 있더라고요. 오랜만에 너무 재밌었어요."

"…그래, 취향은 존중해야 하니까."

온종일 카메라만 붙잡고 있었다는 은재의 말에 지섭이 고개를 끄덕였다. 테이블에 놓인 카메라가 새것처럼 반짝였다. 그의 눈에 은재가 머쓱하게 말했다.

"다시 돌려 드려야 하는데 관리를 소홀히 하면 안 되니까요."

조금은 뜻 없이 한 말이었다. 하지만 쓴맛이 돌았다. 그 말은 언젠가 헤어질 날을 준비하는 것과 같았다. 지섭이 카메라를 들었다. 가만히 몸체를 쓸던 그가 물었다.

"언제부터 사진을 배웠는지 물어도 되나."

고맙게도 바뀐 화두에 은재가 고개를 끄덕였다.

"고등학교 때요. 학교에서 사진전 표를 줘서 우연히 거기를 갔었어요. 그때까진 사진에 대해 아무 생각도 없었어요. 그냥, 찍으면 찍히고 마는 거라고 생각했거든요. 전혀 아무 생각도 없었는데."

"그런데?"

"거기서, 그 작품을 봤어요."

은재의 시선이 먼 곳을 향했다. 허공을 보고 있지만 그녀의 눈 앞엔 오래전 보았던 작품이 생생하게 떠올랐다.

"아름다웠어요."

어느 때보다 반짝이는 눈으로 은재가 그날을 회상했다. 생각하는 것만으로도 황홀하다는 듯 그녀가 말을 이었다.

"분명 그보다 훌륭한 사진도 많았어요. 예술성이나, 전문성으로나. 그런데, 저는 지금까지 그 작품만큼 행복해 보이는 얼굴을 본적이 없는 것 같아요."

"얼굴? 사람이었어?"

"네. 아주 아름다운 여성분이셨어요. 한참을 보고도 다시 보고 싶어서 다음 날 갔는데 하루만 전시된 특별 작품이라고 하더라고요. 종종 그렇게 특별 전시가 있는 모양이에요."

그날의 전율과 순간의 충격은 아직도 선명하다. 단순히 잘 찍고, 못 찍고를 떠나서 작가와 피사체의 전부가 담긴 것이 분명하게 느껴졌다. 완벽하진 않았지만 완전한 작품에 흠뻑 취했던 그날이 은재의 터닝 포인트였다.

은재는 다리 위에 얹은 손을 꼼지락거렸다.

"모델이 누구인지, 작가가 누군지도 모르겠어요. 팸플릿에도 없고 설명해 주는 사람도 없어서."

"인기가 없었던 모양인데."

"그럴지도 몰라요. 한참 있었는데 아저씨 한 분밖에 못 봤었거든요. 하지만 확실하게 기억해요."

"그래 보여."

예전 일을 생각하는 것만으로도 은재의 얼굴이 기쁨으로 가득하다. 그녀가 고개를 끄덕였다.

"그날을 시작으로 유학까지 갔던 거예요. 처음 말 꺼냈을 때 엄마가 얼마나 황당해하시던지. 그래도 지금도 응원해 주시니까요."

더듬더듬 떠올리는 엄마의 얼굴에 은재의 마음이 뭉클해졌다. 그러다 문득 든 생각에 지섭을 보았다. 그가 턱을 괴고 웃고 있었다.

'보고 싶어도 볼 수 없는 건.'

그것이 영원하다는 건, 무슨 감정일까. 분위기에 휩쓸린 건지, 대화의 내용이 그랬던 것 때문인지 몰라도 은재가 답지 않게 깊은 질문을 건넸다.

"지섭 씨 어머님은, 아름다운 분이셨겠죠?"
고맙게도 지섭은 담담히 대답했다.
"아마도."
조금 추상적인 대답에 그녀가 되물었다.
"사진, 없으세요?"
살짝 욕심을 담은 말에 턱을 괸 손을 푼 지섭이 말했다.
"지금 어머니가 들어오면서 모두 정리한 걸로 알아. 아니, 돌아가실 때 전부 치웠겠네."
"아……."
"아버지가 견디기 어려워하셨으니까. 많이 힘들어하셨고, 그리워하셨어. 지금 어머니가 아니었으면 벌써 돌아가셨을지도 모르겠네."
생각지 못한 말에 은재의 눈이 커졌다. 적대심을 가진 미연을 칭찬하는 것처럼 들렸다. 지섭은 그녀의 놀람을 바로 달래 주었다.
"지나치게 욕심을 부려 이 사달이 났지만."
쓴맛이 느껴지는 말이었다.
"…지섭 씨."
"나는 어머니보다 아버지를 많이 닮았어. 외모도, 체형에 성격까지. 잃는 걸, 버티지 못할 거야."
부드럽게 시작했던 말의 끝이 단호했다. 왜인지 그는 은재를 똑바로 바라보고 있었다. 그녀는 그가 말하는 것이 '청성'이라고 생각했다.
"잃지 마세요. 열심히 도와 드릴게요. 꼭, 지키세요."

"그러려고. 무슨, 벌을 받더라도."

진지한 눈동자는 깜빡임도 없이 은재를 담았다. 새까만 눈동자는 깊이를 알 수 없었다. 보고 있으면 심장이 발끝까지 떨어지는 것 같았다. 순간 이야기를 하느라 눌렸던 감정이 번뜩 차올랐다. 은재는 저도 모르게 눈을 피하며 몸을 세웠다.

"이만 자는 게 좋을 것 같아요."

서둘러 방으로 들어가는 그녀를 보던 지섭이 카메라를 들었다. 그리고 그것을 가져와 은재의 품에 안겼다.

"이건, 왜."

"카메라는 당신이 가지도록 해. 물론 완전히 가지라는 뜻이야."

순간 이해하지 못했던 은재가 퍼뜩 놀라며 고개를 저었다.

"아, 아니요! 이렇게 귀한 걸 제가 어떻게!"

"이 집에서 서은재 씨만큼 그걸 소중하게 다뤄 줄 사람은 없어."

"고장이 날 수도 있어요! 그리고 전 아직 배우는 사람이라!"

"장식장에서 잊히는 것보단, 많은 곳을 보면서 제 할 일을 하는 게 나아. 더 많은 걸 찍고, 많은 곳을 다니면서."

"……"

"서은재 씨라면 그렇게 해 줄 거니까."

이상할 정도로 확고한 신뢰였다. 그는 조금 피곤한 듯 넥타이를 당겨 뺐다. 살짝 드러나는 목선과 혈관이 보이는 손등에 은재는 시선을 빼앗겼다. 금방 숨이 몰아쳤다. 잠시 숨을 멈췄던 모양이다. 그녀는 품에 안긴 카메라를 꾹 쥐며 말했다.

"말씀드렸죠. 오해하게 하지 말아주세요. 그러시면 제가 많이,

많이 곤란해요."

 모든 것은 적당할 때 가장 좋은 법이다. 지나친 친절은 오해를 부르고, 지금 은재에겐 독이었다. 그것을 그녀도, 그도 알고 있다. 하지만 오늘은, 이 늦은 밤 홍조를 머금고 자신을 기다리던 은재를 본 지섭에게는 닿지 않았다. 그가 응접실과 방을 가로막는 문을 잡았다.

 덜컹, 움직인 여닫이문과 함께 지섭이 말했다.

"오해해."

"……."

"착각하고 고민하고 혼란스러워해 줘."

 커다래진 은재의 눈에 지섭이 한껏 눈웃음을 그렸다.

"그렇게 나를 좀 더 생각해."

 그가 조금, 아니 많이 가깝다는 생각이 들었다. 정말 바로 코앞까지 다가왔다가 멀어진 것처럼. 그럼에도 그의 향이 가득히 채워진다.

 탁. 문이 닫혔고 은재는 주춤주춤 뒷걸음질을 쳤다. 아주 가끔, 특별한 순간에 피어나던 감정이 언제부턴가 잦아졌다. 한 번이 두 번, 두 번이 네 번. 어제, 오늘. 그리고 지금.

"아니야."

 털썩 침대에 주저앉은 그녀가 카메라를 꽉 안았다.

'아니야.'

 곱씹듯이 중얼거리며 눈을 감았다.

'아니라고. 그러면 안 돼, 진짜 이러지 마.'

여전히 방 안 가득한 지섭의 향기가 은재를 감쌌다. 그녀는 완전히 몸을 숙이며 속삭였다.

"좋아하지 마."

경계에 선 제 마음을 향해서.

📷

"다녀오세요."

평소와 다름없는 배웅 속에 지섭이 멈췄다. 돌아선 그가 은재를 찬찬히 살폈다. 지섭의 시선에 그녀 역시 빤히 그를 보다 물었다.

"왜 그러세요?"

담담하기 그지없는 태도. 그 담담함이 이상했다. 거리가 가까워져도 당황하는 기색은 보이지 않았다. 마치 단단한 장막이 쳐진 것 같았다. 분명하진 않지만 느껴지는 거리감에 지섭이 다가섰다.

"어디 아픈 건 아니지?"

"네, 전혀요."

"불편한 곳이 있는 거 아니야?"

"아니요. 걱정 마세요."

"혹시 아직 어깨가 다 낫지 않은 거면……."

그의 손이 은재의 어깨로 다가갔다. 그러나 그 손이 닿기 전, 그녀가 자연스레 물러서며 고개를 저었다.

"아무렇지두 않아요."

그녀의 표정 어디에도 그늘은 보이지 않았다. 평소와 같다. 다름이 없는데, 그런데.

'피했어.'

확신할 수 없지만 은재가 자신의 손길을 피한 것 같았다. 달갑지 않은 손끝을 말아 쥔 지섭은 우선 한 걸음 물러섰다.

"다녀올게."

이어진 그의 인사에 은재가 허리를 살짝 숙였다. 고용인들의 그것과 다르지 않은 모습에 지섭의 미간이 좁아졌다.

"이사님."

어느새 문을 열고 나선 제임스가 그를 불렀다. 잠시 제임스를 보던 지섭이 다시 은재에게 눈을 돌렸다. 그녀는 이미 돌아서 있었다.

"……."

바로 어제 같은 곳에서 느꼈던 것과 정반대의 것이 밀려왔다. 간밤, 충동에 못 이겨 다가선 것이 잘못이었을까.

"실수했어."

"…이사님, 설마?"

뭘 생각한 건지 제임스의 안색이 파리해졌지만 개의치 않았다. 은재의 자그마한 변화. 그것은 기다리기로 마음먹은 지섭의 인내심에 조바심을 일으켰다.

청성가는 평화로웠다. 코앞까지 다가온 지섭의 귀국 환영 파티 준비로 별관과 정원이 복닥거리고 모르는 사람들이 오갔지만 은재가 신경 쓸 것은 없었다.

"얼굴 보일까 봐 밥까지 여기서 먹으라니, 할 말 없지만."

외부 사람들에게 얼굴 보일 것 없다던 미연의 '배려' 덕에 그녀는 방에서 나서지 못했다. 딱히 불만은 없으나 평소와 똑같은 미연의 태도는 신기했다. 아무 일도 없었던 것처럼 은재와 지섭을 대했다. 아니, 지섭도 마찬가지다.

"그게 더, 무섭지만."

헛웃음 나는 혼잣말과 함께 은재는 쓰게 웃었.

'파티 때도 이러고 있으려면, 좀 심심하긴 하겠다.'

이럴 때면 새삼스레 자신이 누구인지 알게 된다. 그리고 이 현실감은 차라리 다행스러운 것이었다.

"…더 무서운 건 따로 있지."

낮게 중얼거린 그녀가 고개를 숙였다. 온몸의 기운이 빠져나간 것 같다. 과분하게 넓은 소파에 기대 몸을 웅크렸다. 어둠으로 채워진 얼굴에 공허함이 가득했다.

"잘못된 거 알잖아. 애초에 생각할 필요도 없는 거야. 전혀 다른 세계라고. 잠깐 몸 담그고 있다고, 착각하지 마."

염세적이지만 그렇게 해야 제 마음이 달래질 듯했다.

"아무것도 아니야."

어디서 느껴 본 적 없는 낯선 감정에 속이 자꾸 끓어올랐다. 그의 얼굴을 보면서, 그와 닿고 웃음을 공유하며 함께하는 시간들이 특별해진다.

지나온 시간들마저, 모든 순간이. 은재는 빠르게 머리를 흔들었다.

"돈으로 시작한 관계야. 아무리 좋게 포장하고 감싸도, 결국 그런 거라고."

소파 쿠션에 얼굴을 묻은 그녀는 제멋대로 널뛰는 감정을 억눌렀다. 한 번 보이기 시작한 감정은 거침없이 내달리고 있었다. 이대로 두면 더 감당할 수 없을 것 같다.

"시작도 하면 안 돼. 포기해. 아무것도 느끼지 마."

일부러 그에게 태연히 대하려 노력했고, 아무것도 아니라 여겼지만 시끄러운 속은 여전했다. 결국 몸을 세운 그녀가 휴대폰을 들었다.

'엄마한테 잔소리 들으면 정신 차리겠지.'

잔소리라고 하면 엄마가 서운해 하겠지만. 은재는 휴대폰을 들고 곧장 욕실로 향했다. 세면대 옆에 선 그녀는 목을 한 번 가다듬고 화면을 얼굴에 맞췄다.

뚜르르, 뚝.

영상통화 연결음이 이어지다 금방 끊겼다.

-어머, 은재야.

손바닥만 한 화면 속에 봐도, 봐도 그리운 엄마의 얼굴이 떠올랐다.

"…엄마."

엄마만 보면 울컥하는 건 어쩔 수가 없다. 더군다나 오늘처럼 마음이 약해진 때엔 더더욱. 뉴욕에서도, 여기에서도 항상 그랬다.

'가까우니까 더 보고 싶어.'

뭉클해지는 마음에 입술을 꽉 물었다. 덕분에 지섭의 생각은 가라앉았지만 엄마의 표정이 안타깝게 변했다.

-너 또 울면 엄마 속상해.

"아, 안 울어."

-근데 이번에도 화장실에서 하는 거야?

울상을 짓는 은재에게 웃어 준 엄마가 그녀의 뒤를 보다 물었다. 은재는 잠시 주변을 살피다 머쓱하게 머리를 긁적였다. 괜히 지나치게 큰 방을 보일까 선택한 화장실이 마음에 들지 않은 모양이다.

"사람들 많은데 영상통화하기 어렵잖아. 화장실이 제일 편해서 그래. 매번 묻네."

거짓말도 하다 보면 느는지 처음엔 더듬거려 의심받던 게 자연스레 나온다.

-매번 화장실이니까 그렇지. 뭐 잘못하는 것도 아니고.

후. 한숨을 쉰 엄마는 다시 은재의 얼굴을 살폈다.

-몸은 어때. 아픈 곳은 없고? 잘 있는 거 맞지? 요즘 미국에 총기 사건도 많이 난다며.

"걱정 마요. 그리고 내 얼굴이 어디 고생하는 얼굴이야?"

-하긴 살짝 살이 좀 오른 것 같긴 하다.

"……."

-아참, 네 오빠한테 들었다. 저번에 연락했다면서. 얘기 들었지?

오빠 이야기에 풀어졌던 긴장감이 바짝 올라왔다. 은재의 눈이 슬그머니 옆으로 굴렀다.

"어, 어어. 네. 잠깐 시간이 나서."

허둥지둥 대답한 은재의 어깨가 아래로 내려갔다. 그날 모르는 척할 수밖에 없었던 것이 속상해서였다.

'하필 거기서 만나서.'

가늠할 수 없는 확률에 헛웃음을 지은 은재가 물었다.

"애기 생긴 거는 저번에 들었는데, 쌍둥이라면서?"

-그래, 얘. 초기 때는 잘 모르고 시간 좀 지나야 알 수 있는 거라더라. 우리도 깜짝 놀랐어.

"오빠 좋아 죽겠다. 많이 기다렸는데, 둘이나 생기고."

-말도 마라. 벌써 옷이며 신발 사느라 난리도 아니야. 볼래? 우리 집에도 하나 놓고 갔다.

한껏 고양된 엄마가 옆에서 아기신발을 들어 보여 주었다. 하얗고 예쁜 신발이 화면 가득이 채워졌다. 마음이 울렁울렁 흔들린다. 이곳에서 고작 한 시간 거리에 있을 엄마가, 좋아하며 웃고 있을 엄마가 너무 보고 싶었다.

"나도 얼른 가서 보고 싶다."

낮게 속삭인 말에 엄마가 웃었다.

-배도 안 나왔어, 얘.

"응. 그러니까. 나도, 정말 보고 싶어."

엄마도, 아빠도, 오빠도, 언니도. 아직 태어나지 않은 조카도.

전부.

"보고 싶어."

몇 번이나 반복하는 말에 엄마는 아무 말도 하지 않았다. 울지는 않지만 우는 것만큼 아팠다. 애써 누르는 울음을 아는 듯 한참 지켜만 보던 엄마가 말했다.

-돌아올래?

"……."

-괜찮아. 하기 싫으면 하지 마.

엄마는 항상 그랬다. 이것이 전부인 양 구는 은재를 유학 보내면서도 힘들면 돌아오라고 말해 주었다. 언제나 포기할 수 있는 권리를 부여했다. 그리고 그것은 항상 그녀에게 힘을 주었다.

"아니. 할 거야. 마지막까지, 끝까지 다 하고 갈게."

이 시간도, 감정도, 버텨 내는 것도. 숙였던 고개를 든 은재가 숨을 크게 쉬었다. 그제야 엄마의 얼굴로도 안도가 번졌다. 그러다 막 떠올랐는지 말했다.

-참, 네 오빠가 말하는 거 깜빡했던 모양인데 진료권 잘 왔어. 고맙다.

"…진료권?"

일부러 말을 돌려 주는 것은 알았지만 의아한 화두였다. 은재가 눈을 깜빡이며 고개를 갸웃거렸다.

"그게 뭐야?"

-얘가 정신을 어디가 두고 다니는 거야. 너희 회사에서 보내 준 거 말이야. 직원 복지라면서 우편으로 보내왔잖아. 안 그래도 연락했어야 했는데 정신이 없었네. 그렇다고 너도 잊으면 어째.

이해하지 못하는 은재에게 엄마가 봉투 하나를 보여 주었다. 화면에 뜬 건 정말 뉴욕 청성그룹 마크가 찍힌 국제우편이었다.

"무슨……."

물론 은재로서는 처음 보는 것이었다. 당황한 딸을 알아채지 못한 엄마가 환히 웃었다.

-덕분에 네 오빠랑 언니 청성병원 산부인과로 진료 받으러 갔었어. 예약 잡기도 어렵다는데 진료권 확인하더니 바로 예약 잡아 주더란다. 우리도 건강검진 예약해 놨고.

순간 두 눈이 크게 뜨이고 정신이 번쩍 들었다. 어깨 때문에 검사를 받으러 갔던 병원에서 오빠를 만났다. 정신없이 허둥거리던 그날의 기억이 거짓말처럼 떠올랐다.

'말도 안 되는 우연이네요. 정말, 진짜 말도 안 돼. 어떻게 하필 여기서, 그것도 바로 옆자리에서 만날까요. 거기다 이렇게 같은 날짜에. 복권 사야 하나 봐.'

'날짜는 모르지만 오빠가 이 병원에 오게 된 건 아마……'

당시 은재는 지섭의 말을 들을 정신이 없었다. 이후 곧장 울음이 터졌고.

"설마."

분명 날짜와 시간은 우연이었을 거다. 하지만, 그곳에 있게 한 건 우연이 아니었다.

-거기 회사는 직원들한테 다 그러나 보지? 큰 회사는 큰 회사인가 봐. 인턴 대하는 것도 다르다니까. 아무튼 잘 받았다. 고마워.

엄마의 감사 인사는 잘 들리지 않았다. 전화를 끊을 때까지도 머리 한쪽이 떼어진 것처럼 정신이 없었다. 어떻게 통화를 마쳤는지 기억나지 않았다. 욕실을 나와 다시 소파에 앉을 때까지도 멍했다.

"…도대체 언제?"

지난번 연락을 할 때까지만 하더라도 듣지 못했던 말이다. 오빠와 병원에서 마주쳤던 것을 계산해도 며칠은 지났다. 그런데도 지섭은 한마디도 하지 않았다. 아무도 모르게, 그녀조차 모르게 그녀를 위해 움직였다.

잊자, 잊자. 포기하자. 그렇게 억누르던 것이 순식간에 가까워졌다.

"모든 순간."

나직한 말이 허공을 수놓았다.

"모든 시간."

점점이, 고요하게 속삭인다. 그 모든 것을 특별하게 하는 건, 함께한 사람이 그래서. 정지섭이라는 남자라서.

"반칙이잖아."

느꼈다는 건, 이미 깨닫기 시작했다는 것. 깨달았다는 건, 이미 오래전부터 시작되었다는 것.

시작되었다는 건, 멈출 수 없다는 것.

"빨리 움직여! 어어, 거기! 그걸 거기다 두면 안 되지!"

"이쪽으로, 이쪽으로 좀 더!"

오늘의 청성가는 유난히 소란스러웠다.

언제나 닫혀 있던 정문도 활짝 열려 있었고 정원 길목마다 화환들과 장식들이 가득했다. 거기다 낯선 얼굴이 집 안 곳곳에서 움직이고 있다.

"시간 얼마나 남았지?"

"30분입니다."

"손님들 들어오시잖아! 바로 체크해!"

"가드들 초대장 확실히 확인하라고 연락 넣어."

"예, 실장님!"

수많은 고함과 대화가 오가는 이곳.

오늘은 청성그룹의 후계자, 정창만 회장의 장남 정지섭의 귀국 환영 파티가 있는 날이었다.

새어머니인 미연의 주도 아래, 가장 성대하고 화려하게 장식되었다. 누구도 미연을 계모라 할 수 없을 만큼 완벽하게.

그런 소란스러움 속에 고요한 곳이 있었다.

"여기."

소란스러운 본채와 별관과 달리 완벽하게 통제된 그곳, 별채에서 은재가 넥타이를 내밀었다. 일전, 그녀가 직접 골라 준 남색 넥타이였다.

그가 넥타이를 받고 은재는 다시 한 걸음 물러났다.

"혹시 옷 갈아입을 일이 생기시면 이걸로 입으시면 돼요."

어느 때보다 꼼꼼하다. 그러나 지섭에겐 그것이 그리 달갑지 않았다. 그가 넥타이를 목에 두르며 말했다.

"다시 말하지만 나와도 돼."

이미 몇 번 했던 말이었다. 거울도 없이 빠르게 넥타이를 맨 지섭이 말을 이었다.

"누구냐고 물으면 내 초대를 받고 왔다고 하면 될 일이야. 그럼 꼬치꼬치 캐물을 사람은 없어."

지섭의 마음은 확실히 알겠다. 파티로 한창인 저택 한편에 홀로 있을 그녀를 걱정하는 거다. 그럴수록 은재의 마음 한구석이 저릿했다.

"모든 상황에서 저는 지섭 씨의."

한 번 말을 멈춘 그녀가 쓰게 웃었다.

"사장님의 도움을 받지 않으면 아무것도 할 수가 없네요."

"그런 식으로 생각하지 마."

"전 괜찮아요."

은재는 지섭의 배려를 물렸다. 더 생각할 것도 없다. 많은 사람들 사이에서 얼굴을 알리고 다니는 건 바보 같은 일이다. 다른 누구도 아닌, 바로 그녀 자신을 위해서라도.

"여기 있는 게 훨씬 편해요."

"……."

"정말로요."

후우. 지섭이 낮게 한숨을 쉬었다. 금방 맨 넥타이를 당겨 느슨하게 만든 그가 말했다.

"돌려 묻지 않을게. 솔직해지자."

"네?"

"뭔가 문제가 생겼거나, 할 말이 있거나, 불편한 게 있거나. 아니면 셋 다이거나."

삐뚤어진 넥타이에 뒀던 시선을 올렸다. 진지한 눈의 지섭이 다가왔다.

"어떤 게 서은재 씨를 달라지게 했지?"

방금, 겨우 감싼 벽에 금이 갔다. 그녀는 애써 모르는 척 입술을 달싹였다. 그의 다가섬이 목을 마르게 했다. 은재는 괜히 옷을 정리했다.

"그냥, 인사가 늦은 것 같아서요. 감사하다고 말씀드리고 싶었어요."

"감사라니?"

"…저희 오빠랑 거기서 마주친 게 아주 우연은 아니라는 거, 따로 저희 부모님에게까지 신경 써 주신 거요. 뒤늦게 말씀드리려니까 타이밍이 안 맞아서 이제 인사드리네요."

"……."

"정말 감사합니다."

묘한 어색함과 머쓱함이 공존했다. 지섭은 익히 아는 이야기에 한숨을 쉬었다.

"의도하진 않았지만 꿈을 꾸는 걸 들은 적이 있어. 혹시 말없이 움직인 게 불편하게 했다면 미안해."

은재는 고개를 저었다. 말이 없었다고 불편할 것은 없다. 대신 새로운 쪽에 의아함이 들었다.

"꿈, 이요?"

"어머니를 찾던 것 같아서, 지금 당장 도와줄 수 있는 부분이 그것뿐이라……. 오히려 늦었다고 생각해."

기억하지 못하는 곳곳에 그의 마음이 묻어 있었다. 그것을 이제야 알았다는 것이 우스울 만큼. 그녀가 넌지시 입을 열었다.

"이것 말고도 제가 모르는 많은 것들을 신경 써 주셨겠죠. 앞으로도 그래 주실 거고."

"그건 당연히 내가 해야 할 일이야."

"김주경의 남편이니까."

"……."

"알아요. 김주경은 정지섭이 정말 사랑하는 사람이잖아요. 그리고 김주경은."

옷가지를 정리하던 은재의 손이 멈췄다. 대신 먼저 지섭에게 다가온 그녀는 삐뚤어진 그의 넥타이를 바로 해 주었다.

"정지섭의 아내이고."

톡톡. 바로 된 넥타이를 정돈한 은재가 물러서며 말했다.

"어서 시간이 지났으면 좋겠어요."

고급스러운 서랍장을 쓸어 내는 손길이 쓸쓸했다. 그녀는 기울어진 시선에 쓸쓸함을 담았다.

"돌아가고 싶어요."

은재의 솔직함에 지섭의 가슴이 무겁게 가라앉았다. 꽉 주먹을 쥔 그가 변명처럼 입을 열었다.

"…공부를 계속하고 싶어서 그러는 거라면."

마치 변명하듯 지섭이 말을 했지만 은재는 고개를 저었다. 어느새 그녀는 빙긋 웃고 있었다.

"그냥 해 본 말이에요. 그렇다고 제 할 일 허투루 하진 않을 테니까 걱정 마세요. 아, 시간이 벌써. 어서 나가 보세요. 손님들 거의 다 오셨을 것 같은데."

분명하게 전해지는 거리감. 그것은 어제보다 오늘 더 강해졌다. 지섭은 저도 모르게 한 걸음 다가가려다 멈췄다. 왜인지 지금은 그녀가 아슬아슬해 보였다. 단단하지만 작은 충격에도 깨져 버리는 유리처럼.

"내가, 서은재 씨를 힘들게 해?"

담담하게, 하지만 묵직함이 깔린 목소리가 물었다. 당혹스러워하는 지섭의 감정이 느껴졌다. 은재는 고개를 저었다.

"힘들게 만든 건 저 스스로예요. 날이 절반쯤 지나니까, 이제 좀 현실감이 오나 봐요. 조금 지나면 괜찮아질 거예요. 걱정 마세요."

분명 그럴 거다. 아니, 반드시 그래야 한다. 걱정 말라 하지만 지섭은 묻고 싶은 것이 많았다. 그러나 섣부른 판단으로 그녀를 궁지로 몰고 싶진 않았다. 그가 겨우 대답했다.

"그래."

평소라면 그러지 않을 테지만 달라진 은재의 행동에 그 역시 조바심이 나 있었다.

"다시, 얘기하자."

지섭은 애써 제 감정을 참아 냈다. 자꾸 멀어지는 그녀에 안달이 난 눈은 미처 은재에게 닿지 못했다.

그가 방을 나서고 그녀는 혼자가 되었다. 꼿꼿하던 허리가 힘이 풀리며 무너진 것도 그때였다. 털썩, 소파로 주저앉은 은재의 눈가가 조금 붉어져 있었다. 감정을 참고 억누른 탓이었다.
"다시 얘기하면."
떨리는 목소리가 이어졌다.
"저는, 더 약해질 거예요."
그에게 냉정하게 대할 수밖에 없는 자신이 밉다. 당혹스러워하는 지섭에게 미안하지만 어쩔 수 없었다.
"이러지 않으면 정말 당신을 곤란하게 할 거야."
공과 사를 구분하지 못하는 멍청이처럼.
"이러면 안 되는 거잖아요."
단단히 세운 벽이 으깬 두부처럼 짓이겨진 느낌이다. 남아는 있지만 형체를 잃고 구실도 못 하는 멍청한 벽이 된 기분이다.
'어정쩡한 바보는, 이렇게 아무 해결법도 찾지 못해.'
그를 향해 달라진 마음. 깨닫는 순간 그것이 잘못되었다는 것도 알았다. 도저히 이어질 수도, 바랄 수도 없는 감정의 결말은 결국 한 가지였다.

'내 아내가 돼 줘.'
'한국으로 돌아가 앞으로 6개월간 내 아내가 된 척하는 것.'

애초에 엮일 수 없는 관계 속에서 그녀는 떠나야 한다. 처음부터 그렇게 약속되었다.

"누가 아무것도 아니라고 말해 줬으면 좋겠어."

이 감정은 그저 익숙하지 못한 상냥함과 다정함에 잠시 혼동이 온 거라고. 외롭고 힘들었던 유학 생활에 약해진 마음이 틈을 보인 것뿐이라고.

"사춘기 같은 거라고. 지나가면 다, 사라지는 거라고."

그가 아니라도, 정지섭이 아니어도 생길 수밖에 없었을 별것 아닌 해프닝이라고 말이다.

'그러니까 얼른 사라져.'

이 감정을 억누를 수 있을 때, 토해 내지 않고 버틸 수 있을 때.

시간은 꾸역꾸역 흘렀다.

"여덟 시 반."

조금 있으면 지섭이 옷을 갈아입으러 올 시간이었다.

"시간이 빠른지, 느린지 모르겠다."

은재는 머리를 쓸며 방을 둘러보았다. 나갈 수는 없지만 답답하진 않다. 방은 컸고 별채는 외부 출입이 통제되어 아예 이곳으로 오는 사람도 없었다. 단지 불편하고 무거운 마음만 있을 뿐.

"후우."

은재는 이렇다 할 연애 경험이 없다. 한창 연애를 하기 시작하는 고등학교 무렵, 사진에 빠져 뒤늦은 공부를 시작했다. 그리고 대학에 가자마자 유학 준비를 했고 얼마 뒤 뉴욕 행 비행기를 탔다.

'할 시간도, 마음도, 준비도 없었어.'

툭 고개가 떨어졌다.

"그런데 왜 하필 지금이야."

불확실한 마음이다. 이것이 '무엇'이라고 말할 수는 없다. 그저 분명해지기 전에 정리를 해야 한다는 것만 알고 있다. 그녀는 벌떡 일어나 카메라를 들어 목에 멨다.

"생각하지 마. 생각할수록 나빠지니까."

당장 할 수 있는 최선의 방법이었다. 이 방 안 곳곳이라도 찍어 머릿속 가득한 지섭을 지울 참이었다.

"최대한 빨리, 확실하게."

혼자만의 다짐을 하며 카메라를 쥘 때였다.

툭툭.

"어?"

노크와는 다른 둔탁한 소리. 순간 그녀의 몸이 바짝 얼었다. 두드리는 소리가 난 곳은 창문이었다.

"……."

은재는 최대한 인기척을 죽였다. 문도 아닌 창문의 두드림은 경계심을 일으키기에 충분했다.

'누가 별채로 들어온 건가? 누구지?'

혹시 외부인일지도 모른다는 생각에 몸부터 낮췄다. 아무리 생각해도 이해가 가지 않는 두드림에 숨까지 멈췄다. 지섭을 부를까? 아니다, 우선 상황 파악을 하는 게 먼저다. 그녀는 방 안의 불을 끄기 위해 벽으로 움직였다.

"언니! 언니, 저예요. 저 태희예요."

스위치를 누르기 직전, 익숙한 목소리가 들려왔다. 눈을 크게 뜬 은재가 창가로 다가갔다. 안에서 아무 소리도 들리지 않자 태희가 다시 말했다.

"여기 저밖에 없고 다른 사람은 아무도 없어요. 별채로는 아예 못 들어가게 해서 이쪽으로 왔어요."

"아가씨예요?"

오해하고 잘못 들을 목소리가 아니다. 이 집에서 이렇게 가녀리고 떨리는 음성은 한 사람뿐이었다.

"잠깐만요, 지금 열어요."

은재는 황급히 창문의 잠금장치를 풀었다. 활짝 열린 창문 앞에 있는 건 정말 태희였다. 다만.

"어떻게……."

"언니……."

"무슨 일이에요? 왜, 울어요?"

태희는 눈물이 그렁그렁한 얼굴로 은재를 올려보았다. 그러곤 금방이라도 울 것처럼 울먹이며 말했다.

"저 좀 도와주세요."

#16

태희의 말에 은재는 잠시 머릿속이 멍해졌다. 다행히 그 패닉은 오래가지 않았다. 창틀을 꽉 잡은 그녀가 되물었다.

"무슨 일이에요?"

"도와줄 사람이 아무도 없어서, 언니밖에 생각이 안 났어요."

울먹이는 목소리가 말했다. 은재는 고개를 끄덕였다.

"천천히 말해 봐요. 일단 이리로……."

말을 잇던 은재가 끝을 흐지부지 흐렸다. 바깥에 둘 수 없어 들어오라 말하려 했지만 창문과 바닥의 높이가 높았다. 그것을 아는 듯 태희는 먼저 말했다.

"엄마가, 인형들을 전부 버렸어요."

저절로 미간이 좁아지는 말이었다. 차라리 혼을 냈으면 혼을 냈지, 이런 식으로 물건을 버리는 건 세 살 아이에게도 하지 않는 짓이다.

'나쁜 것도 아니고, 직접 만든 인형을.'

태희는 코를 훌쩍이며 말을 이었다.

"맨날 있던 일이에요. 제가 말을 안 들으니까, 항상 제멋대로 구니까 싫어하는 거 알아요. 그래서 다른 건 못 하고 제가 제일 싫어하는 걸로 혼내는 거라는 거, 알고 있어요. 어차피 또 주우러 가면 그만이니까. 그런데."

"……."

"들어갈 수가 없어요. 들어갈 수 없게 잠가 됐어요."

꾹 감은 태희의 눈이 파르르 떨렸다. 보기만 해도 안타까운 모습에 은재가 몸을 숙이며 물었다.

"쓰레기 수거장 말하는 거예요?"

"…네. 이번에도 그냥 찾으러 갔는데 들어갈 수가 없대요. 내일 아침까지 아무도 열 수 없대요. 엄마가 그렇게 시켰나 봐요. 내일 새벽이면 차가 와서 다 가져갈 거예요."

이번엔 정말 제대로 지시를 내린 모양이다.

"아침에 나가서 말해 보는 건 어때요? 수거하는 분들한테 말해 봐요."

태희가 고개를 저었다.

"안 들어줄 거예요. 결국 그 사람들도 여기 고용인이니까. 여기서 엄마 말을 거스를 수 있는 사람은……."

창만 혹은 지섭뿐이겠지. 가만히 듣던 은재가 조심스레 말했다.

"오빠한테 부탁해 볼까요? 제가 할게요."

은재의 말에 태희는 손까지 저었다.

"아, 아니요. 엄마가 알면 더 난리가 날 거예요. 제가 이, 이사님이랑 같이 있는 것도 싫어하는데 만약 도와 달라고까지 했다는 걸 알면."

"…아가씨."

"그대로 두면 애들이 전부 쓰레기로 버려질 거예요. 하나하나 다, 소중히 만든 건데. 지금 만들고 있는 것도 있는데……."

사실 태희 또래의 아이가 인형에 집착하고 타인과 벽을 쌓는 모습은 일반적이지 않다. 물론 태희가 인형에 집착하는 이유 역시 은재는 알 것 같지만. 창틀을 꽉 쥔 태희가 울먹이며 말을 이었다.

"아무도 도와주질 않아요. 문을 열어 달라고 해도 소용없어요. 겨우 인형이라고, 또 사면 되는 거 아니냐고. 다 커서 그런 거 가지고 노느냐고 해도 할 말은 없어요. 나잇값 못한다고 혼나고 매번 이렇게 되어도 어쩔 수 없어요. 저도 알아요."

"……."

"하지만 나한텐 그게 전부인데."

어렴풋하게 느껴 왔던 감정, 그 공감대.

'단순히 인형이 아니야. 버티는, 유일한 수단이야.'

오직 나 하나뿐이라고 생각되는 곳에서 찾은 끈과 같은 것. 유학을 하는 동안 은재가 느껴 온 외로움과 태희의 이 외로움은 다르지 않았다.

'그래서 더 이렇게 신경이 쓰이는 건지도 몰라.'
결국 그녀는 창틀에 발을 올렸다.
"어, 언니?"
나가선 안 된다는 것도 알고, 참견 혹은 오지랖일지도 모르지만.
"가요."
모르는 척할 수가 없었다.

이 며칠, 은재는 위태로워 보였다. 그가 달라진 것을 느껴서인지, 아니면 상황에 겁을 먹은 것인지 알 수 없다. 그러나 불안한 눈빛만큼은 분명히 알 수 있었다. 여러 번의 실수가 있었다. 본능이 앞섰던 적도, 욕심에 취한 적도 있었다. 그것이 바깥으로 드러날 때면 순진한 눈이 당황에 물들어 어쩔 줄 몰라 했다.
'그게, 쌓인 걸지도.'
상황이 하나씩 쌓여 결국 멀어지게 만든 것이라면.
"후우."
그럼에도 속수무책으로 이끌리는 마음을 어쩔 도리가 없다. 그는 사람들이 모여 있는 본채 뜰을 벗어나 빠르게 별채로 향했다. 지금 해야 할 일은 이것이다.
"끝내야 해."
이 모든 상황을 끝내고 다시 원점으로 돌아가야 한다. 그 원점에 가장 큰 실수가 기다리고 있다 하더라도.

"어머, 이사님."

"정 이사님이시네."

"한국에 돌아오신 걸 진심으로 환영합니다."

"오랜만이에요."

지섭을 알아보는 사람들이 하나둘씩 인사를 건넸다. 한 걸음에 하나씩 혹은 서넛. 금방 사람들로 둘러싸인 그는 대외용 미소와 함께 그들을 상대했다. 미리 연회장에서 지섭을 기다리던 제임스가 빠르게 다가와 속삭였다.

"대다수 처음 보는 중소기업 혹은 초면의 인원입니다. 예전 임원들이나 원로들은 거의 초대되지 못한 것 같습니다. 중소기업 쪽은 3년 전 장 이사 쪽에서 대대적으로 투자에 들어간 곳입니다."

"이번 초대 명단을 책임진 사람의 술수겠지."

"예. 청성가에서 준비된 파티, 그것도 후계자의 귀국 환영회에 초대받지 못한 사람들은 2군으로 밀려난다는 암시겠죠. 대부분 장 이사님의 사람들일 겁니다."

"알아보라고 한 건?"

지섭의 말에 제임스는 조금 더 목소리를 낮춰 대답했다.

"왔습니다."

"…그래?"

제임스의 시선이 살짝 옆으로 향했다. 그 끝엔 젊은 여자가 웃으며 이야기를 나누고 있었다.

"논현동 소재 전시관 관장입니다."

"서은재 씨에게 주려고 했던 그곳."

"예."

지섭의 눈이 가늘어졌다. 결국 어디서 나타났는지 모를 '전시관'과 미연이 어딘가 연관이 있음을 알 수 있게 해 주는 사람이다.

그는 고개를 끄덕이고 샴페인을 들었다. 회사에선 거액의 투자가 들어간 흔적들이 보인다. 하지만 투자처가 대다수 기부 형식이라 잡아내기 어려웠다.

'만약, 생각했던 대로의 상황이라면.'

청성그룹은 크게 흔들릴 거다. 샴페인 한 모금이 목구멍으로 넘어갔다. 스파클링 특유의 쏘는 맛에 목울대가 움직일 때였다.

"정지섭 이사님."

누군가 친근하게 이름을 부르며 다가왔다. 반사적으로 고개를 돌리자 화려한 이브닝드레스를 입은 여자가 서 있었다.

"안녕하세요."

낯선 사람. 한 번도 본 적 없는 타인. 하지만 분명 기억에 있는 여자.

"아."

그의 머리가 그녀가 누구인지 기억해 냈다.

"이채영 씨."

경선물산의 딸, 이채영. 어느 날 갑자기 나타나 지섭의 아내가 될 뻔했던 여자. 어찌 보면 이 모든 시작의 장본인이었다.

"어머, 기억해 주셨네요."

그녀는 지섭이 자신을 기억하자 하얀 얼굴에 뽀얀 미소를 지었다.

"괜히 기쁘네요."

그에게 이유 없는 호감을 건넨 채영이 손을 내밀었다.

"이렇게 만나게 되었네요. 이채영입니다. 좋은 인연이 닿을 수 있었는데 갑자기 어그러져서 많이 아쉬웠어요."

미연이 만들어 낸 자리는 시기상 맞지 않는다는 이유로 파기된 것으로 알고 있다. 지섭은 담담히 말을 이었다.

"뉴욕에서 온 지 얼마 되지 않아 정리할 거리가 많았습니다."

"이해해요. 너무 급하게 진행된 것도 사실이니까. 사실, 이쪽이 차인 거라 이렇게 말을 거는 것도 모양이 좋지는 않지만……."

"……."

"장 이사님께 들었던 것 이상으로 매력적이신 분이라."

채영의 눈으로 욕심이 스쳤다. 말 그대로다. 지섭은 보는 것만으로도 욕심이 생기는 사내였다. 사실 그녀는 이 자리에 초대받지 못했지만 아버지를 대신해 일부러 찾아왔다. 이 남자의 얼굴을 꼭 보고 싶어서.

"아, 어머니요?"

순간 지섭의 눈이 살짝 가늘어지다 금방 호선을 그렸다.

"저희 어머니와 잘 아시는 사이인 것 같습니다."

"물론이죠. 장 이사님과 저희 어머니가 막역한 사이에요."

혹시나 좋은 인상을 줄까 싶어 채영은 얼른 대답했다. 그녀의 대답에 지섭의 눈가로 이채가 스쳤다.

"그렇습니까? 제가 쭉 뉴욕에만 있던 터라 소식에 약해서. 어떻게 알게 되셨습니까?"

"자세히는 모르지만 사업적인 일 때문인 걸로 알고 있어요. 서로 연 닿은 지 그리 오래되지는 않았어요."

"오래되지 않았다면… 한 3년 정도 되었을까 싶은데."

"어머, 어떻게 그렇게 정확히 아셨어요? 대단하시다. 맞아요. 그때, 전시관 투자 건으로 만났어요."

"논현동에 있는 곳 말씀이시죠?"

"네! 이사님도 아시는군요?"

이번에도 전시관이 나왔다. 아무 생각 없이 맑은 눈을 한 그녀는 까르르, 웃었다. 지섭의 머리가 빠르게 움직였다.

3년.

소규모 기업에 불과했던 경선물산이 파급력 있는 기업으로 이름을 날리기 시작한 것도 3년. 청성과 연이 닿은 것도 3년 전. 그리고 그곳과 맞선까지 보게 했다.

'심증은 확실해졌어.'

물증은 이제 시간문제다. 만약 미연이 은재에게 전시관을 운운하지 않았다면 시간이 더 오래 걸렸을 거다.

'거기다 만약 서은재 씨가 그 전시관을 받았다면.'

무언가 책임을 물게 하려고 했던 것이 분명하다. 그곳에 답이 있다.

"알겠습니다. 그럼 좋은 시간 되십시오."

"네, 그럴… 네? 예?"

잘 나누던 대화가 끊기자 채영이 당황했다. 그러나 지섭은 미련 없이 몸을 돌렸다. 더 캐내 봤자 이쪽에서 뭔가 행동하는 걸

들킬 뿐이다.

"전시관 쪽으로 사람 하나 붙여서 알아봐. 거기 뭔가 있어. 오늘 온 중소기업들 중 절반 이상은 페이크일 거야. 경선물산과 같은 루트를 탄 쪽으로 분별해서 투자금이 들어갔는지, 어떤 방향인지 확인해. 나는 직접 알아볼 테니까."

"예, 이사님."

미연이 바보가 아닌 이상 이곳에 자신의 약점들을 초대하고 싶진 않았을 거다. 그렇다고 중요한 역할을 해 준 그들을 모르는 척할 수도 없고. 그러니 이 중 대다수가 헷갈리게 하기 위한 함정이다.

'실수했어, 장미연.'

은재에게 전시관을 들킨 것은 큰 실수다. 이제 오늘 온 사람들을 판별해 진짜와 가짜를 나눠야 한다. 그가 눈을 빛내며 움직일 때였다.

"잠깐, 제임스."

"예?"

지섭의 눈에 보여선 안 될 것이 보였다. 그의 시선을 따라 움직이던 제임스의 시선도 딱딱하게 굳었다.

"…저, 저 사람이 왜."

눈에 띄게 당황한 제임스가 더듬거렸다. 검은 머리 사이 낯선 듯, 어색하게 주변을 둘러보는 대여섯의 서양인들이 보였다. 그 중 한 사람이 지섭의 살갗을 따갑게 만들었다.

"제길."

'그'는 분명 '서은재'를 아는 사람이었다.

　　　　　　　　　　　　　　　　　　2권에서 계속